Goran Vojnović
18 Kilometer bis Ljubljana

Goran Vojnović

18 Kilometer bis Ljubljana

Roman

Aus dem Slowenischen von Klaus Detlef Olof

TransferBibliothek
FolioVerlag

Auch nach allem ist alles dasselbe.
Aus dem Song *Paranoia* der Partibrejkers

Allen Tschefuren und denen,
die erst welche werden wollen

1. Weshalb ich noch immer keinen Fußballklub habe

Ich habe noch immer keinen Fußballklub! Nur dass mich das völlig kaltlässt. Es geht mir am Arsch vorbei, dass der Ball rund ist und bei den einen ins Tor geht und bei den anderen ins Aus. Und dass sich die einen in den Armen liegen wie die Schwuchteln und die anderen sich selbst in den Arsch beißen. Für mich ist das alles gewöhnlicher Fotzenrauch. Da sprinten junge, gesunde Burschen auf dem Rasen herum, eine Schwuchtel von Schiri pfeift irgendwas, die Leute drohen seiner Familie mit Notzucht, zwei Mal eine Dreiviertelstunde lang, wie die Slowenen sagen würden, und das war's dann. Die Heimmannschaft hat wieder mal drei Punkte im Kampf um den Klassenerhalt verbucht, die Leute haben sich wieder mal über einen Sonntag hinweggerettet. Das Leben ist ein Sonntagnachmittag, wie Radovan sagen würde. Lang und langweilig und nimmt ein schlimmes Ende. Aber auf die Nordtribüne des Marakana gehst du nicht wegen dem Fußball. Auf die Nordtribüne gehst du, um dich zu treffen. Unten auf dem Spielfeld könnten die Invaliden Videospiele spielen, uns hier oben würde der Schwanz platzen. Denn wir hier oben spielen unser eigenes Spiel.

„Die Stärksten sind wir, die Stärksten! Zigeuner sind wir, Zigeuner!"

Gut, vielleicht schaust du die ersten paar Mal noch das Spiel, und dich ärgert der Linienrichter und der Linksaußen, den sie in die zweite ungarische Liga verkaufen wollen und der deshalb spielen muss, obwohl er Fußball nicht mal im TV schauen dürfte. Am Anfang ging mir das ganze Tschetnik-Gedöns auf den Sack, richtig gehasst habe ich die Bärtigen auf den Transparenten und den T-Shirts und alles das, aber dann wirst du locker. Die

Gemeinschaft ist wie eine Droge, Bruderherz. Du wirst süchtig. Beim ersten Mal fühlst du dich ein bisschen schlecht, wenn du „Raaatko Mladić!" brüllst, und hast so was wie ein schlechtes Gewissen, beim zweiten Mal hast du es nicht mehr, und beim dritten Mal passt es schon. Denn du brüllst nicht allein, du brüllst zusammen mit dreißigtausend anderen Idioten. Und zwar mit genau solchen Idioten, wie du selbst einer bist. Das passiert tatsächlich. Du stehst auf der Nordtribüne vom Marakana, inmitten von dreißigtausend Verrückten, und brüllst mit einer Stimme.

„Serbien! Serbien! Serbien!"

Du spürst direkt deine Eier in der Hose anschwellen. Und es ist völlig egal, was du brüllst, Hauptsache, du brüllst. „Raaatko Mladić!" oder „Duuule Savić!", das ist auf der Nordtribüne alles derselbe Schwanz.

Das kapieren normale Leute nicht. Sie kapieren nicht, dass mir Ratko Mladić und die Tschetniks und die Srebrenica-Messerschlitzer am Arsch vorbeigehen. Sie kapieren nicht, dass ich nur deshalb ins Marakana gehe, um wen zu umarmen. Und dass mich wer umarmt. Echt, das kriegst du nicht geschnallt, wenn du nicht da warst. Du kriegst nicht geschnallt, dass es auf der Nordtribüne egal ist, ob meine Verwandten und ich vom Kalemegdan ins Marakana hineinspaziert sind oder ob wir aus dem beschissenen Bijeljina angestunken kommen. Weil das hier alles wir sind. Dreißigtausend Brüder habe ich hier. Zusammengekommen, um wieder mal die Sau rauszulassen.

Scheiß drauf, die einen gehen auf Facebook, wir gehen ins Marakana und zeigen allen Schwuchteln, Skipetaren, Cowboys, Ustascha, *balije*, Orang-Utans und sonst wem den Stinkefinger, den man ihnen zeigen muss. Im Wesentlichen allen, die dir im Leben auf die Nerven gehen. Allen Ehefrauen, Geliebten, Briefträgern oder Kretins, die dir bei der FIFA 17 auf den Sack gehen. Denn so ist das im Leben. Entweder du zeigst den Kretins den Stinkefinger oder sie zeigen ihn dir. Und mir haben verschiedene

Kretins voll einen reingehängt, aber jetzt zeige ich denen im Marakana, was sie mich alle können.

„Serbien! Serbien! Raaatko Mladić! Ich fick euch eure Mutter!"

Ihr werdet mich nicht mehr ficken! Ich werde nicht mehr euer Tschefur sein! Ich werde nicht mehr euer Janez, Bosanac, Serbe, Flüchtling, Slovenac, Zugewanderter, Kanake sein! Ich werde nicht länger weder von da unten noch von da oben sein, kein Versager und kein Schmarotzer. Nichts werde ich mehr sein.

„Raaatko Mlaadiić!!!"

Ich bin ein Nichts und Niemand. Marko Đorđić. Zwei đ und ein weiches ć. Und Punkt. Klar? Ist das klaaaar?!

„Serbien! Serbien!!!"

Aber was red ich denn. Ich könnte bis morgen früh reden und keiner würde mitkriegen, dass ich kein *delija* und kein Tschetnik bin. Und dass ich auf Roter Stern scheiße und auf den Fußball. Von uns fünf, die wir zusammen ins Marakana gehen, interessiert sich in Wirklichkeit nur Branislav für Fußball. Er tut das wirklich. Er hat Fußball trainiert und schaut noch immer ganze Wochenenden die englische und spanische Liga, um uns dann zu erklären, warum Real im Arsch ist und warum Liverpool in ein oder zwei Saisonen überfickbar sein wird. Der Rest von uns geht hin, um da zu sein, wie mein Fužine-Nachbar Senad sagen würde. Und weil die Stimmung im Marakana an Sonntagen besser ist als in Bijeljina. Und weil es in Belgrad bessere Tussis gibt. Und weil Nebojša eine Belgraderin knallt.

Nebojša fährt mit uns nur nach Belgrad, er geht überhaupt nicht zum Spiel. Und dann erzählen wir ihm auf der Fahrt zurück vom Spiel, und er erzählt uns, wie er sie geknallt hat. Und jedes Mal hackt Rile auf ihn ein, dass er das nächste Mal allein zum Spiel geht, und dass Branislav, Zeko, ich und er derweil seine Studentin knallen werden. Damit wir sehen, ob das wirklich besser ist als Marakana und Fußball und der ganze Wahnsinn. Und jedes Mal sagt die Schwuchtel von Branislav, dass wir knallen können, wen wir wollen, aber er wird schön seine Jelena knallen und fertig.

Und dann hacken wir bis Bijeljina alle auf Branislav herum, weil er so dumm ist, dass er in den besten Jahren nur eine Alte knallt, und er erklärt uns todernst, dass es besser ist, jeden Tag eine Alte zu knallen als alle halbe Jahr andere Weiber. Aber wir lassen ihn ein bisschen seinen Scheiß verbreiten und fragen ihn dann, ob es besser ist, einmal alle halbe Jahr ins Marakana zu gehen, um sich Roter Stern gegen Partisan zu geben, oder sich jeden Tag zu Hause in der Glotze die Wiederholung von Čukarički gegen Borac aus der Saison 2014/15 reinzuziehen.

„Serbien! Serbien!"

Und hier wälzen wir uns schon vor Lachen, und Branislav erklärt beleidigt, dass Čukarički und Borac überhaupt nicht in derselben Liga spielen, nur dann verklickert ihm Nebojša, dass er und Jelena auch nicht in derselben Liga spielen, denn sie ist zweite spanische Liga und steigt, wenn sie es schafft, sich nicht allzu sehr aufzudonnern, sogar in die erste auf, während er in der dritten Freizeitliga der Republika Srpska spielt.

Und so weiter, Stich auf Stich, bis ganz nach Bijeljina. Bis zum Montag.

*

Nur, wenn ich ehrlich bin, würde ich auch mit Freuden jeden Tag dieselbe Tussi knallen. Wenn diese Tussi nicht nach Singapur gegangen wäre und wir noch immer zusammen wären, und wenn wir zusammen nach Deutschland oder Schweden gegangen wären, wär alles erste Sahne gewesen. Aber was willst du machen, wenn ihr Deutschland und Schweden zu nah an Bosnien waren und sie angefangen hatte, von dem beschissenen Singapur zu träumen. Ja, so ist das nun mal, mein Freund. Früher war den Bosniern Slowenien zu weit, und jetzt ist ihnen Schweden zu nah.

„Dort wird sie wenigstens kcine Bosnierin sein", sagte Ranka, als sie hörte, dass sie nach Singapur gegangen ist. Denn was wissen die Singapurer, was Bosnien ist, nicht wahr, Ranka? Ranka kennt sich aus mit Singapurern und so.

„Sie wird was anderes sein, wenn sie keine Bosnierin sein will. Immer bist du etwas. Wo immer du hingehst. Nur für deine leibliche Mutter bist du Marko und nichts weiter", antwortete Radovan, der auf seine alten Tage so klug geworden war, dass einem der Kopf wehtat.

Es ist sowieso egal, was sie in Singapur ist. Selbst wenn sie die verstunkenste Tschefurin ist, wird sie nicht zurückkommen. Und selbst wenn sie es täte, was würde sie mit mir anfangen? Mit einem Bauern, der jeden Sonntag „Raaatko Mladić!" brüllt? Scheiß drauf, das kannst du einem Weiberhirn nicht verklickern. Ein Weiberhirn kapiert nicht, was das für ein Feeling ist, wenn dreißigtausend Menschen mit dir zusammen brüllen. Es kapiert einfach nicht, dass es egal ist, was du brüllst, weil der Kick nur darin besteht, dass die Stimmung kocht bis an die Eier. Ein Weiberhirn kapiert einfach nicht, dass es dasselbe ist wie bei den Bläsern, wo der Witz nicht in der Musik oder in der Melodie steckt, sondern im Blechton, der dir die Rübe röstet. Ein Weiberhirn kapiert einfach nicht, dass Bläser alles Mögliche spielen können, auch Avsenik, wenn du willst, aber sie wird dir trotzdem wegfahren. Das kapiert ein Weiberhirn nicht. Ein Weiberhirn sagt nur, dass ihm die anderen egal sind, du aber nicht. Ein Weiberhirn sagt, dass es keinen Mann will, der aus dem Fenster springt, nur weil alle anderen aus dem Fenster springen. Ein Weiberhirn sagt, dass es keinen Mann will, der „Raaatko Mladić!" brüllt.

Und deshalb ist es besser, dass das Weiberhirn nach Singapur geht, denn in Bijeljina sind alle Männer solche Idioten, wie ich einer bin. Und in ganz Bosnien findest du keinen Mann, der anders wäre, du findest ihn auf dem ganzen Balkan nicht. Du findest ihn nirgends. Vielleicht gibt es zwei irgendwo in der Schweiz und noch einen in Island, aber wir anderen sind alle der gleiche Abschaum. Und deshalb sage ich mir: Scheiß drauf, mein Freund! Sowieso hat sie sich längst einen singapurischen Janez gefunden, der so tut, als hätte er ein Weiberhirn, und bei dem nichts abgeht, wenn dreißigtausend Leute um ihn herum „Raaatko Mladić!" brüllen. Ich kann nicht so tun. Ich bin, was ich bin. Ich bin Marko Đorđić. Ein Idiot.

Meinen Kumpels habe ich erzählt, dass sie nach Salzburg gegangen ist und dass sie vielleicht zurückkommt. Denn was wissen die, wo Singapur ist. Und auch, damit sie leichter schnallen, dass ich sie nicht vergessen kann. Nebojša hat mir gesagt, dass Salzburg nicht das Ende der Welt ist, und dass wir, wenn Crvena Zvezda einmal in Salzburg spielt, alle zusammen hinfahren und ich sie nebenbei knallen kann. Zwei Fliegen mit einer Klappe, wie die Slowenen sagen würden. Fußball, und dann noch Knallen. Was gibt's Besseres, wie meine Tante sagen würde.

Nur was, wenn für mich aus Bijeljina auch dieses verdammte Salzburg das Ende der Welt ist. Es sind ja wohl nur drei Stunden Fahrt von Ljubljana, okay, nur für mich ist momentan Ljubljana noch weit. Für mich ist Ljubljana das Ende der Welt, weil ich mich wirklich schwertue, mich dorthin zu schleppen. Du musst hinfahren und du musst zurückkommen, wie Radovan sagen würde.

Deshalb fahre ich jetzt zum ersten Mal nach drei Jahren wieder nach Fužine. Zum ersten Mal deshalb, weil ich muss. Was du tun musst, ist nicht schwer, hat jemand gesagt, dem ich einmal ordentlich seine Mutter ficke, weil er keine Ahnung hat. Weil es zum Verrücktwerden schwer ist. Weil ich zum ersten Mal für längere Zeit nach Fužine gehe, und das ist echt ätzend. In Wirklichkeit kehre ich zurück. Oder ich kehre nicht zurück. Ich weiß es noch nicht.

Ich kehre zurück, was für einen Scheiß rede ich da. Ich meine, ich gehe nicht für immer zurück, nur für eine Zeit. Genau genommen werde ich noch sehen, was und wie. Aber ich kehre zurück.

So, jetzt weißt du es. Đorđić kehrt zurück.

2. Weshalb alle glücklichen Familien gleich sind

Der Schornstein des Heizkraftwerks gibt mir immer einen Stich. Bis dahin ist alles easy, als käme man nach Islamabad, aber dann sehe ich den Schornstein, und mein Herz spielt verrückt. Gut, ich übertreibe, es ist nicht so, dass mein Herz verrückt spielen würde, eher grummelt es bei mir im Magen. Fužine, mein Zuhause, und so. Wenn ich es vom Zug aus sehe, fühle ich nichts, und schon sage ich mir, dass ich darüber weg bin, dass es vorbei ist, nur dann setze ich mich in Radovans Opel oder ins Taxi, komme über die Kajuhova, und ratz, fatz, grummel, grummel.

Deshalb hab ich keine Lust auf Fužine. Jedes Mal sage ich mir, dass es mich sonst wo kann, und jedes Mal hab ich keinen Bock hinzufahren, nur gebe ich zum Schluss jedes Mal nach und sage mir „Gut, soll es sein, Ranka zuliebe", und fahre. Und jedes Mal gibt mir der Schornstein einen Stich. Als wäre ich ein fuckin' Schornsteinfeger. Wenn es wenigstens eine Allee wäre oder die Ljubljanica oder irgendwelche anderen Naturwunder und so, aber nicht ein beschissener Schornstein.

Vor dem kannst du dich nicht verstecken. Da fängt Fužine an, da ist die unsichtbare Grenze, und wenn du die überschreitest, kriegst du eine gewischt. Ich glaube nicht, dass es Heimweh ist, sondern das schlechte Gewissen, weil ich so selten nach Fužine komme, und so. Nur dass mir dieser Schornstein noch immer einen Stich gibt. Ratz, fatz, grummel, grummel.

*

Was geht euch das an, weshalb ich nach Slowenien zurückgekommen bin! Fragt euch wer, wenn ihr in Celje wart, warum ihr nach Prule zurückgekommen seid? Ich bin zurückgekommen und fertig.

Ich bin zurückgekommen, weil ich es konnte. Genau, deshalb. Damit es einen Tschefur mehr gibt. Und weil ihr mich nicht gestrichen habt, ihr verdammten Ausradierer. Deshalb bin ich zurückgekommen. Ist das ein Problem? Hätte ich das vielleicht nicht dürfen? Ha? Was ist? Was glotzt du? Ja, hier bin ich. Ich. Đorđić, Marko Đorđić. Komm wieder runter, denn ich bin nicht gekommen, um zu bleiben. Oder doch. Ich bin gekommen … Komm schon, sperr die Ohren auf, damit ich es dir sage. Ich bin gekommen, um eure Schwestern und Töchter zu knallen. Und Stunk in der Straßenbahn zu machen. Ach ja, sorry, ich hatte vergessen, dass ihr keine Straßenbahn habt. Sogar die Bosnier haben eine Straßenbahn, aber ihr habt keine.

Ein Provinznest, euer Ljubljana, oder? Radovan sagt, dass Ata Tschefurk es schön aufgemischt hat, aber auch ein aufgemischtes Dorf ist noch immer ein Dorf. Wie Bijeljina. Und deshalb geht es den Tschefuren in Ljubljana auch so gut. Es ist so schön vertraut. Wie eine Stadt, ist aber in Wirklichkeit ein Dorf. Und deshalb geht Radovan wie in seinem Dorf am Samstag auf den Markt und bleibt alle zwei Meter stehen, um Nachbarn und Landsleute zu begrüßen, und auch diesen oder jenen Slowenen. Und wenn er nach Hause kommt, fragt Ranka „Šta ima u gradu?", und Radovan zählt siebenundzwanzig Tschefurenfreunde auf, die er zufällig zwischen Zmajski most und Tromostovje getroffen hat. Sozusagen zufällig getroffen hat. Aber sie alle sind schon um sechs aufgestanden, damit sie sich genau um neun zufällig zwischen Ljubljanica und Sauerkraut treffen können.

Am Samstagvormittag werden die Tschefuren zu Slowenen. Alle trockenen Alkoholiker, die auf dem PST spazieren gehen, und die nicht trockenen, die den Tag im *Cubana* totschlagen, übersiedeln für einen Tag auf den Markt und schauen einer dem anderen zu. „I šta kažu?", fragt Ranka, und Radovan rapportiert, dass Ćućić es im Kreuz hat, dass Macura zu Hamza gesagt hat, dass er am Knie operiert wird, dass Vito in Serbien ist, dass Vojin noch immer Fußball spielt und dass Meho Nurkić getroffen hat und Nurkić gesagt hat, dass er Radovan sehen möchte, und dass sie sich für nächste Woche im *Oaza* verabredet haben, weil sie sich gottweißwielange nicht gesehen haben.

Ja, vielleicht bin ich deshalb zurückgekommen, weil ich in dreißig Jahren auch jeden Samstag auf dem Ljubljanaer Markt alle die Aco-, Adi- und Dejan-Freunde wie zufällig treffen möchte.

Vergiss es! Ich bin zurück, und fertig. Frag nicht, weshalb.

*

„Hast du ihm gesagt, er soll herkommen?“

Heute kam Ranka nicht dazu, ihr „Šta ima u gradu?“ anzubringen, weil Radovan, als er vom Markt zurück war und mich auf der Couch sitzen sah, schon losbrüllte. Ranka wollte gerade ansetzen, ihm alles zu erklären, aber Radovan hatte bereits zu toben begonnen.

„Hast du das?!“

Und dann war der Teufel los. Radovan zog die Schuhe aus und schmiss einen gegen die Badezimmertür.

„Hab ich dir nicht gesagt, es ist nur ein Geschwür!“

„Da steht Tumor.“

Der zweite Schuh flog an Ranka vorbei und knallte gegen die Balkontür.

„Da scheiß ich drauf … Was spielt das für eine Rolle, was da steht! Und was musst du lesen, was da steht!“

„Der Arzt hat geschrieben …“

„Und was, wenn der Arzt geschrieben hat? Ha? Was dann?“

Früher hätte Ranka auf diese rhetorische Frage sofort mindestens eine Antwort parat gehabt, aber das Leben hatte sie ein wenig klüger gemacht, und so widmete sie sich lieber ihren gefüllten Paprika. Von wegen, die brauchen ihre Aufmerksamkeit und so. Und der unbeschuhte Stier stand an der Wohnzimmertür und blies Rauchsignale durch die Nase.

„Der Mann hat sich vertan. Er hat ein Geschwür gesehen, aber Tumor geschrieben. Denkst du, dass sich ein Arzt nicht vertun kann, ha? Dass er kein Mensch ist wie ich und du?"

„Auch die Überweisung ist unter dringend."

Sie würde es herausfurzen, wenn sie nicht sprechen könnte, sagt Radovan immer von Ranka. Und hier muss man ihm recht geben.

„Da scheiß ich drauf … Das ist, weil der Arzt weiß, dass du mir mein ganzes Blut aussaugst, wenn ich zu lange warte. Und deshalb hat ihm Ćućić gesagt, er soll es unter dringend setzen."

Ranka furzte noch etwas herum, aber das wurde zum Glück vom Wasserrauschen übertönt. So konnte Radovan Luft holen. Der Ärmste atmete richtig durch. Offenbar fetzen sie sich nicht mehr jeden Tag und er hat keine Kondition mehr. Oder er ist nur senil geworden.

„Wegen einem Geschwür muss gleich ganz Bosnien rebellisch gemacht werden!"

„Ich habe es nur Marko gesagt."

„Hör auf, bitte, ich kenne dich. Jetzt wird halb Bijeljina anrufen, um sich von mir zu verabschieden. Du weißt genau, wie sie sind. Sie können es kaum erwarten, dass sie was haben, um sich aufzuregen. Ein gewöhnliches Geschwür kann sie aufregen wie … wie … eine Jahrhundertflut."

Eine Jahrhundertflut? Im Ernst? So was gibt's in Bosnien nicht, Radovan.

„Es ist ein Tumor."

Ranka gibt nicht klein bei. Sie geht in die Verlängerung.

„Ein Geschwür!"

„Ein Tumo…"

„Geschwüüüüür!"

Endlich ist Ranka still. Radovan hat so laut gebrüllt, dass selbst ihr klar geworden ist, dass sein Tumor Geschwür heißt. Ein neues Mitglied unserer glücklichen Familie. Tumor Geschwür.

Das ist sogar besser, als wenn sie einen Hund hätten. Man braucht ihn nicht Gassi zu führen und er pinkelt nicht auf die Couch. Er bellt nur manchmal.

Endlich drehte sich Radovan zu mir um.

„Komm her, mein Sohn, dass Papa dich küsst. Hauptsache, du bist da. Jetzt fängt die Eurobasket an, und die können wir zusammen schauen."

Ausgezeichnete Idee. Radovan und ich und Pero Vilfan. Wir besorgen uns zwei grüne Schals und eine slowenische Fahne, damit wir mit ihr nach jedem Sieg vom Balkon winken können. Das wird echt der Hammer, glaub mir.

„Da spielt auch der Kleine von Real ... Gib mir mal den Schnaps, Ranka!"

„Du weißt doch, dass ..."

Jetzt reichte ein Blick. Ein Blick, der Ranka direkt in drei schöne Mutterfotzen schickt.

Sie brachte den Schnaps, und Radovan und ich stießen miteinander an.

„Aber du hättest nicht zu kommen brauchen."

„Aber jetzt bin ich da."

„Ich dachte, du bist so vernünftig und weißt, wie deine Mutter ist und wie sie übertreibt. Da fehlt nicht viel und sie ruft dich an, dass du kommst, wenn ich Durchfall habe."

Auch Ranka setzte sich neben uns, und gut sechs Sekunden saßen wir drei still da und sahen uns an. Mit Zuneigung, wie die Slowenen sagen würden. Familienidylle und so.

Aber dann drehte sich Radovan zu Ranka um.

„Was sitzt du noch! Mach uns Kaffee!"

Da siehst du, dass es stimmt, was einmal auf Facebook stand. Alle glücklichen Familien sind gleich.

3. Weshalb die Kredite die Tschefuren vernichtet haben

Zum ersten Mal im Leben verspürte ich den Drang, einen Spaziergang zu machen. So wie du den Drang verspürst, dass du pinkeln musst. Ich musste ein wenig weg von Radovan und Ranka und ein bisschen durch Fužine wandern, um den Stand der Dinge zu checken. Die alten Tschefuren, die an der Ljubljanica spazieren gehen, verspüren meiner Meinung nach genauso den Drang, denn auch sie müssen ein Stück weit weg von ihrem Radovan oder ihrer Ranka. Und wenn sie keine totalen Alkos sind und nicht den ganzen Tag im *Cubana* oder im *Oaza* herumhängen wollen, verschränken sie die Hände hinter dem Rücken, und ab durch die Mitte. Der Schornstein vom Heizwerk ist ihr nächster Nachbar, sie aber gehen immer noch raus an die frische Luft. Sowieso, vermutlich. Sie haben schon so viel von der frischen Fužine-Luft eingeatmet, dass es ihnen noch die Lungen zerreißen wird.

Soll es ihnen doch die Lungen zerreißen, denn diese Spaziergänger und ihre Sprüche sind mir schon immer auf den Sack gegangen.

„Am Rusjan haben sie aber mehr gelbe Tonnen als wir!"

„Ein Kombi hat die Einfahrt zum Fünfzehner blockiert, die Leute können nicht durch."

„Weißt du, dass sie in der Chengdujska einen Schwarzen haben. Und das nicht auf Besuch. Der wohnt da, ja. Ich habe ihn schon dreimal gesehen."

Neugierige alte Ärsche. Tun so, als würden sie ihre Langeweile und ihren Ischias und ihr Wasser in den Knien spazieren führen, aber in Wirklichkeit spionieren sie alles aus. Die alten Tschefuren mit den Händen hinter dem Rücken, das sind die Überwachungskameras von Fužine. Das sind in Wirklichkeit unsere Drohnen, und von denen haben wir mehr als China. Sie wissen alles, und deshalb brauche ich den Block nicht zu verlassen, um zu hören, was sie sagen.

„Weißt du, dass Đorđićs Kleiner zurück ist? Marko, wer sonst. Đorđić hat ja nicht sieben Kinder. Ja, der, der Basketball gespielt hat. Bei Slovan, ja. Er hat ihn nach Bosnien geschickt. Was weiß ich, warum er ihn hingeschickt hat. Er hat ihn hingeschickt und Punkt. Nein, er hat Damjanovic nicht zusammengeschlagen, das war der andere. Aleksandar. Der von Marina, ja. Đorđić ist nur dabei gewesen, ja. Ein Glück noch, dass dieser Damjanović davongekommen ist. Ich weiß, dass er gestorben ist, aber damals ist er davongekommen. Er hat drei Monate im Koma gelegen. Was weiß ich, woran er gestorben ist, ich bin nicht die CIA. Wahrscheinlich an einem Infarkt, woran stirbt schon ein alter Mensch! Das hat nichts miteinander zu tun, was fällt dir ein! Drei Jahre lagen dazwischen. Ja. Wie soll er nicht zu sich gekommen sein, wenn der Mann angefangen hat, in die Berge zu gehen. Er war, wird erzählt, auf dem Krvavec. Also, du weißt, auf welchem Berg er war. Na gut, er war auf dem Krim. Was fragst du mich dann, wenn du alles weißt?! Wer?! Wer? Weeeer? Der Kleine von Đorđić? Was ist mit ihm? Wie soll ich wissen, ob er für ganz zurückgekommen ist? Geh und frag ihn selbst. Ich habe nicht gefragt. Wen soll ich fragen? Lass Bole außen vor, Bole weiß nicht, was bei ihm zu Haus los ist, geschweige denn was anderes. Gut, ich frag Bole. Ich habe doch gesagt, dass ich fragen werde. Gott, du bist ganz schön nervig, liebe Frau. Hallo, Bole, sag mal, wir sitzen da, Ljilja und ich, und sind so am Reden …"

Ich glaube, diese alten Tschefuren wussten schon, dass ich zurückkomme, bevor ich es wusste. Schon früher war Fužine voll von alten Tratschweibern, aber jetzt, wo die meisten alten Tschefuren in Rente gegangen sind, sind auch die Opas zu alten Weibern geworden, und jetzt ist ganz Fužine ein großes Altersheim, wo alle nur noch rumsitzen und quatschen. Oder spazieren gehen und quatschen. Die Zunge ist das einzige Organ, das sie nicht im Stich gelassen hat, wie die Slowenen sagen würden.

Und Vögel hörst du in Fužine. Kein Bälledribbeln, keinen Motorenlärm, kein „Adiiiiiiiiiii, Mittaaag!", nicht einmal Mile Kitić, den Arsch. Ein beschissenes Zwitschern hörst du in Fužine. Katastrophe!

Einfach alles hat sich geändert. Um unsere Grundschule haben sie einen so schönen grünen Zaun gezogen, als ob er um eine Moschee herum ginge und nicht um eine Schule. Ein Halal-Zaun, wie Nebojša sagen würde. Angeblich deshalb, damit die Dealer nicht auf dem Spielplatz fixen und ihre Nadeln liegen lassen, weil sich dann die Kinder stechen und Aids kriegen und süchtig werden. Und damit die Köter nicht auf die Wiese hinter der Schule scheißen, denn dann treten die Fräulein Lehrerinnen da rein und das verdirbt ihnen den Tag. Und damit die Tschefurinnen nicht abends auf dem Schulhof herumhängen, denn dann muss der Hausmeister hinter ihnen die Tschick und die leeren Dosen zusammensammeln. Und damit die Streber nicht im Müllcontainer landen und die Mamis der Streber dann auf dem Elternabend herumgeifern.

Nur Tschefurinnen sieht man nirgends mehr. Weder auf dem Hof noch vor den Blocks. Denn die paar Jungs, die in ihre Telefone glotzen, zählen nicht. Sie tragen diese ekligen Trainingsanzüge und ganz komische Frisuren und sind wahrscheinlich welche auf *ić*, nur das sind keine Tschefuren. Tschefuren gibt es in Fužine in Wirklichkeit keine mehr. Sie sind ausgestorben. Noch eine Tierart, die ein Opfer des Klimawandels geworden ist, oder was immer das ist.

Im Grunde ist das alles logisch. Die Tschefuren sind weggezogen, weil die Wohnungen in Fužine zu teuer sind. Sie haben Kinder bekommen und sind alte Tschefuren geworden. Sie haben Jobs in Lagerhäusern, Bäckereien und Postämtern gekriegt und haben sich mit Hypothekenkrediten selbst in die Scheiße geritten.

Genau so ist das. Die verdammten Kredite haben die Tschefuren vernichtet. Denn wenn ein Tschefur einen Kredit aufnimmt, ist sein Leben gelaufen. Ein Tschefur mit Kredit ist ein toter Tschefur. Das ist, als wäre die *Rajfajzenbanka* so ein Schlagetot Lazić, der an deine Tür klopft und dir die Zähne einschlägt, wenn du ihm das Geld nicht zurückzahlst.

Das, mein lieber Scholli, ist Assimilation. Der Tschefur nimmt einen Kredit auf und wird Slowene. Da brauchst du sie nicht einmal auszulöschen, du brauchst nur Kredite und fertig. Wen juckt's, dass die meisten Tschefuren nicht kreditfähig sind. Denn auch diese Bavčars waren nicht kreditfähig, und da hat sich niemand aufgeregt. Gib du dem Tschefuren einen Kredit, damit er ein bisschen ins Schwitzen kommt. Das sind nur kleine Beträge, denn die Tschefuren nehmen keine Millionen auf. Sie brauchen es für die Einkellerung und für eine neue Waschmaschine. Das ist Kleingeld für die Assimilation und für den sozialen Frieden.

Ja, das ist Fužine widerfahren. Den Leuten sind Kredite widerfahren. Statt dass die Tschefuren auf den Putz hauen, zahlen sie fleißig Kredite ab. Und alle sind glücklich. „Auf Kredit gekauft" ist für die Tschefuren dasselbe wie „bei Spar gekauft". Weil sie nicht wirklich verstehen, wie das geht. Und deshalb werden die Slowenen an der Kasse gefragt: „Bar oder mit Karte?", die Tschefuren hingegen: „Auf wie viel Raten?" Damit sie noch im Juli für den Ajvar bezahlen können, der ihnen Ende März verschimmelt ist. Und damit Šoškić sechs weitere Jahre den Kredit für das Auto abbezahlt, das er schon letztes Jahr zerdeppert hat. Und damit Janjić noch neun Jahre die Wohnung seiner Ex abstottern kann, die in derselben Wohnung von einem Slowenen bedient wird. Der höchstwahrscheinlich in der Bank arbeitet.

Aber das *Sladki greh* hat immer noch offen. Es ist nicht zu glauben. Schon dreißig Jahre ist der Laden leer, und schon dreißig Jahre hat er offen. Denn die Rezession gibt es nicht, die den dichtmachen könnte. Das ist der am meisten verdächtige Ort der

Welt. Klar ist das ein Bluff, aber was ist kein Bluff, wenn es sich um Schippis handelt. Sie sind selbst ein Bluff. Sie sind da und sie sind nicht da. Du hörst sie nicht und du siehst sie nicht. Sie sind einfach da. Alpenadria-Eis, Ježek-Limonade, Nobel-Burek, Habsburgermonarchie-Gebäck. Sie haben ihre eigene Welt, und diese Welt schert sich einen Dreck um andere Welten.

„Sie grüßen mich immer höflich und halten mir die Fahrstuhltür auf", sagt Ranka, wenn die Debatte auf die Schippis kommt.

„Die sind schon in Ordnung", sagt Radovan, „nur ihr Essen taugt nichts. Schlechtes Eis, schlechter Burek, schlechtes Obst für den Schnaps."

Und Radovan hat recht. Die Schippis sollten das Essen den Italienern überlassen und das tun, was sie gut können. Drogen dealen, schmuggeln. Oder Bleistifte spitzen.

Aber ich konnte einfach nicht anders, als mich ins *Sladki greh* zu setzen. Um auch dieses Wunder zu sehen. Was soll's, man lebt nur einmal!

„Eine Limonade."

„Hab ich keine."

Wieso hast du keine Limonade, du Arsch?! Bist du ein Schippi oder bist du keiner?! Und was ist mit *ljimonada*? Hast du vielleicht *ljimonada*, ha?

Nein, das habe ich nicht zu ihm gesagt. Ich wollte ihn nicht auf seinem Terrain provozieren.

„Gib mir eine Cola."

Ja, mir geht alles auf den Sack. Ein Schippi, der keine Limonade hat, geht mir auf den Sack. Fužine ohne Tschefuren geht mir auf den Sack. Radovan und sein Tumor gehen mir auf den Sack. Dass ich hier bin, geht mir auf den Sack.

Ich gehöre nicht mehr hierher. Ich bin hier ein Außerirdischer, und es ist alles fürn Arsch. Überall bin ich ein Außerirdischer, aber dass ich in Fužine ein Außerirdischer bin, geht mir wirklich auf den Sack. Wenn ich gewusst hätte, dass ich mit achtundzwanzig allein im *Sladki greh* sitzen würde, wäre ich schon längst vom Balkon gesprungen.

Der Schippi brachte die Cola, und ich nahm aus dem kleinen Gefäß auf dem Tisch ein Säckchen Zucker und schüttete ihn hinein. Das habe ich als kleiner Knirps gemacht, wenn ich mit Radovan zum Freizeitsport gegangen bin und nach dem Freizeitsport zwei Stunden lang im Café Coca-Cola getrunken und zugesehen habe, wie sich die Freizeitsportler tierisch betrinken.

„Coca-Cola ist reiner Zucker", pflegte Radovan zu sagen. Wenn du noch ein bisschen mehr hineinschüttest, schäumt sie. Sie schäumt total, und das war für mich als Knirps, wenn ich mich in Dubočica zu Tode langweilte, die einzige Unterhaltung.

Aber wenn ich jetzt in diese schäumende Cola starre, scheint mir, dass sie genau so ist wie wir. Wir alle sind bis obenhin angefüllt mit Scheiße, und dann bewirkt jede zusätzliche Scheiße, dass wir vor Wut schäumen. Dass wir überlaufen. Und dieses Fužine ist genauso ein Sack Zucker, den jemand in mich hineinschüttet. Dass ich schäume. Und ich weiß, dass ich im Zeitraum von sofort von hier verschwinden müsste, bevor der Schaum über den Rand quillt. Nur kann ich es nicht. Ich weiß, dass es Probleme geben wird, aber ich kann mich nicht von der Stelle rühren. Nichts kann ich.

Komm her, Schippi, kassier für die Cola, damit ich die Kurve kratzen kann.

„Zwei Euro."

Klar, dass es keine Quittung gab.

*

In Wahrheit bin ich schon längst übergelaufen. Das ist jetzt nur die Afterparty. Sie wollten mir noch ein kleines Tütchen Tschefurismus einschütten, nur passte von dem Scheiß nichts mehr rein. Was soll's, wenn kein Zucker mehr in die Cola reingeht, geht auch kein Tschefurismus in einen Tschefur mehr rein.

Nur ich habe das nicht gewusst. Als mich Radovan nach Bosnien schickte, dachte ich Idiot, dass ich in Bosnien deshalb baden gegangen bin, weil ich ein Janez bin. Mitnichten, Bruderherz. In Bosnien bin ich deshalb baden gegangen, weil du in Bosnien überhaupt kein Janez sein kannst. Die Bosnier hätten in mir möglicherweise einen Janez sehen können, nur was ist, wenn die Bosnier längst aus Bosnien verschwunden sind. Diese geistigen Krüppel, die dort unten geblieben sind, haben in mir jedenfalls nur den Đorđić gesehen.

Bosnien verarscht dich immer vorschriftsmäßig, mein Freund. Du weißt, dass es im Arsch ist, nur ist es noch viel mehr im Arsch, als du glaubst. Und Visoko ist am meisten im Arsch. Dort ist alles in Semirs drei Pyramiden im Arsch.

Gut, vielleicht war am Anfang noch alles in Ordnung, bis alle kapiert hatten, dass ich nicht nur auf Kaffee und Kuchen gekommen war. Ich war nur auf der Durchreise und zählte nicht, weil es meinetwegen in Visoko keinen mehr oder weniger gab. Ich war Tourist, wie diese Chinesen, die auf den Hügeln um Visoko herumklettern und Geschichten darüber posten, dass die bosnische Zivilisation älter ist als die Dinosaurier.

„Was machst du denn hier? Was ist? Was geht? Bis wann bleibst? *Mašala.* Ciao, man sieht sich."

Aber als die Bosnier herausgefunden hatten, dass ich nach Visoko gekommen war, um zu bleiben, wurde es langsam unangenehm. „Ein Đorđić mehr" bedeutete auf Neubosnisch „ein Serbe mehr". Die Umkehrung des positiven Trends bei der Zunahme des Anteils an bosniakischer Population. Was keine Kleinigkeit war. Die Anzahl der Serben in Visoko hatte sich mit meiner Ankunft zum ersten Mal seit 1991 erhöht.

Eine Zeit lang taten die Leute so, als wäre alles cool, denn in Visoko tun sowieso alle so, als wäre alles cool, als gäbe es keine Wahhabiten und als hätte die Bürgermeisterin kein Tuch um den Kopf und als würde ganz normal Alkohol getrunken und als wäre

Schweinefleisch ein Grundnahrungsmittel. In Wirklichkeit war allen von Anfang an klar, wer ich bin und was ich bin. Nur ich habe hundert Jahre gebraucht, damit es bei mir aus dem Arsch in den Kopf geht.

Ich habe hundert Jahre gebraucht, um zu kapieren, dass ich Serbe bin und dass ein Serbe in Visoko der gleiche Scheiß ist wie ein Tschefur in Slowenien. Derselbe Scheiß, eine andere Verpackung. Nur dass sich in Bosnien die Tschefuren und die Slowenen gegenseitig beschossen und nicht mit Genitiv und Dual herumgefurzt haben.

Aber ich konnte nicht noch einmal der Tschefur sein. Keine Chance. Ich hätte alles sein können, Transvestit, Unprofor, mongoloid, Zigo Žarko, alles, verdammt, nur nicht noch einmal ein Tschefur. Denn ich konnte wirklich nicht noch einmal einen falschen Namen haben. Ich konnte nicht zusehen, wie die Leute die Spucke runterschlucken, wenn du sagst, dass dein Alter Radovan heißt. Von dem Scheißkram hatte ich in Fužine genug für drei Leben. Ich war abgefüllt, mein Lieber, wie eine Cola mit Zucker, mehr ging nicht rein.

Ich hatte den Plan, eine Zeit lang der Janez zu sein und mich dann langsam in die Szene einzubringen und ein Bosanac zu werden, aber das war ein dummer Plan. Was heißt dumm, das war ein hirnrissiger Plan. Ich war ein bisschen beleidigt, so auf die Art „Fickt euch, ihr Minderheiten und Mehrheiten, fickt euch, ihr umgesiedelten und neu gezählten Ärsche!", aber dann habe ich gemerkt, dass es überall die gleiche Verarsche ist und dass du überall nur wählen kannst zwischen Minderheit oder Mehrheit. Und ich wollte nicht mehr Minderheit sein. Ich wollte ein bisschen Slowene sein.

„Und jetzt haltet ihr den Arsch hin, damit ich es euch mal zeige."

Das habe ich zu ihnen gesagt und bin gegangen. Okay, ich habe nichts gesagt, ich bin nur gegangen. Oder sie haben mich weggeschickt. Ist auch nicht wichtig. Ich bin nach Bijeljina gegangen.

Zu den Serben. Zu Tante Dušanka und Onkel Dragiša. Auf eigenen Grund und Boden, wie Radovan sagen würde.

Aber das ist jetzt nicht wichtig. Was ich sagen will, ist, dass ich in Bosnien Serbe geworden bin und dass ich auch jetzt Serbe bin. Und dass ich kein Tschefur mehr bin. Und dass ich nicht mehr aus Fužine bin. Ich bin in Fužine ein totaler Außerirdischer. Selbst der Schippi, der Limonade verkauft, die er nicht hat, ist weniger Außerirdischer als ich. Denn er hat wenigstens sein *Sladki greh*, ich hingegen habe einen Dreck in Fužine.

*

„Ja gut, wo hast du so lange gesteckt?"

„Ich war im *Sladki greh*."

„Komm, verarsch mich nicht."

Er war echt nervös.

„Ich war tatsächlich im *Sladki greh*."

„Mensch … Keiner ist jemals im *Sladki greh* gewesen. Und selbst wenn du da warst, was zum Teufel wolltest du da!"

„Eben, genau deshalb, weil noch nie einer da war."

„Komm, verschon mich! Jovan hat angerufen."

„Mich hat er auch angerufen."

„Er hat mir gesagt, dass er dich nicht erreicht hat."

„Ja und?"

„Nichts. Er hat nur gesagt, dass du dich bei ihm melden sollst."

Was zum Teufel soll ich mich bei ihm melden, wenn ich im Roaming bin. Ich weiß sowieso, was mir Jovan sagen wird. Dass alles noch immer so ist, wie es war. Dass ich noch immer nicht zurückkann. Dass es nicht klug wäre. Und dass ich mich noch ein bisschen gedulden soll.

Ich kann das nicht mehr hören, denn ich kann nicht immer der Dummbeutel sein, der sich ein bisschen geduldet und der versteht.

„Versteh doch, Marko! Versteh die Slowenen! Versteh die Bosnier! Versteh Visoko! Versteh die Muslime! Versteh Bijeljina! Versteh die Serben! Versteh die Bauern! Versteh die Frauen! Versteh Radovan! Versteh Ranka! Versteh den heiligen Petrus und den Propheten!"

Wann versteht mich mal einer, ha? Wann geduldet sich mal wer anderes ein bisschen?

4. Weshalb auch die Tschefuren Behinderte sind

In einem Kinderzimmer wachst du immer als kleines Kind auf. Vor allem, wenn Ranka hereingestürzt kommt, ohne anzuklopfen. Was könnte ihr kleines Kind wohl in seinem Zimmer tun, das sie nicht sehen dürfte, nicht wahr? Sie hat mir den Hintern abgewischt und alles gesehen, was es an mir zu sehen gibt. Deshalb schmerzt es Ranka, dass ich jetzt mein einziges Organ, das wach ist, vor ihr verstecken muss. Weil sie nicht warten kann, bis ich aufstehe, muss sie den Umstand ausnutzen, dass Radovan zum Kiosk gegangen ist, um Kreuzworträtsel zu kaufen, und mit mir unter vier Augen reden.

„Was wäre, wenn du mit ihm zum Arzt gingest?"

„Zu welchem Arzt?"

„Er ist zum Ultraschall bestellt, aber ich habe Angst, dass er nicht hingeht. Er wird sagen, dass er da war, aber er wird nicht hingehen."

„Weshalb sollte er nicht hingehen?"

„Du siehst doch selbst, dass er Angst hat."

Ich sehe da nichts, Ranka. Ich sehe Radovan, der derselbe störrische Gaul ist wie immer. Er hat denselben stumpfen Blick, wenn er dich anstarrt und so tut, als suchte er in seinem Kopf das richtige Wort. Oder zumindest eine Interjektion. Und er hat dieselbe Nervosität und dieselben Hummeln im Hintern. Wenn Radovan auf der Couch sitzt, weißt du noch lange nicht, ob er gerade aufsteht oder sich hinsetzt oder nur die Fernbedienung unter dem Hintern sucht.

Radovan wie Radovan, Ranka. Deshalb weiß ich nicht, ob er Angst hat oder ob er sich nur nicht erinnern kann, wie die kroatische Sängerin Josipa mit Nachnamen heißt. Fünf Buchstaben, und der dritte ein s.

„Wenn du wüsstest, wie oft ich ihn gebeten habe, zum Arzt zu gehen."

Ich weiß, Ranka, ich weiß. Ich höre ihn direkt.

„Was soll ich zum Arzt gehen, wenn mir nichts fehlt! Hast du mich gehört? Mir fehlt nichts! Niiiiichts!"

„Ich habe ihn gebeten, ihn angefleht, aber er nein, nein und wieder nein. Als würde der Arzt beißen."

Er beißt, er beißt, wie soll er nicht beißen, Ranka. Alle Ärzte beißen. Vor allem beißen sie Tschefuren.

„Wenn ich ihn nicht hingeschickt hätte, wer weiß, was gewesen wäre."

Was gewesen wäre? Nichts wäre gewesen. Er hätte uns unerwartet verlassen, wie die Slowenen sagen würden. Kerngesund gestorben.

„Wenn du mit ihm hingehst …"

Ja, wenn ich mit ihm hingehe, wird alles anders. Er wird friedlich sein wie ein Lämmchen.

„Ist das normal, dass sie dich so sitzen lassen? Was bestellt er mich um sieben, wenn er vorhat, mich um zehn dranzunehmen? Götter in Weiß! Und schämen sich nicht, im Fernsehen aufzutreten und höhere Gehälter zu fordern? Dafür, wie die sich benehmen, müssten sie uns bezahlen, dass sie uns behandeln dürfen."

Ich weiß nicht, Ranka. Und was, wenn er wirklich nichts hat? Was, wenn wir uns darauf einigen, dass er nur ein Geschwür hat, ha? Wir kochen ihm Kamillentee, und was kommt, kommt?

„Er wird nur mit dir hingehen wollen. Du weißt, dass ihn das freuen würde."

Bestimmt würde ihn das freuen. Er würde verrückt werden vor Freude.

„Welcher Teufel hat dich geritten, dass du mit mir hingehst? Das hat dir Ranka eingeredet, ha? Der werd ich's zeigen werd ich's ihr!"

„Du weißt, Junge, dass er mich nicht mit ihm hingehen lassen würde. Und allein kann er nicht."

Wie soll er allein gehen, Ranka?! Du weißt doch, wo das ist. Du musst drei Mal über die Straße.

„Er braucht jemanden, der ihn unterstützt."

Unterstützt? Du meinst, wie diese Fan-Grüppchen von Roter Stern, die die armen Kerle in der Hölle der Enfield-Street unterstützt haben, oder? So eine Unterstützung meinst du, Ranka?

„Raadooovaaan! Raaaadoovaan!"

„Er steht etwas unter Schock, Marko. Und kann sich nicht überwinden hinzugehen. Aber ich darf ja nichts sagen. Nur du kannst mit ihm hingehen."

Es reicht, Ranka. Ich habe kapiert.

„Heißt das, dass du mit ihm hingehst? Am Freitag um halb zehn. Deine Mama liebt dich."

Ich liebe dich auch, aber lass mich jetzt bitte ein bisschen das Kobe-Bryant- und das Allen-Iverson-Poster anschauen, damit mein Schwanz runtergeht und ich aufstehen und pinkeln gehen kann. Okay?

„Soll ich dir Krapfen zum Frühstück machen?"

„Oh ja."

„Gut. Kommt sofort."

Ranka geht und lässt mich mit den Ärzten, dem Ultraschall, den Tumoren und Geschwüren allein. Am liebsten würde ich wieder zurückschlafen und den Tag noch mal von vorn beginnen.

„Eh, Marko. Ich hab kein Mehl. Könntest du für mich kurz zum Laden springen?"

*

... dreizehn, vierzehn, fünfzehn, sechzehn, siebzehn.

Ich habe nachgezählt. Siebzehn Sorten Mehl stehen bei Mercator im Regal. „Kauf Mehl", hat Ranka gesagt, sie hat nur nicht gesagt, welches, und jetzt kann ich bis morgen früh herumrätseln, welches Mehl sie gerne hätte. Wie der größte Idiot. Das ist genau deshalb, damit am Ende alle Tschefuren und alle Slowenen hier landen. Auch Sale und Miki und Kikiriki, alle glotzen wir am Ende auf siebzehn Sorten Mehl und fragen uns, wer wir sind. Sind wir mehr Dinkel- oder sind wir mehr Maismehl?

Ich hatte keine Ahnung, was Ranka sein könnte. Wer konnte wissen, dass auch sie dieses ganze Vollkorndings nicht draufhat. Verdammt, die Frau lebt schon dreißig Jahre in Slowenien und ist weder blind noch taub. Dreißig Jahre bombardieren die Slowenen sie mit TV-Reklame und Jumboplakaten. Sogar an Teflon wäre etwas haften geblieben, aber nicht an Ranka.

Lass du Ranka schön in Ruhe. Wer bin ich, dass ich dieses Mehl anstarre? Das ist die Frage, mein Freund. Denn das kannst du mir glauben, so hat mir im Leben noch nie einer ins Hirn geschissen. Das ist, als würde ich in der Schule vor der Tafel stehen und Gleichungen ausrechnen und X ist Mais und Y ist Weizen, und dreißig Schwuchteln sehen mir aus der Bank zu und grinsen, weil sie wissen, dass ich einen Dreck ausrechnen kann. Und Rübezahl schlägt schon das Klassenbuch auf.

„Ðorđić, das reicht aber heute nicht."

Als ob es das jemals getan hätte, du Arsch!

„Hallo, Ranka! Welches Mehl soll ich nehmen?! Es gibt hundertfünfzig Sorten!"

„Bist du nicht bei Hofer?"

Ja, was denn noch! Es gibt nicht nur siebzehn Sorten Mehl, sondern auch sieben verschiedene Läden. Das sind komplexe Gleichungen, Ðorđić. Das ist nichts für dich.

Jetzt weißt du, was Fužine heute ist. Früher war es ein olympisches Dorf, in dem alle in Trainingsanzügen herumgelaufen sind und jeder in seiner eigenen Sprache geredet hat, heute hat jeder Olympionike seinen eigenen Laden. Sechs Einkaufswagen kommen auf einen Tschefur.

Liebe Slowenen, wir haben für Sie eine neue Eishockeyhalle, drei Unabhängigkeits-Museen und eine neue Schnellstraße nach Šenčur gebaut. Liebe Tschefuren, für Sie öffnen wir Kasse sechs.

„Ich bin im Emona."

„Hätte ich das gewusst, hätte ich dir meine *Pika*-Karte gegeben …"

Warte mal, Ranka … Das ist doch nicht zu glauben! Wenn das nicht …

Klar ist sie das! Das kann doch nicht wahr sein. Nein, das ist sie nicht. Oder doch?

Jetzt sag mir nicht, dass sie das ist. Die Makarović! Mit Kinderwagen. Mit Doppler. Für Zwillinge. Sie ist ein bisschen älter geworden, aber nicht schlecht. So spielt das Leben! Die junge Mutter Makarović. Das ist ja …

„Nimm normales Mehl. Marko?"

Das ist sie! Hundert Prozent! Sie ist nur ein bisschen dünner geworden. Und sie hat gelernt, sich zu schminken. Verdammt, das ist jetzt nicht die Zeit, sich eine Tonne Lippenstift ins Gesicht zu schmieren. Dieses ästhetische Erlebnis hat sie ein bisschen reduzieren müssen.

„Marko? Hörst du mich, Marko?"

Ach nein, das ist nicht die Makarović. Jetzt, wo ich sie besser sehe …

Nein, nein, das ist nicht sie. Das kann nicht sein.

„Marko?"

Was bin ich für ein Idiot! Die Makarović hätte ich sowieso zuerst gehört und erst dann gesehen. Und ihre Kleinen würden nicht friedlich im Wagen sitzen. Von wegen, Brüderlein fein. Selbst wenn sie sie adoptiert hätte, würden sie jetzt schon auf den Regalen herumturnen und die Leute mit Pasteten bewerfen.

„Marko? Hörst du mich? … Hallo? … Junge?"

Die Makarović und Zwillinge … Autsch, wie würde das aussehen. Das wäre ein Spektakel.

„He, lass das auf dem Regal, hast du gehört! Pass auf, ich dreh dir gleich den Hals um, Kleiner! Hallo! Reiz mich nicht, du Bengel! Hör auf damit! Hör auf, wenn ich es dir sage! Ja, Himmel,

Arsch und Zwirn … Jaja, jetzt weine ruhig, aber ich hab dir doch gesagt, du darfst das nicht aufmachen! Hab ich es dir nicht gesagt? Schau, was du gemacht hast! Wer soll das sauber machen, verdammt!"

„Junge? … Wenn du mich hörst, kauf normales Mehl."

Aco würde ein paar Meter abseits stehen und telefonieren. Ihm würde es am Arsch vorbeigehen, dass die beiden Kleinen den Laden auseinandernehmen. Und dass die Makarović am Heulen ist wie eine Sirene am ersten Samstag im Monat.

„Aco, du Arsch, lass endlich das Telefon, du Junkie!"

„Geh mir nicht auf die Eier, verstanden?"

„Hast du gesehen, was er gemacht hat? Ich bring ihn um!"

„Bring ihn um, aber hör auf, mich zu nerven!"

„Zieh ab! Und hör auf zu flennen! Du kriegst noch eine gelangt, wenn du nicht aufhörst!"

„Hör auf zu flennen, du weißt ja, dass du selbst schuld bist!"

„Kannst du jetzt auf sie aufpassen, dass ich Brot kaufen kann?"

„Was willst du mit Brot? Du bist doch dick genug."

„Leck mich!"

„Wo willst du hin, Kleiner? Es reicht! Ruhe! Ruuuhe! Du kannst nirgends hin, verdammt! Scheiße, du bist genauso wie deine verrückte Mutter, aber echt. Tu nicht so dumm, Kleiner. Überleg dir, ob du wirklich willst, dass ich dir noch eine scheuere? Das willst du nicht. Oder? Was nervst du dann? Dann bleib hier stehen und rühr dich nicht. Eh, so. Siehst du, geht ja. Man muss nur den Kopf einschalten und ein bisschen nachdenken."

„Junge? … Junge?"

Nein, Makarović und Aco, das wäre echt für den Lunapark. Im Leben ist es nicht so, dass minus und minus plus ergeben. Im Leben ergeben Makarović und Aco nur ein großes Chaos. Deshalb ist es sogar gut, dass sie Aco in den Häfen gesteckt haben. Denn dort gibt es keine Makarović, die er mit bloßen Händen erwürgen könnte.

„Farina. Oder das von Žito. Aber besser Farina."

„Farina, ja. Gut."

Farina, Farina, Farina … Ah, da ist es.

Als ich mich umsah, wo die Makarović abgeblieben war, die nicht die Makarović war, um sie für alle Fälle noch einmal zu checken, wäre ich fast auf einen Ninja aufgelaufen, der an der Kasse stand. Was für ein Tag. Erst sehe ich die Makarović und Aco, und jetzt noch einen Ninja. Nur dass der Ninja in Wirklichkeit eine Ninja war. Nicht einmal ihre Augen schauten heraus. Sie hatte ein Bettlaken drüber, wie Radovan sagen würde.

Der Ninja bezahlte drei Mohnbrötchen und einen Joghurt der *Ljubljanska mlekarna*, der Laibacher Molkerei, und zwar Vollfettjoghurt, und Tabs für den Geschirrspüler. Die teuren.

Warte, warte, Ninja! Wie passen ein Laken überm Kopf und ein Geschirrspüler zusammen, ha, Ninja?

Ich meine, wenn schon Mittelalter, dann Mittelalter, oder nicht? Ich weiß nicht, ob im Koran was über Geschirrspüler und Tabs steht. Das ist nur für moderne Frauen, die keine Zeit haben, den Abwasch zu machen, weil sie Regisseusen und Feministinnen sind und diese Scherze. Nicht für dich, Ninja. Oder willst du die Füße deines Mannes in der Maschine waschen, ha, Ninja?

„Noch eine Marlboro light."

Sieh dir den Ninja an. Der raucht die feinen Zigaretten. Amerikanische. *Mašala*, Ninja! Du hast wohl keine Vorurteile, was?

„Noch etwas?"

„Nein, danke."

Von irgendwo aus dem Bettlaken zog sie ein Portemonnaie hervor, und aus dem Portemonnaie einen zerdrückten Fünfziger.

„Auf Wiedersehen."

Mach mich nicht fertig! Der Ninja spricht besser Slowenisch als Ranka. Aber das ist es nicht. Mich interessiert, wie sie in Fužine leben kann. Ich meine, wenn die zehn Jahre früher so aufgetaucht wäre, hier in unserem Fužine, die hätten sie beschimpft bis zum Gehtnichtmehr. Ich schwöre, die wäre ab und zurück nach Palästina, in die Wüste.

„Tante, haben sie dich mit diesem Laken zugedeckt, weil du so hässlich bist, dass nicht mal Mami und Papi dich ansehen wollten?"

„He, ziehst du das aus, wenn du duschst, ha?"

„Vorsicht, Straßenlaterne!"

„Was ist, wenn du fickst?"

„Was, wenn es ein Mann ist, Alter! Ein Mörder, Alter. Kennst du den, wo sie ein Foto veröffentlichen, wer hat den gesehen? Er hat eine Hundertjährige gefesselt und ausgeraubt! Und jetzt macht er auf Ninja und spaziert seelenruhig durch Fužine!"

„Zieh das aus, wir sind hier nicht in Pakistan!"

„Was redest du, Alter. Das ist Mimikry. Drunter hat sie einen Tanga und Piercings und Silikone und Tattoos."

„Vielleicht hat sie einfach nur empfindliche Haut. Da unten in Saudi-Arabien ist die Sonne voll stark, oder?"

„He Alter, wo kriegt man dieses Bettlaken? Gibt's die bei Lidl?"

„Das Schnittmuster hast du im Koran, und Tante Kanifa näht es dir!"

„Das bestellst du bei Amazon und der Postbote bringt es dir."

Früher fanden wir alles lustig, aber jetzt darf man sich nicht mehr auf fremde Kosten lustig machen. Jetzt ist es nicht mehr lustig, jemanden zu verarschen, als wären alle Behinderte. Muslime sind Behinderte, Dicke sind Behinderte, Alte sind Behinderte, Schwuchteln sind Behinderte, Zigeuner sind Behinderte. Sogar die Tschefuren sind Behinderte, verdammt noch mal. Nicht einmal einem Tschefur kannst du mehr sagen, dass er ein Tschefur ist. Das ist doch krank.

Vor dem Laden wartete ein Mann auf die Ninja-Frau. Vorschriftsmäßig, wie aus dem Lehrbuch. Sie gibt ihm die Zigaretten, er wirft ihr einen strengen Blick zu, wie einem Kind, das gerade vorhat, vor ein Auto zu springen. Und du siehst, dass er sich anscheißt, aber er tut so, als wäre er cool. So als habe er schon als Baby Wahhabit werden wollen.

„Und was willst du mal werden, Hasim, wenn du groß bist?"

„Ich werde ein Duduk, *turšica.*"

„Was ist das, ein Duduk, Hasim?"

„Das ist einer, *turšica,* dem nichts klar ist, der nur so tut, als ob ihm alles klar wäre. Duduk, *turšica,* ich werde ein Duduk."

„Bravo, Hasim, setzen. Braver Junge."

Genau so ein Duduk war der Mann der Ninja-Frau. Garantiert.

Nur dann nickte mir dieser Duduk zu, als würde er mich kennen. Und ich rasierte ihm den Bart, schnitt ihm die Haare, zog ihm eine normale Hose an und kapierte, dass dieser Duduk Sanel war. Der Bruder von Adi. Ja, dieser Duduk, der drei Schritte vor der Ninja-Frau herging, war Sanel, die Fužine-Legende. Das wandelnde Drogendepot. Schon in der Grundschule war Sanel als Opfer häuslicher Gewalt gezeichnet gewesen. Einmal hatte ihn Mirsad, sein Alter, auf dem Spielplatz so vermöbelt und ihn vor allen Leuten so vertrimmt, dass wir nur so geschaut haben. Angeblich hatten sie ihn nicht einmal in die Suchthilfe aufnehmen wollen, und hier und jetzt siehst du ihn mit Taliban-Bart und Ninja-Frau. Lebendig und gesund. Und nüchtern. Oder auch nicht. Denn du musst schon auf was drauf sein, um mitten in Ljubljana ein Wahhabit zu sein.

Aber *mašala*, Sanel. Möge dir die neue Droge Glück bringen.

*

„Du meldest dich ja nie am Handy."

Radovan ist wieder nicht zufrieden mit mir. Er hat gedacht, ich werde die ganzen Tage neben ihm kleben und zusehen, wie er Fernsehen glotzt. Damit er mich im Auge hat.

„Ich bin im Roaming."

„Ach Scheiß, vergessen."

Roaming ist der Zugwind des 21. Jahrhunderts. Erfunden, damit die Tschefuren Angst davor haben können. Wenn du sagst, du bist im Roaming, wissen alle Tschefuren, dass das ein ernsthaftes Problem ist. Denn wegen dem Roaming kannst du dir das Hirn verkühlen.

Ein Tschefur im Roaming ist ein verlorener Tschefur. Im Roaming sind mehr Tschefuren geblieben als im Krieg, und deshalb sitzen jetzt auf dem ganzen Balkan arme Tschefurinnen und warten, dass ihre Männer und Söhne lebendig und gesund aus diesem Roaming zurückkommen. „Keine Sorge, alles wird wieder gut, er meldet sich bei dir, sobald er nicht mehr im Roaming ist", trösten sie ihre Schwestern und Mütter und Nachbarinnen, aber die Ärmsten wissen, dass sich manche nie mehr melden werden und für immer im Roaming bleiben.

„Ćućić ist morgen um zehn im *Sombrero*."

„Und?"

„Nichts. Er meint, du sollst vorbeikommen."

„Noch was?"

„Nur das."

Ćućić, Ćućić und wieder Ćućić. Was, wenn Ćućić mal in Pension geht? Ich glaube, dann bleibt die Welt stehen. Plötzlich werden die Tschefuren wie verloren durch Fužine irren und klagen, dass sie binnen drei Tagen ein höheres Limit auf der Karte und ein verlängertes Arbeitsvisum brauchen.

*

Mitternacht war vorüber, aber Radovan zappte sich noch immer durch die Kanäle. Er hatte nie Lust, schlafen zu gehen. Weil er immer, wenn er von der Arbeit kam, erst mal geschlafen und dann um zehn Uhr abends noch einen Kaffee getrunken hat und dann bis halb zwei kein Auge zumachen konnte. Während ich darauf wartete, alle deutschen Kanäle zu checken, ob irgendwo ein Porno läuft. Das war das Einzige, was ich als Elfjähriger wollte, um in Ruhe auf die nackten Titten wichsen zu können. Die wabbelnden, nicht die von Fotos.

Jetzt ist das alles im Internet und du kannst sie vierundzwanzig Stunden am Tag sehen, wenn du willst, aber ich wartete noch immer darauf, dass sich Radovan ins Bett verzieht, damit ich in Ruhe ein bisschen zappen kann. Keine Pornos, scheiß auf Pornos. Eine halbe Stunde Premier League, zum Beispiel. Oder zwanzig Minuten irgendwelche blöde Hollywood-Action. Keine Schießerei, um meinem Hirn mal eine Pause zu gönnen.

Aber Radovan kümmerte das einen feuchten Dreck. Jetzt pennt er tagsüber noch länger, trinkt seinen Kaffee noch später und hat abends noch weniger das Bedürfnis, schlafen zu gehen.

Vielleicht braucht er auch seine Ruhe. Vielleicht gönnt er seinem Hirn auch eine Pause, wenn Ranka schläft. Vielleicht sieht auch er Pornos und holt sich einen runter, was weißt du, vielleicht machst du das auch in seinem Alter.

„Gute Nacht.“

„Gehst du?“

„Ich gehe.“

Geh nur, Radovan. Ich geh auch gleich. Fuck you, Premier League, fuck you.

Fuck you, League, wo der beste Fußballer Mohamed heißt.

5. Weshalb Ćućić Unprofor geworden ist

Ich habe genau gewusst, dass ich von Alma träumen werde. Jedes Mal, wenn mich was aufregt, träume ich von Alma. Alma aus Srhinje. Nur in meinem Traum ist sie nie in Srhinje, sie ist immer irgendwo anders. Heute war Alma an der Endhaltestelle des Zwanzigers, in Fužine, als würde sie auf den Bus warten, um zur Schule oder zur Arbeit zu fahren, ich hab keinen Schimmer, und ich sehe sie von Weitem und höre schon, dass der Fahrer den Bus startet, und kapiere, dass mir der Bus und Alma entwischen werden, und dann laufe ich wie ein Verrückter, um den Bus noch zu kriegen und um mit Alma zusammen zu fahren, mir ist total egal, wohin, meinetwegen nach Atlantis. Nur der Fahrer, der Kretin, dieser Trampel Rajko vom Preglovc, der abends um zehn Uhr gärtnert, macht mir die Tür vor der Nase zu, grinst mir ins Gesicht, der Debilo, und ich kann nichts machen, ich gehe zum Bus, der dahinter steht, hinter dem Zwanziger, es ist der Zweiundzwanziger, der auch am Losfahren ist. Mein Plan ist, am Rusjan den Bus zu wechseln, nur der Zwanziger, in dem Alma ist, will kein Ende nehmen. Ich gehe und gehe, aber ich komme nicht zum Zweiundzwanziger, so als wäre der Zwanziger vor ihm siebzehn Busse lang, und dann fange ich an, wie ein Idiot an die Scheibe zu klopfen, um Rajko dazu zu bringen, den Bus anzuhalten. Und der Kerl hält den Bus tatsächlich an, öffnet die Tür, stürzt aus dem Bus, mit einer Bohrmaschine in den Händen, und sagt zu mir, was ich da seinen Bus kaputtschlage, und dass das kein Bus von LPP ist, sondern sein persönlicher Bus. Aber ich nehme ihn einfach nicht zur Kenntnis. Ich entwische ihm und springe in den Bus, zu Alma, aber sie ist nicht mehr da, oder das Mädchen im Bus war gar nicht sie, ich sehe mich um und suche sie und dann sehe ich sie, sie sitzt im Zweiundzwanziger, der vorbeifährt, mit Vollgas Richtung Rusjan, und Rajko kommt auf mich zu, schaltet seine Bohrmaschine ein ... und dann wache ich auf.

Alma habe ich längst vergessen, ich träume nur noch von ihr. Und wenn ich aufwache, kann ich nicht wieder einschlafen, weil sich etwas in mir eingeschaltet hat und sich nicht ausmachen lässt. Ich habe schon alles versucht, Pornos, Basket, Fußball, alles, aber nichts hilft. Auch dass du horchst, wie du atmest, damit du über nichts nachdenkst, habe ich probiert. Funktioniert nicht. Ich kann nur warten, dass es sich von selbst abschaltet.

Nur schaltet es sich nicht immer ab. Manchmal spielt mein Gehirn verrückt, und dann bin ich wieder auf dem Vlašić, und alles ist so lebendig, als wäre es gestern gewesen und nicht vor einer Million Jahren. Alma liegt neben mir und ich fasse sie an ihrem Hintern und sie mich am Schwanz. Das ist so real, dass ich tatsächlich ihre Hand auf meinem Schwanz spüre, ehrlich. Und dann weiß ich nicht mehr, ob ich träume oder ob ich wach bin oder welcher Scheiß ich bin, und dann mache ich Licht, um zu sehen, wo ich bin, ob ich dort bin oder ob ich hier bin.

Und hier bin ich, in meinem Zimmer am Rusjan-Platz 9. In Fužine. An der Wand hängen Poster von Basketballern, die schon ein paar Jahre in Pension sind. Und meine Uhr mit den Bienen, die ich als kleiner Knirps von Väterchen Frost auf Radovans Arbeit geschenkt bekommen habe und die noch immer geht, weil Radovan immer die Batterien wechselt. Sie zeigt drei Uhr und zehn Minuten. Neben ihr ist mein Foto aus der vierten Klasse. Der totale Streber, echt.

„Das Rechnen liegt ihm nicht so, Frau Đorđić, aber sonst ist Ihr Marko fleißig, er wischt wirklich schön die Tafel, am schönsten von der ganzen Klasse."

Und tatsächlich sehe ich auf diesem Foto wie ein Streber aus. Ich könnte Jaka oder Iztok sein. Wenn mir heute jemand dieses Foto zeigte, würde ich sagen, keine Chance, dass das ich bin. Und an der Wand daneben hängen ein paar von meinen Zeichnungen, die ich als kleiner Knirps gemacht habe. Die hat Ranka aufgehängt, als ich nach Bosnien gegangen bin. Damit sie sich erinnert, wie schön ich gezeichnet habe, als ich klein war. Damit sie sich erinnert, dass ich früher mal normal gewesen bin.

Auf einem dieser Bilder ist ein Baum mit großen weißen Blüten. Das ist das einzige Bild, an das ich mich erinnere. Es ist aus der ersten Klasse Grundschule. Der Lehrerin waren die Blüten zu verschmiert und sie hat mir eine Zwei gegeben. Aber jetzt sehe ich sie vor mir und zeige ihr den Mittelfinger, weil es wirklich verdammt gute Blüten sind. Aber ein Marko Đorđić kann ja wohl keine Eins im Zeichnen kriegen, oder? Die Tschefuren sind nicht für Kunst und so. Sie sind mehr für Sport. Stimmt's nicht, *turšica?*

*

Alma habe ich bei Velo kennengelernt. So ist das im Leben. Bei Velo kriegst du nichts, nicht mal eine „Zuckertafel", aber dann kriegst du ein Mädchen. Als ich reinkam, sah ich nur Velo, und dann hörte ich eine Stimme, die mir direkt unter die Vorhaut ging.

„Ja, liebe Velo, warum sagt mir keiner, dass unser Slovenac so süß ist?"

Unser Slovenac fickt dir die Mutter, dachte ich bei mir. Ich war mir sicher, dass die Stimme irgendeiner Tante gehörte. Sie hatten mich gezähmt, wie man wilde Tiere zähmt. Alle lächelten mich freundlich an, aber sobald ich mich verzogen hatte, fingen sie an, sich auszuspinnen, was ich in Slowenien Schlimmes gemacht hatte, dass ich jetzt hier war.

„Ich hab dir doch gesagt, dass er Basketballer ist."

Mein beschissenes Leben diente den Krautgärtnern von Visoko zur Unterhaltung, und ich dachte, Almas Stimme wäre die Stimme einer dieser Krautgärtnerinnen. Als ich sie sah, traf mich der Schlag. Weil sie jung war. Und weil sie schön war. Ich meine, Alma war nicht so schön, wie es die Moderatorin war, sie war nur schön. Aber sowieso hatte sich die Moderatorin die Haare abgeschnitten und war so was wie eine ernsthafte Journalistin geworden, und so Zeugs.

Aber Alma war keine Ernsthafte. Sie war ernsthaft abgefahren, das konnte man sofort sehen. Alma tötete mit dem Blick. Sie hatte diese mörderischen Augen. Diese Augen, wegen denen du hundert Jahre nicht bemerkst, dass das Girl scharfe Titten hat, weil du ihr direkt in die Augen siehst. Und sie hatte einen unbosnischen Haarschnitt. Kurz auf der einen Seite, lang auf der anderen. Krass, wie Nebojša sagen würde.

Und sie war die erste schöne Frau, die mir ins Gesicht sagte, ich sei süß. Das war für mich ein totaler Schock. Denn die Tschefurinnen in Fužine, auch die abgefahrensten, sagten zu ihren Typen nie, sie seien süß. Keine Fužine-Tschefurin war so locker. Alma war nicht so wie die Tschefurinnen von Fužine. Alma spielte auf heimischem Terrain, und deshalb konnte sie zu mir sagen, was sie wollte.

„Man sieht ihm an, dass er Basketballer ist. Sieh doch nur seine Schultern, Velo. Da könnte Senida drauf sitzen."

Sie wälzten sich vor Lachen, weil Senida die dickste Frau in Visoko war. Alma foppte mich, wie wir früher die Knirpse vor dem Block gefoppt haben. Und mal eine Mitschülerin in der Klasse. Sie nahm mich auf den Arm, wie Männer Frauen auf den Arm nehmen, aber ich kapierte das nicht. Ich habe nie eine auf den Arm genommen, weil ich viel zu große Angst hatte. Nur einmal habe ich im *Tramontana* total abgefüllt eine kleine Schwarze gefrotzelt, aber die Musik war so laut, dass sie das überhaupt nicht gehört hat.

„Nicht zu glauben, dass die Sloweninnen ihn haben gehen lassen, oder?"

„Mhm."

Wieder fingen sie an zu gackern. Ich wollte verschwinden, aber Alma ließ mich nicht.

„Warte mal, Freundchen! Wir haben uns noch nicht vorgestellt. Ich bin Alma."

„Marko."

„Freut mich, Marko."

„Mich auch."

„Jetzt lügst du!"

Sie zog mich auf. Sie zog mich im großen Stil auf, und ich fand das cool.

„Du spielst in der NBA, ha?"

„Ich spiele kein Basket mehr."

„Weshalb das?"

„Hat mich gelangweilt."

„Na klar. Besser bist du in Kernphysik."

Alma grinste wie ein Knirps, der einem anderen Knirps die Hose heruntergezogen hat. Sie hatte gewonnen. Aber ich hatte nicht das Gefühl, verloren zu haben.

*

Ćućić sah zu den Spielgeräten, weil sein Kleiner draufgeklettert war, und ich sah Ćućić an, weil ich darauf wartete, dass er mir erklärte, warum zum Teufel ich hier sitze und ihm dabei zusehe, wie er die Spielgeräte anglotzt. Im *Sombrero*. In einem Lokal, in dem es Spielgeräte für Kinder gibt.

Das ist so was wie die neue Mode. Die Tschefuren sehen nicht mehr darauf, wo es eine vollbusige Kellnerin gibt, sondern auch ihnen ist es jetzt wichtig, dass es neben dem Lokal Spielgeräte gibt, damit sie ihre Kleinen da abstellen und in Ruhe ihren Milchkaffee trinken können. Und ihr Radenska.

Das ist das gesunde Leben à la Tschefur. Und Ćućić war dieser neue, gesunde Tschefur. Jetzt hatte er eine junge Frau und ein kleines Kind und war ohne Energie, obwohl er statt Williamsbirne Kaffee trank. Und anstelle von Bier Radenska. Und er hatte an die zwanzig Kilo abgenommen. Aber das half ihm nichts, denn er war noch immer um die sechzig und sein Kleiner war zu schnell für ihn. Ćućić konnte ihn nicht einmal mit dem Blick einfangen.

„Warte mal kurz."

Schon zum dritten Mal stand er vom Tisch auf und ging zu den Spielgeräten, weil der kleine Ćućić einen anderen Kleinen angegangen war und er eingreifen musste. Und es war sofort zu sehen, dass Ćućić Erfahrung hatte. Ein Fluch, eine offene Androhung physischer Gewalt, und das Problem war gelöst.

„Entschuldige, verdammt, was soll ich mit ihm machen. Er würde am liebsten auf alle um sich herum einschlagen. Ich würde ihn, um es dir genau zu sagen, auch schlagen lassen, denn wen interessieren die, wenn sie sich nicht wehren können und wenn sie nicht so gewachsen sind, wie es sein muss, nicht wahr? Aber dann machen ihre Mütter Stunk und Trouble, und dann wird nach der Polizei und nach dem Anwalt gerufen … Aber ich habe schwache Nerven … Ich kann das nicht, Marko …"

Armer Ćućić. Was macht das mit dir, wenn du Tschefur bist und dich scheiden lässt. Moderne Zeiten, und man muss Schritt halten mit der Zeit, und dann sucht sich Ćućić eine Jüngere und macht ihr ein Kind und heiratet wieder und jetzt muss er im Lokal den Unprofor mimen und auf der Rutsche für Frieden sorgen.

„Aber, Marko, sag mir was. Bist du nur gekommen, um Radovan zu sehen oder …"

Oder was, Ćućić? Um Plečniks Ljubljana zu besichtigen?

„Radovan hat mir nur gesagt, dass du eine Zeit lang hier sein wirst."

Da war der Wunsch der Vater des Gedankens, Ćućić. Radovan hat keine Ahnung, wo ich eine Zeit lang sein werde.

„Ich meine, ich habe ihn nicht gefragt, und er hat mir auch nichts gesagt, aber es klang so, als ob … du weißt …"

Ich weiß nicht, wie es geklungen hat. Ich weiß gar nichts.

„… als ob du dich ein bisschen hierher verzogen hättest. Vor irgendwelchen Schwierigkeiten, vor einem … Ich weiß nicht, vor was. Aber so hat es geklungen."

Hat es das? So? Interessant. Wirklich interessant.

„Wenn das stimmt, ich meine, wenn du da unten in Schwierigkeiten steckst … wenn du dich wirklich hierher verzogen hast … Ich habe einen Cousin in Bijeljina … Und er ist ein gebürtiger Bijeljiner."

Jetzt bitte nicht drängeln. Sogar in Bijeljina wird die Welt in Slowenen und Tschefuren eingeteilt. Und gebürtige Bijeljiner sind die Slowenen, nichtgebürtige sind die Tschefuren.

„Ich brauche nichts."

„Hör zu, mein Cousin steht sich gut mit dem Bürgermeister."

Sowieso. Der Bürgermeister von Bijeljina Mićo Mićić und der gebürtige Bijeljiner Ćućo Ćućić trinken jeden Morgen gemeinsam Kaffee.

„Ich brauche nichts."

„Nur dass du's weißt. Denn Radovan darf sich jetzt wirklich nicht aufregen."

Fuck you, Ćućić, begib dich nicht auf Rankas Terrain. Sie sorgt schon das ganze Leben dafür, dass sich Radovan nicht aufregt.

„Gut, solange sie ihn nicht aufmachen, können die Ärzte für nichts garantieren …"

Radovan als Golf 2. Der Arzt weiß nichts, bevor er nicht die Haube öffnet.

„… aber ich weiß nicht, ob du's weißt, ich habe letztens mit seinem Arzt gesprochen, und er hat mir gesagt, dass die Situation ernst ist. Ich kenne ihn wie einen alten Socken, mir kann er nichts vormachen."

Erzähl mir nichts von ernster Situation, Ćućić. Deshalb bin ich ja hier, weil die Situation ernst ist. Ich habe allen in Bijeljina erklärt, dass ich nach Fužine muss, weil die Situation ernst ist.

„Ich meine, Chancen auf Heilung gibt es natürlich, aber …"

Warte, warte! Wie meinst du das, Chancen auf Heilung gibt es? Das ist nicht dasselbe wie eine ernste Situation, Ćućić!

„… aber man muss auf alles vorbereitet sein."

Nicht das jetzt …

Himmel, Arsch und Zwirn, Đorđić! Du blöder Idiot, du blinder! Mir muss man alles aufmalen. Wenn Ranka Tumor gesagt hat, dann ist es ein Tumor! Denn ein Tumor kann kein Geschwür sein, und wenn es ein Tumor ist, dann ist es große Scheiße.

Du blöder Idiot, Đorđić! Du kennst doch Radovan. Ist doch klar, dass er zu dir nicht sagen wird, dass es Chancen auf Heilung gibt, Mann.

Verfluchter Radovan! Du kranker Arsch. Du und deine Geschwüre und Tumore und dein Magen und deine Leber! Da soll dich doch 'ne aufgewärmte *sarma* umbringen! Chancen, Chancen, Chancen, beschissene Chancen!

Wieso hab ich das nicht früher gecheckt? Wieso hab ich das nicht sofort kapiert?! Verdammter Idiot! Warum bin ich nicht gekommen, als Ranka sagte, dass Radovan beim Arzt war wegen dem Magen? Warum hab ich bis jetzt gewartet? Um wegen ganz anderer Dinge zu kommen?

„Hier, hätte ich beinah vergessen. Der Personalausweis. Ich habe Radovan gesagt, dass du keinen Pass brauchst. Dass ein Personalausweis reicht. Dass du nicht vorhast, nach Bangladesch zu reisen."

Debiler Idiot. Zwei Monate sind es seitdem. Zwei Monate, seit Ranka sagte: „Radovan war beim Doktor." Zwei Monate habe ich nichts kapiert, ich verdammter Idiot. Zwei Monate!

Wäre ich binnen sofort gekommen, wäre alles anders gewesen. Es hätte keine Probleme gegeben. Ich fick dir deinen hohlen Schädel in den Arsch, Đorđić!

„Und der Führerschein. Dass du hier nicht anfängst, Rad zu fahren."

Keine Angst, Ćućić. So einer bin ich nicht. Ich bin vielleicht der größte Kretin auf der Welt, aber Radfahrer bin ich keiner.

6. Weshalb Slowenien im Basket nichts reißt

Wenn ein Tschefur von jemandem sagt, er sei krank, kann das alles Mögliche bedeuten, nur nichts Gutes. Krank ist krank, und an einer Krankheit stirbt man. Wenn ein Tschefur sagt, jemandem gehe es „nicht gut", ist das noch keine Panik. Und auch wenn er sagt, dass es jemandem „schlecht" geht, gibt es noch Chancen auf Heilung. Nur wenn er sagt, „er ist krank", ist es aus mit ihm. Denn ein kranker Tschefur ist ein toter Tschefur. Weil es das Tschefurische schon seit der Zeit gibt, als es noch keine Krankenhäuser und Ärzte und Medikamente gab, und weil bei den Tschefuren die Krankheiten noch immer in solche eingeteilt werden, die mit Knoblauch, und solche, die mit Schnaps behandelt werden.

Ich will sagen, die Tschefuren haben Wörter für alle möglichen Krankheiten, sie haben Mononukleose und Meningitis und zerebrale Paralyse, aber was hilft das dem Tschefur, wenn er sie nicht verwenden kann. Das ist dasselbe, als würde man dem Kräuterfuzzi Jovo eine Magnetresonanz verpassen. Er wüsste das nicht einmal am Strom anzustecken, und deshalb würde die Magnetresonanz unbenutzt im Schuppen liegen, während er weiterhin seine Kräuter mischt. Und genauso liegen bei den Tschefuren all diese Meningitisse und Mononukleosen ungenutzt in den Köpfen, und sie sagen noch immer zu allen Krankheiten Krankheit.

Nur das hatte ich vergessen. Ich hatte vergessen, dass es, wenn Radovan auf den Tod krank ist, keine schwulen lateinischen Wörter gibt, sondern dass Ranka nur sagen wird: „Radovan ist krank." Ich hatte es vergessen und dachte deshalb, ihn habe wieder mal ein Viröschen gestochen und er wolle es nicht ausliegen, sondern drei Wochen mit Lekadol gurgeln und bei jedem Hustenanfall

„Zum Teufel mit dir!" sagen, weil er glaubt, dass einer gesund wird, wenn er alle Viren zum Teufel jagt.

Ich hatte vergessen, dass Ranka nicht aussprechen wird, was noch kein Tschefur in der Geschichte je ausgesprochen hat. Aber ich war nur dumm und kapierte es nicht. Oder ich tat nur so, als wäre ich dumm, weil ich es nicht kapieren wollte. Ich habe mich verstellt, wie die Slowenen sagen würden. Als größter Tschefur habe ich mich verstellt, denn die Tschefuren sind Weltmeister im Verstellen. Wenn ein Tschefur zufällig nicht dumm ist, tut er bestimmt so, als wäre er dumm.

Und deshalb war ich jetzt wütend. Wütend auf mich selbst, weil ich so dumm gewesen war, und auf Ranka und auf Radovan. Wütend auf uns alle, die wir so tun, als könnten wir das Wort Tumor nicht aussprechen. Und Krebs.

„Kann ich deine Befunde sehen?"

„Kannst du nicht!"

Radovan tat so, als schaute er voll angespannt ein Quiz im Fernsehen. Und als hätte ich ihn gefragt, ob ich die Fernbedienung haben könne.

„Lass sie mich sehen!"

„Nein."

Er schaltete zum nächsten Kanal. Tat so, als hätte er genug von dem Quiz.

„Warum willst du ihn die Befunde nicht sehen lassen?"

Rankas Stimme ließ Radovan die Augen schließen. Und den Atem anhalten. Ein tiefes, langes Einatmen und dann ein tiefes, langes Anhalten. Wäre es ein Zeichentrickfilm, würden wir jetzt sehen, wie sein Kopf langsam rot anläuft.

„Damit er auch noch anfängt wie du, mir einzureden, dass ich morgen krepiere!"

„Ich habe dir nichts eingeredet."

„Nein, weil ich mir selbst eingeredet habe, dass ich einen Tumor habe!"

„Ich habe nur gelesen …"

„Was hast du gelesen?!"

Radovan kriegte Glupschaugen so groß wie Krapfen. Er nahm Anlauf.

„Kann ich deine Befunde sehen?"

„Kannst du nicht!"

Die Fernbedienung flog in den Schrank unterm Fernseher. Und Radovan verließ protestierend die Sitzung. Er ging ins Bad. Er musste sich dringend die Hände waschen.

„Weißt du was, geh dahin, wo der Pfeffer wächst! Du interessierst mich nicht mehr, weder du noch dein Tumor!"

Ich marschierte unter Protest aus der Wohnung. Und knallte die Tür hinter mir zu. Scheiße, auch ich habe eine immer kürzere Lunte und explodiere immer schneller. Ich bin wie Radovan. Ich werde ihm immer ähnlicher. Lieber würde ich seinen Tumor erben als seinen aufbrausenden Charakter, aber was soll's, da träumt ein Schwein von Mais, wie Radovan sagen würde. Und ich auch.

Sollen sie sich doch ihr Radenska unter die Vorhaut schmieren!

*

Schon hundert Jahre hab ich kein Basket mehr geschaut. Es ist nicht so, dass mich Basket einen Scheiß interessiert, ich kann nur nicht mehr diese verfickten Muttersöhnchen sehen, die über die Linien stolpern und nicht in der Lage sind, einen Freiwurf zu versenken, aber bei Europa- und Weltmeisterschaften spielen. Nicht mal die serbische Auswahl kann ich mehr mit meinen eigenen Leuten schauen. Gut, ich könnte Teodosić schauen, denn der ist ein echter Hingucker, aber wenn ich die drei Holzfäller neben ihm sehe, vergeht mir alles.

Ich kapiere ja, es gibt nicht mehr den großen Pool, dass du die Talente nur so rausfischen kannst. Es sind kleine Becken, und nur wenige talentierte kleine Fische. Und dann musst du auch die in die Auswahl nehmen, die ihr fehlendes technisches Können durch Kampfgeist wettmachen und ihr Herz auf dem Spielfeld lassen.

Alles das ist mir klar, aber ich kann mir das nicht ansehen und mitfiebern und so. Denn ich weiß zu gut, was für Weicheier das sind. Ich habe mit ihnen und gegen sie gespielt, und ich weiß, dass einige von denen Teodosić oder Gogi Dragić nicht mal das Handtuch oder die Flasche reichen dürften. Gut, der kleine Dončić, der ist ein unglaubliches Talent, und Bogdanović zu schauen ist für mich auch ein Genuss, aber alles andere ist ein schwarzes Loch.

Deshalb werden die Slowenen sogar noch von den armen Polen weggeputzt werden. Da hilft es auch nichts, dass sie den Nigger von Real geholt haben und dass sie einen Serben als Trainer genommen haben, denn das kann nicht gutgehen. Das ist Mathematik, mein Freund. Es sind noch immer zu wenige Tschefuren und zu viele Janeze, die nur Blöcke hinstellen und eine starre Verteidigung spielen. Und ihr könnt euch den ganzen Kampfgeist sonst wo reinschieben, denn mit Kampfgeist allein kannst du heute nicht mal Polen schlagen, geschweige denn eine wirklich starke Nationalmannschaft. Denn Dragić und Dončić können nicht alles allein machen.

Ich konnte das wirklich nicht mehr mit ansehen. Ich trank meinen Espresso und warf noch einen Blick über die Terrasse des *Cubana,* nur um festzustellen, dass ich wirklich keinen kenne. Lauter neue Knaben. Ist doch klar, sowieso. Denn wer aus unserer Generation hatte genug Kohle, um in Fužine zu bleiben.

Scheiß drauf, Fužine ist jetzt ein teures Viertel. Eine Siedlung für reiche junge Familien und pensionierte Hungerleider. Das ist es. Und all die Knaben, die im *Cubana* sitzen und für Slowenien schreien, werden wegziehen müssen. Nach Radomlje. Und nach Šmarje an der Paka. Zu ihren slowenischen Mädchen. Und ihren Mamas und Omas und Uromas. Nur die armen Kerle wissen das noch nicht.

Komm schon, setz dich, Kleiner, was regst du dich auf, sie spielen gegen Polen, nicht gegen Amerika. Ruhe!

Euer Slowenien scheißt euch was! Ihr könnt es anfeuern, aber es wird euch trotzdem was scheißen.

Und dass mir hier keiner mit „Wer nicht springt, ist kein Slowene!" anfängt, denn dann werdet ihr alle durch die geschlossene Tür segeln, garantiert. Ihr Janeze.

Nein, ehrlich, daraus wird nichts, das sehe ich genau. Die Polen werden gewinnen, und dann werden die Slowenen bis zum Morgen fachsimpeln, warum sie nicht so gespielt haben, wie sie es abgesprochen haben, und warum Prepelič keinen Korb gemacht hat, was er normalerweise tut, und dieser ganze Stuss.

„Eh! Kellner! Zahlen, bitte!"

Nein, nein, du brauchst dich nicht zu beeilen, ich kann warten, bis du dich hochkriegst. Tanz hier endlich an, wenn nicht, geh ich nach Haus. Es geht mir am Arsch vorbei, ob gerade das Spiel läuft. Ich bin kein Pole. Und Slowene auch nicht.

„Zahlen, hab ich gesagt! Sofort! Klar?!"

*

„Was ist los, du Schwuchtel? Kennen wir die alten Kumpel nicht mehr?"

Ich kapierte nicht sofort, wer er war, weil er eine Kapuze über den Schädel gezogen hatte. Und er starrte mich mit verklebten Augen an, sodass ich nicht wusste, ob er mich ansah oder nur blinzelte. Er war komplett verklebt.

„Ja, wo kommst du denn her, Adnan!"

Adi.

„Sieh dir den Đorđić an, den Wichser!"

Er war noch immer derselbe. Ich hatte ihn seit mindestens fünf Jahren nicht gesehen, aber er war noch immer derselbe. Auch die Klamotten. Adnan Mutavdžić.

„Du bist aber groß geworden Adnan!"

„Blas mir den Schwanz, Đorđić!"

„Blas du."

„Ich blase. Ich blase viel."

Und er fing an, wie ein kleiner Debiler zu grinsen. Wie dieser Adi, bei dem du nie wusstest, ob er der größte Zar ist oder ob du ihm in den Arsch treten sollst wie einem Köter. Der Adi, der seinen Nachbarn Erdbeerjoghurt in die Briefkästen goss und genau wusste, welche Joghurts dafür am besten sind. Adi hat im Leben eigentlich nur das herausgefunden. Die Konsistenz aller Erdbeerjoghurts.

„Ist ja nicht zu glauben. Đorđić. Du Arsch."

„Was gibt's? Geht's dir gut, Adnan?"

„Bestens!"

Und wieder grinste er. Als würde er sich freuen, mich zu sehen. Oder er war nur so zugedröhnt. Den soll einer kennen. Bei Adi konntest du nie wissen, was mit ihm los war. Er war immer derselbe. Im Grunde war er zu oder nicht zu. Nur nicht zu habe ich ihn seit der sechsten Klasse nicht mehr gesehen.

Vor gut drei Jahren hatte mich Adi in Bosnien angerufen und mir alles Gute gewünscht. Er fand es großartig, dass Aleksandar Vučić am selben Tag Geburtstag hatte wie ich. Er erklärte mir, dass ich der reinkarnierte Vučić sei. Dann lachte er sein schäbiges Lachen und erklärte mir, dass Samira ihre Fetzen zusammengerafft habe und nach Bosnien abgedampft sei. „Genau wie du, Đorđić", sagte er, und das schien ihm der Superschmäh von allem zu sein. Und lachte noch mehr. Genau wie jetzt.

Adi. Adnan Mutavdžić. Der einzige Freund, der sich an meinen Geburtstag erinnert und mir gratuliert hat.

„Und wo steckst du so, Đorđić! Bist du gekommen, um Ranka und Radovan ein bisschen zu checken, ha? Na ja. Klar, das musst du auch."

Da hast du's. Wir verwandeln uns in unsere Alten. Wir stellen Fragen und beantworten sie selbst. Wir tun so, als würden wir uns unterhalten. Dialog und so. Aber in Wirklichkeit ist das keiner. Null.

„Und was gibt's bei dir?“

Nichts.

Adi sah mich nur an und grinste. Und wenn du mich umbringst, ich weiß nicht, ob er versucht hat, etwas zu sagen, oder ob er versucht hat, nichts zu sagen.

„Du stiehlst dem lieben Gott und den Leuten den Tag, ha?“

„Genau das! Genau das!“

Jetzt erinnerte ich mich an Adis Bruder, den Wahhabiten Sanel und seine *hanuma*. Die drei leben wahrscheinlich zusammen. Adi, der Wahhabite und der Ninja. Scheiße, wie sieht das aus? Morgens brät der Ninja für alle Spiegeleier und schneidet das Brot in Schnitten, und dann sitzen sie alle ein bisschen herum und reden über die globale Erwärmung? Ehemalige und aktive Junkies. Und an den Wochenenden fliegt der verrückte Mirsad aus Österreich ein, um die monotone Familienszene aufzupeppen.

„Đooоordić. Du glaubst es nicht.“

„Adnan Mutavdžić.“

„Kannst Adi zu mir sagen.“

Das fand er total komisch und er fing an, sich vor Lachen zu krümmen. Und ich musste auch grinsen. Weil es wirklich komisch war. Alles zusammen. Ich und Adi, wir stehen an der Bushaltestelle und quatschen. Wir lachten wie zwei Rotzbengel, die zum ersten Mal was genommen haben. Und alles passte wie die Faust aufs Auge, wie Radovan sagen würde.

Der verrückte Adi. Ich kenne ihn seit dem Kindergarten, und es ist alles umsonst. Fünf Jahre haben wir uns nicht gesehen, aber das hat nichts zu sagen. Adi war Adi. Der debile Adi.

„Wohin willst du?“

Ich gehe, wohin ich will.

„Nach Hause.“

Adi hörte auf zu grinsen, und ich glaube, dass er sogar seine Augen aufmachte. Er sah mich wirklich an. Und das war seltsam. Echt seltsam.

„Wie geht's deinem Vater? Ich sehe ihn manchmal. Er tut immer noch so, als würde er mich nicht kennen."

Radovan hatte es allen meinen Freunden übel genommen, dass wir im Bus randaliert und dass wir Damjanović vertrimmt haben, dass wir den Sperrmüll abgefackelt haben und dass ich nach Bosnien musste. Aber Adi hatte er es am meisten von allen übel genommen. Weil er Adnan war, und weil er ein Junkie war. Am meisten aber deshalb, weil er Grimassen schnitt wie ein Affe. Und auch jetzt schnitt er Grimassen. Nur nicht wie ein Affe. Jetzt schnitt er Grimassen wie eine Ratte. Oder eine Fledermaus.

„Wir müssen uns mal treffen, Đorđić. Damit du mal erzählst, was abgeht."

„Was geht bei dir ab?"

„Bei mir alles Mögliche! Vor allem Heroin. Aber der Islam ist auch nicht schlecht."

Wieder grinste er. Vielleicht freute er sich wirklich, mich zu sehen, und er musste deswegen lachen. Oder aber er war einfach nur zugedröhnt.

„Was bei mir abgeht? Was geht bei dir ab, Alter? Was soll bei mir in Fužine schon abgehen!"

„Ich weiß es nicht, Alter. Sag du es mir."

„Was soll ich dir sagen? Du weißt ja selbst. Du siehst ja."

Ich sehe nichts, Adnane. Ich sehe nur einen verpeilten Debilen, der über seine armseligen Witze grinst. Und ich sehe mich, der hier an der Bushaltestelle steht und über diesen Debilen und seine armseligen Witze grinst. Ich sehe Adi und Marko. Zehn Jahre später.

Was ist, Adi? Gehen wir Sperrmüll abfackeln?

„Erinnerst du dich, wie wir den Sperrmüll abgefackelt haben, Alter?"

Scheißsperrmüll, Scheißsperrmüll, Adi!

Ja, das ist geblieben von allem. Abgefackelter Sperrmüll. Das haben wir von unserer Jugend in Fužine. Ein beschissenes Feuer, das sie in fünf Minuten gelöscht und in fünfzehn vergessen haben.

Aber nicht wir haben den Sperrmüll abgefackelt, Adi, sondern ich habe ihn abgefackelt. Du hast dich angeschissen und hast Leine gezogen. Und dann hast du noch zu den Bullen gesagt, dass ich es war, weil sie dich die ganze Nacht weichgeklopft haben. Angeblich. Die ersten sieben Sekunden hast du dich heroisch gehalten, aber dann konntest du nicht mehr. Adi, das Waschweib. Mein bester Kumpel. Ich fick dir deine Junkie-Mama!

„Mensch, Đorđić! Wo steckst du denn, Đorđić?"

Vielleicht ist er wirklich froh, mich zu sehen.

„Eh, Adnan."

„Ist ja nicht zu glauben!"

Er ist wirklich froh, mich zu sehen.

„Hast du was zu rauchen?"

„Nein."

„Aber ich."

*

Wie in den guten alten Zeiten kletterten wir in eine der Holzhütten auf dem Spielplatz vor Adis Haus. Adi drehte schweigend, nur seine Hände zitterten, als würde er eine Mathearbeit schreiben. Vermutlich hatte er im Leben öfter eine Tüte gedreht, als sich den Hintern abgewischt, nur dass er es jetzt wohl nicht mal mehr schaffen würde, sich den Hintern abzuwischen. Erst nachdem er ein paar lange Züge gemacht hatte, beruhigte er sich etwas.

„Was ist, Đorđić? Wo steckst du denn? Machst du was?"

„Ne. Ich zupf mir den Schwanz. Das mache ich."

Er machte noch ein paar Züge, dann gab er sie mir. Ich hatte keine Lust zu rauchen, aber jetzt war ich hier, also rauchte ich. Denn es wäre leichter, einem Slowenen das Skifahren abzugewöhnen, als Adi zu erklären, warum ich nicht rauchen mag.

„Hast du Montag Zeit?"

„Ich weiß nicht. Wahrscheinlich. Welcher Tag ist heute?"

„Donnerstag."

„Ja. Hab ich. Und weshalb?"

„Um mit mir eine Fuhre zu machen."

„Was für eine Fuhre?"

„Eine Fuhre eben. Um mir ein bisschen Gesellschaft zu leisten. Ich muss was von unten herauftransportieren."

„Von wo unten?"

„Von Kladuša. Nur, ich fahre nicht nach Kladuša. Ich übernehme den Transporter in Karlovac und bringe ihn hierher. Ich habe noch einen Pass auf den Namen Matej Bohinc, da bin ich weniger verdächtig."

„Machst du Witze?"

Adi kugelte sich vor Lachen. Aber ich schluckte es, dass Adnan Mutavdžić einen Pass auf den Namen Matej Bohinc hat. Damit er nicht verdächtig ist.

„Komm schon, Đorđić, was bist du für ein Idiot."

Echt. Wer würde Adi abnehmen, dass er Matej Bohinc ist? Ich war wirklich ein Idiot.

„Komm, wir fahren runter nach Karlovac, trinken ein Karlovačko, und ab geht's nach Haus. Was ist? Was glotzt du mich so an? Kommst du mit oder nicht?"

Ich glotzte Adi wirklich an. Das lag daran, dass mir ein wenig schwindelig war und ich ein Problem damit hatte, mir seine Rübe scharfzustellen.

„Was musst du abholen?"

„Du kriegst zweihundert Euro, wenn du mitkommst."

„Was musst du abholen?"

„Das kümmert dich einen Dreck! Für Sanel ein paar Kleinigkeiten."

„Musst du sie herschmuggeln oder abholen?"

Eigentlich kümmerte mich das einen Dreck. Oder nicht einmal das. Ich wusste, dass er was mit Schwarzhandel zu tun hatte, aber mir ging auf den Sack, dass Adi so tat, als wäre das ein normales Business.

„Wenn du nicht willst, musst du nicht."

Vielleicht war Adi beleidigt. Für Tschefuren ist beleidigt sein ohnehin ein natürlicher Zustand. Nur bei Adi war es schwer, den natürlichen Zustand zu bestimmen. Er war immer in seinem ganz eigenen Zustand. Jetzt tat er so, als wäre er so eingeraucht, dass er nicht sprechen kann. Er glotzte ins Leere, und ich glotzte auf die Balkone.

Ich glotzte auf die Vorhänge, hinter denen ein Alter die Kanäle im Fernseher wechselte. Und eine dicke Frau kam auf den Balkon, nahm eine Schüssel und ging wieder rein. Jemand machte das Licht aus und ging schlafen. Oder vögeln. Wahrscheinlich nur schlafen.

Alles war so wie früher. Das Leben läuft weiter, und wir glotzen.

„Okay dann."

Ich stand auf und ging. So wie damals, als wir hier jeden Tag herumhingen und uns beiden klar war, dass wir uns morgen wiedersehen würden. Auch Adi sagte nichts. Schweigen war ohnehin seine Muttersprache. Und seine erste Fremdsprache war das Einsilbische. Der stumme Adnan Mutavdžić war noch immer zwölf.

7. Weshalb das Leben auch die stärksten Kerle schafft

„Komm!"

Nichts.

„Wir fahren!"

Noch immer nichts. Nur dieser Blick. Von unten herauf. Es war Freitagmorgen. Es war neun, und Radovan war für halb zehn auf der Onkologie bestellt. Die ganze Nacht hatte er sich im Bett herumgedreht wie in einem Karussell und sieben Mal war er pinkeln gegangen, sodass keiner von uns schlafen konnte. Ich denke, dass er um halb sechs aufgestanden ist. Und geduscht hat, obwohl er sonst abends duscht. Samstags und dienstags. Er hat zwei Tässchen Kaffee getrunken und sich schon vor einer Stunde angezogen. Aber um neun starrte er mich an, als hätte er keinen Schimmer, wohin ich mit ihm möchte.

„Wir müssen los. Wir verspäten uns."

„Wohin?"

In den Arsch auf den Markt.

So wie sich Radovan blöd stellen kann, das könnte kein De Niro spielen.

„Komm! Gehen wir!"

„Ich gehe nirgends hin!"

Was hätte ich dafür gegeben, ihm eine an die Nuss geben zu können. Er benahm sich wie ein kleines Kind und bat mich, ihn auszuklopfen wie einen Teppich und kopfüber rauszutragen.

Ich ging auf den Balkon, nahm seine Wildlederschuhe und fetzte sie vor ihn hin.

„Zieh an. Wir gehen!"

„Ich gehe nicht in diesen Schuhen."

„Sondern in welchen?"

„In gar keinen."

„Zieh sie an. Es ist schon nach neun."

„Sie lassen mich sowie bis elf im Wartezimmer sitzen."

Klar weiß er, wohin wir gehen. Und klar, dass er diese Wildlederschuhe anziehen wird, weil er nicht nach den anderen suchen will. Und weil die anderen nicht schmutzig und abgewetzt sind, er aber nur schmutzige und abgewetzte Schuhe trägt.

*

Als wir in Richtung Parkplatz gingen, beschleunigte Radovan plötzlich seinen Schritt und stürmte an mir vorbei. Als wollte er sehen, wer zuerst beim Auto ist.

„Ich fahre!"

Er tat mir ja leid. Ich kapierte, dass es ihm wirklich wichtig war, dass er fährt. Dass es für ihn wichtig war, dass es so aussah, als würde ich nur mitgehen, um ihm Gesellschaft zu leisten. Damit es ihm im Krankenhaus nicht langweilig wird. Für ihn war es wichtig, dass alles so ist, als würde er hinfahren, um sich den Zahnstein wegmachen zu lassen. Er würde seinen Opel am liebsten vor dem Krankenhaus auf dem Bürgersteig parken, mit eingeschaltetem Warnblinker. Quasi „Ich bin in einer Sekunde zurück, ich sag nur kurz der Schwester Hallo und lass mir das Lekadol geben".

Er tat mir leid, weil er das alles nicht für mich spielte, sondern für sich selbst. Sich selbst spielte er vor, dass es ihm am Arsch vorbeigeht. Das Geschwür, der Tumor und der Ultraschall. Er fuhr um seiner selbst willen noch langsamer als gewöhnlich, weil er sich selbst beweisen wollte, dass er es nicht eilig hat und dass diese Untersuchung Quatsch ist und dass er auch zu spät kommen kann, wenn er will.

Und er brabbelte vor sich hin. Er brabbelte wie ein altes Weib.

„Nimm den Šestić … Der hat mal in der Bank in Moste gearbeitet. Einmal hat Kvrgić bei ihm einen Kredit für eine Garage aufgenommen und Šestić hat zu ihm gesagt, er soll um fünf kommen, wenn die Bank schließt, und dass sie, wenn alle gehen, das Geschäft ruck, zuck abschließen. Und so machen die beiden das und gehen in die Küche, um dort anzustoßen, na klar doch, ein Gläschen, zwei, da kommt die Putzfrau, um die Bank sauber zu machen, sie sagen ihr, sie soll alles andere putzen und die Küche am Schluss, sie sagt „gut", und sie trinken das dritte und vierte, die Putzfrau hat die Bank geputzt, vergisst sie und die Küche, schließt die Tür, schaltet den Alarm ein, und als die beiden abends um neun total betrunken aus der Küche kommen und aus der Bank rauswollen, schaltet sich der Alarm ein, die Polizei kommt, o Mann, was war das für ein Zirkus ... Šestić, Šestić, jaja ..."

All das gespielt locker. Aber du sieht ihn, wie er sich am Lenkrad festhält, als ob alles, wenn er loslässt, in den Arsch ginge.

„Wo hast du vor zu parken?"

Keine Antwort. In Moste schwieg er, sichtlich nervös. Er, der nicht einmal als Toter in einem Parkhaus parken würde, fuhr in diese grauenvolle Garage am Ende der Zaloška. Er parkte den Opel und starrte hundert Jahre lang auf die Armaturen.

*

Im Wartezimmer nahm Radovan ein paar Prospekte in die Hand, um darin zu blättern. Er versuchte, sein Gehirn zu beschäftigen, aber das Gehirn ließ sich nicht beschäftigen. Die Prospekte waren für ein Medikament für Prostata und eine Creme für Krampfadern und für noch was und Radovan schaute drauf, nur schaute er nicht. Und brabbelte wieder.

„Weißt du, woran ich mich gerade erinnert habe? Ich war mal mit dir in der Notaufnahme, damals, als du dir den Knöchel verrenkt hattest. Und wir sitzen so im Wartezimmer, genau so, du sitzt da und wartest und die Ärzte gehen an dir vorüber wie an einem türkischen Friedhof, als es plötzlich von irgendwoher tönt: ‚Was macht ihr denn hier?' Ich sehe hin, sitzt da Husos Sabina.

Ich sag: ,Was machst du denn hier?', und sie: ,Ja, ich bin hier auf Spezialisierung.' Und sie sagt: ,Wartet kurz, einen Moment', und in der nächsten Sekunde ist sie wieder da, sie sagt: ,Kommt mit', und bringt uns in eine Ordination, schließt auf, schaltet das Licht ein, sagt: ,Wartet hier.' Und keine fünf Minuten, da kommt schon der Doktor ..."

Weil jetzt Husos Sabina kommt, was, Radovan? Weil jetzt egal wer kommt. Denn hier war nirgends ein Mensch. Ich wollte schon an die Tür klopfen, um zu fragen, was zum Teufel los ist, aber Radovan hielt mich zurück.

„Lass. Sie rufen uns auf."

„Ich kann dich nicht einfach so warten lassen. Du bist bestellt."

„Und wenn schon."

Sein ganzes Leben lang hatte ihn das Warten umgebracht, aber jetzt wartete er. Er, der zum BTC über Dravlje fuhr, nur um nicht an der Ampel halten zu müssen. Aber was ihn am meisten umbrachte, war, wenn er ohne Grund warten musste. Wenn es jemandem scheißegal war, dass er wartete. Wenn wir vor dem Schalter denen hinterm Schalter scheißegal waren, bedeutete das, dass das System im Arsch ist. Und dass die Leute ein Scheißdreck sind.

Ich weiß echt nicht, ob ich ihn jemals in einem Wartezimmer sitzen und warten gesehen habe. Je mehr es hieß „Bitte nicht klopfen", desto mehr klopfte Radovan. Um zu überprüfen, ob da drinnen wirklich gearbeitet wurde oder ob beim Quatschen am Telefon Nägel lackiert wurden. Und es war nicht einmal so, dass er nicht warten konnte. Der Punkt war, dass er nicht warten durfte. Denn wenn er irgendwo wartete, bedeutete das, dass er dort niemanden kennt. Dass er der einzige Tschefur auf der Welt ist ohne Beziehung.

Scheiße, wenn ein Tschefur nach Slowenien geht, wünschen ihm seine Verwandten, dass er sich so schnell wie möglich zurechtfindet. Dass er in diesem Slowenien ein Mensch wird. Dass er jemand und etwas wird. Dass er Menschen trifft und in der Gemeinde, in der Bank und im Krankenhaus jemanden kennt. Deshalb ist ein Tschefur, der wartet, ein schlechter Tschefur. Ein Tschefur, der wartet, ist ein Tschefur, der sich nicht zurechtgefunden hat. Der niemand und nichts geworden ist.

Und Radovan war jetzt ein schlechter Tschefur. Jemand, der in Slowenien kein Mensch geworden ist, sondern jemand, der in einem Wartezimmer wartet. Dreißig Jahre lang hat sich Radovan bemüht, in diesem beschissenen Slowenien jemand und etwas zu werden. Und jetzt sitzt er da und wartet, wie der größte Loser.

„Đorđić!"

Wir fuhren beide auf, aber Radovan fasste meinen Arm und sah mich mit seinem Ranka-ich-bring-dich-um-Blick an.

„Setz dich!"

Klar doch. Er wird allein reingehen. Das ist seine Sache. Dieses Geschwür oder Tumor oder was für ein Scheiß das ist.

*

So ist das eben. Du kannst dich in die Brust werfen, so viel du willst, du kannst brüllen: „Wir sind die Stärksten, die Stärksten!", du kannst wirklich stark sein. Nur auf die Frage: „Gibt es jemand Stärkeren?" lautet die Antwort: „Gibt es!" Das Leben ist stärker, mein Freund. Das Leben ist stärker. Denn das Leben schafft auch die stärksten Kerle. Es hat Radovan geschafft und wird auch mich schaffen. Für das Leben sind auch dreißigtausend umarmte starke Kerle auf der Nordtribüne des Marakana eine einzige beschissene Pussy. Das Leben hat Radovan, diesen Klotz von einem Radovan, der sein ganzes Leben lang allen der Reihe nach die geballte Faust gezeigt hat, plattgemacht wie ein Bulldozer einen Krapfen. Radovan, der sein Geschwür oder Tumor selbst in die Ordination bringt, war ein plattgemachter Krapfen. Ja, das war Radovan jetzt. Und ich konnte nur noch die unsichtbaren Krümel von Radovan auf dem Boden des Wartezimmers auflesen. Aber was, wenn du aus diesen Krümeln nichts mehr zusammensetzen kannst? Nicht einmal Dreck kannst du aus diesen Krümeln noch machen, geschweige denn einen Menschen.

*

Deshalb habe ich ihn auch nicht gefragt, was der Arzt zu ihm gesagt hat. Es war egal, was er gesagt hat. Ich hätte ihm sagen können, dass alles so sein wird, wie es früher war, dass es Jugo wieder geben wird und Roter Stern wieder Weltmeister wird, alles hätte ich ihm sagen können. Radovan würde sich immer noch wie ein Toter auf Urlaub zum Auto schleppen. Beleidigt, weil dieses beschissene Leben gerade ihm, Radovan Đorđić, passiert ist. Und wenn Ranka ihn fragen wird, was der Arzt gesagt hat, wird dieses Beleidigtsein aus ihm herausbrüllen.

„Steck sie dir in den Arsch! Den Doktor und das Leben."

Und Ranka wird genau wissen, was der Doktor gesagt hat, und wird in die Speisekammer gehen, um etwas zu suchen, und dann wird sie in der Speisekammer heulen wie ein Baby.

8. Weshalb die Tschefuren keine Aufzüge mehr vollschmieren

Ich hätte sofort schnallen müssen, dass Alma ein bisschen eigen ist. Wenn nicht schon bei Vela, dann spätestens, als sie vor Opas und Omas Haus kam und zu mir sagte: „Komm." Das war alles, was sie sagte, und mir hätte sofort alles klar sein müssen. Denn eine Sache ist es, einem Typ zu sagen, dass er süß ist, eine andere aber, vor sein Haus zu kommen und „Komm" zu sagen. Als wäre er ein Hündchen und kein Mensch. Ich glotzte sie an wie ein Weltwunder, und ich glaube, ich hätte noch weiter geglotzt, wenn sie mich nicht an der Hand genommen und mitgezogen hätte. Noch jetzt würde ich auf ihren kurzen Rock starren und in ihre Augen und auf ihre Brüste, die aus ihrer Bluse schauten. Das ganze Leben hätte ich so stehen und sie anstarren können. Weil sie wirklich eine Erscheinung war und ich nicht glauben konnte, dass ich wirklich sehe, was ich sehe. Alma hatte sich herausgeputzt und war gekommen, um mich irgendwohin mitzunehmen.

Klar, dass ich mitging. Ich wäre mit ihr zur Schlachtbank gegangen.

„Ich war schon früher mal da, aber ich wollte nicht ins Haus kommen", sagte sie, als wir die Straße hinuntergingen. Denn Alma war in Wirklichkeit gar nicht so locker. Alma hatte darauf gewartet, dass ich allein im Hof auftauchte, damit sie „Komm" sagen, mich an die Hand nehmen und mitnehmen konnte.

Sie war verrückt, aber ich hatte mein ganzes Leben darauf gewartet, dass ein Mädchen zu mir kommt und „Komm" sagt. Und wahrscheinlich hätte egal welches Mädchen kommen können und ich wäre mitgegangen. Auch wenn sie nicht so scharf wäre wie Alma und nicht die längsten Wimpern von der Welt hätte.

„Gefallen dir meine Schuhe?"

„Mhm."

Sie ging vor mir, und ich konnte ihre Schuhe überhaupt nicht richtig sehen. Ich sah nur ihre Beine.

„Ich hab sie noch nie getragen. Ich habe auf einen besonderen Anlass gewartet."

Ich sagte nichts. Weil ich nichts sagen konnte. Ich hätte „Mhm" sagen können, aber das hatte ich schon gesagt, und ich wollte mich nicht wiederholen. Ich hatte ein Chicago-Bulls-T-Shirt und zerrissene Bermudas an, und Alma und ich passten wirklich nicht zusammen. Aber für mich war das T-Shirt cool, die Bermudas auch, weil ich in ihnen nicht so schwindsüchtig wirkte.

„Warst du mal auf der Pyramide?"

„Nein."

„Das heißt, dies wird dein erstes Mal?"

„Mhm."

„Keine Angst. Es tut nicht weh."

Die Pyramide war nicht weit weg von Topuzovo Polje. Man musste am ehemaligen Lager der Unprofor vorbei und ein Stück an der Bosna entlang und an der Tankstelle vorüber und über eine idiotische Kreuzung und an Ibras Tschewape-Bude vorbei und an der Moschee mit dem grünen Zaun, wo man zu Rado abbiegt, und noch weiter, am Basar vorbei und am Gemüsemarkt, und dann bergauf. Es war ein Spaziergang, bei dem dir die Beine abfallen, und Alma und ich absolvierten das alles schweigend. Sie weder Muh noch Mäh. Ich weder Muh noch Mäh. Sie sah sich um, alle paar Meter grüßte sie jemanden, und ich sah sie an, und dann kam mir vor, dass ich sie zu sehr ansehe, und ich sah irgendwie zur Seite, aber ich sah nicht wirklich zur Seite, weil ich die ganze Zeit auf sie und ihren kurzen Rock konzentriert war.

Plötzlich schlug Alma einen anderen Weg ein, den ich nicht kannte, irgendwie weg von der Pyramide. Ich wollte sie fragen, wohin wir gehen, aber ich hatte Angst, alles zu verderben. Wir gingen ein Stück weiter bergauf, dann in den Wald, und nachdem wir eine Weile im Wald umhergestiefelt waren, blieb Alma stehen. Sie sah sich um, checkte, ob wir wirklich allein waren, und dann küsste sie mich. Ohne jede Ansage. Sie küsste mich einfach auf den Mund.

„Hast du gewusst, wohin ich dich führe?"

„Nein."

„Und warum hast du mich nicht gefragt?"

„Ich weiß nicht."

„Du bist echt süß. Ich habe an deinem Gesicht gesehen, dass du dir gewünscht hast, dass dich jemand irgendwohin führt."

*

Es war erst halb sechs, aber ich konnte nicht mehr schlafen. Ich stellte die *džezva* auf den Herd und machte der Reihe nach die Schränke auf, weil ich nicht wusste, wo Ranka den Kaffee hatte. In Fužine hatte ich mir noch nie selbst Kaffee gekocht.

„Mach mir auch einen."

Radovan setzte sich an den Tisch, um nach dem Schlafen ein bisschen auszuruhen.

„Der Kaffee ist da neben dem Kühlschrank. In dem grünen Gefäß."

In Bosnien hatte mir Oma als Erstes beigebracht, wie man Kaffee kocht. Es machte ihr nicht gerade Sorgen, dass ich keinen Kaffee trank. Aber ich war kein Kind mehr und es gehörte sich, morgens Kaffee zu trinken. Und Schnaps. So tranken Oma, Opa und ich jeden Morgen gemeinsam Kaffee. Und Opa und ich dazu einen Schnaps.

Radovan trank seinen Kaffee morgens allein, bevor Ranka und ich aufstanden. Auch den Schnaps trank er allein. Im Stehen. Wie ein Medikament, das man dreimal täglich einnimmt. Mit mir hatte er nur an dem Abend, bevor er mich nach Bosnien schickte, einen Schnaps getrunken.

„Weshalb bist du gekommen?"

Sofort volley, was, Radovan? Ohne aufs Tor zu sehen.

„Ich bin gekommen, um zu sehen, wie es dir geht."

„Komm, red keinen Scheiß. Worum geht's?"

„Um nichts. Ranka hat mich angerufen."

„Ja klar doch."

Radovans Gesicht bitter wie Kaffee.

„Ist es ein Problem, dass ich gekommen bin?"

„Ist es ein Problem, dass ich frage, weshalb du gekommen bist?"

Ich goss den Kaffee in seinen *fildžan*. Er wartete nicht, bis er abgekühlt war, sondern griff sofort mit seinen dicken Fingern zu, hob ihn langsam zum Mund und schlürfte.

„Stark, dein Kaffee."

„Magst du ihn so nicht?"

„Nein. Er ist gut. Ich sage nur."

„Ich mag ihn stark."

„Kaffee muss stark sein."

Stark und bitter, ich weiß. Weil es nicht gut ist, Kaffee mit Zucker zu trinken. Denn das Leben ist bitter, und du darfst dich nicht ans Süße gewöhnen. Und wenn dich jemand fragt, ob du einen Kaffee mit Zucker möchtest, musst du sagen: „Zuckere deine Pita, wenn du zuckern willst." Wenn du ein Đorđić bist.

„Wie lang hast du vor zu bleiben?"

„Ich weiß nicht."

„Junge …"

„Ja."

„Wenn du irgendwie kannst, bleib. So lang wie möglich. Nicht wegen mir, sondern wegen Mutter."

„Was ist mit ihr?"

„Mutter wird jemanden brauchen, wenn ich gehe."

„Wohin? Wenn du wohin gehst?"

„Zum heiligen Petrus auf Hochzeit."

Radovan hat nicht die Kondition für diese langen Gespräche und muss ein wenig ausruhen. Und eine Pause machen wie im Film, wenn es am spannendsten ist.

„Ins Krankenhaus."

„Du hast nicht gesagt, dass du ins Krankenhaus musst."

Radovan wollte mir alles mit dem Blick erklären. Er sah mich an, als hätte er telepathische Fähigkeiten. Aber vergeblich. Da musste ein Rauschen im Kanal sein, denn ich kapierte absolut nicht, was er mir sagen wollte.

„Du hast auch nicht gesagt, weshalb du gekommen bist."

Er goss sich Kaffee nach, und ich nahm die *džezva*, um nachzusehen, ob sie leer war. Denn wenn sie leer ist, ist das Kaffeetrinken vorbei und ich kann aufstehen.

„Gib mir doch mal das Brot aus dem Schrank."

„Soll ich dir Eier braten?"

„Nicht nötig. Ich hab mir nur abgewöhnt, Kaffee auf leeren Magen zu trinken."

Er brach ein Stück Brot ab und begann daran zu nagen, als wäre es ein Hühnerschenkel. Das war er und sein Leben. So wie er an dem zwei Tage alten Stück Brot nagte, so nagte er am Leben. Ohne Genuss. Altes Brot oder Hühnerschenkel, das Leben, das er hat, oder ein anderes. Alles war für ihn dasselbe. Gib, was du gibst.

„Marko ..."

„Sag."

„Kann ich dich um was bitten?"

„Kannst du."

„Streite dich nicht mit Mutter."

„Mit Mutter streitest nur du dich."

War das ein Lächeln? Schwer zu sagen.

„Ich weiß. Aber was soll ich tun. Sie geht mir auf die Nerven. Du weißt ja selbst, wie sie ist."

„Ich kenne sie und dich."

„Was willst du damit sagen?"

„Nichts."

„Kann ich dich darum bitten? Es wird schwer für sie sein, solange ich im Krankenhaus bin, und mach du es ihr nicht noch zusätzlich schwer ..."

Oh, Radovan. Was tätet ihr, du und Ranka, ohne einander, ha? Wenn du dich so schön um sie sorgst, und sie sich um dich. Es wäre sehr schade, wenn ihr beide getrennt würdet.

„Ich werde mich nicht mit ihr streiten."

Radovan wollte noch einen Schluck Kaffee schlürfen, aber er war schon kalt, und kalten Kaffee mag er nicht. Er schlürfte Kaffee nur heiß. Das mochte er angeblich. Aber wenn er ihn schlürfte, machte er ein Gesicht, als würde ihm jemand eine Spritze in den Hintern jagen.

„Danke."

„Keine Ursache."

Radovan liebt mich, ich weiß das. Nur ist für ihn die Liebe eine Qual. Für ihn ist die Liebe eine in den Hintern gejagte Spritze.

*

Also, ich kapier nicht, warum keiner mehr die Aufzüge vollschmiert. In allen Wohnblocks in Fužine sind die Aufzüge sauber wie geleckt. Als wärst du in Trnovo, Mensch. Als wir klein waren, waren alle Lifte komplett vollgekritzelt, weil der Lift für die Tschefuren das Beschwerdebuch war, in dem sich alle verewigen mussten. Einer musste den Schippis die Mutter ficken, ein anderer Ademas Titten preisen, der Dritte seinen Schwanz hinmalen, nur doppelt so groß. Aber jetzt keiner, nichts. Die Lifte sind so sauber, dass du die Wände ablecken könntest.

Wahrscheinlich ist der Gag der, dass die Leute jetzt Titten liken und ihre doppelt so großen Schwänze auf Facebook posten. Dass die kleinen Tschefuren auf ihre kleinen Telefone wichsen und sich sogar das Zeichnen im Aufzug digila... digita... Ihr wisst, welchen Scheiß ich meine.

Aber es ist nicht nur das. Meiner Meinung nach sind die Lifte auch deshalb sauber, weil die Leute alles bei sich behalten. Schweige und leide. All das Beschissene, das früher an den Wänden der Aufzüge war, ist noch immer in den Leuten, es rinnt nur nicht mehr aus. Es sammelt sich nur, um dann einmal auszurinnen. Aber dann, wenn es mal knallt, ist der totale Scheiß angesagt. Die Leute werden platzen und die angesammelte Scheiße wird sich über diese ganze Sauberkeit ergießen. Nur dann werden an den Wänden keine Titten und Schwänze mehr sein, sondern etwas viel Schlimmeres.

Aber mich irritieren diese sauberen Aufzüge nicht. Das ist für mich noch in Ordnung, diese Sauberkeit und so. Mich irritiert mehr, dass ich die Jungs nicht kapiere, die in den Liften nicht herumschmieren. Ich kapiere die Jungs nicht, die im Lift nichts zerlegen, die die Geländer nicht zerlegen und keine Knöpfe ankokeln.

Dieser Knirps zum Beispiel, der mit mir im Aufzug ist. Er ist dreizehn, vierzehn Jahre alt und ich habe keinen Schimmer, was in seinem Kopf vor sich geht. Das irritiert mich. Für mich sind diese Knirpse wie Geklonte. Alle höflich, ruhig und ordentlich. Brave Kinder. Aber ich weiß, dass auch sie etwas wurmt. Das muss es auch, denn uns alle wurmt irgendwas. Und deshalb sehe ich den Kleinen an und es überkommt mich, dass ich ihn packe und ein bisschen schüttle und zu ihm sage: „He, du kleiner Braver! Was ist dein Problem, ha? Wer bist du?!"

Denn scheiß drauf, morgen gehen sie an die Unis und in die Berufe, und dann werden sie Minister und Direktoren und Ärzte, aber keiner weiß, wer sie sind. Wenn du mich fragst, können das totale Verrückte sein.

Als wir Knirpse waren, hast du uns einmal angesehen und dir war alles klar. Wir brauchten nicht einmal den Mund aufzumachen.

„Dieser Aco endet noch mal im Straßengraben. Jemand wird sich seiner entledigen."

„Wie weißt du das?"

„Ich sehe ihn."

Unsere Alten haben sofort gesehen, wer wir sind und was wir sind. Aber diese neuen Kerle siehst du nicht, ihnen steht nichts auf die Stirn geschrieben. Unbeschriebene Blätter, wie die Slowenen sagen würden. Und alle gleich, wie geklont. Und du weißt, dass die einen in ein paar Jahren Ingenieure sein werden, andere werden Ganoven sein, und die Dritten Reality-Stars. Denn sie sind nicht wie Adi, dass du sofort, wenn du ihn aus der Muschi seiner Mutter ziehst, „Klappe zu, Affe tot" schreiben kannst.

Und das ist für mich wirklich schrecklich. Nicht zu wissen, mit wem man im Aufzug fährt. Dass du diesen Klon nur ansehen und darauf warten kannst, dass du im Aufzug mit ihm stecken bleibst und dass du dann siehst, wer er ist.

„Hallo, kleiner Klon! Komm aus deinem Panzer heraus! Kritzel ein bisschen im Lift, spuck auf den Boden, pinkel ins Treppenhaus, mach was! Egal was! Nur glotz nicht so ins Leere, du braves Weichei!"

*

Ich wollte Marina nicht besuchen, weil Aco hundert Prozent im Häfen war, und wenn er zufällig nicht im Häfen war, hatte die arme Marina wahrscheinlich keine Ahnung, wo er war.

Radovan hatte mir es mitgeteilt, als Aco zum ersten Mal in den Häfen ging. Und als er das erste Mal rauskam. Dass er das zweite Mal in den Häfen ging, habe ich mit zweijähriger Verspätung erfahren. Dann habe ich aufgehört zu fragen. Und auch Radovan hatte wohl aufgehört, Marina zu fragen, was mit Aco ist. Ist sowieso egal. Mir war klar, was mit Aco war, und ich konnte mir vorstellen, was mit Marina war. Am Anfang rief er mich noch in Bosnien an, und ich rief ihn an, aber dann ging er in den Häfen, und als er rauskam, meldete er sich bei keinem mehr. Ein Aco war in den Häfen gegangen, ein anderer war aus dem Häfen herausgekommen. Schon vorher war er zerrüttet, aber der Häfen hat ihn dann bis in die letzte Gehirnzelle zerrüttet.

Nach der Sache mit Damjanović hatte ich ihn genau genommen nur einmal gesehen. Und schon damals hatte es mir leidgetan, dass ich ihn gesehen hatte. Ich war zufällig auf dem Parkplatz vorm Wohnblock auf ihn gestoßen, als ich Radovans Opel einparkte und er eine schwuchtelige Vespa.

„Wo steckst du denn, Aco?"

„Ich war auf Urlaub!"

„Du bist gar kein bisschen braun."

„Spiel nicht den Schlauen, Đorđić."

„Spiel nicht den Schlauen, Đorđić", hatte er zu mir gesagt. Der Typ hat mich genau genommen richtig angefaucht. Ich meine, er war schon immer nervös, nur im Häfen hat er seine Nervosität noch perfektioniert. Deshalb hatte ich absolut keine Lust, mich mit ihm abzugeben. Nervöse Fužine-Tschefuren hatte ich bis hierher satt. Und auch Bosnien war voll von Idioten. Voller Komplexe, nervös, im Kopf gestört, verkorkst vom Gefängnis oder vom Krieg oder vom Leben im Allgemeinen. In diesen Menschen war ständig etwas am Köcheln, und sie suchten nur jemanden, mit dem sie einen Krieg anzetteln können. Deshalb wollte ich schon sagen: „Okay dann", von wegen, ich muss dringend wohin, aber Aco kam mir zuvor.

„Komm mit, ich zeig dir was."

Ein normaler Mensch, der dir etwas zeigen will, hätte dich zu einer Garage gefahren und etwas aus dem Kofferraum genommen und dir gezeigt. Nur Aco war nicht normal, und deshalb führte er mich zu seiner Vespa, gab mir einen Helm und fuhr mich irgendwo unter die Šmarna gora.

Das war Aco. Er fragte dich nicht, ob du vielleicht ein, zwei Stunden Zeit hast, um mit ihm einen Ausflug in die Natur zu machen, sondern er sagte: „Komm mit, ich zeig dir was." Klar ging mir das auf den Sack, nur hatte ich das Gefühl, dass ich ihm etwas schuldig bin, weil er den Bullen nicht gesagt hatte, dass ich dabei war, als er Damjanović vermöbelte.

Wir parkten irgendwo an der Save und gingen zu Fuß zu den Häusern an der Straße. Aco marschierte vor mir her und sah auf die Hausnummern, und ich sah zu ihm und schwor mir, nie wieder mit ihm irgendwohin zu fahren, weil er ein Idiot ist und ich ein noch größerer Idiot, weil ich mit ihm gehe, damit er mir was zeigt. Aus dem Flugzeug war zu sehen, dass der Häfen ihm das Hirn umgestülpt hatte. Ich wusste, dass er nicht mehr mit Adi redete. Eigentlich redete er mit niemandem mehr. Ein einsamer Wolf war er geworden. Ganz in seinem Film, wie Radovan sagen würde.

„Da, Gameljne 27.“

Alles war wie damals. Er, seine Nervosität, dieser gewisse Idioten-Fokus. Es fehlte nur noch, dass Damjanović aus der Hütte herausmarschiert kommt und wir zwei ihm nachgehen und ihn dann fertigmachen, weil er an der Ljubljanica pinkelt. Derselbe Aco, derselbe ich, alles dasselbe. Nur dass es kein Wohnblock in Fužine war, sondern eine Hütte in Gameljne.

„Diese Hütte hat Marina sauber gemacht.“

Da sind wir.

„Weißt du, wem diese Hütte gehört?“

Jan Plestenjak? Halid Bešlić? Genosse Slatner? Dem dicken Typ, der auf Pop TV das Wetter ansagt?

„Einem Mazedonier, Alter. Mazedonier! Er bringt Marina her, damit sie ihm das WC sauber macht.“

Ich fick ihm seine mazedonische Mutter, echt.

„Bezahlt er sie?“

„Was kümmert mich das, ob er sie bezahlt!“

Ich kapierte nichts, aber das war auch nicht wichtig. Aco werde ich nie kapieren.

„Und? Was jetzt?“

„Nichts. Das ist es. Nur damit du siehst, was für Hütten diese Mazedonier haben.“

Und wir marschierten zurück zur Vespa.

„Žučo vom Brodarc arbeitet jetzt für Sintal. Und passt auf diese Villen auf, wenn die Ärsche Ski fahren gehen."

Während er mir das erklärte, rückte er sich den Helm auf seinem Schädel zurecht und sah komisch aus zum Verrücktwerden. Aber wenn ich angefangen hätte, über ihn zu lachen, hätte ihn das zerlegt. Scheiß drauf, Komplexe heilt nur die Erde, wie Radovan sagen würde.

„Žučo kann dir alles erklären, wie du in das Haus reinkommst. Der Typ hat alles ausbaldowert."

„Aber was hilft dir das, wenn da ein Sintal-Mann drin ist."

„Ich rede von wirklich großen Hütten. Die von dem Mazedonier hat keinen Sintal-Mann."

„Wie weißt du dann, wie man reinkommt?"

„Frag Žučo, Alter. Es sind ein paar Tricks, und du kommst in jede Hütte."

„Und was ist drin in dieser Hütte von dem Mazedonier?"

„Ist mir scheißegal, was drin ist, Alter. Ich bin kein Zigo, dass ich klaue."

„Ja, was dann?"

„Ich werd' sie ihm nur mal ein bisschen aufmischen. Damit er selber aufräumt, der Mazedonier."

Der Helm startete den Motor und wir fuhren zurück nach Fužine. Ich weiß nicht, ob Aco diese mazedonische Hütte aufgemischt hat, aber es war klar, dass er sich bis ans Lebensende rächen wird. An allen und für alles. Und dass er immer einen Grund finden wird. Das war dieses kreative Denken.

Aco war nicht wirklich ein Ganove. Aber er war behämmert hundert die Stunde. Er hatte so ein bescheuertes Ordnungsbedürfnis, nur war sein Schädel anders gestrickt als andere Schädel und seine Ordnung anders als andere Ordnungen. Und es gab keinen Häfen, der das geändert hätte.

*

Deshalb wollte ich wirklich nicht zu Marina. Ich wollte sie nicht daran erinnern, dass Aco früher ein ganz normaler Junge war, der in ihrer Küche meine Hausaufgaben abgeschrieben hat. Und überhaupt wollte ich nicht wissen, was mit ihr war. Ich wollte nicht sehen, wie sie ganz angeschissen hinter der Tür hervorlugt. Ich wollte diese Angst nicht sehen. Sie war ansteckend, und wenn ich sah, wie sie zitterte, würde auch ich zittern müssen.

Wahrscheinlich hatte schon seit hundert Jahren keiner mehr an ihre Tür geklopft. Oder es waren regelmäßig irgendwelche dubiosen Leute gekommen, die nach Aco suchten. Um mit ihm wegen wer weiß was abzurechnen. Marina war sowieso schon von Geburt ängstlich, nur so viel Angst, wie jetzt in ihr steckte, passt nicht in einen einzigen Menschen. Selbst im Krieg hören die Menschen irgendwann auf zu zittern. Sie beruhigen sich oder werden schlaff und stumpf. Aber Marina zitterte noch immer. Als würde sie jeden Tag neue und wieder neue Ängste dazutun. Sie war bleich und verdorrt. Sie war jünger als Ranka, aber sie sah aus wie ihre Mutter. Wie ihre kranke Mutter.

„Guten Tag, Tante Marina …“

Es tat mir wirklich leid, dass ich an ihrer Tür geklingelt hatte. Wahrscheinlich war ihr Herz stehen geblieben, als sie die Klingel hörte. Sie war zu Tode erschrocken, ich weiß nur nicht, ob sich jemand jemals so vor dem Tod gefürchtet hat, wie sich Marina jetzt vor mir fürchtete.

„Ich bin es, Marko. Marko Đorđić. Acos Freund. Sein Klassenkamerad aus der Grundschule.“

Ich trat etwas zurück, damit sie wieder zu Atem kam, aber es half nichts. Sie war wie ein kleines Tier, das Angst davor hat, dass man es platt tritt. Und du kannst dich nicht einfach zu einer Ameise hinunterbücken und ihr schön erklären, dass du ihr nichts tun willst. Ich war eine riesige Schuhsohle und Marina war die Ameise darunter.

„Aco … Aco ist nicht da.“

Sie sprach so leise, dass ich sie kaum hörte. Aber ich traute mich nicht näher heran, um sie nicht noch mehr zu erschrecken. Wahrscheinlich hielt sie mit aller Kraft die Türklinke gepackt, bereit, wenn ich einen Schritt auf sie zu machte, die Tür zu schließen und dahinter einen Herzinfarkt zu kriegen.

„Aco kommt am Dienstag."

„Danke."

„Er hat eine medizinische Untersuchung, und sie werden ihn rauslassen."

„Danke."

„Ich werde ihm sagen, er soll dich anrufen."

Das war nicht die Angst einer Tschefurin. Das war nicht die Angst, dass dich jemand auf der Straße anhält und dich dorthin zurückschickt, woher du gekommen bist. Das war auch nicht die Angst einer Frau. Das war nicht die Angst, dass dich der Mann, zweimal größer als du, angreift und verprügelt, dich die Treppe hinunterstößt oder dich vergewaltigt. Und auch nicht die Angst einer Mutter. Das war nicht die Angst, dass dir die, die an deine Tür klopfen, sagen, dass dein Sohn tot ist. Das waren all diese Ängste zusammen. Alle diese Ängste mischten sich in Marina, sodass sie am Ende überhaupt nicht mehr wusste, wovor sie Angst hatte.

Sie wartete auf Dienstag, dass Aco kommt, und dass sie dann sterben und sich retten kann. Nur noch dieser Dienstag und nur noch diese Untersuchung und dann ist alles vorbei. Außer, es kommt danach wieder ein anderer Dienstag und eine andere Untersuchung. Angst und Dienstag, das war alles, was hinter der Tür verblieb, die Marina zweimal abschloss. Sie muss hinter ihr gestanden haben und auf meine Schritte gehorcht haben, aber sie konnte sie nicht hören, weil ihr Atem zu laut war. Und weil ihr Herz zu laut schlug.

*

Ich setzte mich auf die Schaukel und zündete mir eine an. Um mich ein wenig zu beruhigen. Und um zu sehen, was es Neues gibt. Um zum Beispiel zu sehen, wie der Nachbar aus dem Erdgeschoss das Atrium umgestaltet hat. Alle Achtung, er hat es schön verglast, den Zaun gestrichen, die Fassade hergerichtet, nichts fehlt. Ein Wunder von Atrium und ein Wunder von einem Mann. Er hat einen Haufen Geld ausgegeben und ist noch immer in Fužine. Das ist unsere Mentalität, echt. Der Nachbar hätte auch egal wo wohnen können, denn er hat genug Geld, auch für Vič und Rudnik, aber nein, er richtet sich lieber das Atrium in Fužine nach seinem Geschmack her. Denn er hat sich selbst eingeredet, dass er hier leben will. Denn Fužine ist für ihn Maß und Gesetz, o mein Gott. Hier will er bis zu seinem Tod faulen, nirgendwo sonst. Aus Trotz.

Aus dem Altersheim starrte mich eine Frau an. Ich versuchte, sie zu ignorieren und wegzusehen, aber es half nichts. Sie glotzte so, dass ich ihren Blick spürte, als hätte sie mir ihre Titten an den Rücken gepresst. Verdammt, der Mensch kann nicht einmal mehr in Ruhe vor dem Block sitzen und rauchen. Es gibt hundert Balkone und Fenster, aber keiner sitzt am Fenster oder auf dem Balkon und glotzt dich an, nur diese Alte hat sich gefunden, um mich zu sehen. Um zu sehen, wie ich den Tschick direkt in den Sandkasten flutsche.

Ich darf doch bitten, Oma? Ein bisschen Privatsphäre, oder?

Keine Reaktion. Für sie bin ich ein Fernseher. Eine Unterhaltungssendung. Sie sieht mich, wie diese dicken Amis Elefanten und Nashörner auf Safari. Soll ich hier hinpissen und hinscheißen, ha, Oma? Würde dir das gefallen? Und was, wenn ich auf den Baum klettere und runterspringe?

Ach, Oma, wenn du wüsstest, was alles wir hier gemacht haben, wo es weder dich noch dein Heim hier gab. Jetzt gibt es nichts mehr zu sehen, nicht einmal die Kinder rutschen mehr die Rutsche runter. Damals hättest du was zu schauen gehabt. Alles hat es hier gegeben. Action, Komödie, Drama, was du willst, Oma. Sport, Kultur, Wetter, alles. Aber jetzt nichts. Ich sitze hier und rauche. Ein beschissener Arthouse-Film. Zum Einschlafen, Oma, und du kannst dir die Schlaftablette sparen. Nur das.

Ja, sie haben dich verarscht, nicht wahr? Sie haben dir gesagt, geh nach Fužine, da geht was ab, da kannst du aus dem Fenster zusehen, wie sie stehlen und sich prügeln und totschlagen und aufeinander schießen, aber hier ist nichts. Hier stirbst du vor Langeweile, nicht wahr, Oma?

Deshalb geh hin, beschwer dich. Verlang, dass sie dir das Geld zurückgeben. Nur schau nicht mehr her, sonst werde ich noch verrückt.

*

Als meine Oma hörte, dass sie in Fužine ein Altersheim gebaut hatten, sagte sie: „O Gott!" Und dass es besser sei, dass ich zu ihr gekommen bin, als dass ich dortgeblieben wäre, wo sie die Alten in Heime stecken wie in ein Gefängnis. Die Altersheime waren für sie der Beweis, dass die Partisanen verloren haben und dass die Menschen nicht mehr zählen, nur das Geld zählt noch. Denn die Alten werden nur deshalb ins Heim gesteckt, damit ihre Kinder nicht für sie sorgen müssen und selbst bis zum Siebzigsten arbeiten können. Oma glaubte nicht, dass es die Alten gut hatten im Heim. Für sie war das zu traurig. In ein kleines Zimmer gesteckt zu werden und dort langsam zu krepieren.

Und diese Oma, die mich und unseren Block hier über das Geländer ihres kleinen Balkons anglotzt, ist wirklich traurig. Nur ist sie nicht halb so traurig, wie meine Oma traurig war, als ich aus Bijeljina zu ihr auf Besuch nach Visoko kam und sah, wie sie allein vor ihrem Haus saß. Alles um sie herum war leer, ethnisch gesäubert, die Familie komplett gestorben oder weggezogen, die Nachbarn hatten gewechselt, und ein paar neue Leute gingen vorüber, von denen meine Großmutter keine Ahnung hatte, wer sie sind, ein paar *hanumas*, die zu ihr „Guten Tag, wie geht es Ihnen" sagten, mit denen sie aber nicht reden wollte, sie saß nur da, allein vor ihrem Haus, und wartete darauf, dass auch sie geholt wurde. Das war wirklich traurig.

9. Weshalb die Tschefuren alle unsere Leute sind, in Wirklichkeit aber keiner

Eine Million Jahre war ich nicht mehr bei Adi zu Hause gewesen. Tatsächlich war ich nur ein paar Mal dort gewesen, und selbst das auf die Schnelle. Und sowieso war damals alles anders. Bei Adi zu Hause roch es total, weil Samira nonstop Sauerkraut und grüne Bohnen kochte. Jetzt roch es nach Kiffen und sauren Füßen. Sanels Frau, von Haus aus ein Ninja, war in ihr Zimmer eingeschlossen, und gut möglich, dass dieses Zimmer anders war, aber alles andere schien die Frau nicht gesehen zu haben. In der ganzen Wohnung war nur Sanels wahhabitisches Bärtchen gepflegt. Vom Bärtchen abwärts war Sanel noch immer ein Junkie. Da war die gleiche Nervosität, die gleiche Magerkeit. Als er mich sah, fing er an zu zittern, als würde ihn ein Stromschlag schütteln. Aber als Adi ihm sagte, dass ich die Fuhre mit ihm zusammen mache, machte es bei Sanel klick.

„Das ist Arbeit, du Arsch, kein Spaß, du Idiot!"

„Aber Đorđić ist mein neuer Mitarbeiter."

„Ich bring dich um, du Arsch! Was für ein Mitarbeiter!"

Der Ninja schaute aus dem Schlafzimmer und Sanel drehte sich reflexartig zu ihr um.

„Tür zu!"

Die Tür schloss sich blitzartig, und ich dachte, was, wenn der arme Ninja nur pinkeln gehen wollte, und ich fand das alles lustig. Ich stellte mir vor, wie sie hinter der Tür hin und her trippelt und darauf wartet, dass Sanel „Rühren!" ruft.

„Ich hab dir schon gesagt, wenn du Scheiße baust, find ich mir wen anderes."

„Wen findest du?"

„Ich fick dir deine Mutter, du Rotzlöffel!"

Sanel stürzte sich auf Adi und schubste ihn so heftig, dass er fast zu Boden ging, und ich wollte dem Ninja signalisieren, dass sie das Durcheinander ausnutzen könnte. Los, Ninja, entweder du gehst jetzt oder du pinkelst ins Höschen. Aber die Tür blieb zu.

„Kannst du dich mal beruhigen, du Arsch?"

„Kann ich nicht!"

Adi krümmte sich nur auf dem Stuhl zusammen und wartete ab, dass Sanel aufhören würde, nach ihm zu treten, denn seine Schläge waren noch schwächer als er.

„Đorđić ist keiner von der Straße. Er ist mein Freund. Der beste."

Sanel hatte nicht die Kondition für eine ernsthafte Prügelei. Deshalb hielt er inne und glotzte atemlos auf seine zitternden Hände. Es sah aus, als würde er eine Voodoo-Zeremonie an sich selbst durchführen, eine Art Selbstberuhigung. Möglicherweise betete er auch. Er war vielleicht wirklich verrückt und deshalb war alles möglich. Auch, dass er ein Küchenmesser aus der Schublade zieht und sich selbst und Adi absticht, und auch noch mich. Oder den Ninja, die wieder einmal checkte, ob die Luft rein war.

Flieg, Frau, pinkel dich aus, damit du nicht mit voller Blase stirbst.

Alle drei sahen wir Sanel an und warteten darauf, dass er sich aus seiner Meditation oder seinem Gebet oder was für einem Gesums wieder einkriegte.

„Wir haben uns abgesprochen. Wir haben uns abgesprochen. Haben wir das?"

Er war jetzt etwas ruhiger, nur seine Hände vibrierten noch immer wie ein altes Nokia.

„Haben wir. Dass ich nüchtern bleibe und dass ich nicht zu spät komme."

„Schau bloß, wie ihr ausseht! Schon du allein bist verdächtig, aber ihr beide zusammen ..."

„Dann fahr du."

Die ganze Friedlichkeit in Sanel verschwand. In der Sekunde.

„Weißt du was?!"

„Was?"

„Adnan!"

„Sag du mir nicht, dass ich verdächtig bin, okay! Sieh dich selbst an! Du bist hundertmal verdächtiger als ich. Und als Đorđić!"

„Ich bin verdächtig, ja. Deshalb fährst ja du. Weil ich nicht kann."

„Was kannst du nicht! Rasier dich, zieh was Normales an …"

„Red keinen Scheiß!"

„Sanel?"

He, Ninja, du hast wirklich kein Feeling für Timing.

„Was ist?"

„Kannst du mal kommen?"

„Ich kann jetzt nicht."

„Ich muss dich was fragen."

„Frag!"

„Ich kann nicht …"

Sanel schloss die Augen und holte tief Luft. Die Masche „Mann, Frau, was gehst du mir auf die Neeeerven …" Aber eher die schwache Ausführung. Radovan beherrschte das hundertmal besser. Immerhin kapierte der Ninja die Botschaft und schloss die Tür. Sanel drehte sich wieder zu Adi um.

„Ich bring dich um. Da kannst du hundert Mal mein Bruder sein! Einmal knall ich dich ab wie einen Hasen."

„Schieb ab!"

Sanel drohte mit dem Finger, quasi „Pass auf", und Adi winkte mit der Hand ab, „Leck mich".

Mir wurde klar, dass ich gerade die siebte Wiederholung der dreihundertzwölften Episode einer Low-Budget-Soap sah, die damit endete, dass sich Adi einen Joint drehte und Sanel ihn anglotzte, als würde er zum ersten Mal Drogen sehen.

„Was ist das?"

„Đorđić und ich werden eine rauchen, nicht wahr, Đorđić?"

„Nicht hier."

„Was, nicht hier! Das ist genauso meine Wohnung wie deine. Wenn du hier beten kannst, kann ich hier Drogen nehmen, okay?"

„Adnan!"

„Was ist? Waaas? Waaaaas?!"

Jetzt vibrierten Adis Hände wie ein altes Nokia. Jetzt sah er aus, als würde er ein Küchenmesser aus der Schublade nehmen und jemanden abstechen. Ich hatte keinen Schimmer, warum ich noch immer hier war und diesen beiden Junkies zusah. Einem gewöhnlichen und einem als Wahhabiten verkleideten. Ich brauchte die Kohle, die mir Adi versprochen hatte, weil ich Radovan und Ranka nicht mit meinen Problemen auf die Nerven gehen wollte. Nur war es noch nicht so dringend. Ich hatte noch Zeit, mir was Normaleres auszudenken.

Sanel war offensichtlich der Vernünftigere der beiden Idioten und lenkte ein. Er ging ins Schlafzimmer, zum Ninja, und Adi zog den Rauch ein wie ein Ertrinkender, der aus dem Wasser hochkommt.

Er nahm das Leben mit vollen Lungen, wie die Slowenen sagen würden.

„Was hat Sanel?"

„Was, was hat er? Er ist neidisch auf mich, Slowene. Ich nehme Drogen, er betet. Er würde auch Drogen nehmen, aber er traut sich nicht, weil sie ihn verzinken würde."

„Bei wem würde sie ihn verzinken?"

„Bei diesen Armleuchtern."

„Bei was für Armleuchtern?"

„Na, bei seinen …"

Er tippte sich mit dem Finger an den Kopf und drehte ihn.

*

Zu Hause war alles an seinem Platz. In der Küche räumte Ranka das Geschirr in den Geschirrspüler, auf dem Tisch wartete ein Topf mit gefüllten Paprika auf mich, und im Wohnzimmer sah Radovan fern.

„Seit wann schaust du Basket?"

„Ich schaue nicht."

Ich hatte Radovan daran erinnert, dass er schon längst den Kanal hatte wechseln wollen, und er schob die Hände unter seinen Hintern, um die Fernbedienung zu ertasten. Nur die Fernbedienung lag unter der Couch, und er musste sich bewegen, um sie zu erreichen. Mit einem Bauch voll mit gefüllten Paprika war Bewegung keine Option, und wir blieben beim Basket.

„Wer spielt da?"

„Unsere. Gegen die Griechen, glaub ich."

„Welche unsere?"

„Die Slowenen."

Wir Tschefuren hatten immer *full house* „unsere", nur keine davon waren wirklich unsere. Das ist dasselbe wie mit den Frauen. Du kannst von ihnen, wenn du willst, sechs auf einmal vögeln, aber lieben kannst du nur eine. Und wenn du eine wirklich liebst, vögelst du nicht noch sechs andere.

„Führen sie etwa?"

„Na klar."

Radovan nahm die Beine runter, damit ich mich hinsetzen kann. Damit wir das Spiel zusammen schauen können.

Dončić zu Murić uuuund … Dreier.

Jetzt sag mir nicht, dass die slowenischen Streber schon wieder gewinnen. Und das gegen die Griechen.

„Wieder werden sich alle aufgeilen, aber dann verlieren sie im Viertelfinale."

Radovan sah mir plötzlich direkt in die Augen. Wenn dich Radovan so ansieht und zufällig keinen Wutanfall hat, sondern dir nur was mitgeben will, dann weißt du, dass er voll überlegt. Er sieht aber aus, als würde er scheißen. Als wäre der Gedanke, den er in seinem Schädel denkt, der härteste Scheiß, den er aus sich herauspressen muss.

„Ich sollte jetzt dort sein."

„Wo dort?"

„In Finnland."

„Was willst du in Finnland?"

„Dich sehen."

„Mich?"

Dragić verwandelte zwei Freiwürfe. Das ist gelaufen.

„Du hättest in dieser Mannschaft spielen sollen. Anstelle von diesem Prepelič. Du, Dragić und der kleine Dončić oben, und unten lass die Schwarzen und die Slowenen springen. Ich hätte euer Trainer sein können."

Dieses Team macht was her. Es scheint, als wäre Kokoškov ein großes Trainerass. Ein Könner.

„Spielst du noch hin und wieder Basket?"

„Selten."

Das ist meiner Meinung nach die Phil-Jackson-Schule. Dieses Zen oder welcher Scheiß auch immer. Dasselbe Gesicht, egal, ob sie mit dreißig Punkten führen oder ob sie eine Minute vor Schluss mit zwei zurückliegen. Nirwana.

„Weißt du, Marko, es ist nicht wegen dem Basket. Scheiß auf Basket … Es ist wegen deinem Talent."

Kokoškov. Das muss ein russischer Name sein. Denn er ist beileibe kein klassischer Tschefur. So eiskalt kann er kein klassischer Tschefur sein.

„Das Leben ist beschissen, ob du nun dein Talent nutzt oder ob du es nicht nutzt."

Das ist diese sibirische Mentalität. Er muss mindestens zwei Liter Wodka trinken, damit sich die Muskeln in seinem Gesicht bewegen.

„Marko?"

„Fürs Leben brauchst du kein Talent, sondern ein dickes Fell und gute Nerven.“

„Wer sagt das?“

Ich dir, und du, wem du willst, Radovan.

„Da, gewonnen. Großer Gott.“

„Was weißt du, vielleicht ist das ihr Jahr.“

„Ach geh. Eher würde meine verstorbene Oma was gewinnen.“

Ich weiß nicht, Radovan, aber mir scheint, dass dieser Kokoškov sogar aus deiner verstorbenen Oma einen guten Spielmacher gemacht hätte.

*

Als sie mich mit Alma sah, erklärte mir Oma sofort alles. Dass Alma die Tochter vom verstorbenen Rasim ist und dass sie früher in dem Haus oberhalb unseres Ackers gewohnt haben, aber dass Alma jetzt in Zenica bei ihrer Tante lebt, dass sie studiert oder was immer sie macht, und dass auch sie hier in den Ferien ist, bei Tante Aida in Srhinje. Oma erzählte auch, dass Almas *babo* Rasim im Krieg umgekommen ist, ihre Mutter Mersiha aber schon früher, und dass auch ihre Schwester schön ist, aber dass sie geheiratet hat und jetzt irgendwo da oben lebt, in Norwegen oder Dänemark. Und dass ihr Bruder Mensur nach Visoko zurückgekehrt ist und dass Dinka ihn neulich gesehen hat.

Mir sagte das nichts, weil mich nichts von alledem interessierte. Mich interessierte nur, ob bei mir auf der Stirn wirklich zu lesen war, dass ich gerne hätte, dass mich jemand irgendwohin mitnimmt, oder ob mich Alma nur aufziehen wollte, als sie das sagte. Ich stand vor dem Spiegel im Flur von Omas Haus, sah auf meine Stirn und hoffte, dass sie mich nur gefrotzelt hatte, denn eine Alma, die mich frotzelt, gefiel mir mehr als eine Alma, die mich schweigend auf die Pyramide führt. Obwohl mich die andere Alma geküsst hatte und ich sie auch cool fand.

„Gehen wir?“

Am nächsten Tag kam sie gar nicht erst auf den Hof, sondern rief gleich von der Straße. Und sie trug nicht die schönen Schuhe, weil sie die drückten. Wir gingen nicht so weit, sondern bogen schon vorher ab in den Wald, wir kamen rauf nach Ravne, irgendwo Richtung Friedhof, nur nicht ganz bis zum Friedhof. Dort fasste ich ihr zum ersten Mal an die Brust.

Am dritten Tag wartete ich wie ein Idiot vor dem Haus auf sie. Ich wagte nicht einmal, pinkeln zu gehen. Ich tat so, als würde es mir Spaß machen, so in der Sonne zu sitzen, die Temperatur passt und so, super für mich, diese vierzig Grad im Schatten. Drei Hühnerschenkel hatte ich in weniger als einer Minute in mich hineingestopft, nur Alma kam nicht.

Auch am vierten Tag kam sie nicht, also ging ich zu ihr. Ich wusste, welches das Haus von Aida war, denn Aidas Haus war das neben dem von Stoja, das im Krieg von einer Granate getroffen wurde, die Stoja tötete, der auf dem Balkon Blumen goss, und das nach dem Krieg von irgendwelchen Zigeunern gekauft wurde, die es dann an eine islamische Gemeinde verkauften ... Es spielt keine Rolle, was ich da erzähle, ich wollte nur sagen, dass ich zu Aidas Haus ging, um Alma zu sehen. Und sie kam voll gereizt heraus.

„Was machst du hier?"

„Ich bin gekommen ..."

„Almaaaa? Wer ist da gekommen?"

Es war eine männliche Stimme und sie kam aus dem Haus.

„Niemand ist gekommen!"

„Und was will er?"

Alma war völlig mit den Nerven fertig. Es war wie eine Szene in einem Film.

„Du bist nicht gekommen ..."

„Ich hole dich morgen ab."

„Almaaaa!"

„Verschon mich, Mensur!"

Alma ging zurück ins Haus, und ich ging weg. Das mit Mensur habe ich in Wirklichkeit nie ganz kapiert. Dass er offenbar nichts von Alma und mir wissen durfte. Denn dann gingen wir am nächsten Tag zusammen in die Stadt und über den Corso, und Alma nahm meine Hand und wir gingen an allen Cafés vorbei, dass uns ganz Visoko sehen konnte.

Nur dass es nicht romantisch war. Es war eher so, dass wir über die Straße liefen, um nicht von einem Sniper getroffen zu werden. Almas Hand war schweißnass und zitterte, und sie starrte die ganze Zeit auf den Boden. Ich hatte keinen Schimmer, was los war. Wir hätten wieder in den Wald gehen können oder sonst wohin, und sie hätte auch nicht meine Hand halten müssen, wenn das so ein Problem für sie war. Nur bei Alma habe ich sowieso eine ganze Menge Sachen nie kapiert. Ich habe nicht kapiert, dass wir uns drei Tage danach vor dem Haus unserer Nachbarin Senka begegneten und dass Alma vor Senka so tat, als würden wir uns überhaupt nicht kennen. Und als Mirsada einmal zu uns sagte: „Schau die beiden, als wären sie ein Liebespaar", zischte Alma sofort zurück: „Du bist ein Liebespaar!" Und als ich ihr sagte, wir könnten auf einen Drink in die Stadt gehen, wurde sie richtig nervös.

„Die Stadt ist voll mit Freunden von Mensur."

„Mag Mensur keine Slowenen?"

„Du bist kein Slowene."

„Sondern was?"

„Du weißt genau, was du bist!"

Ich wusste, dass sie damit nicht meinte, dass ich ein total verknallter Junge bin. Obwohl ich damals wirklich nur das war.

„Gut dann. Wir können wieder in den Wald."

„Können wir, aber uns darf niemand mehr zusammen sehen."

Ich hätte sie zum Teufel jagen müssen, ich weiß. Ich hätte sie im Zeitraum von sofort zum Teufel jagen müssen, weil mir hätte klar sein müssen, dass das keinen Sinn hat. Dass das für mich zu abgedreht ist. Oder ich hätte zu Mensur gehen und ihm meine Meinung sagen müssen, was für ein Arschloch er ist, dass wir seinetwegen nicht auf einen Drink gehen können.

Aber ich sagte zu meiner Oma, dass ich ein bisschen joggen gehe, dass ich anfangen müsse zu trainieren, denn wenn ich wieder nach Ljubljana zurückginge, hätte das Training für die neue Saison schon begonnen. Und ich ging in den Wald. Ich ging mehr als eine Stunde früher als vereinbart hin und wartete auf sie.

Und Alma kam. Die lockere Alma kam und frotzelte mich, ob ich schon am Morgen gekommen sei, weil ich aussehe, als hätte ich nicht auf sie warten können, und dass ich, wenn sie nicht gekommen wäre, einen Baum gefickt hätte.

Es war der helle Wahnsinn. Mit dieser lockeren Alma hätte ich bis ans Ende der Welt gehen können, denn die lockere Alma kam auf mich zu und fing an, mir die Hose aufzuknöpfen und mir …

10. Weshalb es besser ist, ein Junkie zu sein als ein Wahhabit

Von Fužine bis Novo mesto sagte keiner von uns auch nur einen Ton. Sanel fuhr, ich zählte die Strommasten am Straßenrand, und Adi ratzte auf dem Rücksitz. Dann bog Sanel von der Autobahn ab, und ich richtete meinen Blick auf ihn. Auf einen Wahhabiten am Steuer eines burgunderroten Citroën Xsara Picasso annähernd Jahrgang 2005. Damals vielleicht das Auto des Jahres in Saudi-Arabien.

Der Plan war, dass Sanel nach Karlovac fährt und Adi und mich dort absetzt. Wir zwei würden dann den Transporter auf dem Parkplatz vor dem Konsum übernehmen und zurückfahren nach Ljubljana. Eigentlich simpel wie dicke Bohnen, und es hätte ein schöner Familienausflug werden können. Ich hätte Musik hören und alte Witze erzählen können. Oder Geschichten über *Cuckoo*. Nur Wahhabiten dürfen wohl nicht so laut Musik machen, und Sanel war immer noch wütend auf Adi, weil er mich mitgenommen hatte. Er war gereizt und klopfte unablässig nervös aufs Lenkrad. Genau wie Radovan. Nur statt Ranka und den Tumor hatte Sanel eine Ninja-Frau und zerstochene Venen.

Mich konnte er nicht riechen. Einmal störte ich ihn, weil ich Serbe war, und dann auch, weil ihn alle störten. Seit jeher. Denn er war schon ein Kretin, bevor er Wahhabit geworden war. Und noch bevor er ein Junkie geworden war. Schon als er noch der Knirps mit den Segelfliegerohren war, den die Leute von Štepanjc schauen kamen, wie er die Alten auf dem Rusjan ausnimmt. Schon damals war er ein Idiot. Schon damals hat er uns Kleinen ins Hirn gewichst. Er wurde als Wichser geboren. Und er wichste dich um Cash, und wenn du kein Cash hattest, wichste er dich für Tschick, und wenn du keine Tschick hattest, wichste er dich für Čunga Lunga. Nur um dich zu wichsen. Und dann wurde dieser Wichser zu einem Wahhabiten.

„Spielst du Fußball, Sanel?"

Sanel hört nicht. Er ist voll konzentriert auf die Straße. Denn zum Fahren braucht es den ganzen Mann, wie die Slowenen sagen würden. Du bist einer, aber die Kurven fliegen von links und rechts auf dich zu. Das ist kein Katzendreck.

„Sanel, spielst du Fußball?"

Will man den Leuten im *Cubana* glauben, war Sanel das größte Talent in der Geschichte des Fußballs. Ronaldinho ist im Vergleich zu ihm ein Armleuchter. Weil Sanel schon mit zehn Jahren besser dribbelte als er. Tunnel, Rollings, nichts, was er nicht draufhatte. Vergiss Messi. Das, was der kleine Sanel gemacht hat, das war wirklich komisch. Hokuspokus. Der Ball klebte an seinem Fuß, und er wie ein Kreisel. Mal da, dann wieder weg.

Nur den Leuten im *Cubana* kannst du nicht glauben. Denn als Sanel Fußball spielte, saßen sie im *Cubana* und tranken Bier.

„Ich frage dich, ob du Fußball spielst."

„Nein."

„Der Koran lässt dich nicht, ha?"

Sanel sah mich böse an. Von wegen, versuch nicht mit mir, du weißt schon was. Nur war ich anderthalb Köpfe größer als er und er durfte sich nicht mucksen. Ich hätte ihm den Kopf mitsamt dem Bart abgerissen, wenn er mich angemault hätte, und er wusste das. Ein Teil von mir konnte es im Grunde kaum erwarten, einen Grund dafür zu kriegen. Deshalb war Sanel nur noch mehr nervös, und ich genoss es, ihn zu triezen. Den radikalisierten Arsch.

„Weiß du, dass ein ganzer Haufen unserer Fußballer in Saudi-Arabien spielt? Die Basketballer gehen in den Iran und die Fußballer nach Saudi-Arabien. Weil es da echt gutes Geld gibt."

Er wusste nicht, was er darauf sagen sollte. Oder er traute sich nicht zu sagen, was er wollte.

„Serben, Kroaten, Slowenen, alle, mein Alter. Denen geht es am Arsch vorbei, Hauptsache, die Kohle stimmt. Du könntest da auch hingehen, Alter. Dir mit deinem Bart würden sie doppelt zahlen. Möglicherweise könntest du sogar für ihre Nationalmannschaft spielen. Sanel Mutavdžić. Der beste Fußballer unter den Wahhabiten und umgekehrt."

Was ist, was siehst du mich so an, Sanel? Ich habe noch nicht einmal angefangen. Aber wenn ich anfange, wirst du zu deinem Allah Pegamber beten, dass ich aufhöre. Denn ich fange mit dem betrunkenen Mirsad an, wie er dich an den Ohren vom Spielplatz nach Hause gezogen hat. Denn was hast du hier zum Teufel Ball zu spielen? Denn man kann nicht nur den Ball schießen, man muss auch Schule lernen.

Ja, ich kann dich wirklich stechen, Sanel. Stärker als alle deine Nadeln. Ich kann mich zum Beispiel daran erinnern, wie du Samira auf Knien angefleht hast, Mirsad, wenn er aus Österreich zurückkommt, nicht zu sagen, dass du in der Wohnung Ball spielst, und wie sie es ihm doch gesagt hat. Und wie dich Mirsad dann jedes Mal tierisch verdroschen hat. Mit dem dicksten Gürtel. Dass du dann drei Wochen lang in langen Ärmeln durch Fužine gelaufen bist. Mitten im Sommer.

Ja, Sanel, besser für dich, wenn du auf die Straße siehst, dass wir nicht runterfliegen in den Hof irgend so eines Unterkrainers. Weil ich nicht glaube, dass sich der über einen unangekündigten Besuch dreier Fužiner Tschefuren freuen würde. Eines Wahhabiten, eines Serben und eines Junkies.

„Hast du einen slowenischen Pass, Đorđić?"

Sanel mag nicht über Fußball reden. Ich verstehe ja, es tut zu weh. Er möchte lieber über Pässe reden.

„Und hast du einen slowenischen Pass, Sanel?"

Ja, das ist jetzt die Frage, Sanel. Hat der Wahhabit einen slowenischen Pass?

„Ja."

„Original?"

„Was?"

„Man sagt nicht was, sondern bitte!"

Komm, Sanel, sag du „Bitte", und ich dann „Vom Arsch bis zur Titte!" Das würde jetzt wirklich passen. Wie der Saumsattel auf die Kuh, wie Radovan sagen würde.

Weißt du überhaupt, was ein Saumsattel ist, Sanel? Weißt du nicht. Ich weiß, dass du das nicht weißt. Gar nichts weißt du. Aber dafür bist du der eifrigste Türke.

Was für ein Idiot du bist, echt.

„Ich habe auch einen slowenischen Pass."

„Gut."

Gut was? Ausgezeichnet ist das, Sanel. Aus-ge-zeich-net! Ein EU-Pass ist spitze. Du kannst gehen, wohin du willst. Keinerlei Visum, keine Verarschung. Ein EU-Pass und die grüne Versicherungskarte, und du kannst bis ans Ende der Welt gehen.

Das bedeutet, bis Nikšić, Sanel. Nur dass du's weißt.

„Ihr müsst bis spätestens Mitternacht über die Grenze sein. Aber Adi weiß alles, nur für alle Fälle sag ich es auch dir."

Keine Panik, Sanel. Mach dir keine Sorgen. Sorgen machen Stress, und Stress führt zu Burn-out.

„Bis Mitternacht ist unser Mann an der Grenze. Wenn ihr zurück seid in Slowenien, hören wir uns."

Alles klar, Sanel. Setz du uns nur ab, damit ich dich nicht mehr sehen muss.

*

An der Grenze weckten wir Adi, damit der Zöllner ihn checken konnte. Tat er aber nicht. Denn Junkies werden nicht einmal von den Zöllnern gecheckt. Selbst die Zöllner tun so, als würden sie sie nicht sehen.

Aber der Zöllner sah Sanel so an, dass es selbst für mich etwas Neues war. Meiner Meinung nach kannst du einen Menschen nicht so ansehen, wenn du das nicht vor einem Spiegel trainiert hast. Ich hätte Sanel Haar für Haar den Bart auszupfen können, so sehr ging er mir auf den Sack, aber ich hätte ihn nicht so ansehen können. Aber der Zöllner hatte ein nie gesehenes Talent für Blicke. Er streifte ihn nicht nur mit dem Blick, sondern nahm sich die Zeit und sah ihn wirklich aaaaaaaan. Er sah ihn so an, dass mir Sanel, wäre er nicht Sanel gewesen, sondern irgendein x-beliebiger Wahhabit aus Jesenice oder aus dem Sandžak, wirklich leidgetan hätte. Denn mich hat im Leben noch keiner so angesehen. Nie und nirgends. Nicht in Fužine, nicht in Visoko und nicht in Bijeljina.

„Marko Đorđić?"

„Ja."

Er war ein wenig überrascht. Der Genosse Zöllner. Er fragte sich wahrscheinlich, was zum Teufel ich in diesem Auto mache. Ich wollte gerade sagen: „Ich wundere mich auch!", aber der Typ hätte den Witz nicht kapiert. Weil er den Witz von dem serbischen Polizisten nicht kennt, der in einem Schippi-Haus im Kosovo nach Waffen sucht, und als er sie findet, den Hausherrn fragt: „Was ist das hier, Ljatif?", und Ljatif sagt: „Ich wundere mich auch! Ich wundere mich auch, Genosse Polizist."

Jetzt war ich dieser Ljatif, und auch ich wunderte mich darüber, dass ich zusammen mit einem Wahhabiten und einem Junkie in einem bordeauxroten Citroën Xsara Picasso sitze. Was willst du machen, das Leben ist voller Überraschungen, wie die Slowenen sagen würden. Nicht wahr, Genosse Zöllner?

Klar, dass Sanel den Kofferraum aufmachen musste. Denn der Genosse Zöllner musste dringend überprüfen, ob der Wahhabit einen Ersatzreifen und einen Erste-Hilfe-Kasten hatte. Denn was ist, wenn ihm etwas passiert, nicht wahr, Genosse Zöllner? Einem Wahhabiten wird da drüben keiner helfen, denn wir alle wissen, was für Ustascha die Kroaten sind. Er wird alles selbst machen müssen, der arme Wahhabit.

Ich mache Spaß, Genosse Zöllner. Ich weiß, dass das Protokoll das vorschreibt. Das sind EU-Standards. Nach dem Protokoll muss er einen Wahhabiten verarschen, er muss ihm auf diskrete Weise beibringen, dass das, dass er Wahhabit ist, nicht normal ist, weil das nicht nach Europa passt, nicht wahr, Genosse Zöllner?

Sanel, es tut mir leid, aber hier muss ich dem Protokoll zustimmen. Okay ist, dass du ein Tschefur bist, das sind sowieso fast alle. Und okay ist auch, dass du ein *balija* bist. Was willst du machen, einem lebenden Menschen passiert alles Mögliche. Nur, dass du ein Wahhabit bist, das ist dann doch zu viel. Deshalb zeig dem Genossen Zöllner die Fahrgestellnummer, damit er prüfen kann, ob dieser Xsara wirklich auf deinen Namen zugelassen ist, dass er nicht zufällig auf Osama bin Laden eingetragen ist.

Ich weiß nicht, wer mir mehr auf den Sack ging, der Genosse Zöllner oder Sanel. Im Grunde habe ich darauf gehofft, dass einem von ihnen die Glühbirne durchbrennt und sie aufeinander losgehen. Am Grenzübergang Vinica. Und dass von der einen Seite die Nachbarn dem Genossen Zöllner zu Hilfe kommen und mit Heugabeln und Motorsägen auf Sanel losgehen, und von der anderen die Menschenrechtsaktivisten, all diese Veganer, Schwuchteln und Lesben, um diesen rassistischen Bauern den Arsch aufzureißen. Und dass dann noch TV-Kameras auftauchen und eine Blondine live vor Ort kommentiert, dass die Spannung von Minute zu Minute steigt.

Das wäre echt ein abgefahrener Zirkus. Ich weiß nur nicht, was mit mir und Adi wäre. Wahrscheinlich würden sie uns auch auf ihre Mistgabeln spießen und in die Kolpa fetzen.

„Schwimm zurück, woher du gekommen bist, Tschefur!"

„Wer nicht springt, ist kein Slowene, hey, hey, hey!"

Schließlich kam Sanel zum Auto zurück. Der Genosse Zöllner hatte sich ihn genüsslich vorgeknöpft. Was willst du machen, in hundert Jahren gewöhnst du dich nicht an solche Verarsche. Und an solche Blicke. Aber wen interessierst du, Sanel. Daran hättest du denken sollen, bevor du Wahhabit wurdest.

„Besser ist es, Junkie zu sein, Sanel. Man reist leichter."

Sanel sah mich so an, wie ihn der Genosse Zöllner angesehen hatte.

„Marsch!"

Marsch? Hast du „Marsch!" zu mir gesagt?

„Was hast du gesagt?!"

„Das, was du gehört hast!"

„Was?!"

„He, he, he! Hört auf! Da ist die Grenze!"

Adi, der Unprofor, flog vom Rücksitz direkt zwischen uns. Im letzten Moment. Sanel stoppte den Xsara mitten auf der Brücke, und eine Sekunde später hätte ich ihm eins auf die Nase gegeben, und dann hätte ich ihn aus dem Auto gezogen, und morgen würde die ganze Welt lesen, dass ein Wahhabit an der slowenisch-kroatischen Grenze auf der Brücke ausgerutscht und in den Fluss geklatscht war.

„Wollt ihr, dass sie uns alle einbuchten?!"

Nein, Adi, ich möchte nicht eingebuchtet werden. Denn in einem kroatischen Gefängnis wäre ich auch ein Wahhabit. Und Sanel wollte auch nicht eingebuchtet werden. Deshalb startete er den Xsara und fuhr von der Brücke.

Der Genosse Zöllner auf der kroatischen Seite sah Sanel genauso an wie der Genosse Zöllner auf der slowenischen. Da auch Kroatien jetzt in der EU ist und sie die gleichen europäischen Protokolle haben und so.

„Sanel Mutavdžić? Steigen Sie bitte aus."

Da hast du's. Zweite Halbzeit.

*

Sanel hielt den Xsara Picasso irgendwo bei Karlovac am Straßenrand an, was Adi vom Liegen in den Stand katapultierte.

„Was soll das, du Arsch? Fahr zum Konsum!"

„Geht zu Fuß. Ist nicht weit."

„Komm mir nicht mit weit, wenn wir am Arsch der Welt sind!"

„Ihr habt genug Zeit. Geht zu Fuß zum Konsum. Ihr geht rein, macht eine Runde, kauft euch was zu essen, und dann kommt ihr raus, setzt euch in den TRANSPORTER und fahrt."

„Einen Scheiß werde ich fahren!"

„Bitte, Đorđić, steig aus."

Sanel war wirklich fertig. Er wagte nicht einmal mehr, mich anzusehen. Er umklammerte das Lenkrad, glotzte durch die Frontscheibe und wartete, dass einer von uns ausstieg.

„Kannst du uns noch ein bisschen näher ranfahren? Bis zur Tankstelle."

„Okay. Bis zur Tankstelle. Aber da steigt ihr sofort aus. So als wäret ihr Anhalter."

Als wären wir Anhalter? Und wie steigen Anhalter aus, Sanel? Durch den Kofferraum?

„Okay. Fahr du nur!"

Ich hielt es in dem Auto nicht mehr aus. Ich hätte mir in den Arsch beißen können, dass ich mich wegen verdammten zweihundert Euro auf diesen Scheiß eingelassen hatte. Das war es wirklich nicht wert. Sanel fuhr noch gut fünfhundert Meter weiter und hielt an der Tankstelle. Adi und ich stiegen aus, ohne ein Wort zu sagen. Wie zwei Anhalter.

*

Vor dem Konsum deutete Adi auf den Transporter, der nach Ljubljana gefahren werden sollte. Ein Transporter wie ein Transporter. Nur kleiner. Mir wurde ein wenig leichter. Wenn da Leute drin gewesen wären, hätten sie ihn sicher nicht einfach so mitten auf dem Parkplatz abgestellt. Das wäre zu riskant gewesen. Jemand hätte was hören können.

„Ich schwöre, dass da keine Leute drin sind", sagte Adi, aber wie sollst du einem Tschefur glauben, der zu dir „Ich schwöre" sagt. Da weißt du, dass es verdächtig ist. Also sagte ich zu ihm, dass ich, wenn in dem Transporter Leute sind, sie rauslassen werde. Augenblicklich. Mitten in Karlovac.

Aber es konnten noch immer Leute in dem Transporter sein. Weil die Zeiten so sind, dass Menschen in Transportern sind. Und weil Adnan Mutavdžić so ein Kretin ist, dass er Menschen mit jemandem schmuggeln würde, der ihm sagt, dass er diese Leute rauslassen wird. Aber auf dem Parkplatz vor dem Konsum würde sie wohl nicht einmal Adi zurücklassen. So verkommen war nicht einmal er.

„Ich muss pinkeln."

Adi schwirrte ab, und ich drehte ein paar Runden durch den Laden. Durch den Konsum. In diesem beschissenen Karlovac. Ich kaufte nichts, ich zog nur meine Kreise und schaute, was für Sauerrahm sie alles haben. Um nicht verdächtig zu wirken. Nur das war wirklich blöd. Adi kam hundert Jahre nicht aus dem WC zurück, und mir reichte es schon, auf ihn zu warten. Es machte mich nervös, dass er nicht zurückkam, und ich fing an, die Tampons zu studieren. Und die Haarsprays. Und dann nahm ich drei verschiedene Packungen Kondome aus dem Regal, um zu sehen, welche die besseren sind. Es war mir scheißegal, ob ich mich verdächtig machte. Ich wollte, dass sich alle Mädels in Karlovac an den Tschefur erinnern, der zehn Minuten am Aussuchen von Kondomen war. Wenn ich schon so blöd war, hierherzukommen, werde ich jetzt eben total blöd sein.

Weil Adi immer noch nicht da war, ging ich zur Kasse. Ich kaufte die drei verschiedenen Schachteln Kondome. Egal, sie werden schon gebraucht werden. Als ich aus dem Laden kam, war es bereits dunkel und der Parkplatz hatte sich fast vollständig geleert. Die Leute strebten nach Hause, und ich bereitete mich mit den Taschen voller Kondome darauf vor, etwas nach Slowenien zu schmuggeln. Es war mir ziemlich egal, was dieses Etwas war. Ich leiste sowieso nur einem Schmuggler Gesellschaft. Für zweihundert Euro.

Ja, das ist ein Brot und Makkaroni und eine Dose Thunfisch, also sieh mich nicht so an, Lady! Du hast deinen Job, und ich habe meinen, klar? Du Ustascha-Schlampe!

Als Adi endlich auftauchte, kapierte ich nicht sofort, was passiert war. Im Dunkeln konnte ich ihn nicht richtig sehen und schnallte es deshalb erst, als er anfing, die Schlüssel vom Transporter zu suchen. Er hockte sich neben den Reifen und tastete auf dem Boden herum, als wäre er blind. Ich stieß ihn mit dem Fuß weg und hob die Schlüssel auf.

„He!"

Du bist echt ein Arschloch, Adi. Aber ich bin ein noch größeres.

„Wie willst du so fahren?"

Er lag breit ausgestreckt auf dem Asphalt wie auf dem weichsten Bett. Und in mir stieg der Druck.

„Du kannst doch fahren, Đorđić."

Wenn ich dir jetzt eine reinfahre, fährst du nie wieder zurück, du Affe.

Ich wollte ihm wirklich einen Fußtritt geben. Wie einem Hund.

„Schieß in den Wind. Du und dein Transporter."

Im Leben hatte ich nichts Größeres gefahren als Radovans Opel. Deshalb konnte ich mich nicht länger beherrschen und gab ihm den Tritt. Einen vollen Fußtritt. Ich scheiß auf dich, du verfluchtes Stück Scheiße!

Und ging weg. Ich ging und wartete darauf, dass ich wieder einen kühlen Kopf kriegte. Adi lag wahrscheinlich noch immer am Boden. Und neben ihm stand noch immer der Transporter. Das einzige Transportmittel nach Fužine.

Nur in dem Transporter befand sich Gott weiß was. *Hajvani, insani*, Drogisten, Bombisten … Und der Fahrer dieses Transporters war zugedröhnt. Effektiv zugedröhnt. Die Dröhnung hatte er sich nur deshalb gegeben, weil er wusste, dass ich fahren würde, wenn er es nicht könnte. Er wusste, dass ich kein solches Arschloch bin, ihn auf dem Parkplatz vor dem Konsum liegen zu lassen. Mitten in dem beschissenen Karlovac.

*

„Unser Mann wird bis Mitternacht an der Grenze sein", hatte Sanel gesagt.

Unser Mann wird mit der Hand winken und ich werde Gas geben. Wenn unser Mann wirklich da ist. Und wenn es wirklich unserer ist. Wenn Sanel nicht Scheiße gebaut hat.

„Adi weiß alles", hatte Sanel gesagt.

Nur Adi war so platt wie eine Ameise unter einem Traktor und wusste nicht, wo sein Arsch war. Ich hatte genug von diesen Junkies im *Džungla* gesehen und wusste, dass es hundert Jahre dauern konnte, bis sie wieder ansprechbar waren. Ich konnte nicht darauf warten und ich konnte ihn nicht liegen lassen. Ich meine, ich hätte ihn liegen lassen können, weil ihm alles *rahat* war. Das Pflaster war für ihn weich wie eine Titte. Nur was, wenn unser Mann nicht mein Mann war, sondern nur Adis?

Ich schob ihn ins Fahrerhaus des Transporters. Ich hoffte, dass er sich nicht komplett zugerotzt hatte und dass er sich vor der Grenze für ein paar Minuten hinters Steuer setzen konnte. Nur damit wir rüberkommen. Wenn ich den Transporter bis zur Grenze nicht bereits zerlegt habe. Aber der Transporter war mir egal. Es war ja nicht meiner.

Ich ließ den Motor an und fuhr los, und als ich kurz bremste, flog Adi gegen das Armaturenbrett. Scheiße, ich hatte vergessen, ihn anzuschnallen. Ich stellte den Motor ab, schob ihn zurück auf den Sitz und schnallte ihn an. Wie ein kleines Kind.

Wenn wir nach Fužine kommen, gibst du mir zweihundert Euro und wir sind fertig. Für immer. Ist dir das klar, Adnan Mutavdžić? Aus und vorbei.

Beim dritten Versuch gelang es mir, den Transporter neuerlich in Bewegung zu setzen und vom Parkplatz zu fahren. Nur wohin jetzt? Ich war im Roaming und konnte kein GPS benutzen. Und Wegweiser nach Fužine gibt es in Karlovac nicht.

Ich hielt an, um Adis Telefon zu suchen. Wenn er angefangen hätte zu protestieren, hätte ich ihn gekillt, ehrlich, das hätte ich, aber er konnte sowieso nicht protestieren. Ich ertastete es in seiner Hosentasche und versuchte es herauszuziehen, wobei ich zu Gott betete, dass er es nicht ausgeschaltet hatte. Aber als ich es heraußen hatte, war das GPS vergessen, und ich starrte nur noch auf den Bildschirmschoner.

Mašala, Adnan, echt ein gutes Foto. Ist das aus Kladuša? Ja klar doch, sowieso. Alles Gute kommt aus Kladuša, nicht wahr?

Auf dem Foto waren Samira, Sanel und ein Mädchen. Das war wahrscheinlich der Ninja, als sie noch kein Ninja war. Sie hatte nur ein Tuch um den Kopf wie meine Oma. Sie war sehr jung, viel jünger als Sanel, aber wirklich schön. Ihre Augen auf dem Foto waren groß und schön. Schade, dass sie sie jetzt versteckt, wirklich.

Sanel hatte auf dem Foto kein Bärtchen, und er war noch schlank. Aber Samira war alt geworden. Und ganz vertrocknet, arme Samira. Sie saßen zusammen am Tisch im Garten und lächelten, sie lächerlich säuerlich. So in der Art, wir sind alle glücklich, nur dass wir es nicht sind. Eigentlich war schwer zu sagen, wer von ihnen auf dem Foto mehr im Arsch ist. Wahrscheinlich derjenige, der das Foto gemacht hat. Stimmt's, Adi?

Eine nette Familie, keine Frage. Die Familie ist in Bosnien heilig. Nur dass sie es nicht ist. Die Familie ist in Bosnien im Arsch. Weil die Familie immer im Arsch ist. Adis Foto war gelogen, denn alle Familienfotos sind gelogen. Von wegen, wir haben uns lieb, und so. In Wirklichkeit ist es eine Collage.

Es war so, als würde ich ein Foto von Radovan und Ranka machen, wie sie sich umarmen und lächeln. Derselbe Scheiß. Samira macht sich genau genommen nicht einmal die Mühe, glücklich auszusehen. Du kannst genau sehen, wie sie am Rand der Tränen ist. Ihr Leben ist in Stücke zerfallen, und sie wartet nur noch darauf, dass der Krampf endlich vorbei ist. Dabei ist sie erst fünfzig. Und der Ninja lacht auch, aber total angeschissen. Weil sie fünfzehn ist. Oder siebzehn. Das ist egal, alles derselbe Dreck. Weil Sanel ein Junkie ist. Und weil er sich einen Bart wachsen lässt. Und angeblich glaubt.

Das Bild ist ein bisschen schief. Ein bisschen sind sie schräg, wie Radovan sagen würde. Man kann sehen, dass dem Fotografen die Hände zitterten. Dass er eine kleine Krise hatte.

*

Klar hab ich mich verfahren. Denn du kannst nachts keinen Transporter fahren und gleichzeitig aufs GPS sehen. Wenn ich das könnte, wäre ich ein Ingenieur, aber kein Freizeitschmuggler!

O Đorđić, ich fick dir deinen dummen Schädel. Es ist immer dasselbe. Wie du dich immer selbst reinreitest …

Was hupst du, zum Teufel! Siehst du nicht, dass ich was suche? Ich fick dir deine Ustascha-Mutter!

Bleib steeeeehen! So. Lass mich vorbei. Ich fahre nach Slowenien, ja! Okay, alles in Ordnung, ich schmuggle nur ein bisschen und bin ein bisschen nervös.

He, du Arsch! Komm mir nicht so! Hol dich der Teufel, der dir den Führerschein geschenkt hat! Oder hast du ihn gekauft, ha? Wie teuer war deiner? Meiner fünfzig Euro. Und ist einen Scheiß wert.

Nie wieder, Đorđić, nie wieder! Du idiotischer Schwachkopf! Da! Daaa ist es! Da steht Slowenien.

Slowenien! Slowenien! Sloweeeniiien!

Es ist gut, ich bin da. Zu Hause. Hier ist Slowenien!

Ich brauche eine Pause. Weil ich total verschwitzt bin. Ich bin nicht für Transporter, wirklich nicht. Ich bin für nichts. Ich bin ein Arsch von Schaf, das ist es, was ich bin.

*

Wir Tschefuren bringen uns ständig selbst in Schwierigkeiten. Nein, ich bringe mich in Schwierigkeiten. Nein, ich lasse mich von anderen in Schwierigkeiten bringen. Das ist der Herdentrieb in mir. Ich kann nicht Nein sagen, weder zu Mama noch zu Papa, noch zum heiligen Petrus. Ich muss loyal sein. Denn die einen sind Familie, die anderen sind Nachbarn, und die dritten Kumpel. Und Einigkeit und Brüderlichkeit und der ganze Schmafu. Wohin alle gehen, dahin geht auch der kleine Mujo, wie Radovan sagen würde. Wenn alle „Raaatko Mladić!" brüllen, brülle ich auch „Raaatko Mladić!". Und wenn alle schmuggeln, schmuggle ich auch. Und wenn Aco den Damjanović vermöbelt, dann vermöble ich Damjanović auch.

Ich bin an allem selbst schuld. Das hat überhaupt nichts mit den Tschefuren zu tun. Ich habe meinen Arsch selbst in diesen Transporter gesetzt. Mich hat kein Adi verarscht. Er ist ein gewöhnlicher Junkie. Ich hätte auch tun können, als würde ich ihn nicht kennen, wie alle anderen, aber ich habe ihm zugesehen und zugehört. Ich habe Adnan Mutavdžić zugehört. Nur deshalb, weil er vor hundert Jahren mal neben mir in der letzten Bank gesessen hat und keine drei positiven Noten hatte und ich ihn hab abschreiben lassen, weil mir der Blödmann leidgetan hat, weil er einen Meter und einen Tschewap groß war und weil sich sein Hirn in Super-Slow-Motion drehte.

Ach, was soll's. Das war sowieso in einem früheren Leben, das nicht mehr zählt. Adi ist nicht mehr der Adi. Und ich bin nicht mehr der Marko.

*

He, Đorđić!

Was ist?

Du hast keinen blassen Schimmer, was du hier machst, ha? Komm, versuch wenigstens zu raten, du Arsch!

Brauche ich die zweihundert Euro?

Das fehlte noch. So blank bist du nicht, du Pferd. Aber diese zweihundert Euro haben weder Titte noch Arsch, dass du zu ihnen Nein sagen kannst. Was ist, Đorđić, würde Radovan so zu dir sagen?

Nur wirklich, weshalb bin ich so dumm?

Überleg mal, Đorđić. Rühr mal ein bisschen in deinem Schädel um.

Ich rühre ja, du Arsch! Ich hämmere diesen Schädel gegen das Lenkrad, aber es hilft nichts. Ich habe noch immer keine Ahnung, warum ich in diesem beschissenen Transporter sitze, der am Straßenrand mitten in diesem beschissenen kroatischen Scheißland steht. Und ich weiß nicht, warum Adi neben mir sitzt. Adi, zerstochen wie eine Hurenfotze. Und ich weiß nicht, was in dem Transporter ist. Und warum ich nicht aussteige und auf alles scheiße.

Auch ich wundere mich, Genosse Đorđić. Auch ich wundere mich.

Alle wundern wir uns, aber ich starte den Motor. Ich fahre an, ich gebe Gas, ich schalte und ich rutsche langsam auf die Grenze zu. Es ist schon sieben Minuten nach zwölf und unser Mann ist nicht mehr an der Grenze, aber ich halte trotzdem auf sie zu. Und ich wundere mich über mich selbst und über all das.

Warum wunderst du dich, Đorđić?

Ich weiß nicht, warum ich mich wundere.

Das ist nichts Ungewöhnliches, wenn du mich fragst.

Ja, das ist das Allernormalste von der Welt. Es ist normal, dass mein Leben in den Arsch geht, und es ist normal, dass ich von hinten noch ein bisschen nachschiebe. Damit es leichter reingeht.

*

Mich sah er nicht so an, wie er Sanel angesehen hatte, aber sein Blick war argwöhnisch. Oder wie immer man dazu auf Slowenisch sagt. Meiner Meinung nach war es derselbe Genosse Zöllner wie vorher. Oder alle Zöllner sind gleich. Dieselbe Uniform, dasselbe argwöhnische Gesicht. Dann sah er auch zu Adi. Der gleiche argwöhnische Blick wie bei mir. Meine Oma hätte schneller geschnallt, dass der Typ zugedröhnt war, aber das konnte ich ihm nicht sagen.

„Wir haben eine lange Fahrt hinter uns."

„Woher kommt ihr?"

Los, Đorđić, erinnere dich an eine bosnische Stadt, die nicht komplett verdächtig ist, wenn du schon so ein Klugscheißer bist. Čapljina? Han Pijesak? Čekrekčije? Gornja Mostra? Bosansko Grahovo?

„Aus Visoko. Da, wo die Pyramiden sind."

Der Genosse Zöllner tat so, als wüsste er nicht, wo die bosnischen Pyramiden sind. Dabei ist er schon dreimal dagewesen, garantiert. Für hundert Euro hat er heilende Bäume umarmt und ist dann auf eine *petica* gegangen. Die klassische slowenische Tour. Eine Portion Kultur, eine Portion Tschewape, und ab ans Meer.

„Adnan Mutavdžić!"

Ich rüttelte Adi, aber der jaulte nur auf.

„Adnan Mutavdžić!"

Jetzt sah ich den Genossen Zöllner an.

Dir ist doch alles klar, du Arsch! Was zum Teufel willst du noch?

Er glotzte Adi an wie das Kalb das geschlossene Hoftor, und dann wieder mich. Argwöhnisch.

Muss ich dir wirklich erklären, dass der Typ so kaputt ist wie die Krajina? Schön und langsam mit meinen Worten, ja? Dass wir uns alle verstehen?

„Was habt ihr hinten drin?"

Bei Mutter Ranka, ich habe keine Ahnung.

Ich weiß echt nicht, was mich zurückhielt, es ihm zu sagen. Denn jetzt war mir schon alles egal. Im Grunde wartete ich darauf, dass er aufhört, mich zu verarschen, und mir meine Rechte vorliest und mir die Handschellen anlegt.

„Nichts Besonderes."

„Fahr da rüber und stell den Motor ab."

Ich fahr dir den Auspuff in den Arsch.

Ich brauchte eine Zeit, um den Transporter in Bewegung zu setzen. Dreimal starb mir der Mistkerl ab, bevor ich ihn dort abstellen konnte, wo der Genosse Zöllner ihn abgestellt haben wollte. Der Genosse Zöllner stand an der Tür des Zollcontainers, sah mich an und überlegte wahrscheinlich, ob er mich blasen lassen oder ob er mich von der Brücke in den Fluss expedieren soll.

Adi gelang es mit einer unmenschlichen Anstrengung, seine Augen zu öffnen. Aber er schien mich nicht zu sehen. Scheiße, Adnan, wir stecken schön in der Scheiße. Jetzt werden aus diesem Container die anderen Genossen Zöllner herausgeflogen kommen und mich zwingen, den Laderaum zu öffnen. Und du darfst mich alles, wenn da keine Leute drin sind. Hundert Prozent liegen da drei betäubte Afghanen gefesselt am Boden, mit Klebeband überm Mund, damit sie nicht schreien können. Oder aber hundert Kilo Schnee. Gestern noch auf einer kolumbianischen Plantage, heute schon in Ihrem Transporter.

Am Grenzübergang Vinica wurde gestern Abend eine Rekordmenge an Drogen beschlagnahmt …

Das wird Radovan morgen im Teletext lesen und murmeln: „Hätten sie lieber die Narco-Köpfe beschlagnahmt." Weil er glaubt, beschlagnahmen bedeutet kaputtschlagen.

Aus dem Container kam ein Typ ohne Uniform. In den Händen hatte er Adis und meinen Pass. Und er war wütend, als hätte er uns auf seiner Frau erwischt. Ich öffnete das Fenster und der Typ schmiss mir die Pässe an den Kopf.

„Halb eins, verdammter Idiot! Halb eins! Sag Sanel, dass er mir dafür das Dreifache zahlt! Klar?! Und dass ich euch nicht mehr sehe. Ihr Idioten!"

Ich wollte ihm schon eins auf seine rote Rübe knallen. Wer bist du denn, du Wichser, dass du mich einen Idioten heißt! Ich umklammerte den Türgriff und sah ihn an! Und er mich! Auch er wollte mir eine verpassen! Wir wussten beide, dass es das Beste wäre, wenn ich mich sofort vom Acker machte, aber stattdessen überlegten wir beide, wie wir uns gegenseitig in die Erde stampfen könnten.

„Fahr zu! Was glotzt du mich so an? Fahr zu, Kretin, blöder Arsch!"

Klar war ja wohl, dass er ein Tschefur war! Was sonst könnte er sein! Wer sonst würde den eigenen Mann in die Pfanne hauen!

„Du idiotisches Arschloch, du blöder Bauer!"

Er fasste an den Türgriff, aber die Tür des Transporters war abgeschlossen und ließ sich nicht öffnen. Ein Glück, denn frag Gott, was gewesen wäre, wenn sie es getan hätte. Dann wäre es wirklich flockig geworden und alles wäre in den Arsch gegangen.

Was willst du, Arschloch, tschefurisches? Ich bin doch nicht schuld, dass du dich mit Wabbies abgibst. Du winkst mit den Händchen für ein paar Euro, ha? Gekaufte Fotze!

Ich fuhr los. Oder der Transporter fuhr von selbst los. Und dann spürte ich, wie mein Herz wie verrückt klopfte. Es war Angst. Erst jetzt, als es vorbei war, kriegte ich mit, wie sehr ich mich angeschissen hatte.

Ich sah in den Rückspiegel und wartete darauf, dass hinter uns die blauen Lichter auftauchten. Mit aller Kraft packte ich das Lenkrad, damit es mir nicht aus den Händen rutschte, und der ganze Transporter zitterte zusammen mit mir.

*

Nach ein paar Kilometern hielt ich an, machte die Tür auf und flog buchstäblich hinaus. Ich zitterte wie ein nacktärschiger Vogel im Schnee.

„Raus, Afghanen! Aufwachen!"

Ich trat wie ein Verrückter gegen den Laderaum, aber es half nichts. Der Anfall ließ nicht nach. Das Adrenalin stieg weiter an und mein Körper spielte verrückt. Mein Gehirn hatte sich abgeschaltet. Ich öffnete die Tür auf Adis Seite, machte seinen Gurt auf und ließ ihn zu Boden rutschen. Ich verpasste ihm voll ein paar Schläge in den Bauch und wollte ihn noch mit dem Kopf rammen, als er schon anfing zu kotzen.

Das hielt mich Gott sei Dank zurück. Ich ließ ihn sich auskotzen und klopfte noch ein bisschen gegen den Laderaum.

„AAAAAAAAAAAAAAAGH!!! I fuck your mother!!!"

Ich wollte die Hecktür aufschließen, aber meine Hände zitterten noch immer und ich kriegte den Schlüssel nicht ins Schloss.

Ich ließ alles stehen und liegen und marschierte die Straße hinunter und sah den Autos nach, die vorbeidüsten. Wie kleine Käfer, die um meinen Kopf herum brummten. Lichter in der Dunkelheit, die an und aus gingen. Und mit jedem Käfer, mit jedem Licht in meinem Kopf lichtete sich der Nebel etwas. Ich blieb stehen, drehte mich um die eigene Achse und sah die Häuser auf der anderen Straßenseite, und den Wald. Und den Transporter. Und das Straßenschild mit der Nummer 70. Und Adi, der im Gebüsch lag. Mein Herz begann sich zu beruhigen.

Ich ging zurück und schloss die Hecktür auf.

„Afghaaaaaaanen?!"

In dem Transporter waren keine Menschen. Vorne standen mehrere Pappkartons, die aufzumachen mich nicht interessierte, und hinten kleinere Pakete, Plastik. Ich nahm eins und sah es mir an. Fleisch. Vakuumverpacktes Fleisch. Bosnisches oder albanisches, jedenfalls Fleisch, das nicht aus der EU war.

Das waren die illegalen Migranten. Nur dass sie bereits faschiert waren. Für Kebab und für Hamburger. Oder man würde sie hübsch umpacken, *halal* oder *bio* draufschreiben und noch „Made in Deutschland" draufkleben und uns Hoden für Nieren verkaufen.

Es ist nicht zu glauben. Diese ganze Aktion dient nur dazu, dass sich halb Hamburg an verdorbenem Fleisch vergiftet. Wahrscheinlich war auch Schweinefleisch darunter. Denn Sanel war in

Wirklichkeit kein Wahhabit. Er war noch immer ein ordinärer Schmuggler. Ein Tschefur, dem die Katze das Hirn gefressen hat. Genau wie bei Adi.

Eure arme Mutter, Gebrüder Mutavdžić. Selbst Mirsad tut dir leid, wenn du siehst, was für zwei Idioten er gemacht hat.

Ich schleppte Adi zur Hecktür und warf ihn auf das Fleisch. Wenn die armen Afghanen so von Pakistan bis London reisen können, kannst du so von Vinica bis Fužine reisen. Die Kabine wirst du mir nicht länger verstinken.

*

Ich fuhr über die Autobahn und zählte die Kilometer bis Ljubljana. Noch dreiundsechzig. Noch einundsechzig. Noch fünfundvierzig. Ich konnte es kaum erwarten anzukommen. Der Schriftzug Ljubljana auf den grünen Schildern machte mir zum ersten Mal im Leben Freude. Zum ersten Mal war Ljubljana für mich etwas anderes als Ivančna Gorica oder Grosuplje. Weil in Ljubljana Fužine war und weil ich mich in Fužine vor all diesen Dörfern verstecken konnte. Diese Dörfer waren gefährlich, weil in ihnen Schreckgespenster wohnten, Ljubljana aber kannte ich. Dort hatte ich keine Angst vor irgendwelchen Schreckgespenstern, weil ich dort zu Hause war und ich jedem sagen konnte, dass er verschwinden soll.

Noch achtzehn Kilometer bis Ljubljana. Noch ein bisschen, dann bin ich dieser Bela Krajina und Dolenjska entkommen, all diesen Grosupljanern und Škofljicern, denn die trauen sich nicht nach Ljubljana, und schon gar nicht nach Fužine. Sie wissen, dass dort befreites Gebiet ist. Dass dort die Tschefuren wohnen. Dass das meine Leute sind.

Nur noch zehn Kilometer. Noch ein paar Tunnel, und ich bin in Ljubljana. Daheim.

*

Ich parkte den Transporter auf dem Parkplatz vorm Spar, auf der anderen Seite der Zaloška. Ich sah nach, ob Adi noch atmete. Der stinkende Haufen Dreck atmete. Ich schrieb Sanel von Adis Handy aus, wo der Transporter steht, dann schob ich das Handy Adi zurück in die Tasche. Ich schloss die Hecktür ab, schmiss die Schlüssel auf den Fahrersitz und ging nach Hause schlafen.

Verschwindet, ihr Stinktiere.

11. Weshalb die Tschefuren Festnetz haben

Als ich Alma sagte, dass Radovan mich abholen kommt, damit ich die Nachprüfungen mache, blieb sie total cool. Als hätte ich ihr erzählt, dass ich Kürbiskuchen mochte.

„Das ist vernünftig. Slowenien ist ja doch ein Staat."

Es war klar, dass ich gehe und dass sie bleibt und dass das, dass wir fast jeden Tag auf die Pyramide und nach Ravne und überallhin gehen, nichts ist. Slowenien ist ja doch ein Staat.

Ich kapierte überhaupt nichts. Ich dachte, dass es ihr um mich und um alles leidtat, und ich musste mich zurückhalten, nicht zu flennen. Es haute mich um, wie cool sie war, als sie mir sagte, dass es vernünftig sei, nach Hause zu fahren, denn Slowenien sei ja doch ein Staat.

„Der Staat ist mir scheißegal!"

„Dir ist alles scheißegal, weil du jung bist!"

„Du bist mir nicht scheißegal."

„Was hör ich da?"

Ich hatte ihr nicht gerade gesagt, dass ich sie liebe, aber eigentlich hatte ich es doch gesagt, nur mit anderen Worten. Und sie zu mir: „Was hör ich da?" Ich kapierte wirklich nichts.

Vielleicht wollte sie mich nur frotzeln, aber ich konnte nicht mehr und packte mich nach Hause. Ich war beleidigt. Angeschissen und beleidigt. Ihr war das alles völlig egal und sie ließ mich gehen. Und kam mir auch nicht nach.

Aber am nächsten Tag kam sie doch bis vors Haus. Und zwar so nah, dass mein Opa sie gesehen hat, und dann auch noch meine Oma. Sie versteckte sich nicht. Sie stand auf der Straße, holte einen Schlüsselbund aus der Tasche und winkte mit ihm, ich solle zu ihr kommen. Und grinste dazu.

„Was hast du da?"

„Schlüssel vom Wochenendhaus."

„Wessen?"

„Von meiner Freundin."

„Und wo ist das Wochenendhaus?"

„Auf dem Vlašić."

„Und?"

„Nichts. Mach dich fertig, wir gehen. Dort findet dich dein *babo* nicht."

„Ich weiß nicht, echt. Ich kann nicht einfach so …"

„Du kannst, du kannst."

„Ich weiß nicht."

„Bitte, Marko."

Eine Alma, die „Bitte, Marko" sagte, war eine fünfte Alma, die ich noch nicht kannte. Und der ich nicht Nein sagen konnte. Nichts konnte ich dieser Alma abschlagen. Ich stand einfach da und sah sie an. Ich sah auf die Schlüssel in ihrer Tasche.

„Bleib hier bei mir. Ich habe nur dich hier."

Sie murmelte noch etwas, aber das verstand ich nicht. Kann sein, dass sie „Ich liebe dich" gesagt hat oder auch nicht. Vielleicht habe ich „Ich liebe dich" gesagt, aber sie hat mich nicht verstanden, weil ich auch so gemurmelt habe. Nur war klar, was wir einander gesagt hatten. Mir hundert Prozent, und ihr auch.

Opa sah von seiner Bank aus zu, aber er war schon sehr schlecht beisammen und kriegte nicht mehr alles mit. Oma sah wahrscheinlich aus dem Fenster, sagte aber nie etwas. Wahrscheinlich wusste sie, wohin ich ging, oder zumindest, mit wem ich ging, aber Radovan sagte sie nichts. Oma war auf meiner Seite. Die Einzige in der ganzen Familie.

„Kommst du?"

Ich musste mitgehen, wenn nicht, wäre sie verrückt geworden und es wäre das totale Chaos gewesen. Denn ich wäre auch verrückt geworden. Wäre Radovan einen Monat später oder etwas früher gekommen, wäre es anders gewesen. Aber in diesem Moment habe ich Alma wirklich geliebt und hat sie mich wirklich geliebt. Oder auch nicht, ich weiß es nicht. Bei ihr war ich mir nicht sicher, bei ihr war vielleicht alles nur Spiel, eine Show für Mensur oder sonst wen. Auch das Wochenendhaus auf dem Vlašić war vielleicht nur dazu da, um ihn zu provozieren, damit er raufgedüst kommt und an die Tür hämmert und sie aufzubrechen versucht und alles das.

Nur weshalb hat sie mir dann gesagt, dass sie mich liebt? Oder vielleicht nicht gesagt. Ich weiß wirklich nicht mehr, was war und was nicht.

Ich weiß nur, dass Alma am Freitagmorgen um fünf an der Tankstelle in dem Yugo ihrer Freundin Senka auf mich wartete. Und ich weiß, dass sie, als ich mich reingesetzt hatte, nur „Halt den Mund, solange ich fahre!" sagte und dass ich den Mund gehalten habe und sie es ganz nervös kaum schaffte, den Yugo bis zum Vlašić zu fahren, sodass ich am Ende auch nervös wurde, weil sie wirklich nicht fahren konnte.

Und ich weiß, dass Radovan dann das ganze Wochenende verrückt gespielt hat, weil er keine Ahnung hatte, wo ich stecke. Und ich weiß auch, dass er mich erwürgt hätte, wenn er mich damals in die Finger bekommen hätte, und dass sich alle meine Leute vor ihm in Sicherheit hätten bringen müssen, weil ihn der schlimmste Wutanfall seines Lebens befallen hätte. Aber ich habe Alma drei Tage lang gevögelt und alles andere war mir egal. Das war mein schönstes Wochenende im Leben. Es regnete nonstop und es war kalt wie mitten im Winter, aber mich brannte es drei Tage lang von innen, als hätte ich einen Grill verschluckt.

„Ich liebe dich doch", sagte ich ihr auf dem Vlašić. Wir lagen auf der Couch und sahen zu, wie das Wasser aus der Decke in die Schüssel auf dem Küchenboden tropfte.

„Das ist sehr vernünftig", sagte Alma und fasste mich am Schwanz.

Uns ging es wirklich gut an diesem Wochenende auf dem Vlašić. Und scheiß auf den, der sich ausgedacht hat, dass ein Wochenende nur zwei Tage hat. Und dass du nur ein solches Wochenende im Leben haben kannst.

*

„Wo warst du gestern Abend?"

„Draußen."

„Wo draußen?"

„Nirgends besonders."

Was Radovan angeht, so ist es mir noch nicht gelungen, herauszufinden, ob ihn das wirklich interessiert, was er mich fragt, oder ob er nur der Ordnung halber fragt. Weil man eben so miteinander redet. Dass Radovan Fragen stellt und ich antworte. Meistens so, dass bei ihm die Lust zu fragen zuerst vergeht.

Ich hatte nie Lust, Radovan die Dinge zu erklären. Weil er nicht in der Lage war, dich neugierig anzusehen und „Was du nicht sagst" zu sagen, wie so eine Tante. Bei Radovan warst du dir nie sicher, ob er dir wirklich zuhört. Weil bei ihm, wenn du ihm etwas erklärtest, das Gesicht einfror, wie auf Skype, wenn das Bild einfriert und du nicht weißt, ob du weiterreden sollst, weil möglicherweise nur das Bild eingefroren ist, der Ton aber noch funktioniert.

Und normalerweise sitzt Radovan, wenn er mit dir spricht, vor dem Fernseher, in der einen Hand die Fernbedienung, in der anderen den Kochtopf und zappt ein bisschen durch die Kanäle und isst sich ein bisschen durch die Reste von gestern. Multitasking auf Tschefurisch. Du isst, siehst fern und redest. Und zwischendurch wirfst du einen Blick aufs Handy, wenn auf Viber irgendein Schmarren angezwitschert kommt.

„Wie lang hast du vor, hierzubleiben?"

„Ich weiß nicht."

Radovan stellte den Topf auf den Tisch. Wahrscheinlich wird er jetzt Ranka rufen, damit sie ihn abräumt. Sodass er nicht zu überlegen braucht, wenn er seine Füße auf den Tisch legen will, ob dort ein Topf steht, den er umstoßen könnte.

„Du weißt, weshalb ich frage ..."

Damit du fragst?

„Wenn ich zu der Operation gehe, sollte jemand hier sein, bei Mama."

Warte, warte, Radovan. Von was für einer Operation redest du?

Da, auch Ranka interessiert sich. Auch sie ist gekommen, um ein bisschen der Fortsetzung des Gesprächs zu lauschen, wie die Slowenen sagen würden.

„Wann ist deine Operation?"

Ranka hält den Topf in den Händen und wartet, dass Radovan etwas sagt. Die Frage ist nur, ob jetzt nur der Topf mitten im Wohnzimmer auf den Boden knallt oder auch Ranka zusammen mit ihm. Denn Ranka ist nicht nur durcheinander. Ranka scheißt sich an vor Angst. Ranka ist fertig. Sie hat was von Operation gehört, und jetzt ist Feierabend. Sie versucht, sich zu bewegen, sich zu setzen, aber sie kann nicht. Ranka kann nicht einmal mehr den Topf absetzen.

„Donnerstag."

Welcher Donnerstag, Radovan? Dieser Donnerstag? Donnerstag in drei Tagen?

„Das ziehen die schnell durch, und noch schneller werfen sie dich wieder raus, weil sie das Bett brauchen. Aber ich werde mindestens bis Montag im Krankenhaus bleiben müssen."

„Du wirst so lange bleiben, wie sie sagen, dass du bleibst."

„Da hast du sie."

Ja, da hast du sie, Radovan.

Das ist deine Ranka, die gleich der Schlag trifft, weil du zur Operation gehst.

Da hast du sie, Radovan, der du nicht gesagt hast, dass du zur Operation gehst. Am Donnerstag.

Da hast du sie, Radovan, die stirbt, weil sie glaubt, dass du stirbst.

Da hast du sie, Radovan, die am liebsten deinen Tumor übernehmen und an deiner Stelle sterben würde.

Da hast du sie, Radovan. Rahm sie ein und häng sie dir an die Wand.

Als Ikone, Radovan. Oder als Bild einer Vase mit Blumen.

Da hast du sie, du Pferd.

„Ich werde so lange bleiben, wie sie sagen, dass ich bleiben werde. Was denn sonst."

So ist es, Radovan. Du wirst brav sein und den Ärzten gehorchen. Allen wirst du gehorchen, Radovan. Sogar Ranka wirst du gehorchen. Was willst du, so weit hast du es gebracht. Weil du ein Topf geworden bist.

So ein Topf, den du auf den Tisch zurückstellst, und wo dann jemand kommt, ihn nimmt, in die Küche bringt, ihn abwäscht und in den Schrank stellt. Und jetzt wartest du, dass dich jemand nimmt und wegträgt. Und irgendwohin räumt.

Mein Telefon klingelte, aber ich starrte noch immer Radovan an und sah nicht einmal nach, wer mich anrief. Ich hielt nur das Telefon ans Ohr.

„Ja."

„Wo ist Adi?"

„Was?"

„Wo ist Adi?!"

Ich weiß nicht, wann ich Radovan das letzte Mal in die Augen gesehen habe. Ich glaube, sie haben die Farbe gewechselt. Noch nie hatte er so dunkle Augen. Und kleiner geworden waren diese Augen. Ganz anders waren sie.

„Đorđić! Kannst du mir sagen, wo Adi ist? … Hallo, kannst du mich …"

Selbst Radovan ist kleiner, als er war. Kleiner als ein Mohnkorn, wie Radovan sagen würde. Aber nicht dieser Radovan. Ein anderer Radovan würde das sagen. Dieser Radovan hier vor mir würde nichts sagen. Dieser Radovan hat das Seine gesagt und schweigt jetzt.

„Hallo, Đorđić! … Sanel hier … Hallo! Also, wenn du mich hörst, ruf mich an. Dringend!"

*

Adi hatte der Nebel verschluckt. Als Sanel zum Transporter kam, war er schon nicht mehr drinnen. Ich kapierte bloß nicht, wo das Problem war. Sanel hat den Transporter und das Fleisch, und Adi haut irgendwo mächtig auf den Putz. Und wenn er genug auf den Putz gehauen hat, taucht er wieder auf. Er kommt, um Cash zu fechten, wenn sonst nichts.

„Ich habe dir gesagt, dass du nicht mit ihm mitfahren sollst."

Sanel tobte, ich konnte nur nicht rauskriegen, was er hatte, denn er zitterte genauso, wenn er nervös, wütend oder angeschissen war. Aber er flüsterte, was ganz komisch war. Ich erinnerte mich, dass Adi gesagt hatte, dass der Ninja, sollte er Drogen nehmen, Sanel bei seinen Kumpels verzinken würde. Und vermutlich war das der Punkt. Dass der Ninja nicht hören durfte, dass er im Arsch war. Deshalb flüsterte Sanel, tigerte in der Wohnung auf und ab und streichelte irgendwelche Blumen, als wolle er sie umtopfen.

„Jetzt mach mal halblang, Sanel … Wenn ich nicht gewesen wäre, stünde dein Transporter noch immer in Karlovac."

„Was würde mein Transporter? Du bist wohl …"

Er tigerte auf und ab. Man sah ihm direkt an, dass er am liebsten losbrüllen würde, aber nicht konnte, und dass das an ihm fraß. Wenn ich gewollt hätte, hätte ich aufstehen und ihm sein Wahhabitenbärtchen ausrupfen können. Haar für Haar.

Er versuchte, sich zu beruhigen, indem er die Hände aneinanderlegte, wie um unsichtbaren Regen zu fangen. Vielleicht betete er, ich weiß es nicht. Aber es funktionierte, denn er beruhigte sich. Vielleicht ist der Islam wirklich seine Droge, und Sanel rezitiert jedes Mal, wenn er eine Krise hat, ein paar Suren. *Alahuekber* direkt in die Vene und so.

„Du kapierst wirklich nichts. Dieser Transporter, und Adi … Der Transporter ist mir scheißegal. Der Transporter, das Fleisch und … Denn alles das … alles das ist nur wegen Adi. Der Transporter, das Fleisch und alles. Das ist alles seinetwegen. Damit er sauber bleibt. Um ihn ein bisschen abzulenken, damit er einen Fokus hat. Weil es da eine Grenze gibt, die du überqueren musst … und dieser Transporter, voller Fleisch … und er muss das über diese Grenze bringen, durch die eine Kontrolle, durch die zweite… und er weiß, dass er klar im Kopf sein muss. Diese Angst, dieses Adrenalin, was immer das ist … Das erlaubt ihm nicht, sich zuzudröhnen … Alles das ist nur dazu gedacht, ihn von der verdammten Droge runterzubringen … Angefangen hat er mit einer Fuhre pro Woche … Jetzt hat er zwei, und ich wollte ihm noch eine dritte geben …“

Er konnte nicht mehr. Sein Apaurin ließ nach und seine Arme flogen im Raum umher. Wieder zerriss es ihn.

„Beruhige dich.“

Das sagte ich als Drohung, denn der Typ hatte einen Topf vom Herd genommen und fuchtelte damit herum. Die Suren hatten offensichtlich nicht geholfen, und Sanel verlor die Kontrolle über sich.

„Beruhige dich!“

Ich stand auf, und Sanel knallte den Topf auf den Tisch. Jetzt hatte er mich total wütend gemacht. Ich ging zu ihm, nahm ihm den Topf aus der Hand und stieß ihn weg, sodass er auf den Boden knallte. Er wimmerte und versuchte aufzustehen. Wieder fing er seinen Regen. Ich ließ ihn sein *bismillah* deklamieren, trat ans Fenster und sah hinunter vor den Block.

Das war für mich als Knirps superinteressant gewesen. Denselben Hof zu sehen, nur aus einem anderen Block. Von einer anderen Seite und aus einer anderen Höhe. Alles dasselbe, und doch total anders. Einmal bin ich nur deshalb in Adis Block gegangen, um über die Treppe in den zwölften Stock zu steigen und von jeder Etage runterzuschauen. Um zu sehen, was man sieht, und wie.

„Alles hat funktioniert, und dann kommst du … Ja, du kennst Adi, du bist ja so klug, dabei kapierst du überhaupt nicht, dass er dich nur deshalb mitgenommen hat, damit er sich zudröhnen kann. Wie ein Debiler. Und du bist angeblich sein Freund.“

„Ich bin gar nichts für ihn.“

„Weshalb bist du dann mitgefahren?“

„Für zweihundert Euro.“

„Für zweihundert Euro?! Für zweihundert …“

Sanel geriet wieder in die Krise. Seine Religion war eine eher schwache Droge. Weil er sich mit der Religion nicht so zudröhnen konnte, wie er es brauchte. Er konnte die Dosis nicht verdoppeln, wenn er es brauchte. Er konnte nicht zehnmal am Tag beten und sich retten. Ich kannte das aus Bosnien. Die Religion wirkte nur bis zu einem gewissen Punkt, wenn du aber etwas Stärkeres brauchtest, so wie Sanel jetzt etwas Stärkeres brauchte, konntest du dir mit dem Koran die Nase wischen, wie die Slowenen sagen würden. Was soll’s, Sanel, der Koran ist keine Nadel, dass du dich auf *mortus* vollstechen kannst, wenn du es brauchst.

Deshalb sind die Muslime so radikal. Deshalb sind sie solche Terroristen. Der Terrorismus ist ihr Heroin. Terrorismus ist für sie das, was die Religion für sie nicht sein kann. Wenn dir Allah Pegamber nicht hilft, nimmst du eben etwas Stärkeres, etwas, das dich in die Luft jagt. Dich, und die ganze Welt dazu.

Vermutlich sind nicht alle Terroristen Junkies, nur ihnen allen fehlt etwas. Alle haben sie irgendwelche Löcher in sich. Die einen in den Venen, wie Sanel, die anderen irgendwo anders. Und alle müssen sie sich von Zeit zu Zeit auffüllen. Religion ist eine weiche Droge, aber sie sind alle hart wie Stein. Aus Angst oder aus einem anderen Grund, wer soll das wissen.

„Zweihundert Euro … Du bist wirklich …"

„Ja, ich bin ein Arschloch, ich weiß. Das hast du mir schon gesagt, Sanel, dass ich ein Arschloch bin. Nur dieses Arschloch wird dir deinen wahhabitischen Hals umdrehen, wenn es nicht die zweihundert Euro kriegt. Verstehst du? Lass dir Zeit. Es eilt nicht. Ich komme, sagen wir, am Donnerstagmorgen vorbei. Auf einen Kaffee. Einen türkischen. Klar?"

Sanel sah wie hypnotisiert auf den Topf, der mitten im Wohnzimmer auf dem Boden lag. Vielleicht sollte er ihn lieber gleich vom Balkon schmeißen und die Sache zu einem Ende bringen. Aber es hat keinen Sinn, heute zu tun, was man morgen tun kann.

Wie die Slowenen sagen würden.

*

Tschefuren haben noch immer Festnetz. Man muss das Unglück nicht herbeibeten. Was soll's, Kabel ist Kabel und Luft ist nur Luft. In Bosnien auf dem Dorf haben die Leute erst vor ein paar Jahren Festnetz gekriegt, und das kannst du jetzt nicht einfach rausreißen und sagen: „Da, bitte sehr, ich brauche das nicht mehr." Sowieso ist es billiger als Roaming. Und scheiß auf Viber, und Skype und alles, wenn man mal ernsthaft reden muss. Dann kann das Signal nicht verloren gehen, und alles das.

Festnetz ist eine erprobte Technik. Mit dem Telefon hat man im Krieg angerufen. Auch wenn es keinen Strom gab. Und als Opa gestorben ist. Und als Jelena geheiratet hat. Wie willst du jetzt dieses Telefon abschalten? Dieses Telefon hat seine Geschichte. Es ist für dich der nächste Verwandte der Fernbedienung. Es hat in der Wohnung seinen Platz. So wie Schuhe und Bratpfanne und Schere. Das Festnetz ist bei den Tschefuren ein Familienmitglied, wie Hunde und Katzen bei den Slowenen.

„Aleksandar hat dich angerufen!"

„Welcher Aleksandar?"

„Dein Aleksandar."

Mein Aleksandar war Aco.

„Und?"

„Er hat gesagt, du sollst dich bei ihm melden. Er hat die Nummer dagelassen."

Ist ja nicht zu glauben. Aco hat mich auf 5409620 angerufen, um zu fragen, ob ich vor den Block rauskomme. Und ob wir morgen wirklich Biologie schreiben. Und ob ich glaube, dass Sanja in ihn verliebt ist. Und um mir zu sagen, dass er seinen Schwanz gemessen hat und dass er siebzehn Zentimeter lang ist.

5409620 war meine Telefonnummer, die von Aco war 5408126. Die von Mirtić 5403313. Und die von Radovan bei der Arbeit 445986. Durchwahl 126.

Bitte sehr, meine Kindheit in fünf Zahlen.

„Er hat gesagt, dass er nur heute und morgen in Fužine ist und dann zurückfährt. Wo ist er denn sonst?"

Sonst ist Aco im Silicon Valley. Er programmiert.

„Ist er im Gefängnis?"

Selbst Radovan kam nicht auf den Gedanken, dass Aco woanders sein könnte als im Häfen.

„Vermutlich."

„Ach du Scheiße."

Aco würde Radovan immer leidtun. Weil ihm Marina leidtat. Radovan hatte für manche Menschen wirklich ein großes Herz. Manche Menschen verstand er wirklich. Und diese Menschen waren seine Menschen. Marina und Aco waren seine, und Aco konnte der größte Idiot sein, aber Radovan hatte ihn gern. Radovan war ein Fan von Aco, so wie die Leute Fans von diesen Tungusen sind, die bei den Olympischen Spielen Ski fahren. Gott gebe, dass er da lebend runterkommt. Dass ihm nichts passiert.

„Und weshalb ist er im Gefängnis?"

Wer soll das wissen, Radovan? Jetzt ist er vermutlich im Häfen, weil er früher schon mal im Häfen war und zu viel rumgelabert hat. Weshalb er früher schon mal im Häfen war, weiß ich allerdings nicht. Wenn du mich fragst, war Aco im Häfen, weil er Aco war. Weil er nichts anderes sein wollte als Aco.

Er hätte alles Mögliche sein können, denn er hatte ein Paar Klicker in seinem Schädel, er wollte sie nur nicht benutzen. Er hatte beschlossen, Aco zu sein und ein Idiot zu sein und im Häfen zu landen. Nur war er noch immer mein Aleksandar. Der meine Telefonnummer im Kopf hatte. 5409620. Nur er hatte diese Nummer noch im Kopf. Also habe ich ihm sofort eine SMS geschickt.

Wo bist du, Schwuchtel?

Ich fülle gerade eine scharfe Paprika.

Klar, dass er eine füllt. Was soll ein Mann anderes tun, wenn er für zwei Tage aus dem Häfen kommt? Alle schärfsten Paprika von Ljubljana stehen wahrscheinlich Schlange vor der Tür in der Povšetova und warten, dass du erscheinst.

In fünfzehn Minuten vorm Block.

„Wohin gehst du?"

Hinten oder vorne vorm Block?

„Ich treff mich mit Aco."

Von hinten. Du Schwuchtel.

Du elendige Schwuchtel.

„Warum sagst du ihm nicht, dass er herkommt?"

Oje, Ranka, möchtest du wirklich hören, wie Aco gerade eine schöne kleine Paprika aus Jarše gefüllt hat?

Nein, Ranka, so weit sind wir noch nicht.

*

Aco war wie diese Frauen am Rande des Nervenzusammenbruchs, die nicht anders können, als zu reden. Ständig war er in irgendeinem Move und schwirrte hundert die Stunde herum. Dreimal hatte er mir schon erklärt, wie er die Arschlöcher im Gefängnis ausgetrickst hatte, dass sie ihn zu einer ärztlichen Untersuchung gehen ließen, und wie er den Arzt ausgetrickst hatte, dass er ihn zum Röntgen seines Bauchs schickte, der ihm angeblich wehtat. Deshalb war er jetzt seit zwei Tagen zu Hause. Ein Triumph von Aleksandar Stojković über das System.

Ja, ich habe kapiert, Aco. Zuerst haben sie dich beschissen, obwohl du unschuldig warst. Aber dann hast du sie alle beschissen, angeschissen und zum Schluss noch vollgeschissen. Alle Achtung, Aco. Ein großer Meister bist du, nichts dagegen zu sagen. Wenn du einen CV hättest, könntest du schreiben: Ich bin siebenundzwanzig Jahre alt und war zwei Tage in Fužine, als ich in der Povšetova hätte sein sollen.

Aber entschuldige, Bruder, ich kann das nicht mehr hören. Häfen ist schließlich nur Häfen. Ein bisschen verarschst du die anderen, ein bisschen verarschen die anderen dich, ein bisschen kommst du raus und ein bisschen fährst du wieder ein. Alle diese Geschichten aus dem Häfen habe ich schon gehört. Mein Cousin Želimir hat so viele davon, als hätte er drei Lebenslängliche runtergebogen. Wenn du sie zum ersten Mal hörst, denkst du wirklich, das ist es, das sind wahre Geschichten von wahren Zaren, und du hast Ohren wie Kotflügel, aber wenn dann die Geschichten aus dem Krieg losgehen und die Geschichten aus dem Lager und alle die Schießereien und das Foltern und Vergewaltigen, reicht es dir. Denn du merkst, dass der Krieg ein großer offener Häfen ist, dass alles gleich ist, nur ein bisschen abgefuckter und ein bisschen langweiliger. Denn der Krieg ist doch nur Krieg. Ein bisschen verarschst du die anderen, ein bisschen verarschen die anderen dich, ein bisschen ist der Krieg fertig und ein bisschen fängt er wieder an. Und alles zusammen nur ein einziges Traumatisieren kaputter Ärsche.

Deshalb tue ich nur so, als würde ich dir zuhören, Aco, aber in Wirklichkeit tut es mir leid, dass ich hier bin, weil du mir nichts zu sagen hast.

Aber gut, sei's drum, denn du bist ja doch mein Alexander, ich werde dir ein bisschen zuhören, weil ich keine Lust mehr habe, noch länger nachzudenken.

„… und dann kam sie von dem Laden nach Haus und ein Typ geht ihr nach und geht mit ihr bis in den Block und steigt mit ihr in den Lift und steigt mit ihr im siebten Stock aus und geht mit ihr auf den Korridor und tut so, als ginge er zum Nachbarn, aber als sie die Tür aufschließt, ist der Typ da und schiebt sie in die Wohnung, dass Marina auf den Boden knallt, und dann nimmt er ihr alles ab, durchsucht die Schubladen, die Schränke. Schon vorher war sie total angeschissen, nur seitdem traut sie sich nicht mehr aus der Wohnung. Eine Nachbarin geht für sie in den Laden. Fünf Tage danach war sie allein in der Wohnung, sie traute sich nicht, jemanden anzurufen, sie wäre fast verhungert, wirklich. Aber jetzt pass auf, ich kriege zufällig raus, wer das Arschloch ist, ein Junkie, sowieso das größte Stück Scheiße, nur weiß keiner, wo er ist. Aber dann sehe ich ihn einmal dort im Fünfzehner und ich gehe ihm schön nach, wo er hingeht, geh auch ich hin, wie er bei Marina, so ich bei ihm, schön langsam, ohne Eile, Alter, ich habe mir richtig Zeit gelassen, und er hierhin, ich ihm nach, und er dahin, ich ihm nach, das hat bestimmt eine Stunde gedauert. Und noch mehr. Der Typ hatte bestimmt mitgekriegt, dass ich ihn verfolge, nur war er high und hat mich nicht für voll genommen. Er hat nicht mal versucht wegzulaufen, nichts, er ist nur kreuz und quer durch Fužine gelaufen, und ich habe auf ihn gewartet. Und als es dunkel wurde, ging der Typ runter unter die Brücke und ich ihm nach und sehe, dass da nirgends wer ist, nur ich und er. Und dann hab ich ihm den Arsch aufgerissen! Ich habe ihm den Schädel eingeschlagen, dem Junkie, aber echt. Ich hab ihn so zusammengeschlagen, Alter, dass sein Kopf geplatzt ist. Echt. Richtig geplatzt ist er ihm, und dann …“

Ja, ich kapiere, Aco, du hast einen Junkie umgebracht. Du bist ein Mörder. Ein Killer. Oder du spinnst mir hier was vor. Du kannst dir sicher sein, dass ich es nicht weiß.

Aco hatte sich nie Sachen ausgedacht so wie Mirtić. Er nahm alles ein bisschen auf seine Weise wahr, aber er erzählte es doch annähernd so, wie es gewesen war. Oder so, wie er dachte, dass es gewesen sei. Wenn er einen geplatzten Kopf gesehen hatte, dann war der Kopf möglicherweise wirklich geplatzt. Und wenn der Typ Marina wirklich beklaut hatte, hätte es Aco für richtig gehalten, ihm den Schädel einzuschlagen. Und dann hätte er mir auch erklärt, dass er ihm den Schädel eingeschlagen habe. So als würde er über einen Film reden, den er gesehen hat. Vielleicht denkt Aco wirklich, dass alles das nur ein Film ist. Aber keiner kann wissen, ob es nur ein Film in seinem Kopf ist oder ob alles wahr ist.

Deshalb sagst du dir, dass es nur ein Film ist. Und wen interessiert der.

„He, machen wir Mirtić einen Besuch?"

„Wo?"

„In seinem Dorf da."

„In Slovenske Konjice?"

„Ja."

„Und was machen wir da?"

„Ich hab gehört, seine Schwester ist eine scharfe Braut."

„Nataša?"

„Ja. Ein Typ im Häfen war aus Konjice und kannte sie. Er sagt, die Kleine sei die schärfste Braut in Konjice. Ja? Gehen wir schauen?"

„Was jetzt? Mirtić oder seine Schwester?"

„Schau du Mirtić, du Schwuchtel, ich schau nach seiner Schwester."

„Und wann?"

„Morgen. Denn dann muss ich zurück in den Häfen."

Ein Scheißleben. Slovenske Konjice hatte mir gerade noch gefehlt.

„Gebongt."

*

Radovan saß auf der Couch und schnitt sich die Fußnägel. Was eine anspruchsvolle Operation war. Das Schneiden von Radovans Nagel an seinem rechten großen Zeh war noch komplizierter als das Herausschneiden eines Tumors. Für ihn war es schon anstrengend, sich nur zu seinen Füßen hinunterzubücken. Und dann hieß es, den Knipser mit den dicken Fingern halten und einen Nagel schneiden, der dicker war als die Finger. Radovan, der sich den Zehennagel schneidet, das war etwas für Animal Planet, für schräge Vögel, die Schlangen und Reptilien und solche Sachen mögen, aber du konntest einfach nicht aufhören zuzusehen.

„Was ist los?"

„Ach, scheiß auf alles!"

„Was?"

„Auf alles!"

Im Fernsehen lief wieder Basket und mir war klar, dass sogar Radovan genug hatte von der Politik. Dass er diese Krauter nicht mehr abkonnte.

„Ranka!"

Ranka war schon im Bett, vielleicht war sie schon eingeschlafen, aber den nervösen Radovan scherten Ruhe und Ordnung einen Dreck.

„Was ist?"

„Hier, komm und sieh!"

„Was soll ich sehen?"

„Sieh her, ob ich mit solchen Nägeln ins Krankenhaus kann."

„Lass mich! Ich schlafe."

„Komm her und sieh, ob mich der Herr Doktor so operieren wird oder nicht!"

Er knipste den Nagel ab und drehte sich zu mir um. Ranka war ihm entwischt und nur ich war geblieben.

„Sie sagt, ich kann nicht mit ungeschnittenen Nägeln ins Krankenhaus! Scheißdreck … Sie war nie in einem Krankenhaus, aber sie weiß, dass man mit ungeschnittenen Nägeln da nicht hinkann. Denn ich werde nicht in Strümpfen in den Operationssaal gehen, sondern barfuß. Bis gestern wusste sie nicht einmal, dass es einen Operationssaal gibt, aber jetzt weiß sie, dass man da barfuß reingeht! Sag du es mir, Marko. Kann ich mit solchen Nägeln ins Krankenhaus?"

Sie sind bildschön, Radovan. Hättest du beim Mittagessen die Füße auf den Tisch gelegt, wäre mir nicht schlecht geworden.

„Slowenien hat gegen Island gewonnen."

„Hab ich gesehen."

„Der kleine Dončić ist wirklich gut. Ihn hat, glaube ich, Ćućić zu Slovan geholt."

Und Krković hat ihn zu Real gebracht, oder?

„Hat er ihm denselben Trainer besorgt wie mir?"

Radovan legte für einen Moment die Arbeit weg und sah mich an. Wenn Blicke töten könnten, hätte er mich in Schutt und Asche gelegt wie Hiroshima. Aber er sagte nichts. Er sah mich noch eine Weile an und fuhr dann mit dem Nägelschneiden fort.

„Jetzt kann ich auch sterben. Mit solchen Nägeln muss ich mich nicht schämen, wenn sie mich beerdigen."

12. Weshalb die Tschefuren Zirkusartisten geworden sind

Wenn ich nicht in Visoko geblieben wäre, wäre ich nicht dort gewesen, als mein Opa starb. Ich hätte nicht gesehen, wie er tot im Bett liegt und wie Oma ihm die Augen schließt, für mich aber sind diese Augen offen geblieben. Noch heute sind diese Augen in meinem Kopf offen, obwohl ich weiß, dass Oma sie geschlossen hat. Wenn ich damals mit Radovan nach Hause gefahren wäre, hätte ich nicht gewusst, dass einem ein Bild im Gehirn bleiben und andere Bilder überdecken kann. Das Bild meines toten Opas mit den offenen Augen ist geblieben, und ich habe kein anderes Bild meines toten Opas. Ich weiß, dass Oma sie geschlossen hat, aber das Bild habe ich nicht.

Und wenn ich nicht geblieben wäre, hätte ich Alma nicht gesehen und ihr nicht gesagt, dass mein Opa gestorben ist. Und sie hätte nicht einfach mit den Achseln gezuckt und „Na ja, er war schon alt" gesagt. Alma hat mich nicht umarmt und mir gesagt, dass es ihr leidtut. Sie hat nur gesagt, sie könne nicht zur Beerdigung kommen.

„Ich vertrage diese Friedhöfe und Beerdigungen nicht. Für mich ist das einzig Gute bei den Muslimen, dass die Frauen nicht zur *dženaza* mitmüssen. Ich kann keine Trauer mehr sehen. Für mich bist du gerade deshalb super, weil du nicht trauerst. Hier sind die Leute alle am Trauern. Du wartest nur, dass sie anfangen zu weinen."

Ich kapierte. Ich war super für sie, weil ich nicht trauerte.

„Für mich ist alles klar, aber wie lange geht das so! Mir reicht diese Trauerei."

Ich wusste, dass Alma, als sie klein war, die *dženaza* ihres *babo* heimlich mit angesehen hatte. Von Weitem. Und das war für sie nicht ihr *babo* gewesen, denn auf der *dženaza* waren irgendwelche Fremde, ein paar Hodschas und ein paar angeblich wichtige Leute, die sie nicht kannte und die vermutlich nicht wussten, dass ihr *babo* überhaupt nicht religiös war. Nur weil er ein *šehid* war und weil noch immer Krieg war, wurde er wie der größte Muslim begraben. Alma hatte zur *dženaza* gehen wollen, aber man hatte sie nicht gelassen, nur Mensur durfte gehen, aber auch diesen Mensur kannte Alma nicht, weil sie keinen Mensur kannte, der Suren rezitiert.

„Schrecken und Grauen. Fremde Menschen begraben meinen Vater, und ich spähe aus dem Gebüsch. Hätte ich eine Handgranate gehabt, hätte ich sie auf sie alle geworfen."

Als sie das zu mir sagte, konnte ich sehen, dass sie noch immer diese Handgranate in den Augen hatte und sie noch immer auf diese Leute werfen wollte, auf diese Hodschas und auf Mensur, der Suren rezitiert, und auf all diese angeblich wichtigen Menschen, die zur *dženaza* eines *šehids* kommen. Alma mit der Handgranate in den Augen war noch eine Alma, die ich nicht kannte. Eine Alma, die mich super fand, weil ich nicht traurig war.

Ich kapierte Alma einfach nicht. Ich war nur ein verknallter kleiner Junge, ein gewöhnlicher Tschefur aus Fužine. Ich konnte für sie super sein, aber sie konnte mich nicht gernhaben, weil ich nichts kapierte. Aber wenn ich es getan hätte, wäre ich für sie nicht super gewesen. Es war eine verfahrene Kiste.

„Gehst du jetzt zurück nach Slowenien?"

„Das wäre vernünftig für mich."

„Mein Glück, dass du nicht vernünftig bist."

Dein Glück, dass du mein Glück bist.

*

Auf Opas Beerdigung war es dasselbe wie auf der *dženaza* von Almas Papa. Ich musste nicht hinter dem Busch hervorspähen, und ich kannte die Leute, die am Grab standen, aber ich kannte sie auch nicht. Weil sie mir alle anders vorkamen. Das nicht nur deshalb, weil sich fast alle bekreuzigten und weil manche von ihnen sogar laut beteten, wo ich doch gedacht hatte, sie wären nicht religiös.

Meine Oma war zu Hause geblieben, und dort war keiner, der wirklich zu mir gehört hätte. Selbst Ranka und Radovan waren mir fremd. Weil sie alle dachten, dass das mit Alma nichts taugt. Alle wussten von Alma und mir, aber niemand sagte etwas. Nur Dragiša sagte mir ins Gesicht „Das mit der Kleinen von Rasim taugt nichts", alle anderen hingegen dachten sich das nur. Ich konnte es ihnen am Gesicht ablesen. Ich taugte für sie nichts mehr, weil Alma für sie nichts taugte. Weil sie Rasims Tochter war. Und weil sie Alma war.

Nur mir taugte Alma, und deshalb fühlte ich mich genauso wie Alma bei der *dženaza* ihres Vaters. Mein Opa wurde von Leuten begraben, die ich nicht kannte. Leute, die sich bekreuzigten und mir mit ihren Blicken zu verstehen gaben, dass ich etwas Falsches tue, weil ich eine Muslimin ficke. Weil Musliminnen nichts taugen. Weil Muslime Radovans Cousin Slaviša eingesperrt und gefoltert haben, dass er kaum mit dem Leben davongekommen ist. Und weil die Muslime Pero Brković mitgenommen haben, damit er Gräben gräbt, und er nie zurückgekommen ist. Und weil sie Dragiša nach Bijeljina vertrieben haben, und zwar zweimal. Einmal während des Kriegs und noch einmal nach dem Krieg. Und weil in den Restaurants in Visoko kein Schweinefleisch mehr auf der Speisekarte steht, und weil es keinen Alkohol mehr gibt, wenn Ramadan ist, weil Visoko eine *jamahiriya* geworden ist, und weil man hier Erdoğan fragt, was und wie.

Und ich gab ihnen mit meinem Blick zu verstehen, dass Alma einen Fehler macht, weil sie sich von einem Serben ficken lässt. Weil die Serben nichts taugen. Weil die Serben, noch bevor es geknallt hatte, Almas Cousin umgebracht haben. Und weil die Serben ihren Vater Rasim ins Lager gebracht und ihn halbtot gegen drei Serben ausgetauscht haben. Und weil die Serben das Dorf niedergebrannt haben, in dem die Familie von Almas Mutter lebte. Und weil die Serben mit diesem Scheiß angefangen haben und deshalb nicht zu jammern haben, dass die Muslime keinen Alkohol trinken und kein Schweinefleisch essen und auf Erdoğan abfahren.

Auch Ranka und Radovan sagten nichts. Sie sagten nichts vor der Beerdigung und sie sagten nichts nach der Beerdigung. Radovan sagte erst nach drei Tagen etwas, aber Ranka nicht einmal das. Genau genommen hatte nur Dragiša gesagt, dass Alma nichts taugt, aber für mich war klar, dass dem alle zustimmten. Ich hätte am liebsten eine Handgranate auf sie geworfen, und sie eine auf mich.

*

„Wichtig ist kooperieren, nicht gewinnen" ist das schwulste Motto auf der Welt, aber es könnte mein Motto sein. Weil ich nur kooperiere. Nicht einmal ein beschissenes Remis habe ich, geschweige denn einen Sieg. Ich kooperiere, wenn sie mich als humanitäres Paket verpacken und nach Bosnien schicken. Und wenn sie mir sagen, dass das mit Alma nichts taugt. Und wenn mich ihre und meine Leute vereint nach Bijeljina vertreiben. Und wenn Alma nach Singapur geht. Und wenn Dragiša aus Novi Pazar türkische und chinesische Imitate für seine Boutique schmuggelt. Und wenn Rile Schulden eintreibt. Und wenn Crnčević und ich vorm *Džungla* unter Drogen stehende Knirpse vermöbeln. Und wenn alle um mich herum „Raatko Mladiić!" brüllen. Und wenn Spasićs Schlampe ihr Höschen runterzieht. Und wenn sie mir sagen, ich soll nach Ljubljana verschwinden. Und wenn Aco vorschlägt, dass wir nach Slovenske Konjice fahren.

Marko Đorđić, Weltmeister im Kooperieren.

„Alter, du denkst, ich war drei Jahre im Häfen und ‚Oh Mann, drei Jahre hat er verloren, krass!', nur das ist deshalb, weil sie dir eingebläut haben, dass der Häfen das Schlimmste ist von allem. Ist es aber nicht. Soll ich dir sagen, was das Schlimmste ist, Alter? Soll ich es dir sagen? Maloche. Ja, die Maloche ist das Schlimmste. Das Wegputzen von fremder Scheiße. Das, was die meisten Leute im Leben tun. Dazu brauchst du nicht Putzfrau zu sein, so wie Marina, nicht nur Putzfrauen putzen fremde Scheiße weg. Deine Eltern malochen genauso. Jeden Tag acht Stunden. Und manche noch am Wochenende und nachts und an den Feiertagen. Die Maloche ist das Schlimmste, nicht der Häfen."

Ja, sowieso, Aco, mach nur weiter, ich finde das wirklich interessant, was du erzählst.

„Und jetzt zähl das mal zusammen. Acht Stunden am Tag putzt du fremde Scheiße weg, die einen noch samstags und sonntags, acht Stunden täglich, und das dreißig Jahre lang. Dreißig Jahre lang acht Stunden täglich, oder sogar mehr, zähl das mal zusammen. Zähl zusammen, wie viel Scheiße das ist. Mindestens fünfzig Stunden die Woche mal gut fünfzig Wochen mal dreißig Jahre … Jaja … Siehst du? Ich werde alles zusammen fünf, gut, vielleicht zehn Jahre im Häfen sein. Und von diesen zehn Jahren werde ich mindestens ein, zwei Jahre im halboffenen Vollzug sein, mit freien Wochenenden und anderen Ausgängen. Kapierst du jetzt? Und jetzt kommt's, Alter, die ganzen zehn Jahre wird mich der Staat durchfüttern. Ich werde ihnen auf der Tasche liegen, verstehst du? Sie werden zehn Jahre lang meine Scheiße wegputzen müssen, nicht ich ihre. Kapierst du? Außerhalb des Gefängnisses werde ich keine fremde Scheiße wegputzen. Nein, Alter, außerhalb des Gefängnisses bin ich der Zar, kapiert? Nur denken alle, dass der Häfen die Scheiße ist und dass du der Loser bist, wenn du im Häfen landest, aber jetzt sag du mir, wen dieser Staat mehr verarscht. Mich, den er in den Häfen steckt, oder alle die Loser in Fužine, die dreißig Jahre und mehr acht Stunden täglich nur deshalb Scheiße fressen, damit sie ihre Rechnungen bezahlen können? Ha? Das ist Mathematik, Alter, nur die Leute kapieren das nicht. Den Leuten haben sie ins Hirn gekerbt, dass es besser ist, nicht im Häfen zu landen. Aber das ist nicht wahr."

Die Tschefuren und die Mathematik. Zwei Wochen sind für sie fünfzehn Tage, Chancen sind hundertprozentig, aber es sind noch immer nur Chancen, und wenn sie „Bin in fünf Minuten da" sagen, weißt du, dass sie in einer halben Stunde kommen. Aco hat von der Mathematik in der Schule nur auszurechnen gelernt, wie viele Aufgaben er für eine Vier abschreiben muss, und jetzt rechnet er sich sein Leben aus. Und vermutlich stimmt für ihn alles.

Aber wenn es für ihn stimmt, stimmt es auch für mich.

Und überhaupt, wer bin ich, dass ich Aco sage, dass es nicht gesund ist, im Häfen zu sein. Ich, der ich mich beinahe selbst in den Häfen geritten hätte. Und das mit Karacho.

„Was machst du denn so, Đorđić? Was machst du in diesem Slowenien?"

Was ich in diesem Slowenien mache? Ja … Was soll ich sagen … Kennst du das, wenn du einem Mafioso die Tussi fickst und er dir das Gehirn wegpusten will und dein Cousin bei der Polizei sagt, du sollst nach Slowenien verschwinden? Genau das.

„Dasselbe wie bei dir, im Grunde. Sie haben mich rausgelassen für ein paar Tage."

„Du bist echt 'ne Marke."

Das ist nicht lustig, Freundchen. Denn das ist überhaupt nicht cool. Echt nicht. Ich habe die Schlampe von Mitar Spasić gefickt. Und tatsächlich hat mir mein Cousin Jovan gesagt, dass es gut wäre, wenn ich mich für eine Weile in Sicherheit bringen würde. Nun, er hat nicht gesagt, für eine Weile, er hat nur gesagt, dass ich von der Bildfläche verschwinden soll.

„Aco, was ist denn mit der Makarovićka?"

„Ach, die ist mir so was von egal."

Du glaubst es nicht. Er schmachtet noch immer der Makarovićka nach. Alle Ehre, Aco. Da muss man durch, wie Radovan sagen würde.

„Ein verrücktes Huhn, Alter."

Er steht also noch immer auf sie. Fuuuck, Aco. Du bist echt ein krasser Patient.

„Eines Tages bring ich sie um, garantiert."

Ich kapiere ja, Aco, dir geht diese Makarovićka so auf die Eier, dass es dich jedes Mal reißt, wenn du sie siehst. Dir ist nicht zu helfen.

Ich weiß ja, wie das ist. Diese scharfen Bräute heben dir den Schwanz und dann fängst du an, mit diesem Schwanz zu denken. Und dann machst du dich an die Schlampe von Mitar Spasić ran. Weil dieser Mitar Spasić deiner Tante Zorica ihren großen Tag ruiniert hat.

*

Aco philosophierte darüber, weshalb Slovenske Konjice Slovenske Konjice heißt, wenn es doch in Slowenien liegt und es neben dem Slovenske Konjice nicht noch ein nichtslowenisches oder ein bosnisches Konjice gibt, aber ich hatte abgeschaltet, weil ich den ganzen Quatsch nicht mehr hören konnte, und dann verfehlten wir die Ausfahrt zu all diesen Konjice.

Wir bogen nach Slovenska Bistrica ab und fuhren zu einer Tankstelle. Ich ging tanken, und Aco fand im Radio eine kroatische *cajka*, drehte auf bis zum Anschlag und kurbelte die Scheibe runter.

„Nitko nema dva života nemam ni jaaaaaaaa ..."

Als ich sah, wie Acos Kopf aus dem Opel herausragte wie eine Schildkröte aus ihrem Panzer, war mir klar, dass es eine Katastrophe werden würde.

„Hände hoch, Slovenskaaabistriiicaaaaaaa!"

Wieder waren wir in der Mittelschule. Dieselbe Zielscheibe, dieselbe Distanz. Nur dass wir die Leute in Slovenska Bistrica nicht interessierten und sie sich um ihre eigenen Angelegenheiten kümmerten. Müde Arbeiter, slowenische Radovans und Rankas, sie tankten und zahlten Lotto ein, und zwei Tschefuren aus Fužine fickten sie ins Hirn. Als ob es nicht schon beschissen genug wäre, dass ein Liter Benzin 1,423 Euro kostet.

„Gib Zunder, Kumpel!"

Ja, gib Zunder, Aco. Weil sie in den Arsch getreten gehören. In den Arsch getreten gehören alle die Hofer-Verkäuferinnen und Kindergartentanten und Lkw-Fahrer und Installateure. Denn diese Leute wählen genau die Wichser, die uns Tschefuren ins Hirn scheißen. Deshalb. Weil sie angeblich nicht wissen, dass ihre Wichser keine Tschefuren mögen. Sie können nicht auch noch an die Tschefuren denken, weil sie von ihrem eigenen Leben, den Benzinpreisen, dem Kapitalismus und all dem voll in Anspruch genommen werden und so.

„Dreh voll auf!"

Ja, und deswegen ist es mir egal, wenn ihr müde seid, wenn euch das Benzin ein bisschen zu teuer ist, wenn euch dieser Jole oder Zečić oder welcher Ustascha auch immer etwas zu laut ist. Auch mir ist er zu laut, also was jetzt?

„Auf geht's, die ganze Tanke! Arme hooooch!"

Aleksandar Stojković hatte echt Nerven. Er würde im Opel bleiben, gut getarnt in seinem Panzer, während ich reingehe, um den Sprit zu bezahlen. Ich kann nicht mal abhauen, weil Radovan die Rechnung bekommen würde. Denn Aco und ich sind ja auch nach Slovenska Bistrica gekommen, um seinem Opel dieses Industriegebiet zu zeigen. Weil Radovan ihn in sechzehn Jahren nicht selber hergefahren hat, damit er dieses Wunder an Schönheit sieht.

Ich nahm unterwegs noch zwei Wasser und einen Schokoriegel mit und ging zur Kasse.

„Das und die Drei."

Der Verkäufer sah in Richtung Aco, als wollte er prüfen, ob das wirklich der Opel an der Drei war. Weil wir so unauffällig waren, dass er überhaupt nicht mitgekriegt hatte, dass wir an der Zapfsäule waren.

Aco hatte inzwischen auf Radio Veseljak umgeschaltet und winkte mit seinem tätowierten Arm im Polka-Rhythmus aus dem Auto. Was für ein Schweinerüssel dieser Aco war, mein Gott. Selbst der Verkäufer Žan musste lachen, als er ihn sah.

Weil es eine echt lustige Szene war. Aco, der Opel und die slowenischen Harmonikas. Zirkus total.

Ich sah Aco und sah den Verkäufer Žan, wie der über ihn lachte, und mir wurde klar, dass wir Tschefuren Zirkusartisten geworden waren. Aco und ich waren im Grunde genommen ein kleiner Wanderzirkus, der am Mittwoch um 11.47 Uhr die Tankstelle in Slovenska Bistrica besucht. Die Leute verdrehten nicht mal mehr die Augen. Für die waren wir nur komisch.

„Ist irgendwas komisch?"

Verkäufer Žan war verwirrt.

Ja, ich weiß, Žan, eine beschissene Frage ist das. Da gibt es keine richtige Antwort.

„Nein."

Nein? Ist das dein letztes Wort, Žan?

Komm, sieh noch mal hin, bitte, und denk ein bisschen nach. Ein widerlicher Tschefur, der eigentlich im Häfen sein müsste, sitzt in einem hundert Jahre alten Opel und feuert slowenischen Turbofolk ab. An einer Zapfsäule in Slovenska Bistrica.

„Nicht komisch?"

„Nein."

Wie schnell sie sich anscheißen. Das finde ich echt faszinierend. Wie die Leute nicht ans Nachsetzen gewöhnt sind und sofort den Arsch einziehen. Überhaupt in Slovenska Bistrica.

Komm, bleib locker, Kleiner, ich tu dir nichts. Sieht man nicht an meinem Gesicht, dass ich die Friedfertigkeit in Person bin? Dass ich eine ideologische Aversion gegen Gewalt habe, oder wie immer man dazu sagt.

„Der ist ein bisschen komisch, nicht?"

„Möglich."

Ich wusste nicht, warum ich diesen armen Žan so quälte. Ich wusste nicht, warum ich nicht einfach das Wasser und den Schokoriegel nahm und verschwand, sondern ihm zu gerne eine verpasst hätte.

*

„Das eine ist, wenn du dir eine Herumtreiberin vorknöpfst, etwas anderes aber, wenn du Mitar Spasić Hörner aufsetzt. Denn am nächsten Tag nimmt Mitar Spasić das Telefon und ruft den Minister an, und der Minister ruft meinen Chef an, und dann sagt mir mein Chef, ich soll dich verhaften."

Die Hochzeit meiner Cousine Tanja war am Samstag, Cousin Jovan, der bei der Polizei arbeitet, rief mich schon am Montagmorgen an. Um mir zu sagen, dass Mitar Spasić ein alter Bekannter der Polizei ist.

Das bedeutet in Bosnien etwas anderes als in Slowenien.

„Weshalb sollst du mich verhaften?"

„Weil Spasić gesagt hat, dass ich dich verhaften soll."

Wenn mein Cousin Jovan nicht gewesen wäre, hätten sie mich wahrscheinlich schon früher verhaftet. Die Gesetze der Republika Srpska zu verletzen ist eine Sache, die Ehre von Mitar Spasić zu besudeln eine andere.

„Du hättest sie in Ruhe lassen können, Janez."

Auch Spasić hätte meine Tante Zorica in Ruhe lassen können, Jovan. Und nicht sein Flittchen zur Hochzeit meiner Cousine mitbringen. Zumindest kein solches Flittchen, das halb so alt ist wie er. Noch ein Kind, das Arschloch.

Ja, Jovan, ich hätte sie in Ruhe lassen können. Ich hätte, aber ich habe nicht.

„Dass er sich nicht schämt!"

Das wiederholte meine arme Tante Zorica den ganzen Tag. An ihrem großen Tag. Dem Tag, als ihre Tanjica heiratete.

„Dass er sich nicht schämt!"

Während der ganzen Hochzeit sagte sie das, denn Tante Zorica war eine seriöse Frau. Tante Zorica war eine so seriöse Frau, dass sie sich, bevor sie sich vor den Fernseher setzte, um die Tagesschau zu sehen, eine saubere Bluse anzog und die Haare richtete. Einmal hat sie ihre Bluse sogar gebügelt. Extra für die Tagesschau. Denn der Mann, der die Tagesschau spricht, trägt Anzug und Krawatte und alles, und da gehörte es sich nicht, dass du ganz zerknittert vor ihm sitzt.

Und dann fällt bei der seriösen Tante Zorica dieser Mitar Spasić ein, als ein entfernter Cousin von ich weiß nicht wem, und bringt zur Hochzeit ihrer Tochter dieses Mädchen mit. Ein halbnacktes Mädchen. Und dann tanzen alle um diesen Spasić herum, als ob er derjenige wäre, der heiratet, und nicht unsere Tanjica.

Also echt, dass er sich nicht schämt!

„Okay, wenn sie irgendwelche Titten gehabt hätte, aber so, wie die war, hättest du sie wirklich auslassen können."

Sie hatte irgendwelche Titten, die hatte sie wirklich. Nur das hatte nichts zu tun mit ihren Titten. Und du weißt das. Wir alle wissen das. Selbst Spasić weiß das. Er weiß, dass ich ihm nicht heimlich Hörner aufgesetzt habe, dass es keiner sieht. Das hätte mir Spasić vielleicht noch durchgehen lassen, weil ihm die Sache mit dem Flittchen am Arsch vorbeigeht. Eine Hure bleibt eine Hure, eine wie alle. Und das Problem ist sowieso nicht sie. Das Problem ist, dass ich ihm vor halb Bijeljina Hörner aufgesetzt habe. Das Problem ist, dass ich nicht sie durchgezogen habe, sondern ihn, Mitar Spasić.

Dass ich mich nicht schäme!

Was willst du, Spasić, Tante ist Tante. Du weißt doch, wie das bei uns Tschefuren geht. Im Namen des Vaters, des Sohnes und der heiligen Tante, Amen!

„Du hast keine andere Wahl, als von der Bildfläche zu verschwinden, Marko."

Da hast du's. Weil ich mit dem Schwanz dachte, hatte ich geglaubt, Spasić werde mir ein paar von seinen Rambos schicken, um mal kurz meine Zähne und Rippen zu zählen. Für so einen Schlagetot hielt ich Mitar. Nur der Herr Spasić ist ein feiner Mensch, er nimmt schön das Telefon und …

… Guten Tag, hier Mitar Spasić, kann ich bitte mit dem Minister sprechen? Jaja, ich werde warten, kein Problem …

Und umsonst alles für mich. Umsonst, dass mein Cousin bei der Polizei arbeitet. Und dass Bijeljina voller Verwandter von mir ist. Weil sie keine gebürtigen Bijeljiner sind, und Spasić ist ein gebürtiger Bijeljiner. Und ein guter Freund vom Oberhaupt des bosnisch-serbischen Stammes. Vor allem ist er der leibliche Bruder von Milan Spasić, dem Kriegshelden und Kriegsverbrecher.

„Wohin soll ich verschwinden?"

„Irgendwohin, wo sich die Minister nicht melden, wenn Spasić anruft."

„Nach Slowenien?"

„Sagen wir mal."

Und das ist die Geschichte.

*

„Sag, Đorđić, soll ich Mirtić anrufen oder wollen wir ihn überraschen?"

„Hast du ihn nicht schon angerufen?"

„Nein. Ich dachte, dass wir einfach so bei ihm aufkreuzen."

Aco, Bruder, ich fahre von Slovenska Bistrica nach Slovenske Konjice. Ich brauche keine weiteren Überraschungen.

„Und wenn er nicht zu Hause ist?"

„Alter, der Typ ist in Slovenske Konjice. Wenn er nicht zu Hause ist, ist er auf der Wiese und mäht Gras. Oder er schneidet seinem Mütterlein die Hecke."

„Vielleicht ist er bei einem Mädchen und schickt uns zum Teufel."

„Bei einem Mädchen? Mirtić? Was ist mit dir?"

„Nichts. Weshalb?"

„Was will Mirtić bei einem Mädchen?"

„Ich weiß nicht, Witze erzählen."

„Alter, er ist schwul."

„Er ist was?"

„Ach komm, Đorđić, stell dich nicht blöd."

„Woher hast du das?"

„Du weißt, dass er schwul ist."

„Nichts weiß ich."

Ich weiß nur, dass Dejan in Slovenske Konjice wohnt. Und dass du dort schwer ein Mädchen findest, geschweige denn einen Typ.

„Gut, Alter, wenn du wen brauchst, dass er ihn dir in den Arsch schiebt, weißt du, dass er eine Schwuchtel ist, dann ist das dein Problem ..."

„Aber Mirtić ist keine Schwuchtel."

„Und meine Eier sind nicht rund."

Wenn du einen würfeligen Kopf hast, hast du wohl auch ...

„Um was wetten wir?"

„Was?"

„Um was wetten wir, dass Mirtić eine Schwuchtel ist?"

„Woher hast du das?"

„Wetten oder nicht?"

„Wetten."

„Okay. Wenn Mirtić schwul ist, kannst du mir ..."

„Wenn Mirtić schwul ist, dann lutscht er dir den Schwanz!"

„Dir soll er den Schwanz lutschen, du Schwuchtel. Wenn Mirtić schwul ist, fahre ich diese Schrottkiste zurück und nehme sie komplett auseinander."

„Er ist nicht schwul."

Aco, du Arsch, du erinnerst dich vielleicht an Dejan Mirtić, wie er einen Steifen bekam, als wir die scharfe Blondine aus dem Fünfer sahen, wie sie sich bückte, um was aus dem Kofferraum zu nehmen.

„Wetten oder nicht?"

„Wenn Mirtić nicht schwul ist, fährst du diese Schrottkiste zurück … auf der Autobahn … und mit einer maximalen Geschwindigkeit von achtzig die Stunde …"

„Red keinen Scheiß …"

„Wetten oder nicht?"

„Und woher wissen wir, ob er schwul ist? Willst du ihn von hinten und ich schaue zu, ob er es mag?"

„Du fragst ihn."

„Warum ich?"

„Bei dir wird er es zugeben."

„Ich kann ihn nicht einfach so fragen."

„Weshalb nicht?"

„Entschuldige, Dejan, aber kann ich dich was fragen? Bist du eine Schwuchtel oder bist du keine?"

„Er wird dir sowieso sagen, dass er keine ist."

„Wie soll ich ihn dann fragen?"

„Ja, so … hintenherum."

Hintenherum? Warum nicht gleich von hinten?

„Und was zum Teufel soll das bedeuten? Hintenherum?"

„So, dass du ihn ein bisschen in die Ecke treibst."

Das ich ihn in die Ecke treibe? Ist das so eine Art schwuler Sexstellung, Aco?

„Ja. Und dann siehst du ihn an und dir ist alles sofort klar."

Oh, Aco …

„Okay, Ðorđić, du Arsch, du weißt ja wohl, wie man eine Schwuchtel ausfragt!"

Ich hab's vergessen, du Arsch! Weißt du, wann wir das gelernt haben?

„Alter, ich war nicht im Häfen und weiß es nicht."

„Gut, ich frage ihn."

„Du rufst ihn jetzt an, wenn nicht, fragt ihn gar keiner was."

*

„Wo wartest du auf uns? Vor was? … Vor der Bibliothek? Ist das das, wo sie die Bücher haben und so? … Du bist wirklich ein Slowene, Mirtić. Aber du musst nicht vor der Bibliothek warten! … Weshalb? Weil es gefährlich ist. Weil ein Tschefur kommen und dich ausrauben kann, du Arsch! Er kann dir dein Buch stehlen, und was machst du dann? Was machst du dann, wenn du ohne Buch dastehst, ha?"

Das mit der Bibliothek kapierte Aco einfach nicht. Und ich kapierte nicht, weshalb wir uns überhaupt draußen treffen sollten. Wir könnten uns in einem Café oder bei Dejan zu Hause treffen. Um auch Sonja Hallo zu sagen. Und um zu sehen, wie sie sich nach all den Jahren hält und so. Ob sie dick geworden ist oder ob sie noch immer zum Vernaschen war. Und um sofort prüfen zu können, ob Nataša wirklich eine so heiße Braut ist.

„Auf dem Platz vor der Bibliothek, hat er gesagt. Ich denke, dass jedem klar ist, wer die Wette gewonnen hat."

„Aber vielleicht treffen sich in Slovenske Konjice alle dort."

„Weißt du, wer aus Slovenske Konjice ist, Đorđić?"

„Ja, ich weiß. Jure Zdovc."

„Was für ein Jure Zdovc, du Arsch?!"

„Jure Zdovc, der Basketballer. Mitglied der Top Five, der besten Basketballmannschaft aller Zeiten. Juga aus Argentinien. Divac, Kukoč, Petrović, Rađa und Zdovc."

„Du bist wirklich gestört, Đorđić."

„Wer ist dann aus Slovenske Konjice, wenn nicht Zdovc?"

„Kamenik. Der größte Typ."

„Ist das nicht dieser Mafioso?"

„Das ist nicht dieser Mafioso. Der Typ ist ein totaler Psycho."

Totaler Psycho bedeutete, dass der Typ ein Zar ist, weil er ziemlich viele Leute verarscht oder umgebracht hat. Das waren die Zaren für solche Tschefuren, wie Aco einer ist. Weil alle die Filme über die Belgrader Mafiosi sahen und auf diese Tour abfuhren, aber wenn du ein paar von diesen verrückten Psychopathen kennenlernst, begreifst du, dass das tatsächlich Psychopathen sind, die dir erklären, wie sie im Krieg kleine Mädchen vergewaltigt haben, und denken, dass du darüber grinst.

Wie Crnčević zum Beispiel. Mein Chef, als ich als Rausschmeißer im *Džungla* gearbeitet habe, weil Dragišas Boutique weder Dragiša noch Dušanka mehr ernähren konnte, geschweige denn mich. Crnčević war wirklich ein Psychopath, aber mich hat er nicht angerührt. Weil er ein Freund von meinem Cousin Siniša war, der auch ein bisschen ein Psycho war, weil er PTBS und diese Sachen hatte. Aber bei diesen Psychos kannst du dir nie hundertprozentig sicher sein. Selbst bei Siniša war ich mir nicht sicher, ob ihm nicht irgendwas den Deckel heben und er vergessen würde, dass ich sein Cousin bin. Und bei Crnčević genauso. Ihn konntest du nicht provozieren, denn er war ein totaler Profi und hatte volles Verständnis für betrunkene Knirpse. Einmal hat ihn so ein Kleiner angespuckt, aber Crnčević hat ihn weder geohrfeigt, geschweige denn verprügelt. Aber du wusstest, dass er, wenn es in seinem Kopf mal krrrrtsch macht, seine Schmeisser holen und die Leute durchsieben würde. So wie Bata die Deutschen.

Crnčević brauchtest du nur zuzuhören, wenn er Geschichtchen aus dem Krieg erzählte, und alles war in Ordnung. Du musstest dir anhören, wie sie mit Granaten einen Hühnerstall in die Luft gejagt haben, dass ihnen die gebratenen Hühner gleich auf die Teller gepurzelt sind, und wie er einmal mit bloßen Händen einen Mudschahed aus Mitleid erwürgt hat, weil er ihm helfen wollte, in den *dženet* zu kommen, denn als sie den Koran schrieben, gab es noch keine Pistolen und Gewehre, und wenn Crnčević ihn abgeknallt hätte, hätte das bei dem Mudschahed nicht als richtiger Tod gezählt.

Wir wussten, dass Crnčević aufschneidet, und wir grinsten uns eins, aber dann fing er eines Tages an zu erzählen, wie sie kleine Musliminnen im Lager vergewaltigt hatten, und er zeigte uns, wie du eine Frau festhalten musst, um sie zu vergewaltigen. Und der

Typ lebte sich so darin ein, dass sich sein Schwanz hob. Du konntest sehen, dass er das nicht erfindet, aber keiner traute sich, ihn zu unterbrechen. Er schloss die Augen und fickte in seinem verrückten Kopf eine Muslimin, eine hübsche süße Kleine von vielleicht fünfzehn Jahren.

Selma war ihr Name, und ich kann sie nicht vergessen. Jedes Mal, wenn ich an sie denke, dreht sich mir der Magen um. Weil Crnčević sie dort vor unseren Augen noch einmal vergewaltigt hat. Sogar seinen Schlitz hatte er sich aufgeknöpft, als würde er ihn herausholen und ihr sagen, dass sie bloß die Augen zumachen und genießen soll und solche Sprüche.

Peđa grinste, Boki auch, aber mir wurde schlecht. Ich konnte nicht mehr. Ich hatte genug von Crnčević und vom Krieg und von Bosnien und den Psychopathen und von allem und ging weg. Ich dachte, dass das Crnčević wütend machen würde, dass er von mir verlangt, dass ich dem Kommandanten bis zum Ende zuhöre, weil er noch immer im Krieg war und wir in seinem Kopf vorm *Džungla* die Knirpse vor den Ustascha und den Mudschahedin schützten, damit sie in Ruhe Schnaps trinken und Drogen nehmen können.

Aber mir war es komplett egal, ob mir Crnčević eine reinwürgt oder ob er mich abserviert und ich ohne Job bin und Scheiße fressen muss. Aber er hatte nicht mal mitgekriegt, dass ich gegangen war. Weil er bei seiner Selma war.

Crnčević war echt ein schwerer Psycho. Aber die Kleinen verbeugten sich vor ihm und erzählten seine Geschichten, und sogar ich war der Zar, weil ich für ihn arbeitete, und mein Cousin Siniša war der Zar, weil er sein Freund war. Und Crnčević hatte seine Augen geschlossen und vergewaltigte Selma.

„Ich fick ihnen die Mutter."

„Wem?"

„All deinen Psychos."

„Du bist wirklich ein Idiot, Đorđić."

„Verpiss dich."

„Verpiss du dich."

Ach, verpisst euch alle, ihr psychopathischen Psychopathen!

Ich hätte sie schon damals zum Teufel schicken sollen, vorm *Džungla*. Ich hätte alle zum Teufel schicken müssen, sie und Bosnien und alles. Ich hätte mich von diesen Psychopathen und ihrem PTBS absetzen sollen. Weg von den Debilen, die über ihre kranken Geschichten grinsen, weg von den Halbwüchsigen, die die Wände ihrer hohlen Schädel mit Postern vollgeklebt haben. Ich hätte nicht darauf warten dürfen, dass sie mich abservieren, sondern ich hätte sie abservieren müssen. All diese Crnčevićs und Mensurs und Peđas und Bokis und ihr ganzes Bosnien hätte ich zum Teufel jagen müssen. Weil, es gibt kein anderes Bosnien. Es gibt nur ein Bosnien, und das ist ihres.

Und Aco hätte ich auch zum Teufel schicken müssen. Ich hätte alle zum Teufel schicken und nach Singapur abhauen müssen. Weil es in Singapur keine beschissenen Psychopathen gibt. Und weil es da auch keine Mitar Spasićs gibt. Und keine Minister, die ans Telefon gehen, wenn Mitar Spasić anruft.

13. Weshalb die Tschefuren keine Büros haben

„Sieh dir den Typ an."

Dejan Mirtić war gekleidet, als wäre er aus Slovenske Konjice. Nicht wie ein Tschefur aus Slovenske Konjice. Er war gekleidet wie ein Slowene aus Slovenske Konjice.

„Das ist ja nicht zu glauben. Sieh dir den an."

„Komm, fahren wir nach Haus, Đorđić."

„Echt?"

„Mit dem werde ich mich zeigen. Sieh ihn dir an, wie er aussieht, der Arsch!"

Dejan stand vor Radovans Opel, und Aco und ich sahen ihn aus dem Auto heraus an und grinsten ihm ins Gesicht.

„Ist das eine Windjacke? O Mann. Und in Grün. Mensch, Đorđić, sieh doch mal!"

„Der Typ will zum Joggen."

„Sieh dir bloß die Hose an, bist du gelähmt! Die ist sicher aus diesen Katalogen. Zahl drei, krieg zwei."

„Für in die Berge sind die gut."

„Fuck, jetzt fehlen ihm bloß noch Crocs. O Mannomann. Was für ein Slowene. Du glaubst es nicht."

„Er hat sich eben ein bisschen integriert."

„Hab ich dir nicht gesagt, dass er eine Schwuchtel ist?"

„Der ist keine Schwuchtel. Der ist Slowene."

„Das ist kein Dreck, sondern da hat ein Hund hingeschissen!"

Aco ließ die Scheibe runter und streckte seinen Schädel hinaus.

„Dejanmirtiiiiiiiiić!"

Ich glaube, dass in der Bücherei ein paar Bücher aus den Regalen gefallen sind, als Aco losbrüllte. Aber Mirtić stand nur da und grinste. Quasi alles normal. So kommen die Leute jeden Tag bei ihm vorbei und brüllen mitten in der Stadt wie die Tiere.

Ich weiß echt nicht, ob man eine Schwuchtel am Gesicht erkennt. Weil ich nicht viele Schwuchteln kenne. Eigentlich kenne ich Schwuchteln nur aus dem Fernsehen, und einmal habe ich in Ljubljana einen von Weitem gesehen, einen Musiker oder einen Schauspieler, so was, ich weiß nicht mehr, wie er hieß. In Bijeljina erzählte man auch von ein paar Typen, sie seien schwul, und ins *Džungla* kam immer einer, der für mich nach Schwuchtel aussah, aber dann angelte er sich die schärfste Braut und kriegte zwei Söhne.

Und ich weiß nicht, ob man einen Slowenen am Gesicht erkennt. Ich meine, bei einigen Slowenen kannst du sehen, dass sie keine Tschefuren sind, aber sicher kannst du dir nicht sein. Denn die Slowenen sind doch nicht so viel anders als die Chinesen. Gut, manche haben diese roten Wangen und so, aber genau solche Bauerngesichter findest du auch in Bosnien. Und die halben Slowenen sind sowieso vermischt mit Tschefuren und Zigeunern und Deutschen und so. Und dann siehst du einen Typ und sagst dir, der ist aber hundert Prozent ein Slowene, und er ist seinem Alten wie aus dem Gesicht geschnitten, und sein Alter ist ein Schippi.

Das ist dieses Slowenien. Von wegen, alle sind stolz und reinrassig, aber sogar ihre Hunde sind weniger vermischt. Uns kommen sie immer damit, dass wir Tschefuren sind, und dann kapierst du, dass die Hälfte von denen, die uns da anstänkern, größere Tschefuren sind als wir. Sogar Radovan ist ein größerer Slowene als ein paar von diesen großen Slowenen, von diesen Heimattreuen, oder was immer sie sind.

Aber vergiss das alles, denn als ich Dejan Mirtić sah, wie er vor Radovans Opel stand, sah ich einen Slowenen. Auf seiner Stirn stand „Slowenien, mein Heimatland". Es blinkte, und die Bässe wummerten im Rhythmus dieses Blinkens. Disco Janez. Botschaft Mirtićoli. Hätte er den Kopf rasiert und trüge diesen Panther auf der Brust, wäre er kein so großer Slowene. Er sah aus, als würde er auf Skiern springen, der Arsch.

Verdammt, der Typ hat zehn Jahre in Slovenske Konjice gelebt, und jedes Jahr konnte man ihm ansehen. Er war wie ein Baum, der jedes Jahr einen weiteren Ring anlegt. Ihn hatten zehn Jahresringe Slovenske Konjice eingewickelt.

„Wo kommt ihr denn her, Jungs?"

Das ist gut. Wenigstens hat er das Sprechen nicht verlernt, und wir müssen uns nicht auf Slowenisch unterhalten. Denn wenn unser Dejan Mirtić angefangen hätte, in diesem Slovenske-Konjice-Akzent rumzulabern, hätte ich mich wieder in den Opel gesetzt und wäre direkt zurück nach Fužine gefahren.

„Wo steckst du denn, du Schwuchtel?"

„Ich bin hier, und du?"

Aco drehte sich zu mir um und zeigte auf Dejan, die Schwuchtel. Dass er nicht „Deine Mami ist eine Schwuchtel!" gesagt hatte, war der Beweis, und zwar ... wie sagt man, unge... unum... unwider... also Geständnis!

Wir können ihn verhaften und zum Kastrieren bringen.

„Und habt ihr es gleich gefunden?"

Hörst du das? Haben wir es gleich gefunden? Das würde nicht einmal Ranka fragen, hörst du.

Vielleicht hat Aco recht. Vielleicht ist er doch eine Schwuchtel.

„Nein, wir sind zuerst nach Slovenska Bistrica gefahren, nur die haben uns gesagt, dass es dort keinen Tschefur gibt."

„Ihr seid wirklich nach Slovenska Bistrica gefahren?"

„Komm schon, Mann, sehen wir für dich so behindert aus?"

„Genau so behindert seht ihr für mich aus."

Soooo, Mirtić. Noch gibt es Hoffnung für dich.

„Alter, Bistrica und Konjice, das kann man nicht verwechseln."

„Oh, kann man, und wie. Wenn du ein Tschefur bist, kannst du alles verwechseln."

„Nicht einmal Tschefuren können das verwechseln. Alle Tschefuren haben dieses ‚dumm wie ein Pferd‘ im Kopf. Für einen Tschefuren ist das Pferd dumm, nicht helle, verstehst du? Bistrica und Konjice, das ist wie schwarz und weiß für uns Tschefuren."

Danke, Doktor Stojković, das haben Sie wirklich schön gesagt. Aber sagen Sie uns doch bitte, wie viele Jahre haben Sie im Häfen mit der Entwicklung dieser Theorie zugebracht, ha?

„Kommt, gehen wir zu mir ins Büro? Ich habe einen guten Whiskey."

„Und was ist mit Nutten?"

„Wir können welche bestellen, wenn du willst. In Konjice haben wir alles."

Vielleicht war er doch keine Schwuchtel, aber Slowene war er definitiv. Denn nur ein Slowene kann glauben, dass es in Konjice alles gibt.

*

Das Büro heißt auf Tschefurisch Kanzlei. Wohl deshalb, weil die Tschefuren keine Büros haben. Deshalb, weil Kanzlei für die Tschefuren wie Konzentrationslager klingt. Oder vielleicht kenne nur ich keine solchen Tschefuren, die ihre eigene Kanzlei haben. Ich kenne nur Tschefuren, die ihre Kanzlei auf der Bank vorm Wohnblock haben. Oder hinterm Lenkrad. Oder am Tresen. Oder auf der Couch. Am nächsten dran an einer Kanzlei ist Denis aus dem Vierer, der allein im Magazin einer Firma im BTC sitzt und das ganze Magazin für sich hat. Dejan Mirtić ist deshalb der zweite Tschefur, den ich kenne, der eine Kanzlei hat. Nur dass Dejan Mirtić kein Tschefur ist. Er ist Slowene. Und Schwuchtel.

„Mach mich nicht fertig. Sogar einen Scanner hast du."

Aco war von Dejans Kanzlei noch mehr fasziniert als ich.

„Und du kannst echt scannen oder …?"

„Kann ich."

„Alle Achtung. Hast du das studiert?"

„Was?"

„Das, das Scannen und so!"

„Nein. Das habe ich nicht studiert."

„Was scannst du denn so, ich meine …?"

„Ich weiß es nicht. Alles Mögliche. Dokumente."

„Dokumente? Das sind so Papiere, oder?"

„Unterschiedlich. Verträge, Bestätigungen, Rechnungen …"

„Nein, alle Achtung. Hut ab! Das ist gar nicht so wenig, all die kleinen Knöpfe, das ist kein Hühnerfurz …"

Aco konnte nicht mehr, er wälzte sich vor Lachen. Der Hühnerfurz hatte ihn fertiggemacht. Mirtić grinste süßsauer, man konnte ihm ansehen, dass ihm Acos Stänkereien auf die Eier gingen.

„Dokumente scannt der Typ. Komm, Mirtić, du kannst uns doch mal ein bisschen zeigen, wie du so scannst, ha?"

„Ich kann dir deinen Schwanz scannen, wenn du willst."

„Das kannst du nicht. Dein Scanner ist zu klein. Da bräuchtest du einen A3, weißt du?"

Die Tschefuren waren nie zu alt für Sprüche über lange Schwänze.

„Aco, wie lang ist dein Schwanz?"

„Bitte schön, du kannst ihn ja messen, wenn es dich interessiert, Schwuli!"

Einmal, in der achten Klasse, hatte die Bio-Prof Adi etwas über Moleküle gefragt, und Aco schob mir unter der Bank einen Zettel zu. Dort stand „17 cm". Ich sah Aco fragend an, wozu das gut sein sollte, und er zeigte stolz auf seine Hose, unter der sich ein siebzehn Zentimeter langer junger Schwanz befand.

Aco wollte, dass ich aufschreibe, wie lang mein Schwanz ist, und ich schrieb ihm zurück, dass nur die größten Blödmänner ihre Schwänze messen. Weil mir nicht sofort aus dem Arsch in den Kopf gekommen war, dass alle Tschefuren ihre Schwänze aufmotzen und Zentimeter draufschlagen, und ich mich deshalb ärgerte, dass ich den kleinsten Schwanz von allen habe.

„Weißt du, Aco, was mein Chef einmal gesagt hat, als ich noch als Rausschmeißer gearbeitet habe?"

„Was?"

„Je kleiner der Schwanz, desto mehr muss einer mit ihm angeben!"

„Dein Chef hatte den kleinsten Schwanz von allen."

„Warum?"

„Weil er der Chef war. Weil er sich beweisen konnte und so. Wie dieser Mirtić. Der eine Kanzlei und einen Scanner und alles das nur deshalb haben muss, weil er einen kleinen Schwanz hat."

„Lieber einen kleinen Schwanz und ein Büro als nur einen kleinen Schwanz, Aco."

Aco kriegte mit, dass ich ihn verarsche. Ihn voll verarsche.

„Đorđić!"

„Was?"

„Komm mir nicht mit deinen bosnischen Sprüchen."

„Mit was für bosnischen Sprüchen?"

„Wir sind hier nicht in Bosnien!"

Aco ging mir auf den Sack. Schon immer. Er ging mir auf den Sack, weil er ein Typ mit Komplexen war und deshalb anderen nonstop ins Hirn schiss. Damit sie ihm nicht ins Hirn scheißen. Und noch irgendwohin.

„Ich weiß. Das hier ist Slovenske Konjice."

Mirtić grinste, was Aco noch mehr auf die Palme brachte.

„Mach mich nicht wütend, Đorđić. Kapiert?"

Er war mir schon als Kind auf den Sack gegangen. Er tat mir leid, wegen Marina und wegen allem, aber er ging mir auf den Sack. Aber er war der Einzige, der bereit gewesen war, für mich zu lügen, und das war doch ziemlich wichtig für mich, es war wie eine Freundschaft, nur dass es keine war. Wenn mich jemand angegriffen hätte, wäre Aco nur deshalb dazwischengegangen, weil er sich gern prügelte. Weil es Krieg gab und er Soldat war. Und weil wir die gleiche Uniform hatten. Die Fužiner

Tschefuren-Uniform der 8a der Grundschule Nove Fužine, aber das war egal. Brotherhood of Marinkov trg.

Jetzt trug Aco die Uniform vom Häfen in Koper. Und wenn es Krieg gegeben hätte, hätte jeder auf seiner Seite gestanden.

„Möchte jemand was trinken?"

Sieh an, sogar Dejan hatte es mitgekriegt, so offensichtlich war es.

„Was hast du denn?"

„Bestimmt hat er Jägermeister."

„Whiskey hab ich."

„Welchen?"

„Einheimischen Whiskey hat er. Vom Nachbarn."

„Jameson."

„Okay."

Dejan ging zu einem kleinen Schrank, nahm eine Flasche und drei Gläser heraus und schenkte uns daumenbreit Whiskey ein. So wie es sich gehört, wenn du ein Meeting mit seriösen Geschäftspartnern hast.

„Ich kann nicht glauben, dass ihr gekommen seid. Jetzt fehlt nur noch Adi."

*

Genau, das wäre der Hammer gewesen, wenn Adi bei uns gewesen wäre. Aco, Adi, Dejan und ich zusammen in Slovenske Konjice. Das wäre ein Volltreffer gewesen, echt. Genau so wie früher. Adi wäre so aufgedreht, dass er sofort auf den Opel geklettert wäre.

„Fužineeeee! Fužineeeeeee!"

Dann hätten wir bei den Leuten an der Gegensprechanlage geläutet und wären weggerannt. Aber vorher hätten wir vorschriftsmäßig unseren Spaß gehabt.

„Sieh dir den Mirtić an, hast du dich schon ein bisschen assimiliert?"

„Ach, lutsch mich, Adnan!"

„Warte, ich such nur mal die Pinzette."

„Adi, erzähl du lieber Dejan, wie es auf Entzug war."

„Was für'n Entzug, du Arsch! Einen Scheiß war ich auf Entzug!"

„Und wo warst du, wenn du nicht auf Entzug warst?"

„In Bosnien, genauso wie Đorđić, das ist, wo ich war!"

„Ich habe dich in Bosnien nicht gesehen, mein Freund."

„Dass du nicht im Häfen warst und diesen Stojković gefickt hast?"

„Mirtić! Was, wenn ich dich mal ein bisschen ficken würde? Das würde dir gefallen, was?"

„Mir nicht. Dir, Aco?"

„Hau ab, du Schwuchtel. Ihr seid doch alle Schwuchteln hier, ich bin der einzige Normale."

„Aco, wenn du normal bist, bin ich …"

„Was bist du? Komm, sag, was du bist, Đorđić!"

„Der Zauberer von Oz!"

„Was?"

„Was hat er gesagt, der Typ! Zauberer von Oz hat er gesagt, komm schon, Đorđić, du bist wirklich nicht normal. Zauberer von Oz. Gut, dass du nicht Harry Potter gesagt hast! Warst du etwa auch auf Entzug, so wie Adi?"

„Einen Scheiß war ich auf Entzug. Ich war in Bosnien."

„Ganz Bosnien ist ein einziger Entzug, Đorđić. Dort sind alle auf Entzug von einer Droge namens Kretinismus."

Und so weiter und so weiter …

Und dann würden wir in die Kanzlei gehen und Adi würde anfangen, aus dem Fenster heraus die Leute anzuschreien und den Mädels nachzurufen:

„Süße, magst du beschnittene Penisse?"

„Tante! Willst du ein Kind mit Würfelkopf?"

„Oje, Lady, Sie sind so rund, dass Sie gleich ins Out rollen!"

„Hey, wie gern würde ich dich liken! Tust du mich bitte auf Facebook? Ich werde dich liken, ich werde dich schön liken!"

Wär es so, Dejan? Wir geben Zunder!

Aco würde irgendwelche abgefuckte Musik bis zum Anschlag raushauen und uns das Hirn schlitzen, und dann würden wir uns total abfüllen und einrauchen und dann würde sich Adi bis auf die Unterhose ausziehen und auf dem Kanzleitisch tanzen, Dejan. Mit deinem Locher, ja. Und dann würde er in der Unterhose raus auf die Straße flitzen, dass ihn ganz Slovenske Konjice sehen kann, und er würde mit den Tanten tanzen wollen, die von der Arbeit kommen, und die würden davonlaufen und mit ihren Handtaschen nach ihm schlagen und um Hilfe rufen und alles das.

„Warum willst du nicht mit mir tanzen? Gib zu, weil ich ein Tschefur bin! Gib zu, dass du rassistisch bist! Ich kenn dich, ich kenn dich genau!"

Du, Aco und ich, wir würden auf der Bank sitzen und uns totlachen, und das würde Adi nur noch mehr auf Touren bringen und er würde in der Unterhose in die Kneipe stürzen.

„Helfen Sie mir, bitte, die Tschefuren da drüben haben mich ausgeraubt! Alles haben sie mir weggenommen!"

Er würde auf uns zeigen, und der Kellner würde die Polizei rufen, denn wenn du einen Typ in der Unterhose und drei Tschefuren auf der Bank siehst, rufst du die Polizei. Und wir müssten machen, dass wir wegkommen, denn der abgefuckte Adi würde die Geschichte auf die Spitze treiben und auf die Bullen warten und auch ihnen erklären, dass ihn drei Tschefuren überfallen hätten, und dass einer groß war und den Kopf rasiert hatte, der zweite eher klein und stämmig und tätowiert, und der dritte eher zwergenhaft und angezogen, als wäre er aus Slovenske Konjice.

Alles würde Adi ihnen haarklein servieren, und sie würden nicht kapieren, dass der Typ sie verarscht.

„Ich bin vom Religionsunterricht gekommen und wollte gerade in die Bücherei, als sie aus dem Gebüsch gesprungen sind und mich von meiner Yamaha FJ 09 gestoßen haben, sie haben mir meinen Computer, mein Telefon, mein Portemonnaie und meine Versace-Jacke, die für dreitausend Euro, meine Elan-Ski und zwei Schlitten weggenommen und mich komplett ausgezogen, weil ich alle Sachen direkt aus Mailand hatte, außer der Unterhose, aber dann bin ich ihnen entkommen, und sie sind in einen alten Opel gestiegen, mit Laibacher Kennzeichen, meiner Meinung nach waren sie aus Fužine, Tschefuren waren das, Sie wissen ja, wie die Tschefuren sind. Wissen Sie das nicht?"

Am Ende würde ganz Slovenske Konjice nach uns suchen, und wir würden in Dejans Kanzlei sitzen und uns vor Lachen auf dem Boden wälzen, und Adi würde zum hundertsten Mal erklären, wie er dem Polizisten seine Yamaha im Detail beschrieben hat, und wie viel Kubik sie hat, und wie er ihn damit genervt hat, dass er schreiben muss, es ist eine FJ 09, ganz neu, und dass der Typ das tatsächlich in sein Notizbuch geschrieben hat. Und wie die Leute um ihn herum völlig entsetzt waren, dass so etwas mitten in Slovenske Konjice passieren kann.

Und wir würden uns vor Lachen bis zum Morgen anschiffen, nicht wahr, Dejan?

Ich, Adi, Aco und Dejan wieder zusammen, das wäre es. Wie in den guten alten Zeiten. Wir würden nur so lachen. Das wäre ein noch nie dagewesenes Geschiffe. Ja, was denn sonst.

Oder Adi wäre schon auf dem Weg nach Slovenske Konjice zugedröhnt und würde die ganze Nacht auf dem Rücksitz des Opel ratzen.

Eins von beiden, Dejan.

*

„Sieh mal, Alter, was für einen Kopierer der hat!"

Aco stand vor dem Kopierer wie vor einer Videokonsole. Und drückte die Knöpfe.

„Erinnert sich noch wer, wie wir zu Žiga gegangen sind und auf seinem PC Spiele geklopft haben?"

„Ich erinnere mich an seine Mutter. Auf der Kommode im Wohnzimmer stand ihr Bild im Badeanzug. Ein paar Mal hab ich mir auf das Foto einen runtergeholt ...“

„Žiga hatte zu Hause einen Kopierer, und das war für mich, als hätte er einen Mercedes.“

„Reich und beknackt! Keine fünfzig Tolar hätte der einem geliehen. Keinen Jeton für den Bus. Aber zu Hause einen Kopierer haben.“

„So sind die Slowenen. Alles haben sie, aber sie tun so arm und jammern rum. Du bist auch so, Mirtić, ich weiß das! Du hast einen Scanner und einen Kopierer, aber bist dauernd am Jammern.“

„Ich jammere überhaupt nicht.“

„Du jammerst, du jammerst, ihr jammert alle. Komm du mal zu mir nach Haus, damit du siehst, was arm ist, du reicher Arsch. Du bist genauso wie Žiga. Von wegen, kein Geld für einen Burek geben, aber zu Hause einen Kopierer haben. Ich hatte nicht mal Geld zum Kopieren, von einem eigenen Kopierer gar nicht zu reden. Und dann sag ich spaßeshalber zu ihm, ob er mir das Lesebuch fotokopieren kann, ich hätte über meines Kaffee gegossen, und der Typ wird ganz blass, dass das voll viel Papier ist und ich weiß nicht was. Der Arsch ist mir so auf den Sack gegangen, echt.“

„Hast du's ihm gezeigt?“

„Nein, aber weißt du, was ich gemacht habe? Ich habe meinen Schwanz kopiert. Ehrenwort. Zwanzig Mal hab ich ihn kopiert und in der ganzen Wohnung die Blätter mit meinem Schwanz rumgestreut. Seiner Mutter hab ich eins unters Kissen gelegt, und in den Kühlschrank, und überallhin. So ein gestopftes Arschloch.“

*

Für Aco war Žiga reich, weil er einen Kopierer hatte, für mich waren die Reichen welche, die Vorhänge auf dem Balkon hatten. Ich als Knirps glaubte tatsächlich, dass hinter diesen Vorhängen die reichsten Leute auf der Welt leben. Jemand, der einen Haufen Geld hat und bei sich sogar Vorhänge auf dem Balkon anbringen kann.

Wie Waisenkinder waren wir, echt. Und das, was zählte, waren nicht die Mafiosi, die in Fužine in *Merdžos* ohne Dach herumfuhren, sondern die Slowenen, die angeblich in der gleichen Scheiße steckten wie wir, in der gleichen Drecksarbeit, im gleichen Fužine-Armenhaus, und doch waren sie nicht gleich wie wir. Weil sie Kopierer und Vorhänge hatten.

Und du hast nicht kapiert, wo sie das alles herhatten. Du hast kapiert, dass der Mafioso einen *Merdžo* hatte, weil er Drogen dealt und klaut und so, nur woher hatte Žiga den Kopierer, wenn sein Vater bei der Post arbeitete und seine Mutter bei Metalka, und sie bei der Arbeit den gleichen Dreck aßen wie Radovan und Ranka. Das hast du nicht kapiert. Du hast nicht kapiert, woher sie das Geld hatten, um von Fužine wegzuziehen. Das ist mir genau genommen bis heute nicht klar.

*

„Frankreich! Frankreich!"

In der Kneipe saßen sieben oder acht Leute, die meisten von ihnen schauten das Spiel überhaupt nicht, nur Aco musste provozieren. Denn sonst wäre es ja sinnlos gewesen. Sonst würden sie nur rumsitzen, trinken und reden.

„Komm, beruhige dich."

Sag es ihm, Dejan, ja! Dem Verrückten brauchst du nur zu sagen, dass er sich beruhigen soll, und schon beruhigt er sich. Aber schau, du bist selbst schuld. Du wolltest, dass wir uns das Spiel ansehen. Damit wir dir nicht das Büro auseinandernehmen. Und den Scanner demolieren.

„Stimmt was nicht, Mirtić?"

Alles in Ordnung, Aco. Mach du nur weiter so. Du siehst ja, es läuft gut für dich.

„Sowieso, ich bin für die Franzosen."

„Weshalb?"

Deshalb, damit sich die Idioten wundern, Mirtić. Oder auch deshalb, weil Aco auf Tony Parker abfährt.

„Was haben mir die Franzosen getan? Ha, Mirtić?"

„Weiß ich nicht."

„Haben sie mich in den Häfen gesteckt? Haben sie nicht. Haben sie mir einen vierten Wiederholer gegeben, dass ich ein Jahr drangehängt habe, obwohl ich mehr Vierer als Fünfer hatte? Haben sie nicht. Haben sie mir zweihundert Euro abgeknöpft, weil ich mein Motorrad einen Tag zu spät angemeldet habe? Haben sie nicht. Nichts haben sie mir getan. Nicht einmal Tschefur haben sie mich geschimpft. Warum sollte ich nicht für sie sein, ha?"

„Komm, hör auf, Aco, bitte."

„Frankreich! Frankreich!"

Aco ging Basketball und Frankreich und alles am Arsch vorbei, er wollte nur stänkern. Nur war da in Wirklichkeit keiner dafür da. Zwei aufgedrehte Fans saßen zwei Meter vorm Fernseher und waren so in das Spiel vertieft, dass sie ihn überhaupt nicht hörten. Die anderen interessierte weder das Spiel noch Aco oder sonst was.

„Hey, Kleine, können wir bestellen?"

„Ja, sofort."

Die Kleine nickte und kam langsam vom Tresen an unseren Tisch. Aco stand sofort auf, um an ihr vorbeizugehen und sich ein wenig an ihr zu reiben. Dejan wurde noch nervöser, ich kapierte überhaupt nichts, weil ich nur Augen für die Kellnerin hatte. Das war eine ganz heiße Schnitte.

„Was wollt ihr?"

„Was empfiehlst du?"

Aco wollte sich wieder an den Tisch setzen und versuchte sich noch einmal an ihr zu reiben, aber Dejan fuhr ihn an.

„He, Aco, hör auf damit, du Arsch!"

Aco wartete darauf, dass Dejan anfing zu grinsen oder ihm sagte, dass er sich lustig macht. Aber Dejan war todernst.

„Was ist mit dir, Mirtić?"

„Nichts ist mit mir. Sei bloß nicht so ein Arschloch."

Ich glotzte Dejan an, dann die Kellnerin und dann wieder Dejan, und endlich kapierte ich, was Sache war. Bei der Kellnerin handelte es sich um Nataša, Dejans steile Schwester.

„Warum stößt du mich weg, du Arsch!"

„Sorry, aber ich …"

„Was sorry, du Arsch! Ich komm zu dir in dieses beschissene Slovenske Konjurde, und du, statt mich zu bewirten wie ein Hausvater, mir ein kleines Lämmchen am Grill zu drehen und mir was zum Vögeln zu besorgen, lässt du mich nicht mal mir selbst was besorgen."

„Ihr braucht noch ein bisschen zum Nachdenken, oder?"

„Nein, warte!"

Aco packte die Kellnerin am Arm und hielt sie zurück. Aber jetzt sprang ich auf und warf mich zwischen Aco und Nataša.

„Was willst du denn, Đorđić?"

„Lass sie los."

„Weshalb, wenn wir noch nicht bestellt haben?"

„Lass sie einfach los."

Aco hielt Nataša noch immer am Arm, und die Leute drehten sich schon zu uns um. Offenbar waren wir interessanter als die fünfte Runde der Vorkämpfe. Dejan lief komplett rot an. Er nahm die Getränkekarte und fetzte sie auf den Boden.

„Das hat doch keinen Sinn, Alter. Du warst ein Idiot und bist ein Idiot geblieben! Ich weiß nicht, warum ich überhaupt gesagt habe, dass ihr herkommen sollt. Geh zurück in den Häfen und bleib da, wenn du nicht unter Menschen gehörst."

„Was hast du gesagt?"

Acos Augen verdunkelten sich. Er beugte sich über mich zu Dejan hinüber. Ich war stärker als er und stieß ihn mit aller Kraft zurück, aber der Typ war zum Tier geworden und schob mich und den Tisch und Dejan weg.

„Aco! Hör auf, du Arsch! Das ist Dejans Schwester! Nataša! Kapiert, du Idiot? Das ist seine Schwester."

Es dauerte, bis die Worte ihren Weg in Acos Gehirn gefunden und das Gehirn seinen Tobsuchtsanfall abgebrochen und Aco auf seinen Stuhl gepflanzt hatte.

„Und weshalb sagt er mir das nicht, der Arsch!"

„Was soll ich dir sagen? Dass du deinen Schwanz nicht an jedem Mädel reiben kannst, das vorbeikommt? Dass du nicht so ein Tier sein kannst? Das soll ich dir sagen, ja?"

Dejan lief noch mehr rot an, und Aco grinste ihm ins Gesicht.

„Du bist ein echter Scheißslowene! Geh du nur deine Dokumente scannen! Und kleb eine Marke drauf und unterschreib daneben. Dämlicher Slowene."

Aco war süchtig nach Action. Er konnte nicht in einem Büro sitzen und mit Dejan Mirtić über das Leben philosophieren. Und er konnte nicht in einer Kneipe sitzen und Basket schauen. Er hätte eine ganze Flasche Whiskey trinken und daneben noch was futtern können, aber das hätte nichts gebracht. Denn sich langweilen konnte er auch im Häfen. Aco brauchte ernsthaften Bullshit.

Aber jetzt saß er auf seinem Stuhl, still wie ein Mäuschen, und wichste ins Telefon. Er hatte seine Dosis Adrenalin bekommen und war zufrieden. Dejan war abgehakt und vorbei.

„Geht allein, wirklich."

Slowenien hatte inzwischen die beschissenen Franzosen auseinandergenommen, als wären sie Isländer. Die beiden Slowenen vor dem Fernseher stießen bei jedem Korb an. Tschin, tschin, schieb ihn rin!

Auch Dejan schaute fern, nur war er ganz woanders. Er war solchen Blödsinn nicht gewohnt. Er war aus Slovenske Konjice. Er hatte sein eigenes Büro. Er war ein Herr, und dann kamen da zwei Idioten eingeflogen. Einer direkt aus dem Häfen, der andere auf dem Weg in den Häfen. Deshalb ging ich zum Tresen, damit er langsam runterkommen konnte.

„Nataša, Entschuldigung für das alles. Wir hätten nicht herkommen sollen. Kriegen wir trotzdem drei Whiskey? Und ich verspreche, dass wir dann gehen."

„Du bist Marko, nicht?"

„Ja."

„Und du hast Basket gespielt?"

„Ja."

„Ich war einmal bei einem Spiel von dir. Mit Dejan."

„Echt?"

„Ja. Bei Slovan. Beim Halbfinale."

„Da warst du?"

„Ja."

Ich konnte nicht glauben, dass sie noch süßer war, wenn sie lächelte. Uh, fuck, das will ich hören.

„Spielst du noch?"

„Nein. Schon lange nicht mehr."

„Warst du nicht mal voll gut?"

„Ach, ich weiß nicht. Wahrscheinlich war ich das."

„Und was war dann?"

„Du weißt ja, schlechte Gesellschaft und so."

Ich sah zu Aco und Dejan. Nataša lachte laut auf. Ich versuchte auf die Schnelle auszurechnen, wie alt sie war. Sie war definitiv volljährig, denn sie war schon in der Grundschule, als wir da waren. Sie war höchstens sieben Jahre jünger als wir. Oder sogar weniger. Zwanzig, vielleicht sogar einundzwanzig.

„Wenigstens hast du Gesellschaft."

„Du hast keine?"

Sie wurde etwas traurig. Aber sie war immer noch schön.

„Wo? Hier? In Konjice?"

Sie schüttelte den Kopf.

„Wir zwei könnten was machen, wenn du willst."

„Vor einer halben Stunde kann ich nicht …"

Als sie das sagte, war es ihr peinlich. Vielleicht war sie doch erst neunzehn. Vielleicht war sie erst in die Grundschule gegangen, als wir schon auf der Mittelschule waren. Aber volljährig war sie sicher.

„Đorđić! Das ist seine Schwester, du Arsch!"

Aco war wieder aktiv. Schluss mit lustig.

„Wir sehen uns in einer halben Stunde."

„Ja."

Ich hatte es nicht ernst gemeint. Oder doch. Ich weiß nicht. Ich war damit nur so rausgeplatzt, und sie war zurückgeschreckt. Sie war noch jung. Und süß. Sehr sexy und süß. Mehr der alte Mirtić als Sonja. Eher Tschefurin als Slowenin. Und mehr Tschefurin als Dejan. Eine Tschefurin, verloren in Slovenske Konjice.

*

Ich trank meinen Whiskey und sah, wie sich die beiden Slowenen wieder zuprosteten. Ich hoffte, dass sich Aco und Dejan zerstreiten würden und ich mich nach Hause verziehen konnte. Weil ich in diesem Konjice nichts zu suchen hatte. Mit einem Slowenen und einem Verrückten. Denn nichts sonst waren Dejan und Aco. Es gab nichts, worüber man mit Dejan reden konnte, und mit Aco sowieso nicht.

Deshalb schauten wir Basket. Wir schauten, wie sich Musa abstrampelte, denn Dragić und Co hielten den französischen Beck wirklich auf Trab. Ich schaute ein paar Angriffe, und mir war sofort klar, dass hier eine andere Logik herrschte, eine andere Philosophie. Das konntest du aus dem Flugzeug sehen, wenn du Basketball gespielt hast. Wenn nicht, fährst du auf die slowenische Fahne in der Ecke ab und stößt auf jeden Korb an.

Beschissene Slowenen. Ihr könnt eure klugen Köpfchen in den Fernseher stecken und werdet einen Dreck sehen. Das hilft euch alles nichts. Die beiden Slowenen haben wahrscheinlich alle Spiele bisher gesehen, sogar die Vorrunden, aber was hilft dir das, wenn du nichts kapierst. Dann zählst du nur die Körbe. Wie so eine Anzeigetafel.

Aber auch Dejan, Aco und ich waren Anzeigetafeln. Auch wir zählten nur unsere Fehlschüsse und Treffer. Und wir kapierten nicht, was mit uns geschieht. Von wegen, wir sind jung, wir sind hübsch und klug, und das Leben liegt noch vor uns, der Spielstand ist quasi günstig, bis zum Abpfiff ist es noch weit, und wir lassen nichts aus.

Aber wenn wir keine Anzeigetafeln wären, würden wir kapieren, dass unser Spiel im Arsch ist. Dass wir keine Chance haben zu gewinnen. Denn wir stolpern an der Linie, und jeder spielt irgendwie solo, wir rennen uns in der Abwehr fest, und die Bälle fliegen ins Out. Unser Spiel läuft nicht, weil wir nicht mit dem Kopf spielen, sondern die ganze Zeit wie die Primitiven mit Gewalt. Wir spielen kein Pick 'n' Roll, wir ziehen keine eingespielten Aktionen durch, jeder wartet nur, dass er den Ball kriegt und er ihn aus zehn Metern versenkt, denn wir sind alle Steph Curry und können ihn über die Hand werfen oder aus der Drehung heraus oder auf einem Bein. Wirf einfach irgendwohin, dann geht er schon rein!

Außer dass er nicht reingeht. Bis zum Brett wird keiner unserer Bälle fliegen. Das Leben wird seinen Vorsprung nur vergrößern, und wir werden auch nicht Time-out rufen, um zu versuchen, seinen Lauf zu stoppen, geschweige denn die Taktik zu ändern, das Spiel ein wenig zu verlangsamen und so. Nein, wir werden unser idiotisches *run 'n' gun* bis zum Ende treiben und dann erklären, wir hätten unser Herz auf dem Spielfeld gelassen.

Was für Arschlöcher wir doch sind. Eine Schande ist das.

*

„Komm, Mirtić, wenn du so klug bist, erklär mir mal was. Weißt du, weshalb du nicht wissen kannst, was passieren wird? Deshalb, weil du nicht weißt, was ich jetzt tun werde. Du weißt nicht, ob ich dieses Glas jetzt auf den Boden knallen oder ob ich aufstehen und den beiden Tunten da vor dem Tievie das Bier wegnehmen und es ihnen über die Köpfe schütten werde. Und du weißt auch nicht, was die beiden machen werden, weil du nicht weißt, wie die Drähte zwischen ihren Ohren verknüpft sind. Weißt du, was ich meine?"

„Vielleicht, dass du die Zukunft nicht vorhersagen kannst?"

„Ja, genau. Die Zukunft."

„Und was ist mit ihr?"

„Nichts ist mit ihr. Nur wenn du weißt, wie die Drähte in allen unseren Köpfen verknüpft sind, könntest du die Zukunft vorhersagen, oder?"

„Ich weiß nicht, ob ich das könnte."

„Vermutlich könntest du. Wenn du komplett die genauen Daten über uns alle hättest, würdest du genau wissen, was jeder von uns tun wird. Du wüsstest zum Beispiel, dass ich jetzt hingehe und den beiden Arschlöchern das Bier über den Schädel schütte, und was die beiden dann tun und was dann alle tun, und dann würdest du alles wissen, was passieren wird. Verstehst du?"

„Ich verstehe. Nur verstehe ich nicht, was du damit sagen willst."

„Ich will sagen, dass alles, was passieren wird, diese Zukunft und so, schon vorausbestimmt ist. Du weißt nicht, was sein wird, und ich weiß nicht, was sein wird, aber alles das weiß man schon. Denn bei uns allen sind die Drähte im Kopf auf genau bestimmte Weise verknüpft, und deshalb ist klar, was wir tun werden. Deshalb, weil wir alle die Dinge tun wegen dieser Drähte in unserem Kopf. Kapiert?"

„Willst du damit sagen, dass es keinen freien Willen gibt?"

„Ich will damit sagen, dass jeder von uns entscheidet, ob er etwas tun will oder nicht, aber er entscheidet mit dem, was er im Kopf hat. Und im Kopf hast du das, was du hast."

„Und was hast du entschieden? Gehst du jetzt hin und schüttest ihnen das Bier über die Köpfe oder nicht?"

„Noch weiß ich es nicht."

„Wie soll das dann jemand anderes wissen, wenn nicht einmal du es weißt?"

„Ich weiß nicht, was in meinem Kopf geschieht. Und was in meinem Kopf geschieht, ändert sich sowieso. Wenn ich wüsste, was in meinem Kopf geschieht, wüsste ich, was ich tun werde. Nur jetzt weiß ich es noch nicht. Kapiert?"

„Nur ist wahrscheinlich nicht alles abhängig von dir und deinem Kopf."

„Sowieso nicht. Das hängt auch davon ab, ob mich die beiden provozieren werden. Wenn sie sich als noch größere Kretins aufspielen und anfangen, alle die slowenischen Blödheiten zu brüllen, werde ich vermutlich hingehen. Das weiß ich. Aber gerade erkläre ich dir ja, dass ich nicht weiß, was bei ihnen im Kopf vor sich geht. Wenn ich es wüsste ... Wenn ich wüsste, dass die beiden im Kopf Kretins sind, wüsste ich auch, dass sie nichts dazu tun können, keine Kretins zu sein, so wie ich auch nichts tun kann, dass mir das nicht auf die Nerven geht, dann würde ich schon jetzt wissen, dass ich hingehe und mir diese beiden Dummköpfe schnappe – und booong! Kapiert? Aber so weiß ich noch nicht, was wird, weil ich nicht weiß, ob die beiden wieder zur Vernunft kommen und etwas normaler werden."

Ich versuchte, diese debile Debatte nicht zu hören, aber es ging nicht. Ich versuchte, mich zurückzuhalten, mich von Aco nicht provozieren zu lassen, aber scheiße, es war zu debil.

„Ich kapiere. Wenn bei dir im Kopf die Drähte so verknüpft sind, dass du nicht nicht debil sein kannst, bist du abhängig von den andern, dass sie keine Debilen sind und dich nicht provozieren, dass du hingehst und ihnen das Bier über den Kopf schüttest. Stimmt's?"

„Du misch dich nicht ein, Đorđić."

„Aber wenn du im Kopf keine Drähte hättest, sondern ein Gehirn, dann könntest du dir ausrechnen, dass du, wenn du hingehst und den beiden Typen ihr Bier über den Kopf schüttest, eins in die Fresse kriegst, weil du einer bist, die aber zwei. Und dann würdest du nicht hingehen, weil dir dein Gehirn sagen würde, dass es nicht gut ist, eins in die Fresse zu kriegen."

„Ja, aber wenn die beiden ein Gehirn hätten, würden sie sich sagen, dass es nicht klug ist, so debil zu sein, weil wir drei sind und sie in einer Sekunde auseinandernehmen können. Aber sie können sich nicht helfen, weil bei ihnen die Drähte so verknüpft sind, dass sie Debile sein müssen, nicht? Das ist es, wovon ich rede, Đorđić, nur du kapierst einen Dreck, weil du ein Gehirn hast und so klug bist."

„Du hast recht, Stojković. Sie könnten wirklich wissen, dass es in Slovenske Konjice besser ist, nicht für Slowenien zu sein, denn es könnte ein Tschefur aus Fužine kommen und ihnen ihr Bier über den Schädel schütten."

„Du willst mich wohl ein bisschen verarschen, Đorđić, ha?"

Aco kam wieder auf Touren, und ich konnte mich nicht entschließen, kein Arschloch mehr zu sein und ihn nicht mehr zu verarschen. Obwohl ich wusste, dass dann alles den Bach runtergehen konnte.

„Ich verarsch dich überhaupt nicht. Ich erklär dir nur, dass du dich selbst entscheiden kannst, ob du debil sein willst oder nicht. Und dass du offensichtlich beschlossen hast, es zu sein."

„Ach so, wie du beschlossen hast, debil zu sein, als du dem Weichei an der Tankstelle eine verpasst hast?"

„Das war nicht dasselbe."

„Weshalb war das nicht dasselbe?"

„Deshalb, weil er mir ins Gesicht gegrinst hat. Und ich ihm eine Erzieherische zukommen lassen musste. Ich hab mich nur in das Beschwerdebuch eingetragen."

„Mirtić, hast du schon mal gesehen, dass einer den Sprit bezahlen geht und nebenbei dem Mann an der Kasse eine verpasst?"

„Hast du wirklich?"

„Das ist ein Debiler. Der geht auf Leute los, die halb so groß sind wie er. Und das für nichts. Aber nicht ich, der ich zwei gestandene Kaliber vermöbeln will."

„Keiner wird wen verprügeln."

„Kann ich kassieren, weil ich Dienstschluss habe?"

Nataša war im richtigen Moment aufgetaucht, Dejan zückte seine Karte und Nataša ging dieses Kartenlesezeug holen. Und Aco konnte weitermachen.

„Ich habe mich nur ins Beschwerdebuch eingetragen … Nein, wirklich, du redest hier einen Scheiß, Đorđić, du bist ein größerer Idiot als ich."

Die beiden Slowenen hatten sich zum Glück beruhigt, weil sie nach dem Ende des Spiels das Sportstudio schauten. Da hatten wir die Bescherung. Wir hatten uns so ineinander verhakt, dass wir nicht einmal gesehen hatten, dass das Spiel vorbei war.

Als Dejan seinen PIN eintippte, drehte sich Nataša weg, um ihn nicht sehen zu können. Weil das quasi intime Dinge sind. Saubere Rechnung, lange Liebe, wie Radovan sagen würde.

Oder es ist einfach leichter, wenn du diese Regeln hast und sie für alle gleich sind und du dich mit jedem auf die gleiche Weise begrüßt und dasselbe redest und dich auf die gleiche Weise umarmst oder die Hand gibst oder was immer, wenn du Slowene bist. Und vor allen deinen PIN versteckst.

Vielleicht ist es einfacher, Slowene zu sein. Vielleicht liegt genau darin der Witz.

„Ich habe genug von euch allen!"

Aco stand vom Tisch auf und marschierte mit strammem Schritt auf die beiden zu, und Dejan flog hinter ihm her, als wollte er Urgroßmutters Kristallvase retten. Er warf sich auf Aco, um ihn aufzuhalten. Das ganze Lokal sah zu, aber niemand konnte wissen, wohin Aco wollte und weshalb Dejan die rhythmische Gymnastik machte, damit er nicht dorthin ging, wohin er losgestiefelt war.

Vor allem deshalb, weil Aco sofort stehen blieb und Dejan ins Gesicht grinste.

„Hast du gesehen, wie er geflogen ist? Verarsch mich nicht! Und du bist echt ein Kretin, Mirtić! Hast du tatsächlich geglaubt, ich gehe diese beiden Schränke verprügeln, ha?"

Die beiden Schränke waren weder total taub noch blöd, und sie hatten begriffen, von wem Aco sprach. In Wirklichkeit waren sie zwei verdammte Fettwänste, und eher hätten sie Aco vermöbelt als er sie. Die beiden waren außerdem auch schon etwas benebelt und fanden keinen Gefallen an der Idee, von einem großkotzigen Tschefur verprügelt zu werden. Offensichtlich gefiel ihnen aber die Idee, dass sie beide ihn verprügeln.

Dejan versuchte, die Situation zu beruhigen, und drängte Aco zurück zu unserem Tisch.

„Mirtić, du bist wirklich hirnverbrannt, Mann. Warum sollte ich sie verprügeln wollen? Wer sind die für mich?"

Aber die beiden Fettwänste hatten sich schon auf die Beine gestellt, und das regte Aco ein wenig auf.

„Was glotzt du, verdammt! Dreh dich um! Ich bin nicht dein Fernseher! Da ist dein Fernsehen!"

Aco jagte den beiden den Blutdruck hoch, und der eine Fettwanst griff sich den Aschenbecher vom Tisch. Dejan kapierte zum Glück, dass es Stunk geben würde, und versuchte Aco aus dem Lokal zu drängen, während ich am Tisch chillte.

Denn die erste und einzige Regel für den Ordnerdienst lautet: Wenn ein Kretin anfängt, einen anderen Kretin zu verprügeln, setzt du dich hin, bestellst ein Bier und genießt die Prügelei. Und Aco war ein Kretin, der es verdient hatte, dass die beiden Fettwänste ein bisschen auf ihm herumhüpfen wie auf einem Trampolin. Vielleicht würde ihn das sogar zur Vernunft bringen. Wenn ihm der Häfen schon nicht geholfen hatte.

Aber auch Dejan könnte ein paar Ohrfeigen vertragen. Denn er hat Aco nur deshalb rausgedrängt, damit die Leute nicht denken, dass er genauso ein Tschefur ist wie Aco. Er hat sich geschämt, dass er solche Tschefuren zu Freunden hat. Er hat sich vor den beiden geschämt, die sich mitten am Tag mit Bier abgefüllt hatten und die einen Idioten verprügeln wollten, der seine vorübergehende Freiheit genoss.

Es ist wirklich traurig, was Slovenske Konjice aus den Menschen macht.

*

Einmal haben Dejan und ich Züge beobachtet. Wir hatten im *Bounty* rumgehangen, und als sie zumachten, war er zu fertig, um nach Hause zu gehen. Weil, Sonja wird ihn durchschauen, und dann gibt es Zunder. Und er hat zwei Cola Rum getrunken. Also gingen wir zum Bahnhof, ein bisschen Züge schauen und damit Dejan ein bisschen nüchtern wird und nach Hause gehen kann. Und dann glotzten wir die Lokomotiven und Waggons an und redeten über Edi von Nummer drei, der von der Interpol gejagt wurde.

Und dann fing Dejan an zu erklären, dass Edi normal gewesen war, als er aus Šiška hergezogen war, aber dass dieses Fužine wie dieses Rattengift ist, das unten im Keller in den Ecken ausgelegt wird, dass sie dieses Fužine absichtlich in eine Ecke von Ljubljana gesteckt haben, um die Leute zu vergiften, und dass sie uns alle vergiften werden. Und dass sie schon Sonja vergiftet haben, die einen anderen Stecher hat und sich von Mirtić scheiden lassen will, weil sie wegen diesem Fužine schon ganz verrückt geworden ist. Und dass sie nach Konjice ziehen will.

Und ich wollte ihm gerade sagen, dass Slovenske Konjice ein noch größeres Gift ist als Fužine, da fuhr neben uns ein langer Güterzug vorbei, und es dauerte eine halbe Stunde, bis er aufhörte zu dröhnen. Und als es wieder still war, fing Dejan an, von Zlatan Ibrahimović zu reden und davon, dass ein normaler Mensch nur fünfzig Liegestütze schafft, Zlatan aber tausend mit dem linken Arm macht, dass er deshalb auch mindestens zehnmal mehr vögeln kann als ein normaler Mensch und dass seine Frau, die ein normaler Mensch ist, das nicht aushalten kann. Und dass es deshalb logisch ist, dass Zlatan noch eine Frau nebenbei hat.

*

Ich konnte den Zirkus nicht länger ertragen und bin raus auf einen Tschick. Eigentlich bin ich nur raus, den Tschick gab mir Nataša, die mir nachkam. Sie fand die Fettwänste und die Tschefuren auch nicht lustig.

„Haben sie sich beruhigt?“

„Noch nicht. Aber das werden sie.“

„Sowieso werden sie das.“

„Ja.“

„Aco ist wirklich krank, aber dein Bruder ist auch ein bisschen zu nervös.“

„Wie weißt du, dass er mein Bruder ist?“

„Du hast es mir doch gesagt.“

„Ach ja? Na gut. Sorry. Wie dumm ich bin.“

„Was hat er, dass er so nervös ist?“

„Wer? Dejan?“

„Ja.“

„Keine Ahnung.“

„Hat er Ärger mit einer Tussi?“

„Nicht, dass ich wüsste.“

„Und was, wenn es keine Tussi ist? Ist es der Job?“

„Sorry, aber ich weiß wirklich nicht. Er hat sein *life*, ich habe meins.“

„Ich kapiere.“

Man sah ihr an, dass sie schon lange rauchte. Sie markierte nicht mehr mit dem Tschick. Oder sie war nur so eine Tussi, die es nicht nötig hatte, zu markieren. Sie wusste, dass sie eine heiße Braut war, auch wenn sie nicht die Titten vorstreckte und die

Lippen vorwölbte. Davon gab es echt wenige. Vor allem in ihrem Alter.

„Wir reden nicht wirklich miteinander. Schon zwei Jahre nicht."

„Dann erzähl mir lieber was von dir. Was geht dir auf den Keks?"

„Mir? Mir geht nichts auf den Keks. Ich meine, dieses Konjice ödet mich an, aber das gilt für jeden, der normal ist."

„Ach ja? Für mich ist das hier das totale Chaos."

Sie lächelte ein wenig. Gerade so viel, dass sie zum Verrücktwerden süß aussah.

„Ich kann es kaum erwarten, auf die Uni zu gehen."

„Wie viel hast du noch?"

„Noch ein Jahr."

„Wirst du schon aushalten."

„Ich weiß nicht."

„Nur dass du's weißt, es ist überall die gleiche Scheiße."

Da hör sich einer den Marko Đorđić an, der die ganze Welt bereist hat und weiß, wie es in Tadschikistan ist und in Burkina Faso und Mrduša Donja und überall. Nein, wirklich, Đorđić, reiß dich mal am Riemen! Das ist ein hübsches Mädchen, da musst du doch nicht gleich den größten Schwachsinn verzapfen.

„Kann sein, dass es die gleiche Scheiße ist, aber dort muss ich wenigstens nicht meine Mutter sehen."

„Dein Vater ist noch in Fužine?"

„Er ist in Moste. Die Wohnung in Fužine haben wir verkauft, und er hat sich eine Garçonnière genommen."

„Für mich war er immer ein cooler Typ."

„Er ist der einzige Normale in der Familie."

„Also, du wirkst auch sehr normal auf mich."

„Das scheint dir nur, weil du mich nicht kennst."

Ich hoffe wirklich, dass man mir nicht am Gesicht ansieht, wie gern ich dich kennenlernen würde.

„Was würde mir denn scheinen, wenn ich dich kennen würde?"

„Dass ich genauso ausflippe."

Dass du genauso ausflippst? Das glaube ich dir nicht. Ich habe schon eine Million Mädchen gesehen, die genauso ausflippen, aber keine von ihnen sah so aus. Echt nicht.

„Weißt du, du redest so, als wärst du nie aus Fužine rausgekommen."

„Scheint dir das?"

„Ja, wie eine richtige Tschefurin."

„Ich bin ja eine Tschefurin. Deshalb möchte ich von hier weg."

„Du bist eine echte Tschefurin. Dejan ist ein Slowene, aber du bist eine Tschefurin."

„Von Fužine, ha?"

„Aber direkt."

Da hast du die Mysterien des Lebens. Die Mutter aus Slovenske Konjice, der Vater ein Versager, und sie …

„Weißt du, dass ich schon geschaut habe, ob ich in Fužine wohnen könnte, wenn ich studiere?"

„Ja? Und?"

„Fužine ist teuer. Es ist wie ein Getto, und die Tschefuren und alles, aber das Zimmer kostet immer noch zweihundert Euro."

„Wohl deshalb, weil du in jedem Block zwei Aufzüge hast und vor dem Block mindestens zwei Garnituren Müllcontainer in jeder Farbe."

„Und den PST in unmittelbarer Nähe."

„Das sowieso. Unmittelbare Nähe, das ist wie Jacuzzi und Sauna zusammen. Hauptsache, dass etwas in unmittelbarer Nähe ist. Und wenn es in unmittelbarer Nähe Grünflächen sind, die sind mit Geld nicht zu bezahlen."

Wie süß du bist, wenn du lachst. Lach du nur über mich.

„In einer Anzeige stand, dass die Umgehungsstraße in der Nähe ist."

„Ja, klar, Luxus total. Gut, dass sie nicht geschrieben haben, dass Štepanjc in der Nähe liegt. Oder ‚Zur nächsten Wohnsiedlung können Sie spazieren gehen‘. In diesen Anzeigen ist sogar Jarše ein freundliches Viertel in elitärer Lage. Ein Traum.“

„Ich hab auch Jarše geschaut. Das sind die gleichen Preise wie in Fužine.“

„Wirklich? Mach keine Witze. Sieh dir die an, was glauben die, dass sie sind! Ha? Geh du nach Fužine, aus Trotz!“

„Ich würde ja, aber es ist wirklich teuer.“

„Ja, ich weiß. Aber wenn du in Fužine wohnst, könnte ich auf einen Kaffee vorbeikommen.“

„Und wenn ich in Jarše bin, kannst du das nicht?“

„Schau, für dich würde ich auch nach Jarše gehen.“

„Echt?“

„Na klar, wenn ich nach Slovenske Konjice gekommen bin, komme ich auch nach Jarše.“

„Nach Konjice bist du ja nicht wegen mir gekommen.“

„Wie denn nicht! Ich bin gekommen, um zu sehen, ob Dejans Schwester wirklich eine so heiße Schnitte ist, wie man erzählt.“

„Ach hör auf.“

„Ehrenwort. Und ich muss sagen, es stimmt. Sie ist wirklich so heiß, wie man erzählt.“

„Und was jetzt?“

„Ja, nichts. Jetzt hab ich gesehen, dass sie heiß ist, und jetzt fahr ich zurück nach Hause.“

Es ist dir ein bisschen unangenehm, was? Oder? Verdammt, ein bisschen muss es das sein. Denn du kannst nicht so cool sein, wie du vorgibst, nicht wahr, Nataša?

„He, Nataša, sag an. Gibt es hier sonst noch was, was man machen könnte?“

„Vielleicht.“

„Ach ja?“

„Meine Kollegin hat den Tresen übernommen. Ich bin frei, wenn ich will."

Ja, das will ich hören.

*

Vor Alma wusste ich nicht, wie man mit Mädels redet. Auch nach Alma nicht, aber da war es mir komplett egal, ob sie mich abservieren oder nicht, und ich habe geredet. Ich bin zu einer Tussi gegangen und habe angefangen, ihr etwas vorzusäuseln, weil ich nichts zu verlieren hatte. Nach Alma war alles gelogen, war alles bedeutungslos. Die einen sagten Ja, die anderen Nein. Alles war nur Spiel.

Nach Alma habe ich mir eine Zeit lang nur solche angelacht, bei denen keine Chance bestand, dass sie Ja sagen. Ältere, Verheiratete, Feine und Aufgetakelte. Solche, die einen Jungen mit komischem Akzent hundert Prozent abservieren. Ich wollte, dass sie mich abservieren. Eigentlich wollte ich nicht, dass etwas passiert, denn mein Kopf war voll mit Alma.

Nur dann sagte eine, bei der keine Chance bestand, dass sie Ja sagt, Ja. Eine Sängerin. Yo Vanna. Alle wussten, wer sie fickt, und dass der, der sie fickt, ein Spitzentyp ist, und ich war nur ein Janez. Und arm dazu. Aber gerade die Tatsache, dass ich keinen Cent hatte, gab mir den Mut, zu ihr zu gehen. Weil ich schon alles versaut hatte, was sich versauen ließ, und ich heiß darauf war, es auch bei dieser Yo Vanna zu versauen. Sowieso hatte sie die erbärmlichsten Silikone, die linke Titte größer als die rechte, und so.

Deshalb ging ich zu ihr hin und sagte „Du gefällst mir". Klar war das blöd, aber ich wollte auch, dass es blöd ist. Im Grunde interessierte mich nur, was sie sagt, wenn ich so etwas Blödes zu ihr sage. Ihre Silikone und die Art und Weise, wie sie sie präsentierte, gingen mir auf den Sack, aber keiner durfte sich an sie ranmachen. Von wegen, sie macht uns an, aber wir müssen cool bleiben.

Sie sagte nichts. Sie grinste nur, weil sie dumm war. Und dann erzählte sie ihren Freundinnen, was ich gesagt hatte, und dann grinsten die auch. Genauso dumm wie sie. Wenn Alma so gegrinst hätte, hätte mich das fertiggemacht, aber jetzt war mir alles egal. Yo Vanna hätte dem DJ das Mikrofon wegnehmen und dem ganzen *Džungla* erklären können, was der Kleine zu ihr gesagt hat, und dass ich den kleinsten Schwanz auf der Welt habe, und mir wäre derselbe Schwanz voll am Arsch vorbeigegangen.

Deshalb stand ich einfach da und sah zu, wie sie grinste. Und lächelte sie an. Noch dümmer, als sie mich angrinste. Ich war so was von cool. Und sie quatscht mit ihren Freundinnen. Und ich warte darauf, dass sie aufhört zu quatschen. Und grinse. Scheiße, ich hatte die ganze Nacht Zeit. Oder bis ihr Stecher auftaucht. Oder ein Polizist, der ihren Stecher kennt.

Aber dann ging es ihr auf den Keks, dass ich neben ihr stand, und sie fragte mich genervt: „Was willst du, Kleiner?" Ich wollte schon „Mit dir vögeln" sagen, aber mir schien, dass sich das so angehört hätte, als würde ich zu ihr sagen, dass sie eine Nutte ist, und dann könnte es Zoff geben. Deshalb sagte ich „Mit dir Liebe machen".

Das brachte sie durcheinander. Eins zu null für mich, denn sie wusste nicht, ob sie mir eine runterhauen oder mich abknutschen soll. Oder ob sie einen von den Orang-Utans rufen soll, damit er mich aus dem Klub wirft.

Ich jedenfalls genoss es. Ich genoss es, dass ich sie durcheinandergebracht hatte.

Aber dann kam Yo Vanna ein bisschen zu sich und sagte: „Tut mir leid, Kleiner. Das wirst du mit dir selbst machen müssen." Was willst du machen, sie war doch ein bisschen stärker als ich.

Ich wollte zu ihr sagen: „Ich werde an dich denken, wenn ich mich liebe", aber da war sie schon abgerauscht. Das war aber noch nicht das Ende der Geschichte. Deshalb, weil wir uns zwei Wochen später wiederbegegnet sind. Dieses Mal hing ich mit Nebojša am Tresen, und sie kam vorbei und blieb stehen, um mich anzusehen. Anscheinend hatte sie sich erinnert, wer ich war. Sie war anders als beim ersten Mal. Betrunken oder noch was anderes.

„Was ist?", fragte sie. Und ich lachte sie wieder an. Genauso dumm wie beim ersten Mal. Ehrlich gesagt, wusste ich nicht, was ich ihr sagen sollte. Und sie flüsterte mir ins Ohr: „Dann komm."

Ich glotzte sie an wie ein Kalb und brachte nur ein „Was?" heraus.

„Dass wir Liebe machen", sagte sie, und als sie das gesagt hatte, lief alles wie von selbst. Sie nahm mich an der Hand und führte mich wie ein Hündchen zu ihrem Auto und dann mit dem Auto zu sich nach Haus. Und dort hat sie mich gefickt. Ja, nicht ich habe sie gefickt, sie hat mich gefickt.

Sie war auf irgendwas, hundert Prozent war sie das. Weil sie wie ein Roboter war. Zieh dich aus, leg dich hin, nimm meine Titten, meinen Arsch, so, so, leck noch ein bisschen, gut, hör auf.

Als wir fertig waren, war Feierabend. Sie lag wie tot neben mir und heulte.

„Wenn du das wem erzählst, werd' ich wen bezahlen, dass er dich umbringt."

Das sagte sie, und man konnte sehen, dass sie es ernst meinte. Dass sie im Arsch war. Nur ich hatte kein schlechtes Gewissen. Sie hatte mich genauso benutzt wie ich sie. Sie hatte es selbst gewollt. Sie hatte „Dann komm" gesagt und hatte mich selbst hergebracht und mich selbst gefickt. Und sich selbst unter Drogen gesetzt.

Aber ich habe niemandem von ihr erzählt. Zumindest nicht sofort. Später ja, aber das hat mir sowieso niemand geglaubt. Denn da war sie schon verheiratet und waren alle diese komischen Geschichten über sie im Umlauf.

Nach Yo Vanna gab es noch andere, etwas andere, und etwas gleiche. Zumindest die, bei denen ich es schaffte, Verwirrung zu stiften. Und solche, die im Arsch waren. Ihr am ähnlichsten war die Schlampe von Mitar Spasić. Die Tante Zorica die Hochzeit ihrer Tanjica verdorben hatte. Die Schlampe war auch eine Yo Vanna. Als die noch Jovana war. Denn wahrscheinlich hatte auch Yo Vanna so angefangen, dass sie einem alten Knacker die Eier leckte.

Aber Spasićs Schlampe habe ich nicht gesagt, dass sie mir gefällt. Und ich habe ihr nicht gesagt, dass ich Liebe mit ihr machen möchte. Sie habe ich gefragt: „Ist dir langweilig?" Und ihr dann vorgeschlagen: „Ich kann dich ein bisschen unterhalten." Aber das brachte sie nicht durcheinander, sondern machte ihr Angst. Angst, dass Spasić sie sieht, wie sie mit mir spricht.

Der alte Mitar tanzte Kolo. Der Schnaps strömte ihm aus allen Poren, rann ihm von der Stirn und vom Bauch und von überall. Spasić wusste nicht einmal, dass er ein Flittchen hatte. Er wusste gar nichts mehr. Trotzdem war ich mir sicher, dass das Flittchen es nicht wagen würde, sich vom Tisch wegzubewegen. Ich hatte sie nur verarscht. Ich wollte nichts von ihr.

„Studierst du? Magst du Theater? Hast du *Kod amidže Idriza* gesehen?", und ähnliche Scherze, bis es sie anödete.

„Was willst du?", fragte sie mich, und ich sagte: „Vögeln." Es war mir so herausgerutscht.

Sie hatte schon eine Stunde oder noch länger allein am Tisch gesessen, Spasić hatte ihr die ganze Nacht keine Beachtung geschenkt, und auch kein anderer, denn sie ging allen auf den Sack. Weil all denen, die Spasić tagsüber den Arsch leckten, die Frauen auf den Sack gingen, die ihm nachts die Eier leckten. Und als sie sah, dass Spasić außer Gefecht gesetzt war und sie keine Angst mehr zu haben brauchte, fragte sie mich nur: „Wann?"

Ich fand es lustig und konnte ein Grinsen nicht unterdrücken. Die Schlampe war wirklich eine Schlampe. „Jetzt", sagte ich, und die Schlampe schenkte sich ein Glas Wasser ein, trank es aus und stand auf.

Es war wirklich ohne Sinn und Verstand. Ich rächte mich an Spasić, und sie sich an ihm und an allen anderen. Ich wegen meiner

Tante, und sie für wer weiß wen. Aber vielleicht habe ich ihr auch gefallen.

Wir gingen zusammen vom Tisch langsam über die Tanzfläche, vorbei an dem Kolo mit meinen Verwandten und mit Mitar Spasić, und dann noch langsamer zum Ausgang, vorbei an den Kellnern und an Tante Zorica und an Dragiša und Jovan, die vor dem Restaurant in der frischen Luft standen oder was. Wir gingen langsam, so als ob ich ihr helfen wollte, etwas aus dem Auto zu holen. Ich machte mir auch nicht die Mühe, mir etwas Sinnvolleres auszudenken, eine Geschichte zusammenzubasteln und so. Ich hatte absolut keine Lust, irgendwelchen Blödsinn abzusondern.

*

„Da hast du was verpasst, Đorđić, Mann! Wenn du gesehen hättest, wie die beiden Slowenen in Saft gegangen sind!"

Aco und Dejan warteten vor Radovans Opel. Keiner fragte, wo ich gewesen war, weil ihnen das am Arsch vorbeiging. Dejan starb vor Schmach und Schande, und Aco war auf Adrenalin. Glücklich wie ein Kind an der Titte.

„Scheiße, die haben wirklich gedacht, ich will sie verprügeln. Und der Debile hier: ‚Beruhige dich, Aco, beruhige dich.' Und dann dreht er sich zu ihnen um: ‚Es ist okay, wir gehen, es ist okay.' Und die beiden machen auf gefährlich, aber du siehst, dass sie sich anscheißen. Dann fängt einer an: ‚Was ist? Was wollt ihr?' Ich musste ihnen ein bisschen drohen: ‚Was, was wollt ihr? Dir ein Loch verpassen wie einem Luftballon, Fettwanst, das will ich!' Wenn du den hier gesehen hättest, was für einen Anfall der gekriegt hat! Ich dachte, ich sterbe: ‚Verdammt, Aco, du wirst dich nicht in diesem Lokal prügeln, das erlaube ich nicht!' Genau das hat er gesagt. ‚Das erlaube ich nicht! Das erlaube ich nicht!' Totaler Schwachsinn. Er erlaubt mir nicht, dass ich mich in diesem Lokal prügle. Soll ich in ein anderes Lokal gehen, oder was? Das totale Chaos. Aber die beiden wurden irgendwie mutig und einer von den beiden sagte zu Dejan: ‚Lass ihn los.‘ Als ob er mich loslassen würde, dass mich die beiden vermöbeln. Wirklich komisch, der Kerl. Ich meine, ich wusste nicht, wer von den beiden Slowenen komischer war. Und dann sagte noch wer, ob wir bitte schön nach draußen gehen könnten. Bitte schön … Er hat uns tatsächlich schön gebeten. So ein feiner Herr war das, aber die beiden Fettsäcke zischen ihn an, dass sie nicht schuld seien. Wahnsinn, Alter. Und der Idiot sagt: ‚Nein, nein, wir beide gehen raus!‘ Und fängt an, mich rauszuzerren. Weißt du, was ich gemacht habe? Ich konnte mir nicht anders helfen. Weißt du, was ich gemacht habe?“

Nein, weiß ich nicht, Kumpel. Aber ich habe das Feeling, dass du es mir sagen wirst.

„Ich hab mich von ihm ganz bis an die Tür zerren lassen und dann angefangen, wie der größte Idiot zu schreien: ‚Lass mich, ich bring sie um! Lass mich, ich bring sie um! Ich bring sie alle um, lass mich los!‘ Du hättest ihn sehen sollen. Sein angeschissenes Gesicht hättest du sehen sollen. Der Typ kriegte nicht mit, dass ich ihn verarsche, und fing an, mich zu schieben und auf mich einzuschreien: ‚Ich lass dich nicht! Ich lass dich nicht! Wir gehen raus!‘ Oje, Mamma mia! Wahnsinn!“

„Du bist wirklich ein Kretin.“

„Du bist der Kretin, Mirtić. Du kannst nicht glauben, was für Pisser diese Slowenen sind. Kein einziger ist mir blöd gekommen, keiner hat mich zum Teufel geschickt. Alter, wenn mir so ein Bauer ins *Sombrero* reinkäme und anfinge, gegen die Tschefuren zu stänkern, würde er nicht lebend rauskommen. Aber die hier haben mich nur angestarrt. Echt, Mirtić, was stimmt mit euch nicht?“

„Fick dich.“

„Ich hab gedacht, es gibt wenigstens ein bisschen *Äktschen*, verdammt. Wenn du mir schon nicht erlaubst, dass ich deine Schwester ficke.“

Verdammt, Aco, du kannst vor ihm nicht Schwester und Ficken in ein und denselben Satz packen! Und das sind die Grundlagen des *bon ton* der Tschefuren, du Arsch!

„Verschwindet bloß …"

Durchatmen, Dejan, durchatmen! Und sag dir selbst, dass du ein Slowene bist und dass du nicht verrückt wirst, wenn jemand deine Schwester ficken will.

„Verschwindet, beide. Bitte."

Dejan war nicht verrückt geworden, aber das alles hatte ihn fix und fertig gemacht. Er konnte nicht mehr. Weder streiten noch fluchen, nichts. Er hatte keine Nerven mehr für diese Tschefuren-szenen. Er hatte sich unseren debilen Schwachsinn abgewöhnt. Er war ein normaler Mensch.

„Ich gehe, okay. Aber vorher musst du mir etwas sagen."

„Was?"

„Aber die Wahrheit."

„Was?"

„Und du sagst die Wahrheit?"

„Ja doch, ja. Was willst du?"

„Großes Ehrenwort?"

„Großes Ehrenwort."

„Bist du 'ne Schwuchtel?"

Hast du, Aco, nicht gesagt, dass man einen Mann nicht ein-fach so fragen kann, ob er eine Schwuchtel ist?

„Ob ich was bin?"

„Eine Schwuchtel. Ein Warmer. Ein Homo."

O Scheiße, Aco, sag nur noch gleichgeschlechtlich orientiert, und ich ergebe mich.

„Was?"

Armer Dejan, wirklich. Aco hatte Slovenske Konjice gerade an die zweite Stelle auf der Skala seiner größten Probleme verdrängt.

„Sieh mal, Đorđić und ich haben gewettet. Er sagt, du bist kei-ner, ich sage, du bist einer. Und jetzt frage ich dich, so als Freund, bist du einer oder nicht. Ich meine, das ist deine Sache, sowieso, und es ist mir scheißegal, ob du einer bist, ich habe nichts gegen Schwule, ich will nur nicht mit ihnen in einer Zelle stecken, weißt du?"

„Verpiss dich, Aco. Wirklich."

„Ich verarsche dich nicht. Ich frage dich ernsthaft."

Und er hat dir ernsthaft gesagt, dass du dich verpissen sollst.

„Komm, lass ihn in Ruhe, Alter."

„Ich habe nur gefragt."

„Fuck off, Stojković! Fuck off!"

Fuck off muss in Slovenske Konjice der schlimmste Fluch sein. Wenn das jemand zu dir sagt, redest du in diesem Leben nicht mehr mit ihm.

„Komm, wir fahren nach Hause."

„Kann ich meinen Kumpel etwa nicht fragen, ob er schwul ist oder nicht?"

„Kannst du nicht."

„Warum nicht?"

„Ich habe dir schon gesagt, dass man das nicht fragt."

„Aber kann ich ihn fragen, ob er eine Frau hat?"

„Das kannst du."

„Dann kann ich ihn auch fragen, ob er einen Typ hat."

„Dann frag, nun mach endlich, Stojković."

„Hast du einen Typ?"

„Nein."

„Dann bist du eine alleinstehende Schwuchtel?"

„Ich bin keine Schwuchtel. Und ich habe keine Frau."

„Genau das wollte ich wissen. War das wirklich so schwer zu sagen?"

„Ärgere dich nicht, Dejan. Du hast ein Büro und einen Kopierer. Die Mädels in Slovenske Konjice fliegen bestimmt darauf."

„Aber Typen fliegen auch darauf. Bestimmt."

„Ich hatte eine Freundin, aber wir haben uns getrennt."

„Mann, Mirtić. Komm mir nicht mit ‚Wir haben uns getrennt‘. Gib zu, dass sie dich abserviert hat.“

„Okay, Stojković. Sie hat mich abserviert.“

„So, jetzt wissen wir wirklich alles. Keine weiteren Fragen.“

Gott sei Dank.

„Aco, können wir jetzt gehen?“

„Was bist du so nervös, Đorđić! Wir können uns auch über anderes als Basketball unterhalten. Sind wir Kumpel oder nicht?“

„Gut, dann erzähl du uns noch was über die Makarovićka.“

„Was soll ich dir da erzählen? Eine verrückte Alte. Aber sie hat einen guten Arsch. Sonst noch was?“

Dejan hatte genug und ging. Er sagte nicht einmal „Okay dann“. Er konnte wirklich nicht mehr. Wenn ich ihm noch gesagt hätte, ich hätte seine Schwester gevögelt, hätte es ihm das Hirn zerfetzt.

Nur dass es ihn nicht kümmerte, wen ich vögle. Und Nataša hätte ich sowieso nicht gevögelt, weil sie keine Frau zum Vögeln war. Sie war eine von uns. Wir zwei hätten Freunde sein können, wenn sie etwas älter gewesen wäre und keine so heiße Rakete. Weil ich mich wirklich gern mit ihr unterhalten habe. Tatsächlich hatte ich schon hundert Jahre kein so lockeres Gespräch mehr mit jemandem geführt. Und das brauchte ich noch mehr als Vögeln, obwohl ich das Vögeln auch brauchte.

Schade, dass du dich mit einem Mädchen nicht entspannt unterhalten und sie daneben auch noch vögeln kannst. Oder vielleicht habe ich so ein Mädchen nur noch nie getroffen. Oder vielleicht habe ich das, aber sie ist Dejans Schwester. Und erst neunzehn.

*

Den Opel fuhr ich nach Fužine zurück, und ich trat das Gas bis zum Anschlag durch, denn ich wollte so schnell wie möglich nach Hause. Und ich wollte Aco so schnell wie möglich aus dem Opel und aus meinem Leben entfernen. Nur Aco hatte damit keine Eile.

„Was rast du so, du Arsch!"

„Musst du nicht zurück in den Bau?"

„Ja, schon. Aber was kümmert mich das, wenn ich das muss."

„Was passiert, wenn du zu spät kommst?"

„Nichts. Sie werden mir sagen, dass ich nicht mehr zu den Gesundheitschecks darf. Ich will sowieso nicht mehr zu den Untersuchungen."

„Weshalb nicht?"

„Ach, was soll ich draußen, Mann. Mit diesem Saftsack von Mirtić. Besser hab ich es da im Häfen, aber wirklich. Die Leute drinnen sind besser. Mirtić ist ein gewöhnliches Weichei. Der kapiert nicht, was Sache ist, der ist seriös geworden. Hast du ihn gesehen? Kopierer und Scanner … Mit dem kannst du nicht mal mehr vernünftig reden. Der ist nicht mehr normal, echt. Ich kenne diese Typen. Kaum kriegen die was auf die Reihe, schon ist *finito*. Alle so verkrampft, alle so ernst. Du würdest mit ihnen gern was aufziehen, geht aber nicht. Kein Kontakt. Der Job und diese Computer, die machen dich fertig, Mann. Die ficken dir ins Hirn, echt. Ich habe darüber gelesen. Das zieht dich rein, und du arbeitest und arbeitest und alles ist super, die Kohle stimmt, nur dein Gehirn ist in der Maschinerie. Da kannst du nicht mehr denken. Dejan tut mir leid, echt. Er tut mir voll leid. Aber du kannst ihm nicht helfen. Du kannst nicht für einen Tag in sein Konjice einfliegen und ihn wachrütteln und zwingen, dass er ein paar Sachen schnallt. Kannst du nicht. Wir können was zusammen trinken und ein bisschen Spaß haben, aber das ist es nicht. Denn wir gehen, aber er bleibt da. Er muss morgen wieder in dasselbe Büro, derselbe Computer, alles dasselbe. Ich meine, du kannst ja noch mal zu ihm gehen und ein bisschen mit ihm reden, aber das ist umsonst, Alter. Umsonst! Und ich kann das nicht mit ansehen. Weil ich Dejan wirklich gernhab und es mir das Herz zerreißt, wenn ich ihn sehe. Weil, das ist nicht er. Ich fühle ihn wirklich und sehe, dass das überhaupt nicht er ist. Aber du kannst ihm nicht helfen, Alter. Ich meine, wir sind alle im Arsch, ich bin im Arsch, du bist im Arsch, aber egal, du bist noch immer du, ich bin noch immer ich. Und Adi ist noch immer Adi. Aber Dejan … Nein, Alter, das mit Dejan, das ist wirklich traurig. Mir ist richtig zum Weinen, verdammt … Der Typ hat einen Kopierer, Alter. Dejan Mirtić hat einen Kopierer. Und wie alt ist er? Siebenundzwanzig. Aber sein Leben ist schon fertig. Er sitzt im Büro, er wird eine aus dem Nachbarbüro heiraten, und dann wird er ein Haus bauen und sie wird Kinder auf die Welt bringen. Eine Katastrophe, Alter, sag ich dir. Aber du warst ja dabei, du hast es ja gesehen. Den ganzen Tag hab ich versucht, ihn wachzurütteln, ihm die Augen zu öffnen, ihn zurückzurufen, den du kennst und wo du weißt, dass ein normaler Mensch in ihm steckt, wo du weißt, dass da drin dieser Dejan ist, den du gekannt hast, mit dem du Anesa begrapscht hast, mit dem du Fahrräder aus dem Fahrradladen geklaut hast und alles das … Nur du kannst nicht. Der Arsch, ich hätte ihn am liebsten gepackt und ihm ins Gesicht geschrien: ‚Mirtićuuuuuu!‘ Aber keine Chance, Alter. Keine Chance! Alles Scheiße, deine Tilly. Ihn gibt es nicht mehr. Einfach weg. O Mann. Was für ein Trauerspiel. Und was für ein Zar das war! … Erinnerst du dich, Alter, als er der Perićka den Rucksack in die Ljubljanica geschmissen hat, weil sie ihn nicht hat abschreiben lassen in Geschichte? Erinnerst du dich? Ja, das war Dejan Mirtić! Aber nicht der hier, verdammt …“

„Wenigstens ist er keine Schwuchtel.“

„Klar ist er das.“

Aco, wenn du jetzt wieder damit anfängst …

„Du hast ihn doch gesehen!“

„Was hab ich gesehen?“

„Wie ich ihn gefragt habe, ob er eine Schwuchtel ist.“

Ich habe gesehen, dass er dir eine reinhauen wollte, weil er ein Tschefur ist und ihn solche Fragen beleidigen. Und ich habe gesehen, dass er dir keine reingehauen hat, weil er Slowene ist und

Gewalt verabscheut. Und ich habe gesehen, dass er genau so klug ist, dass er weiß, dass du zurückgehauen hättest.

„Er hat dir gesagt, dass er keine Schwuchtel ist."

„Er wird ja wohl sagen, dass er keine Schwuchtel ist. Er wird nicht sagen: ‚Ja, ich bin eine Schwuchtel. Würdest du ihn mir bitte in den Arsch schieben?'"

„Was soll er dir sonst sagen, wenn er keine Schwuchtel ist?"

„Alter, ich habe ihm in die Augen gesehen und ich habe sie gesehen."

„Was hast du gesehen?"

„Die Schwuchtel. Total!"

Und was, wenn Dejans Augen zwei kleine Spiegel waren, was dann, Aco?

„Okay, du hast eine Schwuchtel gesehen."

„Sowieso hab ich die gesehen!"

Gut, Alter, du hast eine Schwuchtel gesehen. Ich gebe auf.

„Alter, ich kenne diese Schwuchteln in- und auswendig. Aus dem Häfen und von überall. Du fragst ihn, ob er eine Schwuchtel ist, und siehst ihm in die Augen. Und du siehst, dass er eine Schwuchtel ist. Du siehst, wie er dich anlügt, dass er keine ist."

„Du hast wohl einen Lügendetektor im Kopf, was?"

„Alter, im Häfen gibt keiner zu, dass er eine Schwuchtel ist. Keiner ist so verrückt, weil er weiß, dass ihn alle drankriegen. Aber du musst wissen, wer eine Schwuchtel ist und wer nicht."

„Dass er dir nicht von hinten kommt, wenn du dich nach der Seife bückst?"

„Sieh mal, Alter, ich habe nichts gegen diese Schwuchteln. Die gehen mir am Arsch vorbei. Eigentlich tun sie mir leid. Alter, kannst dir vorstellen, dass du ihn einem Typ in den stinkenden Arsch schiebst? Aber sollen sie, wenn es ihnen Spaß macht, sollen sie meinetwegen Zebras und Giraffen vögeln. Nur sag es mir, damit ich es weiß. Aber was, wenn dir keine Schwuchtel sagt, dass er eine Schwuchtel ist. Keine Schwuchtel kommt schön daher und sagt zu dir: ‚Hallo, ich bin eine Schwuchtel. Ich stehe auf dich. Freut mich.' Keiner sagt das schön, dass ich dann zu ihm sagen kann: ‚Hallo, ich bin Aco. Du widerst mich an, also komm mir nicht zu nahe' oder: ‚Hi, ich bin Aco, alles cool, nur wenn du mich anrührst, bist du tot.' Kapiert? Sie lassen dir keine Wahlmöglichkeit, Alter. Das ist das Problem. Deshalb musst du lernen, sie zu erkennen. Und ich sage dir, du kriegst ganz schnell ein Feeling dafür. Du spürst es."

„Und du hast Dejan gespürt? Du hast ihn richtig gespürt? Du hast ihn voll gespürt?"

„Du musst mir ja nicht glauben."

„Ich glaube dir auch nicht."

„Ach, schieß in den Wind!"

Schieß in den Wind? Du Arsch, Aco, ich habe gedacht, ihr Kriminellen seid total unsensibel, ihr seid Roboter, verdammt! Du weißt ja, dickes Fell und so, weil ihr alle Rambos seid und schon alles gesehen und erlebt habt, einfach alles. Du bist so sensibel wie ein Stück Scheiße, wie Radovan sagen würde.

„Was fällt dir ein?"

„Ach komm, Đorđić."

„Was bist du jetzt beleidigt, du Arsch! Willst du, dass wir uns prügeln und dass der, der gewinnt, recht hat? Wenn du mich verwichst, ist Dejan eine Schwuchtel, und wenn ich dich, ist er keine. Willst du das?"

„Ach, leck mich."

„Soll ich bei der nächsten Tankstelle von der Autobahn runterfahren? Willst du das?"

„Okay! Fahr runter!"

„Gut. Ich fahr runter!"

*

Es gibt nur einen Grund, warum Aco und ich uns nicht geprügelt haben, und der ist, wenn du von Slovenske Konjice nach Ljubljana fährst, kommt eine Million Jahre keine Tankstelle. Mindestens zwanzig Minuten sind wir gefahren, bevor die erste Tankstelle auftauchte, nur da hatten wir Dejan Mirtić und seine Schwuchtelei schon vergessen.

Inzwischen hatte ich bereits heraus, wie alt Aco gewesen war, als er Marina die Vorlesung aus dem Fach Hausordnung hielt. Sechste, siebte Klasse? Um die zwölf war er damals, glaube ich. Wir beide kommen aus der Schule, und Marina wischt vor dem Aufzug den Boden auf. Und Aco fährt aus der Haut wie Radovan. Er jagt die arme Marina in die Wohnung und sagt zu ihr, sie habe sich binnen sofort an den Tisch zu setzen. Und dann hat er ihr seinen Vortrag gehalten. Nein, er war noch nicht zwölf, er war weniger. Es war nur so, dass ihm bereits alles klar war. Er wusste bereits alles.

Er wusste, dass Marina nichts auf dem Boden vor dem Aufzug zu suchen hatte, denn der gehörte zum ganzen Block, und er hatte keine andere Mutter gesehen, die da putzte. Schon damals war Aco so klug wie jetzt. Derselbe Patient. Er war so klug, dass einem der Kopf wehtat. Und da kannst du mich erschlagen, ich weiß nicht, von wem er das hat. Von Marina sicher nicht. Hätte er mit Radovan zusammengelebt, wäre mir das klar gewesen, aber Aco hatte keinen Radovan. Er hatte eine Tante und eine Oma in Serbien und eine Cousine in Norrköping, und das war's. Gene sind ein Wunder, du kannst mir glauben, dass sie das sind.

„Kriegst du wirklich keinen Zoff, weil du zu spät kommst?"

„Ach wo, Alter. Wann habe ich schon die Gelegenheit, mich mit meinen alten Kumpels zu treffen? Mit dir und mit der Schwuchtel Mirtić? Nie, Alter. Da mussten wir ein bisschen überziehen, oder?"

Ich sah ihm in die Augen, um zu sehen, ob ich etwas spürte. Und ich spürte, dass er nicht übertrieb. Ich spürte, dass es ihm wirklich leidtat, dass dieser Ausflug zu Ende war.

Verdammter Aleksandar Wichsenko. Nur das fehlte noch, dass er mir hier anfängt zu flennen.

„Du weißt ja, wo ich bin, Đorđić. Komm mal vorbei auf einen Kaffee."

„Mach ich."

„Komm wirklich. Damit wir ein bisschen reden."

„Okay."

„Und bring die Schwuchtel Dejan mit. Damit wir ihn ein bisschen aufziehen."

Ich hielt vor der Polizeistation in Moste. Um ihn denen zurückzugeben. Für immer.

„Aco?"

„Was ist?"

„Würdest du noch ein Bier?"

„Ich könnte eine ganze Brauerei leertrinken!"

14. Weshalb Tschefuren glücklich sind, wenn sie Ćućić kennen

Ranka holte mich aus dem Koma. Es war Viertel nach acht, und Radovan musste um neun im Krankenhaus sein. Er hatte bis acht auf mich gewartet, dann war er losgegangen. Allein. Als Ranka wieder aus dem Badezimmer kam, war er nicht mehr da. Sie rief ihn am Handy an, aber er meldete sich nicht. Zum ersten Mal im Leben schrie sie vom Balkon hinunter, aber Radovan marschierte schon in Richtung Bushaltestelle und tat so, als würde er sie nicht hören. So wie früher Adi getan hatte, als würde er Samira nicht hören.

„Ich weiß nicht, warum er nicht mit dem Auto gefahren ist."

„Deshalb, weil die Schlüssel bei mir sind."

„Vielleicht hat er ein Taxi genommen."

Er ist nicht mit dem Taxi gefahren, Ranka. Du weißt besser als ich, dass Radovan Taxifahrer hasst.

„Wer hat das schon mal gesehen, mit dem Autobus zur Operation fahren."

Ja, Ranka, es ist traurig. Dass ein erwachsener Mann von gut sechzig niemanden hat, der ihn ins Krankenhaus fährt. Dass er wie das letzte Waisenkind den Bus nehmen muss. Aber ist es meine Schuld, wenn er mich nicht aufwecken wollte? Und wenn er das aus Trotz macht, weil ich um fünf Uhr morgens nach Hause gekommen bin?

Wenn du mich fragst, wollte er allein fahren, nur der Gedanke an Radovan, der mit einem Beutel mit Hausschuhen und einer Reserveunterhose im Schoß im Bus sitzt, machte mich trotzdem traurig.

„Ich gehe ihm nach."

„Jetzt ist das zwecklos. Wenn sie ihn aufs Zimmer bringen, lassen sie dich nicht mehr zu ihm."

„Sie bringen ihn nicht sofort aufs Zimmer. Du weißt, wie sie sind. Sie lassen ihn erst mal warten."

Ich wollte sofort gehen, aber ich stank noch immer fürchterlich, also ging ich erst mal duschen.

„Weißt du, wo du hinmusst?"

„Nein."

„Auf die Onkologie. Zu Doktor Birgmajer. Das ist ..."

„Ich werde es googeln."

Ich zog mich an und stürmte hinaus. Das einzige Problem war, dass ich nicht googeln konnte, wo ich den Opel gelassen hatte.

*

Als Radovan zum ersten Mal nach Großvaters Tod nach Topuzovo Polje fuhr, war er ungewöhnlich ruhig. Drei Tage lang war er dort und schrie kein einziges Mal herum. „Er ist richtig komisch", sagte Oma. „Wenn er mir bloß nicht krank ist?", fragte die Tante. „Ist er so auch in Slowenien?", fragte die Cousine, und ich sagte, ja. Um sie zu beruhigen. Radovan war ungewöhnlich schweigsam und tagelang damit beschäftigt, den Schuppen leer zu räumen, Holz zu hacken und Omas Kuh Kozara zu melken. Er stand vor allen auf, trank seinen Kaffee und ging zu Fuß nach Ravne, zum Friedhof. Alles allein.

Am letzten Tag zog er das Kaffeetrinken etwas in die Länge. Er schlürfte und schlürfte und wartete darauf, dass ich aufwache. Als ich aufstand, sagte er, wir würden gemeinsam zum Friedhof gehen. „Lass ihn zuerst frühstücken", sagte Oma, aber Radovan tat so, als hätte er sie nicht gehört. „Ich warte draußen auf dich", sagte er und ging, um draußen auf mich zu warten. Oma drückte mir eine Scheibe Brot und ein Stück Braten in die Hand und sagte: „Beeil dich, du siehst, wie er ist."

Radovan stand vor dem Haus wie eine Marienstatue. Ich weiß nicht, ob ich ihn jemals so regungslos habe stehen sehen, ohne auf der Stelle herumzutrippeln, als müsste er pinkeln. Aber sofort, als ich rauskam, sagte er „Gehen wir" und marschierte los in Richtung Friedhof. Er ging ein paar Meter vor mir, als wäre er ein Hadschi und ich seine *hanuma*. Wir gingen an Vela vorbei zum ehemaligen Unprofor-Stützpunkt und bogen dort ab Richtung Ravne.

Zum ersten Mal hielt Radovan nicht dort an, wo früher der Brunnen gewesen war, den Urgroßvater gebaut hatte, und wo sie jetzt in die Sunca-Pyramide einen Tunnel gruben, und sagte sein „Scheiß auf Gott und die Pyramiden!". Zum ersten Mal gingen wir auf den Friedhof, ohne dass er mir erklärte, dass sie schon als Kinder durch diese Röhren geklettert seien, mehr als fünfzig Jahre, bevor Semir Osmanagić sie angeblich entdeckt hatte. Das war ein neuer Radovan. Nicht einmal die Pyramiden gingen ihm auf die Nerven.

Auf dem Friedhof wurde mir jedes Mal schlecht, wenn ich den Dreck in den Büschen, die weggeworfenen Kondome und das kaputte, rostige und morsche Tor sah. Der Friedhof war zugewachsen, und die meisten Gräber waren wegen dem hohen Gras überhaupt nicht zu sehen, die Kirche mitten auf dem Friedhof war im Krieg niedergebrannt. Und statt des Rauschens der Bäume hörte man jetzt die Touristen aus dem Pyramidenpark.

Radovan setzte sich auf die Bank neben Opas und Omas Grab. Drinnen lag nur Opa, aber alles war vorbereitet, dass sich auch Oma neben ihn legte. Wenn ihre Zeit kam. Auf dem Grabstein waren schon ihr Bild und ihr Geburtsjahr. Du fügst einfach das Todesjahr hinzu und „Ciao, Oma, lieg da und freu dich".

Radovan nestelte eine Schachtel Zigaretten aus der Tasche, steckte sich eine an, machte ein paar Züge und steckte dann die Zigarette Opa ins Grab. Opa hatte in den letzten Jahren nicht mehr geraucht, weil er angeblich auf seine Gesundheit achtete. In Wirklichkeit hatten Tante, die im Gesundheitszentrum arbeitete, und Oma ihn nicht gelassen. Aber jetzt war er sowieso tot, und alle gönnten ihm einen Zug. Sogar Oma.

Radovan zündete sich noch einen Tschick an. Ich sagte ihm nicht, dass ich nicht wusste, dass er raucht. Einmal hatte ich es zu ihm gesagt und nie wieder. Jetzt rauchte er langsamer als damals. Er rauchte, als würde er mit Genuss rauchen. Aber das war kein Genuss. Denn es kann kein Genuss sein, am Grab deines Vaters zu rauchen. Oder es kann einer sein, was weiß ich. Für die Tschefuren kann alles Genuss sein.

Ich stand am Grab, und als ich genug hatte, da zu stehen, fing ich an, das Unkraut vom Grab zu zupfen. Ein paar Tage zuvor war ich mit Tante hier gewesen und hatte alles ausgezupft, nur Unkraut gibt nicht auf. Es wächst. Aus dem Sand, aus dem Stein, aus Opa. Aber wenigstens hast du was zu tun, wenn du ans Grab kommst. Denn wir Đorđićs sind wie die Kommunisten, wir zünden keine Kerzen an, und wir veranstalten auch keine Fressorgien wie andere Serben, dass du dann am Grab nur ins Leere glotzen kannst. Oder eben Unkraut zupfen.

Ich meine, du kannst dich auch unterhalten, aber wir Đorđićs unterhalten uns nicht. Die Alten erzählen auf dem Friedhof manchmal Geschichten von Großvater, aber die Übrigen sind nur still. Die Tante erzählt eigentlich jedes Mal, wie Opa sie jeden Montagmorgen auf seinem Fahrrad zum Bahnhof gebracht hat, damit sie nach Sarajevo studieren fahren konnte. „Das ist ihm nie schwergefallen", sagt sie und fängt an zu flennen. Und während sie flennt, rupft sie Unkraut aus.

Radovan ist einfach still und raucht. Gewöhnlich sieht er sich, wenn er fertig geraucht hat, ein wenig um, um zu sehen, ob ihm jemand auf die Nerven geht, etwas neu Kaputtes oder irgendwelcher neuer Dreck, damit er dann „Die Leute sind Rindviecher!" sagen kann. Dann geht er zurück nach Polje, weil er das nicht mehr mit ansehen kann.

Heute sitzt er nur da. Er hat längst fertig geraucht, aber er hält den Tschick noch immer in der Hand, weil er ihn nicht in die Büsche werfen will wie diese Leute, die Rindviecher sind. Vermutlich will er ihn mit nach Hause nehmen und ihn dort in den Müll werfen. Deshalb wälzt Radovan diesen Tschick in seinen Händen, sitzt da und schweigt. Und dann sieht er plötzlich mich an. Und fragt: „Weißt du, wer die Kirche niedergebrannt hat?"

Hundertmal habe ich diese Geschichte schon gehört, und jedes Mal überkommt es mich, dass ich „Die Unprofor!" sage und ihn damit so wütend mache, dass ich sie mir nicht mehr anhören muss. Aber ich kann ihn nicht wütend machen, denn wir sind ja an Opas Grab. Also fängt Radovan an, die Geschichte zum hunderteinten Mal zu erzählen und zum hunderteinten Mal erzählt er sie so, als hätte er sie noch nie erzählt.

„Es waren drei. Zijo, Dževad und Rasim. Zijo ist der aus Zimča. Früher hat er zusammen mit Mile gearbeitet, der gegenüber von Blagoja wohnt. Dževad ist aus Arnautovići, Mehas Cousin. Und Rasim ist mit mir zur Schule gegangen, wir haben zusammen Fußball gespielt. Wir waren echt gut, beide. Als sein Sohn Mensur geboren wurde, haben wir unten in Moštre was getrunken, wir haben uns einfach unter den Tisch gelegt, an dem wir gegessen hatten, und sie konnten uns bis zum nächsten Morgen nicht wegräumen. Der alte Čengić, dem die Kneipe gehörte, schloss ab und ging heim. Sie waren zu dritt. Und man hat nie erfahren, wer von den dreien die Kirche angezündet hat, aber man weiß, dass es einer von ihnen war. Nur die drei wussten, wer von ihnen derjenige war, der das Feuer gelegt hat, aber keiner wollte es sagen. Und jetzt können sie es nicht mehr sagen, denn alle drei sind gestorben. Dževad ist als Letzter gestorben, letztes Jahr im April."

Radovan steckte sich noch einen Tschick an, und mir wurde klar, dass wir zum Reden hergekommen waren. Über Alma. Rasims Alma. Über meine und Rasims Alma. Und es war mir sofort klar, dass ich ausgeschissen hatte. Dass auch Radovan auf ihrer Seite war. Dass er genauso ist wie Onkel Dragiša und all die anderen. Dass ihm das mit Alma auch nicht passt.

„Ich meine, du bist noch jung, das ist nichts Festes, aber …"

Was aber? Hier gibt es kein aber, Radovan. Ihr Alten habt euch gegenseitig abgeschlachtet, und ich soll jetzt eure Scheiße fressen, was? Was habe ich mit all dem zu tun? Mit niedergebrannten Kirchen und zugewachsenen Friedhöfen? Was hat Marko Đorđić aus Fužine damit zu tun? Was hat ein gewöhnlicher neunzehnjähriger Tschefur oder Janez, oder was immer ich bin, damit zu tun?

„Ich meine, es ist nicht wegen der Kirche, das weißt du. Ich hätte sie auch selbst angezündet, scheiß auf die Kirche und die Popen und alles. Aber wenn ich daran denke, wer die Kirche angezündet hat, könnte ich vor Wut krepieren. Ich könnte sie …"

Was, Radovan? Was könntest du? Rasim ist tot. Er ist vor langer Zeit in den *ahiret* übersiedelt. Er kommt auch bei den Totengedenken nicht mehr vor, geschweige denn woanders, wie Oma sagen würde. Der Krieg ist vorbei, Radovan. Was verbrannt ist, ist verbrannt. Wer krepiert ist, ist krepiert. Ob von einer Kugel, ob vor Qual oder wegen einer Schweinerei, spielt keine Rolle. Wenn man tot ist, ist man tot.

„Auf der einen Seite geht mir Dragiša auf die Nerven, weil er sich einmischt … Ich meine, wer ist er, dass er dir sagt, was passt und was nicht … Was geht ihn das an …"

Und auf der anderen Seite, Radovan?

„Auf der anderen Seite … Auf der anderen Seite kann ich nicht. Verdammt, entschuldige, aber ich kann da nicht einfach drüber weggehen … ich meine, nicht bei dir … sondern bei ihnen …"

Das hatte er mit einer anderen Stimme gesagt. Als würde nicht er sprechen. Als käme auch seine Stimme von der anderen Seite. Als würde Opas Grab durch seinen Mund sprechen.

Er stand auf. Er schnippte die zwei Tschick in die Büsche wie die Leute, die Rindviecher sind, und ging in Richtung Kirche. Er wollte nach Hause, aber nicht auf dem Weg, auf dem wir gekommen waren, sondern auf dem anderen, durch den Wald, über den Schotter. Auf dem überwachsenen Weg, der seit dem Krieg nicht mehr ausgetreten worden war. Und deshalb würden jetzt wir beide ihn austreten.

*

Radovan marschiert vom Friedhof herunter wie die Partisanen über den Igman, und ich laufe ihm hinterher, nur verliere ich ihn ständig aus den Augen. Ich weiß, dass er hier irgendwo ist, vor mir, nur bin ich mir nicht ganz sicher. Ich muss nur noch durch diese Büsche, dann werde ich ihn sehen, aber er ist nirgends. Denn diese Onkologie ist wirklich groß und sie ist ein Gestrüpp und du kannst dich nicht durchschlagen, weil ich nicht mehr weiß, ob mir der Pförtner gesagt hat, zweiter Stock rechts oder dritter Stock links. Nichts weiß ich, ich weiß nur, dass ich Radovan nicht sehe, und ich laufe immer schneller, um ihn zu erwischen, weil ich nervös bin, dass sie ihn mir vor der Nase wegbringen. Fast renne ich durch die Gänge, ich kämpfe mich von Stockwerk zu Stockwerk, nur Radovan ist schneller als ich, weil er von etwas verfolgt wird. Radovan flüchtet in Wirklichkeit vor mir. Weil sich Radovan für das schämt, was er an Opas Grab zu mir gesagt hat. Es tut ihm leid, dass er das zu mir gesagt hat, und das ist es, was ihn antreibt, wegen dem flüchtet er. Und die Flure auf der Onkologie sind unpassierbar. Für Radovan ist es leichter, denn er kennt den Weg, er ist ihn schon gegangen, ich gehe ihn zum ersten Mal, ich bahne ihn mir ganz neu, meinen Weg, und schlage mich durch zu Radovan. Aber er flüchtet vor mir, weil er sich da draußen auf dem Friedhof in Wirklichkeit ausgejammert hat. Und ich kämpfe mich schon fast zehn Jahre durch dieses Gestrüpp. Weil Radovan damals nicht auf ihre Seite getreten ist, sondern mir nur von seiner Qual erzählt hat und dann weggelaufen ist. Vor mir weggelaufen, und vor seiner eigenen Qual. So wie er jetzt vor mir wegläuft und sich in dieser verdammten Onkologie versteckt. Wo bist du, Radovan? Ich fick dir dein Weglaufen! Dein ganzes Leben bist du auf der Flucht, nicht wahr? Weil du nichts anderes kannst als weglaufen. Wenn es eng wird, kriegst du es mit der Angst und rennst weg, nicht wahr? Seit jeher ist Radovan nur auf der Flucht, und deshalb flüchte auch ich. Denn wir beide sind in Wirklichkeit gleich. Keiner von uns hat die Eier, stehen zu bleiben, dem Dreck in die Augen zu sehen und „Verschwinde!" zu sagen. Zwei Hosenscheißer, das sind Radovan und ich. Nur weiß keiner, welcher der größere ist.

*

Als ich mich durch das Gestrüpp durchgekämpft hatte und zur Straße hinuntergekommen war, war Radovan schon bei Vela. Und als ich beim Haus von Opa und Oma ankam, stieg er schon in den Opel, um nach Visoko zu fahren und Refik zu treffen. Und dann, als er aus Visoko zurück war, musste er auf die Schnelle was essen und seine Sachen packen und nach Ljubljana zurückdüsen, damit ihn die Nacht nicht vor Slavonski Brod erwischt. Und als Radovan seine Sachen in den Opel gepackt und nachgesehen hatte, ob er seinen Pass und die grüne Versicherungskarte und alles hat, und es nicht wagte, mich anzusehen, war ich so wütend auf ihn, dass ich ihn hätte erwürgen können. Und wütend bin ich bis heute.

Aber heute war ich zum ersten Mal seit zehn Jahren nicht wütend auf Radovan. Heute tat er mir nur leid. Und zum ersten Mal seit zehn Jahren war ich auch auf mich nicht wütend. Es tat mir nur leid, dass ich der gleiche Hosenscheißer bin wie Radovan. Dass ich Radovans Spiegelbild bin. Dass ich genauso angeschissen bin wie er.

Ich fand ihn im Wartezimmer im dritten Stock. Er nickte mir zu, als wäre es das Logischste, dass er schon da ist und ich ihm nachgekommen bin. Ich nickte zurück und setzte mich neben ihn. Und dann saßen wir schweigend nebeneinander und warteten.

Ich weiß nicht, worauf wir warteten. Vielleicht auf die Operation, vielleicht auch darauf, dass unser Leben vorübergeht und wir endlich aufhören, vor Angst zu zittern. Dass wir aufhören, voreinander und vor allem anderen davonzulaufen. Wie der Vater, so der Sohn. Zwei verängstigte kleine Hündchen, die knurren und bellen.

*

„Was haben sie gesagt?"

Ich hatte noch nicht einmal die Schuhe ausgezogen, als mich Ranka schon aus dem Hinterhalt überfiel.

„Was haben sie gesagt, wann werden sie ihn operieren?"

„Nichts haben sie gesagt."

„Wie, sie haben nichts gesagt!"

„Vielleicht haben sie ihm was gesagt. Mir haben sie nichts gesagt."

„Und hast du sie gefragt?"

Ja, ich weiß, Ranka, ich hätte sie das fragen sollen, nur ich habe Radovan gesagt, dass alles gutgehen wird, und ich habe ihn angefleht, er solle sich auf dieses Bett auf Rädern legen, weil es nicht logisch ist, dass einer zu Fuß zur Operation geht, und ich habe überlegt, was ich ihm noch sagen soll, damit er aufhört, immer seinen Kopf durchsetzen zu wollen und den Krankenschwestern auf den Nerven herumzutrampeln, damit sie ihn zusammen mit dem Bett nicht aus dem Fenster schieben.

„Was spielt das für eine Rolle, wann sie ihn operieren!"

„Ihr seid einer wie der andere."

„Und wenn schon."

„Wollen sie ihn heute operieren?"

„Wozu hätten sie ihn für heute bestellt, wenn sie ihn nicht heute operieren wollen? Es ist nicht in ihrem Interesse, dass er bei ihnen herumliegt."

„Was weißt du, Marko, was in ihrem Interesse ist. Sie lassen die Leute bis zu sieben Tage so liegen. Ljubica hat mir erzählt, dass ihr Duško dort tagelang gelegen und gewartet hat, dass der Arzt vom Skilaufen zurückkommt."

Es ist gut, Ranka, wir wollen es nicht übertreiben. Zu deinem Glück gibt es auf dieser Welt keinen solchen Wahnsinnigen, der dir deinen Radovan wegnehmen und ihn sieben Tage lang an deiner Stelle versorgen und füttern würde.

„Wahrscheinlich werden sie ihn heute operieren."

„Wahrscheinlich werden sie."

„Und sie haben wirklich nichts gesagt?"

Vielleicht haben sie, Ranka. Nur habe ich nicht zugehört, weil Radovan mir gesagt hat, dass ich nicht zulassen darf, dass du bei seiner Beerdigung heulst und jammerst. Nur das kann ich dir nicht sagen.

„Ich Arme, was werde ich nur ohne ihn tun?"

„Komm, hör auf ... Mama."

Ranka setzte sich auf das Schuhschränkchen. Auf dasselbe Schränkchen, auf das ich mich als kleiner Junge nie setzen durfte, wenn ich meine Schuhe anziehen wollte. Weil es ein Schränkchen war und kein Stuhl, und weil ich kein alter Gaul war, der sich nicht stehend die Schuhe anziehen kann. Und jetzt sitzt sie auf dem Schuhschränkchen und hält Generalprobe für Radovans Beerdigung.

„Was soll ich hier allein?"

„Bitte nicht, bitte. Er stirbt nicht. Sie werden ihn operieren, und alles wird gut."

Sie ist fertig, Ranka.

Jetzt, wo Radovan nicht da ist, jetzt kann sie flennen. Denn jetzt kann sie Angst haben. Weil sie nicht so tun muss, als hätte Radovan nur ein Geschwür.

„Mama! Mama, beruhige dich. Mama ..."

„Was werde ich tun ohne ihn?"

„Bitte nicht, ich flehe dich an."

In ihrem Kopf ist Radovan schon begraben und sie allein. Ranka hat gar nichts mehr auf dieser Welt. In ihrem Kopf geht sie durch Fužine wie ein verlorenes Kind und ruft nach ihrer Mutter.

In ihrem Kopf wird es dunkel, und sie weiß nicht, wo sie ist. Und nirgends jemand, der ihr hilft.

„Ich habe hier niemanden, ich habe niemanden in Visoko …"

„Komm, hör mit dieser Geschichte auf!"

Ich musste sie aufhalten, bevor sie in den Abgrund stürzte.

„Red keinen Unsinn!"

„Das würde er auch zu mir sagen."

„Wir sind ja wohl vom selben Stamm."

„Das seid ihr wohl."

„Du allein weißt, ob wir vom selben Stamm sind oder nicht."

„Verschwinde! Siehst du nicht, dass du genau so bist wie er? Sieh dich an. Die gleichen Augen, seine Augenbrauen …"

„Ganz der Radovan, ich weiß."

„Du gehst genau so wie er. Und erst wenn du sprichst …"

Ach, Ranka, was ist, das ist! Wichtig ist, dass ich gesund bin.

„Komm, Junge."

„Was ist?"

„Komm."

„Wozu?"

„Dass ich dich umarme."

Da bin ich, Ranka. Umarme du deinen Radovan.

„Oh, mein Junge."

„Es wird alles gut."

„Ich weiß. Wichtig ist, dass sie ihn aufgenommen haben. Jetzt ist er dort und wird wohl zur Operation an die Reihe kommen."

„Sein Glück, dass er keinen Tumor hat und es keine Eile hat."

„Red nicht so. Du musst ihn verstehen, Junge. Er hat Angst."

„Er hat Angst, weil er dort niemanden kennt."

„Auch deshalb, ja. Das ist unsere Strafe dafür, dass wir immer gesund waren. Diese Kränkelnden, die kennen die Krankenschwestern und Ärzte und alles."

„Und wir kennen nur Ćućić."

„Wir können glücklich sein, dass wir Ćućić kennen, Junge. Manche kennen nicht einmal ihn. Sie sind als Erwachsene nach Slowenien gekommen und haben kennengelernt, wen sie eben konnten. Sie haben hier keine Cousins und Cousinen, keine Schulkameraden, weder Mutters noch Vaters Freunde, niemanden. Deshalb rufen sie die an, die sie kennen. Aber die, die hier geboren sind und deren Eltern hier geboren sind, die müssen niemanden anrufen, oder? Auch ich habe niemanden in Visoko angerufen oder nach einer Beziehung gesucht. Bei einer so großen Familie habe ich auch nie vor einem Schalter stehen müssen. Aber dann machen die hier sich über uns lustig, was wir Tschefuren, oder was immer wir sind, alles über Beziehungen machen. Als ob sie nicht so wären. Sie kennen angeblich niemanden, sie setzen sich immer ins Wartezimmer, sind brav und warten, dass sie aufgerufen werden und an die Reihe kommen. Denkste. Ihre Ćućićs sind schlimmer als unser Ćućić. Ich kannte in Visoko Ärzte, Anwälte und Leute bei der Bank. Sie sind mit mir zur Schule gegangen, der Direktor des Gesundheitszentrums war mein Klassenkamerad, die Bankdirektorin meine Cousine … Wo immer ich hinging, brauchte ich nur die Tür zu öffnen, und schon begrüßte mich jemand und bot mir einen Kaffee an. Und habe ich mich damals über die lustig gemacht, die niemanden in der Stadt kannten außer ihren Nachbarn? Habe ich nicht. Mir haben diese Leute leidgetan. Ich hatte immer den Wunsch, ihnen zu helfen. Aber die hier … ‚Seht doch, wie sie sind! Bei ihnen geht alles nur über Beziehungen! Sie halten nur zusammen!‘ … Aber ihr haltet auseinander, nicht wahr? Ihr ohne alle Beziehungen? … Was sollen wir denn tun? Was, Junge? Wo immer ich hinkomme und sobald ich den Mund aufmache, wissen sie, wer ich bin und woher … Dreißig Jahre bin ich hier, aber es ist, als wäre ich gestern gekommen … Wenn ich ‚Guten Tag‘ sage, ist ihnen klar, dass ich eine Tschefurin bin. Dreißig Jahre immer dasselbe … ‚Lerne Slowenisch!‘ Was ich gelernt habe, habe ich gelernt. Besser kann ich es nicht. Ich kann hier noch hundert Jahre leben, aber wenn ich den Mund aufmache ... Als wäre ich debil. Eine Behinderte, was immer? Als ob ich nicht zur Schule gegangen wäre, als ob ich einen Tag lang keine Arbeit gehabt hätte. Als ob ich keine erwachsene Frau wäre ... Wären wir jetzt in Visoko, würde ich im selben Moment den Hörer abheben und den Direktor des Krankenhauses anrufen, ob ich ihn nun kenne oder nicht, und zu ihm sagen: ‚Mein Mann ist kein Stück Vieh, dass du ihn vor dem Schlachten noch ein bisschen warten lässt!‘ ... Aber hier ... Hier ist es, als ob ich nicht ich wäre. Sobald sie mich hören, sobald ich mich vorstelle, ist es, als würden sie mit jemand anderem reden, nicht mit mir, als würden sie mit einem kleinen Mädchen reden ... Sie werden mir auch den Direktor nicht ans Telefon holen, seine Sekretärin wird mir sagen, dass ich mich nicht in die Medizin einmischen soll, wenn ich nicht mal Slowenisch kann. ... Und mein Mann liegt im Sterben ...“

„Er liegt nicht im Sterben!“

„Mein Mann liegt im Sterben, und ich habe niemanden, den ich anrufen und fragen kann, wie es ihm geht. Ich habe niemanden, den ich anrufen und fragen kann, mir ehrlich zu sagen, wie es um ihn steht, wann sie ihn operieren werden ... Ich habe niemanden, den ich anrufen kann, um mit ihm von Mensch zu Mensch zu reden. Zum Glück bist du hier, denn wenn du nicht hier wärst, wüsste ich wirklich nicht, was ich allein mit mir anfangen würde. Aber auch du wirst ...“

„Was werde ich?“

„Ich weiß nicht, Marko... Je älter ich werde ... Die ganze Zeit denke ich mir, dass die Menschen nicht weggehen dürften. Dass das das Problem ist. Ich bin nicht so klug, aber mir scheint immer mehr, dass die Leute vielleicht recht haben. Vielleicht sollten wir alle dahin zurückgehen, woher wir gekommen sind. Deshalb, weil wir gar nicht hätten herkommen sollen.“

Ranka? Alles in Ordnung, Ranka?

„Warum sind wir hergekommen? Doch wohl wegen der besseren Arbeit, wegen des besseren Gehalts … Nichts ist das wert, Junge. Du gewöhnst dich vielleicht daran und lernst die Sprache und was weiß ich, aber alles das ist umsonst. Es ist umsonst, Junge. Bist du Slowene? Bist du nicht. Was zum Teufel willst du dann hier? Hier ist Slowenien, Junge."

Oh, oh, Ranka. Wohin hast du dich verirrt?

„Sieh dich an, Marko. Vielleicht hättest du nicht hier geboren werden sollen. Vielleicht hättest du woanders geboren werden sollen, von wo dich niemand vertreiben dürfte. Vielleicht sollte man den Menschen verbieten, wegzugehen. Auch die Raupe, wenn sie geboren wird, welchen Wald sie kriegt, den kriegt sie. Da sagt die Raupe nicht: ‚Dieser Wald gefällt mir nicht, ich gehe in einen anderen!‘"

Wo nimmst du jetzt die Raupe her, Mann, Ranka?

„Das Leben ist eine Lotterie. Wenn du in Bosnien geboren bist, bleib in Bosnien. Aber nein, alle hätten wir gern was Besseres, und mehr. Da gibt es angeblich in Schweden ein besseres Leben, also los, alle ab nach Schweden. Ne, mein Lieber! Schweden kann es nicht für alle geben! Bleib hier, wo du bist! Es ist, wie es ist! Du hast nicht das Glück gehabt, und fertig. Verstehst du?"

„Und warum gehst du dann nicht zurück?"

„Weil ich nichts habe, wohin ich zurückgehen könnte."

„Aber was willst du dann?"

„Ich sage dir ja, dass das hier alles verkehrt ist. Dass ich vielleicht in Bosnien hätte bleiben sollen."

„In Bosnien wäre Radovan weder zum Röntgen an die Reihe gekommen geschweige denn zu einer Operation."

„In Bosnien hätte er vielleicht keinen Tumor bekommen."

„Hätte er nicht. Weil er im Krieg draufgegangen wäre."

„Rede nicht so, Junge …"

*

Ranka hat nie gesagt, was sie über mich und Alma denkt. Sie hat das sozusagen verschlafen. Aber Bijeljina war ihre Idee. Weil Dušanka ihre Schwester ist und Dragiša ihr Schwager. Ihre Familie ist von Visoko nach Bijeljina gezogen. Radovans Leute sind hauptsächlich in Brčko, und wenn Radovan mich irgendwohin schicken würde, würde er mich zu Milojko nach Brčko schicken. Oder zu Bane nach Novi Sad. Er würde mich nie nach Bijeljina schicken. Er würde lieber krepieren, als zuzugeben, dass es Rankas Idee war. Wenn du mich fragst, hatte Radovan keinen Schimmer, was zu tun war. Er hat nur geschimpft. Unsere Verwandten haben ihn wahrscheinlich angerufen und gesagt, dass ich nicht in Visoko bleiben kann, und jeder hatte irgendwelche Ideen, was gut wäre, dass er macht, aber Radovan sind diese Ideen und die Leute mit den Ideen auf den Sack gegangen. Weil er selbst ohne Idee war, egal wofür. Er hat „Wir werden sehen" gesagt, und wenn sie es nicht sofort kapiert haben, ist er lauter geworden. „Wir werden seeeheeen!"

Ranka hat derweil mit Dušanka geredet, die ihr den Kopf gewaschen hat, dass Visoko nichts für Serben sei, und so einen Stuss. „Was tust du, wenn dieses Mädchen schwanger wird?" Das hat Dušanka sicher zu ihr gesagt, und dann hat Ranka eines Abends zu Radovan gesagt, dass sie gern hätte, dass ich nach Bijeljina gehe, zu Dušanka. Und dann hat Radovan aufgebrüllt, als hätte ihn eine Viper gebissen. Dann hat er den ganzen Abend herumgeschrien, dass sie nicht normal sei, und was habe sie hinter seinem Rücken mit Dušanka zu verabreden und was gehe Dušanka sein Sohn an und er schicke sie alle zur Hölle. Aber Ranka hat Radovan sich einfach auslärmen lassen.

Am nächsten Tag war Radovan beleidigt und den ganzen Tag stinksauer, aber am Abend im Bett hat er Ranka gefragt: „Und wo wird er deiner Meinung nach in Bijeljina wohnen?" Und Ranka hat gesagt, dass ich bei Dušanka wohnen werde, und da hat Radovan wieder zu schimpfen angefangen, weil Ranka schon alles abgesprochen hat. Ranka hat ihm gesagt, sie habe noch nichts abgesprochen, sie müsse Dušanka erst fragen, aber Dušanka sei ihre Schwester und Marko sei für sie wie ein Sohn. „Und für mich ist Marko nicht mein Sohn?", hat Radovan gebrüllt, ist aus dem Bett gesprungen und hat die Schlafzimmertür zugeschlagen.

Und dann hat wieder Schweigen geherrscht, einen Tag oder zwei. Wenn Ranka ihn gefragt hat, ob er Kaffee will, hat Radovan gefragt, was sie ihn frage, denn sie wisse alles selbst und entscheide alles selbst. Und dann hat Ranka ein bisschen geweint, denn ein bisschen Drama kann nicht schaden. Und während sie geweint hat, hat sie gesagt, dass es auch für sie schwer sei und dass sie nur daran denke, was das Beste für Marko sei. Und dann hat sich Radovan ein wenig ungut gefühlt, weil seine Frau weint, und er hat angefangen, sie zu trösten, und Ranka hat gesagt: „Was machen wir, wenn sein Mädchen schwanger wird?"

Hier hätte Ranka schachmatt sagen können, aber ihr ist entwischt, dass Dušanka recht hat und dass man an diese Dinge denken muss. Als Radovan Dušankas Namen gehört hat, sind sie in eine weitere Runde Schreien und Schweigen gegangen, denn was hat Dušanka recht zu haben und was hat Dušanka überhaupt über Marko und Alma zu sagen, und woher weiß Dušanka überhaupt von Marko und Alma, und was redet diese Dušanka von Schwangerschaft wie das schlimmste Tratschweib.

Aber da ist bei Ranka das Fass übergelaufen und sie ist Radovan angegangen, dass er nicht daran denke, wie sie sich fühlt, und dass Marko auch ihr Sohn ist. Und dann ist Radovan wieder mit seinem „Und mein Sohn ist er nicht, was?" gekommen, und es war das totale Drama. Radovan hat irgendetwas an die Wand gepfeffert, vermutlich die Fernbedienung, sodass er sie dann eine halbe Stunde lang wieder zusammensetzen und mit Klebeband reparieren konnte, während Ranka geheult hat. Und das war es dann. Radovan hat noch ein paar Mal „Was heulst du?" gefragt, aber die Debatte war beendet. Und ich bin nach Bijeljina gegangen.

Radovan hat ein paar Tage lang so getan, als wüsste er nicht, ob ich fahre oder nicht, und dann hat er zu Ranka gesagt, dass er selbst nach Visoko fahren werde, um mich umzuquartieren, damit es kein Drama wird. Dass er sowieso wegen Oma runter muss. Und Ranka hat „Mach, was du willst" gesagt und hat ihn nach Visoko fahren und dort allen erzählen lassen, dass Marko nach Bijeljina geht. Und als Oma ihn gefragt hat: „Und weshalb nach Bijeljina?", hat er gesagt, dass er, Radovan, lange darüber nachgedacht habe, was das Beste für seinen Marko sei, und dass er, Radovan, schließlich gefunden habe, dass Dragiša ihm am leichtesten einen Job besorgen könne, und dass Marko für Dušanka wie ein Sohn sei. So hat es Radovan Oma gesagt, und dann noch der Tante, und dann allen in Visoko, und allen in Brčko und in Novi Sad, und alle haben, um Radovan nicht zu ärgern, nur genickt und wiederholt: „Ja, so ist es am besten" und „Bijeljina ist okay, das ist wirklich ein nettes Städtchen."

Möglicherweise haben Oma oder Tante nur gesagt: „Er könnte auch zu Milojko", aber dann sind sich alle, um Radovan nicht zu ärgern, einig gewesen, dass Milojko eine zu kleine Wohnung hat und dass seine Sladjana anstrengend sein kann und dass in Brčko momentan die Situation schlechter sei, was die Arbeit angeht. Und zum Schluss hat jemand, vermutlich Ljubiša, gesagt: „Lass sie reden, Radovan, du hast gut entschieden! Am klügsten ist es, wenn Marko nach Bijeljina geht. Was wahr ist, ist wahr."

Und das würde am Ende ich zu hören kriegen. Von allen Verwandten der Reihe nach.

„Radovan hat gut entschieden. Das Vernünftigste für dich ist, dass du nach Bijeljina gehst. Was wahr ist, ist wahr."

15. Weshalb alle Tschefuren die gleiche *tepsija* haben

Der Ninja kochte uns Kaffee. Türkischen Kaffee. Für Sanel und mich. Von irgendwo hatte sie *fildžane* herausgeholt, und zwar die gleichen *fildžane* wie die von Ranka und Radovan. Solche für Gäste. Der Ninja ist im Grunde dasselbe wie Ranka, wenn sie Kaffee kocht. Alles ist gleich. Du kannst dich in drei *čaršafe* einwickeln, aber man sieht, dass das dieselbe bosnische Schule ist. Würdest du zum Mittagessen bleiben, würdest du wahrscheinlich *pita zeljanica* bekommen. Denn auch der Ninja macht mit Sicherheit jeden Sonntag *pita zeljanica*. In genau so einer schwarzen *tepsija* wie Ranka.

„Weißt du, woran sich Adi letztens erinnert hat?"

„An was?"

„Dass du einmal auf seiner Geburtstagsparty warst."

„Ach ja?"

„Merima! Hör dir das an, das ist lustig, echt."

Der Ninja, der auf den Namen Merima hörte, hörte zu. Weil es lustig war, nicht weil Sanel ihr gesagt hatte, sie solle zuhören.

„Adi hatte Geburtstag und hatte ich weiß nicht wen alles eingeladen, aber nur du bist gekommen. Und ich weiß nicht, wie du es geschafft hast, aber du hast dich irgendwo auf einen Kaugummi gesetzt, hier oder schon vorher. Ich glaube, du hast den Kaugummi rausgenommen, damit du die Torte essen kannst, und hast dich später draufgesetzt. Okay, egal. Jedenfalls, dieser Kaugummi hat an deiner Hose geklebt. Und dann musstest du nach Hause, aber du konntest ja nicht mit dem Kaugummi an der Hose nach Hause gehen. Dabei war dein Block gleich nebenan, und es war auch schon dunkel. Aber Adi und du, ihr habt beide angefangen, dass du nicht so nach Hause kannst, und dann bist du, oder er, ich weiß nicht, ist auch egal, auf die Idee gekommen, dass dir Adi seine Hose leiht, damit du dich umziehen kannst. Nur in seine Jeans bist du nicht reingekommen, und da hat er dir seine kurze Hose geliehen. Die fürs Turnen. Aber draußen ist Winter, Adis Geburtstag, du oben den Anorak, unten die Stiefel, und dazwischen die kurze Hose. Und so bist du nach Hause, deine Hose hast du in den Händen getragen. Damit niemand sieht, dass du einen Kaugummi am Hintern hast. Na, Merima, ist das nicht eine gute Geschichte?"

Die Ninja-Frau Merima nickte. Und vermutlich lachte sie sogar unter ihrem *čaršaf.* Sowieso entscheidet hier Sanel, was lustig ist und was nicht, sie hat keinen eigenen Sinn für Humor zu haben. Und wenn er sagt, dass die Geschichte lustig ist, hat sie zu lachen.

„Da hast du Adi. Ich denke, das ist hundert Prozent seine Idee. Besser in kurzer Hose als mit einem Kaugummi am Hintern. Aber der Mann hatte einen Anorak, der bedeckte seinen Hintern, man hätte den Kaugummi überhaupt nicht gesehen. Mann, was für ein Idiot, mein Bruder."

„Wo ist Adi?"

„Weiß ich nicht."

„Was, hat er sich immer noch nicht gemeldet?"

„Nein."

„Seit damals nicht?"

„Ja."

„Aber warte, hast du das der Polizei gemeldet?"

„Welcher Polizei? Die warten doch nur darauf, dass sie in Fužine Junkies suchen können."

„Und du bist dir sicher, dass ihm nicht was passiert ist?"

„Du bist ihm passiert."

„Ich?"

„Ja, du. Dich hat er getroffen und dann …"

Mit seinem Blick drehte Sanel beim Ninja, der in der Küche mit den *fildžane* scheppterte, die Lautstärke herunter. Damit er in Ruhe seine Meinung sagen konnte.

„Drei Jahre geht das jetzt schon mit ihm … das mit seinen Drogen … Keiner weiß besser, was das ist … Aber ich kriege ihn davon runter, garantiert … Ich habe schon gedacht, ich hätte ihn so weit, aber ich sehe, dass es noch nicht so weit ist … Es war schon ziemlich gut damit … Das Problem bei Adi ist, dass er nicht arbeiten will … Das brauchte er nicht, denn Mirsad hat ihn in Ruhe gelassen, weil mich hat er getriezt, und jetzt wird er das bei Adi besser machen … Nur, der ist nicht so … Er kriegt einen Job und geht nicht hin … Du brauchst aber etwas, um dich daran festzuhalten, dass es dich davon wegbringt … Es ist nicht so leicht, dass du etwas in dir selbst findest, wie ich den Islam, und dass du einen Fokus findest … Das ist nicht genug … Du musst dafür auch arbeiten, mit dem ganzen Körper, denn nicht nur der Kopf ist abhängig, auch der Körper ist von diesem Dreck abhängig, und du brauchst das … Ich kenne das … Kaum einer weiß wirklich, wie das ist … Und deshalb weiß ich, dass ich Adi da rausziehen werde, ich suche nur noch den richtigen Weg … Das mit dem Transporter war eine gute Sache, nur er ist zu verwöhnt … Er weiß alles besser, und nur er hat recht … Ich rede zu ihm von Gott, aber er will nicht verstehen … Ich rede ernsthaft mit ihm, und er sagt: ‚Wir haben unseren eigenen Gott, das ist Dejan Bodiroga!' … Kapierst du? Sein Kopf ist noch nicht da, wo er sein sollte … Zum Glück steckt er nicht so tief drin wie ich damals, sein Körper ist noch nicht so tief drin … Aber das Problem ist, dass er zu emotional ist … Diese Emotionen machen alles kaputt … mehr noch als bei mir … Von außen ist er der große Macher, alles cool und so, nur dass ihn alles, aber auch alles aus der Fassung bringt … zum Beispiel, dass er dich getroffen hat … das hat ihn total aus der Spur gebracht. Ich habe ihn gesehen, als er nach Hause kam … Ich wusste sofort … Ich meine, ich wusste nicht genau, was, ich hab nur gesehen, dass er … Adi ist … Du, Đorđić, du bist anders als er … Schon ich bin anders, aber er fühlt das wirklich … Er hat diese Emotionen, und die richten das

Chaos an in seinem Kopf … Dich hat er wirklich gern … Er kann es nicht so zeigen, aber ich weiß es … Du bist für ihn … weißt du … Das ist noch von der Schule her … Das ist … Diese Erinnerungen und so … Er fühlt das echt … Und das macht ihn dann fertig und er braucht was, was ihn beruhigt. Weil er sich selbst nicht beruhigen kann, er kann diese Emotionen nicht … er kann das nicht … kontrollieren … Ich meine, das ist so wie bei allen … dieselbe Geschichte bei mir und bei allen … Er, wenn er jetzt zum Beispiel Samira oder Mirsad sehen würde, das wäre genau dasselbe … Er würde verschwinden und … Diese Emotionen machen ihn fertig … Deshalb wollte ich nicht, dass du mitfährst, und nicht, weil … Gut, wenn du Adi triffst, ihr raucht ein paar Joints, das ist kein Drama, nur das zusammen, das war nicht besonders klug … dieses Karlovac …"

„Und was ist mit meinen zweihundert Euro?"

„Er hat keine zweihundert Euro. Und wenn er sie hätte, würde er sie dir nicht geben. Das hat er dir nur gesagt, damit du mitkommst."

„Das ist mir klar, Sanel. Aber ich habe noch immer deinen Transporter aus Karlovac hergefahren. Den hat nicht er hergefahren. Ich habe ihn hergefahren. Deinen Transporter."

„Ich wollte nicht, dass du mitfährst."

„Dein Bruderherz wollte es. Er hat mir zweihundert Euro versprochen."

„Was soll ich dir sagen, Marko? Mach das mit ihm aus. Ich habe nichts damit zu tun."

„Wie, du hast nichts damit zu tun?"

„Habe ich nicht."

„Wirklich nicht? Denk noch einmal nach, Sanel."

Der Ninja wartete noch immer auf den richtigen Moment, um mit dem Kaffee hereinzustürzen. Sanel hatte zwischendurch auf Pause gedrückt, und seitdem stand sie eingefroren mitten in der Küche mit der *džezva* in der Hand. Jetzt drückte er auf Play und sie kam an den Tisch. Sie goss artig den Kaffee ein, ein Ninja, wie es Gott befiehlt. Ein bisschen Sahne für mich, ein bisschen für Sanel.

„Komm, Sanel, überleg noch mal, ob du was damit zu tun hast oder nicht."

Der Ninja goss den Kaffee ein und drehte sich zu mir um. Ich meine, du konntest dir nicht hundertprozentig sicher sein, wohin sie sich gedreht hatte, aber zu achtzig Prozent sah sie mich an.

„Weshalb bist du hergekommen?"

„Merima!"

Sanel drückte wütend auf Pause, nur klemmte seine Ninja-Fernbedienung. Vielleicht musst du die Batterien wechseln, Alter.

„Weshalb bist du hergekommen, ha? Du weißt genau, dass dich Adi angelogen hat. Du weißt auch, dass wir nicht das Geld haben, um es dir zu geben. Weshalb bist du dann gekommen? Um uns ein wenig zu drohen, ja? Weil du groß und stark bist, und wir zwei klein? Ist es so?"

„Merima, sei still, Merima!"

Nichts funktionierte mehr. Er hätte nur noch mit etwas nach ihr werfen können.

„Oder bist du gekommen, weil es dir Spaß macht, Leute wie uns ein bisschen zu erschrecken?"

„Merima!"

„Lass mich! Soll er sagen, weshalb er gekommen ist! Und warum er dir in deinem Haus droht."

Sanel war außer Gefecht. Sein komplettes System war abgestürzt.

„Ich bin wegen dem Geld gekommen, falls es dich unbedingt interessiert. Ich brauche die Kohle. Mein Vater liegt im Koma."

Mein Vater liegt im Koma, habe ich gesagt. Das habe ich wirklich gesagt. Denn auch mein System war abgestürzt. Alles war abgestürzt.

„Was ist mit ihm?"

„Er hatte eine Operation … Sie haben ihm einen Tumor entfernt …"

„Und was sagen die Ärzte? Wird alles gut?"

„Wird es wohl. Sie wissen es auch nicht."

Wir entschieden uns für ein Reset. Der Ninja setzte sich an den Tisch und Sanel schenkte ihr Kaffee ein. Ich schlürfte ein wenig von meinem.

„Möchtest du was Stärkeres? Ich meine, wir trinken nichts … Aber Adi hat was in seinem Zimmer, du kannst dich bedienen … selbst …"

„Ich kann dir ein Glas bringen."

Der Ninja zeigte mir Adis Zimmer und deutete mit dem Finger zum Tisch, unter dem ein paar Flaschen standen. Der Schnaps ist immer in einer durchsichtigen Plastikflasche und kommt immer vom Nachbarn in Bosnien. Oder er ist vom Nachbarn in Fužine, der ihn vom Nachbarn in Bosnien mitgebracht hat. Ich öffnete die Flasche und roch daran. Marille. Er roch gut. Zur Not trinkbar.

Komisch war dieses Zimmer von Adi. Unterm Tisch Flaschen, an den Schränken Aufkleber von Fußballern. Frankreich 1998. Denn Adi hatte kein Album, er hat sie trotzdem gesammelt und sie dann an den Schrank geklebt. Oder Sanel hat sie angeklebt. Es könnte damals sein Zimmer gewesen sein. Thierry Henry und Zinédine Zidane und Cafu. Und Roberto Carlos. Ein paar hatte jemand halb abgerieben, dann hatte er aufgegeben. Wahrscheinlich hat Adi nervös die Aufkleber abgerieben und dabei überlegt, wo er Geld herkriegt, um sich abzufüllen.

„Was ist das?"

Vor mir auf dem Tisch lagen fünfundsechzig Euro. Und ein Schnapsglas.

„Nimm."

„Will ich nicht."

Ich schob die Euros weg und goss mir einen Marillenschnaps ein. Langsam führte ich ihn zum Mund, um sein Aroma einzusaugen, so wie es die alten Meister taten. Dann leerte ich das Glas.

Scheißleben! Wenn mir das jemand gesagt hätte, dass ich mit Wahhabiten Schnaps trinken werde.

„Bitte, Marko. Wir haben nicht mehr."

Der Ninja war im Grunde total angeschissen. Sie war auf mich losgegangen, weil sie sich angeschissen hatte, dass ich sie und Sanel mit bloßen Händen erwürgen könnte. Panik hatte sie gepackt.

Scheiß auf die zweihundert Euro. Und scheiß auf dich, Ninja, und deine fünfundsechzig.

„Ich bin nicht hergekommen, um euch zu quälen."

Sondern weshalb bist du hergekommen, du blöder Đorđić? Ha? Weshalb?

Deshalb, weil … Aber wer würde sie so, wie sie sind, nicht quälen? Sieh sie dir an. Sie hat sich hinter dem Vorhang versteckt und plustert sich auf.

„Ich wollte die Dinge nur klarstellen. Und Adi sehen."

Ja, was denn noch. Stell das in deinem Kopf klar, du Jammerlappen. Euch werde ich einen Dreck klarstellen!

„Adi hat mich verarscht, aber wir sind Freunde. Beste. Ich bin immer zu seinen Geburtstagen gekommen. Und werde jetzt wegen zweihundert Euro hier keinen Aufstand machen."

Bei wem entschuldigst du dich, du Pferd? Bei dir selbst? Bei dem Ninja? Bei Allah Pegamber? Sei bloß still, du kleines Arschloch, und verschwinde nach Hause. Gleich, ich bin schon weg. Ich will nur ihre Augen sehen.

„Scheiß auf die zweihundert Euro. Ich mach mir nur Sorgen um ihn."

Es ist okay so. Steh du nur auf und verzieh dich. Bitte, Đorđić. Aber sie wollte doch selbst, dass wir reden. Unter vier Augen und so.

„Gut, auf seine Gesundheit."

So, trink noch einen, und dann Feierabend. Kein Rumsitzen mehr. Nichts mehr hier, Đorđić. Ich will ja nichts. Nur das noch …

„Das mit meinem Vater macht mich ein wenig …"

Was ist mit dir, Đorđić? Nichts ist mir dir, du blöde Fotze. Du bist derselbe Idiot, der du schon immer warst. Und noch ein größerer, Alter.

„Gut dann, auf seine Gesundheit."

Kapierst du wirklich nicht, dass du verrückt aussiehst? Und dass das, was du jetzt tust, psychopathisch wirkt? Verdammt noch mal! Du setzt dich mit einer Wahhabitin an den Tisch, trinkst Schnaps und redest Blödsinn. Logisch, dass sie denken, dass du sie umbringen willst. Ich werde keinen umbringen, du Arsch! Ich werde nur kurz diesen *čaršaf* lüpfen, um zu sehen, ob sie noch immer so schön ist wie auf Adis Handy.

„Gut dann …"

Soso. Steh du nur auf … Keine Sorge. Alles ist gut. Ich bin supercool.

„Lass uns die Sache vergessen. Danke für den Kaffee und …"

Tu das nicht, Đorđić. Ich flehe dich an. Tu ich doch nicht. Ich tu doch gar nichts.

*

Noch immer erinnere ich mich an den ersten Menschen, der Angst vor mir hatte. Er hatte die gleichen Augen wie Merima und Sanel, obwohl er ein Berg von Mann war. Und dazu eine Bohrmaschine in der Hand hatte. Wir waren in ein Lokal eingefallen, Crnčević, Rile und ich, um sie ein bisschen zu erschrecken, damit sie ein bisschen nachdenken, ob sie wirklich ein Lokal eröffnen wollen. Erschreckt haben wir lediglich diesen armen Kerl mit der Bohrmaschine. Es war meine erste Aktion, und Crnčević hatte zu mir gesagt: „Spiel verrückt, brülle so laut du kannst, schlag gegen die Wand, wirf etwas auf den Boden." Er hatte mir auch gesagt, ich solle mir keine Sorgen machen. Er war schon hundertmal irgendwo so reingestürmt und hatte sich noch nie geprügelt, geschweige denn, dass es zu Schlimmerem gekommen wäre. „Wichtig ist, dass du groß bist und am Kopf rasiert und dass du solchen

Blödsinn brüllst, dass sie denken, du wärst unter Drogen. Schade nur, dass du nicht tätowiert bist."

Für fünfzig Mark sind wir reingestürmt, haben drei Minuten herumkrakeelt, Crnčević hat ein Brett an die Wand geworfen, und dann sind wir wieder raus. Und danach konnten wir zwei Tage lang trinken. Easy. Nur dieser arme Kerl mit der Bohrmaschine … Er hatte Arme, zweimal so dick wie meine, ein richtiger Arbeiter, aber er hat sich angeschissen, als er mich sah. Sein Herz ist stehen geblieben. Ihn kann ich nicht vergessen. Und noch immer tut er mir leid, weil er nichts damit zu tun hatte. Er hat nur seine Löcher gebohrt. Er hat für fünfzig Mark die ganze Woche Löcher gebohrt, und ich habe für fünfzig Mark drei Minuten auf ihn eingeschrien wie der größte Volltrottel, hab ihm seine Mutter gefickt und ihm gedroht, ihn umzubringen.

Wie ich das erste Mal einen Kerl geschlagen habe, ist in meiner Erinnerung eher trübe. Gute drei Monate hatte ich damals schon als Rausschmeißer im *Džungla* gearbeitet, und der Kerl war betrunken wie tausend Russen und spielte sich vor einem Mädchen auf, das die Kellnerin mit Wein angeschüttet hatte. Der Kerl machte Stress, dass wir dem Mädchen die Reinigung bezahlen müssen, und als ich ihn rausgezogen hatte, stieß er mich so weg, dass ich fast auf den Boden geknallt wäre. Der Bursche sagte nur „Hoppla", was das Zeichen dafür war, dass ich ihn verprügeln darf. Und das habe ich getan. Ich habe ihn nur schwach getroffen, er schwankte ein bisschen links-rechts, dann fiel er um, und die Kleine fing an zu schreien und alle machten Platz, weil sie dachten, ich würde ihm jetzt die Seele aus dem Leib prügeln. Ich habe mir nur die Hände abgewischt. Arbeit erledigt.

Es war nicht annähernd so interessant wie das Einfallen in die Lokale, es machte mich nur nervös. Ich erinnere mich nicht einmal an das Gesicht dieses Kerls, auch nicht an die Kleine, ich erinnere mich nur an die Leute, die danebenstanden und darauf warteten, dass ich sie ins *Džungla* lasse. Für sie war ich nur so ein

Orang-Utan, denn keiner hatte gesehen, was drinnen gewesen war und dass mich der Kerl weggestoßen hatte, sie sahen nur, dass ich einen Kopf größer war als er. Aber sowieso war ich schon daran gewöhnt, dass die Leute nicht blöd sind, auch wenn sie nicht die ganze Geschichte kennen.

*

Ranka schnarcht. Ich habe sie noch nie schnarchen gehört. Klar habe ich das nicht, weil immer Radovan neben ihr gelegen und sie übertönt hat. Aber jetzt ist Radovan im Krankenhaus und ich kann Ranka in Ruhe zuhören, wie sie schnarcht. Das ist die friedliche Nacht von Fužine. Ein wenig brummt der kleine, ein wenig der große Aufzug, alle paar Minuten rauscht ein Güterzug vorüber, und ein frisiertes Motorrad rast die Zaloška hinunter, und Ranka schnarcht. Und wenn mich gestern jemand gefragt hätte, hätte ich geschworen, dass sie nicht schnarcht.

Das ist es. Was weißt du über einen Menschen, wenn du nicht einmal weißt, ob er schnarcht oder nicht? Was weißt du, wenn du nicht weißt, wie einer atmet, wenn er schläft? Wegen Radovan habe ich Ranka weder gesehen noch gehört. Ich habe nicht gewusst, was sie denkt. Ich habe nicht gewusst, dass sie überhaupt was denkt. Nichts habe ich gewusst. Sie mussten Radovan ins Krankenhaus bringen, damit ich erfahre, wer meine Mutter ist. Dass ich ein paar Worte mit ihr wechsle und höre, was ihr durch den Kopf geht.

Ranka schnarcht komisch. Es brutzelt wie Fleisch auf dem Grill. Und ich frage mich, ob sie nur schnarcht, wenn sie wirklich down ist. Ich weiß eigentlich nicht, wer dieser Mensch im Schlafzimmer ist. Denn möglicherweise ist das gar nicht Ranka. Weil die Ranka, die ich kenne, schnarcht nicht. Und sagt nicht, dass sie in Bosnien den Direktor vom Krankenhaus angerufen und ihn alles geheißen hätte. Das da im Schlafzimmer ist eine andere Ranka. Eine Ranka, die schnarcht und sagt, dass wir alle dorthin zurückkehren müssten, woher wir gekommen sind.

Und was weißt du, vielleicht hätte es die andere Ranka lustig gefunden, wenn ich diesem Žan an der Tankstelle eine gescheuert hätte. Vielleicht hätte sie es sogar für richtig gehalten. Vielleicht hätte mich die andere Ranka verstanden, dass ich mir nicht anders zu helfen wusste. Und hätte gelacht, wenn ich Žan nachgemacht hätte, wie er mit Tränen in den Augen zittert und zu mir sagt, „Du kannst mich nicht einfach schlagen! Das geht nicht! Ich werde die Polizei rufen!" Vielleicht hätte sich die andere Ranka vor Lachen angepinkelt, wenn sie ihn gesehen hätte, wie er zittert, dass er nicht einmal die 113 wählen konnte.

Vielleicht hätte ich mit der anderen Ranka reden und ihr alles erzählen können, was in meinem Kopf vor sich geht. Vielleicht hätte ich ihr sagen können, dass ich mich manchmal nicht zurückhalten kann, dass mich etwas packt und ich ein Idiot sein und die blödesten Dinge tun muss. Vielleicht hätte mich die andere Ranka verstanden. Vielleicht hätte mir die Ranka, die schnarcht, sogar dabei geholfen, weniger ein Idiot zu sein und mich zurückzuhalten und nicht auf den armen Kassierer an der Tankstelle loszugehen. Oder dem Ninja Merima den *čaršaf* vom Kopf zu ziehen.

16. Weshalb wir Tschefuren nicht zu jammern haben

Es war Samstag, der 9. September 2017. Die K.o.-Runde hatte begonnen. Auf Slowenien wartete im Achtelfinale die Ukraine, und auf Radovan die Tumoroperation am Magen. In dieser Phase der Meisterschaft gibt es keine Favoriten mehr, jeder kann jeden schlagen, wie die Slowenen sagen würden. Und ein Tumor, der es so weit geschafft hat, ist kein Außenseiter mehr und sollte nicht unterschätzt werden. Denn das Ticket nach Hause hat er noch nicht gekauft. Alle sind noch im Spiel um das Weiterkommen, und alle werden ihr Herz auf dem Spielfeld lassen. Oder auf dem Operationstisch.

Ich schaltete den Fernseher ein, um das Spiel zu sehen. Mir war es schnurzegal, wer gewinnen würde, ich wollte nur ein spannendes Spiel sehen. Nicht, dass die Slowenen gleich mit zwanzig in Führung gehen und mir dann die Lust vergeht, weiter zuzusehen. Das Spiel sollte mich ein bisschen ablenken, damit ich aufhöre, an Radovan zu denken, und deshalb war ich für die Ukrainer.

„Wir Ukrainer!" und so. Und: „Wer nicht springt, ist kein Ukrainer!"

Ich brauchte es, dass die armen Ukrainer den weniger armen Slowenen etwas Pfeffer geben, damit die Schlussphase nervenaufreibend wird und meine Hände schweißnass werden und dieses ganze Tamtam. Um ein Spiel zu sehen und nicht an Skalpelle und Narkose und ähnlichen Scheiß denken zu müssen.

Kommt schon, ihr Ukrainer, bei eurer Säufermutter! Lasst euer Herz auf dem Spielfeld!

Aber es sieht so aus, als ob die Slowenen wirklich gut wären. Oder auch nicht, ich weiß es nicht, denn in meinem Kopf hat der

Arzt Radovans Bauch aufgeschnitten und hat Radovan ein wenig gezuckt. Denn mit den üblichen Dosen kannst du ihn nicht zum Schlafen bringen. Ein Pferd ist das, kein Mensch. Was ist das? Hat Ihnen Ranka nicht gesagt, dass er auf Ihrem Operationstisch nur döst? Wenn Sie ihn noch einmal stechen, wird er die Augen aufmachen und sagen: „Hallo! Was fällt euch ein, ihr Bastarde! Das tut weh, ihr ..."

Ach, ich fick dir den Dončić! Er ist zu gut für diese ukrainischen Warmduscher!

Was mich am meisten ärgert, ist, dass du unterschreiben musst, dass es für dich in Ordnung ist, wenn die Ärzte alles vermasseln. Dass du quasi weißt, dass bei einer Operation alles schiefgehen kann. Geht mir ab damit! Trainiert lieber mal ein bisschen dieses Magenaufschneiden, wichst auf die Skalpelle jeden Tag, so wie Dragić jeden Tag den Ball wichst, dann braucht da keiner was zu unterschreiben. Arschlöcher!

Ja, ich weiß, ihr trainiert hart und gebt alles, aber ihr könnt auch mal einen schlechten Tag haben, wenn bei euch das Skalpell nicht durch den Ring geht. Auch den Besten zittern mal die Hände, nicht wahr?

Beschissene Ärzte, denen ist das doch völlig egal. Jetzt liegt da Radovan vor ihnen, dann wird da ein Brane liegen, und das eine Mal klappt es, das andere Mal nicht, Brane wird überleben, und Radovan nicht. Das braucht dich nicht aufzuregen, Operationen sind keine großen Wettbewerbe, dass sie nur alle vier Jahre stattfinden. Das ist wie in der NBA: jeden Tag ein neues Spiel, und wenn es für dich an diesem Tag läuft, Sieg, und wenn es nicht läuft, Blamage.

Ach, ihr Ukrainer, ihr seid ja noch größere Slowenen als die Slowenen, Mannomann.

Radovan kann nicht mehr still liegen. Er richtet sich auf und schreit: „Nun machen Sie schon, Doktor, holen Sie das endlich raus!" Der Doktor will ihn beruhigen, nur kapiert er nicht, dass du Radovan nicht beruhigen kannst, wenn er sich vor Angst anscheißt. Der Doktor weiß nicht, dass du, wenn sich Radovan anscheißt, wegrennen musst. Aber der Doktor ist das gleiche Pferd wie Radovan. Jetzt hat er sich in die Hose gemacht und schreit die Krankenschwester an, weil sie Radovan eine zu schwache Narkose gegeben hat. Nicht die arme Schwester ist schuld, dass die Narkose nach Gewicht dosiert wird. Nicht die Schwester ist schuld, dass Radovan keine schweren Knochen hat, aber einen schweren Charakter. Nicht die Schwester ist schuld, dass du dieses Gewicht nicht vorschriftsmäßig wiegen kannst.

Hallo, Ukrainer! Hatten wir nicht eine Abmachung?

Hundertmal hat mich dieser Radovan dazu gebracht, dass ich, wenn ich ein Skalpell gehabt hätte, ihn aufgeschnitten und ihm alles herausgeholt hätte. Ohne Anästhesie, trocken. Aber jetzt quält es mich, weil ich weiß, dass sie ihn aufschneiden, und ich denke, was ist, wenn er nicht mehr aufwacht, was ist, wenn es Komplikationen gibt.

Fick dich, Prepelič! Dir ist auch nicht klar, was ich heute brauche, ha? Du Scharfschützenarsch.

Scheiße, bei diesem Spiel gibt es offensichtlich keine Überraschungen. Radovan und ich werden unsere eigene spannende Schlussphase spielen müssen. Da hast du das Leben. Achtundzwanzig Jahre zieht er mich aus dem Dreck, wischt mir den Hintern, fährt mich in den Kindergarten, schreibt mich in der Schule ein, schickt mich zum Training, rettet mich vor dem Häfen und vor den Idioten in Visoko, aber wenn es bei ihm dick kommt, sitze ich vor dem Fernseher und sehe Goran Dragić bei seinen Freiwürfen zu.

Bravo, Gogi, beide reingetan und das Spiel endgültig geschmissen.

Und was soll ich jetzt tun? Ha, Gogi? Auf Animal Planet umschalten und Lemuren schauen? Das wird mich beruhigen? Ihr wart meine einzige Hoffnung, Gogi. Ihr hättet mich ablenken sollen, aber jetzt sehe ich nur Radovan, wie er auf dem Operationstisch liegt, und ich versuche, ihn abzutasten, um zu sehen, ob er schon anfängt, kalt zu werden, wie Leichname kalt werden.

So wie mein Opa kalt war, als er morgens nicht aufwachte. Damals stand ich neben seinem Bett und wartete, dass die Tante kam, der Arzt oder wer immer, und betastete seine Stirn, und seine Stirn war kalt. Oder hat es mir nur geschienen, dass sie kalt ist. Noch heute frieren mir die Hände, wenn ich mich daran erinnere. Da, auch jetzt habe ich eiskalte Hände. Ich lege sie Radovan auf die Stirn und bete zu Gott, dass er warm ist.

Der Schiedsrichter hat das Spiel abgepfiffen. Slowenien steht nach einem entschlossenen Spiel im Viertelfinale.

Ach, wen interessiert das, sollen sie sich freuen. Wenn nur Radovan überlebt und ich ihm „Danke" sagen kann. Ich weiß ja, dass er „Ach, red keinen Scheiß" sagen wird, aber ich werde ihm wenigstens „Danke" sagen. Ich habe keine Ahnung, warum ich ihm das sagen möchte, ich würde es ihm einfach nur gern sagen. „Danke, Radovan." Und er soll sagen: „Ach, red keinen Scheiß."

Und dann kann er sterben, wenn er schon muss.

*

Das Telefon klingelte und Ranka ging dran. Und nickte in den Hörer. Sie öffnete den Mund, um „Ja" zu sagen, und vielleicht noch was, aber es kam nichts heraus. Und ihr Gesicht war genauso eingefroren wie das von Kokoškov. Du weißt nicht, ob wir mit zwanzig führen oder ob wir schon verschissen haben, nichts weißt du. Der auf der anderen Seite, der Doktor, Ćućić, Gottvater, redete und redete wie die Oma am Fenster. Und Ranka nickte. Vermutlich ist Radovan noch am Leben, denn du kannst nicht so lange erklären, dass jemand gestorben ist. Du kannst nur sagen, dass es Komplikationen gegeben hat, dass es dir leidtut, aber dass du nichts tun kannst.

Endlich machte die Oma das Fenster zu.

„Ćućić war dran."

„Und was sagt er?"

„Er sagt, dass die Operation vorbei ist."

„Und was heißt das für ihn?"

„Das weiß ich nicht, Marko. Mehr hat er mir nicht gesagt. Er hat gesagt, dass ich in einer Stunde anrufen soll. Dass der Doktor mir alles sagen wird."

„War die Operation erfolgreich oder nicht?"

„Das weiß ich nicht."

„Was hat er denn genau gesagt?"

„Nur, dass Radovan noch unter Narkose steht und dass er mit seinem Krankenpfleger Miha gesprochen hat und dass sie Miha gesagt haben, dass sie noch nichts sagen können, weil sie noch auf den Arzt warten."

„Wie, sie warten noch auf den Arzt? Wo ist er hin? Zum Skifahren?"

„Ich weiß nichts, Marko, was bist du auf mich böse?"

„Ich bin nicht böse auf dich."

„Ich habe dir nur gesagt, was Ćućić mir gesagt hat."

„Aber hast du im Krankenhaus angerufen?"

„Hab ich, aber die, mit der ich gesprochen habe, weiß nichts."

„Haben sie denn nicht gesagt, dass die Operation nur eine Stunde dauert?"

„Ja, aber du weißt …"

„Was weiß ich?!"

„Schrei mich nicht an, Marko."

„Entschuldige."

„Ich mach mir auch Sorgen."

„Ich weiß."

Alles weiß ich, Ranka. Ich weiß, dass sie diese armen Nigger in Amerika abschießen wie die Ratten und dass die halbe Menschheit auf Erden sich keinen Kartoffelauflauf leisten kann, und ich weiß, dass halb Afrika kein Brot zu essen hat, und ich weiß, dass manche in Afrika so arm sind, dass sie sogar nach Bosnien flüchten, das weiß ich alles, Ranka. Ich weiß, dass sie ins beschissene Bosnien geflüchtet sind, und ich weiß, dass du, wenn du nach Bosnien flüchtest, erst recht vor noch krasserem Scheißdreck flüchten muss. Du musst nicht gleich sehr schlau sein, um zu kapieren, dass wir, wenn die Leute durch die ganze Sahara spazieren und in Schlauchbooten übers Meer fahren, um nach Bosnien zu kommen, oder nach Slowenien, was derselbe Scheiß ist, dass wir für sie die Rockefellers sind und dass wir nicht zu jammern haben. Alles das weiß ich, Ranka. Ich weiß, dass wir glücklich sein müssen, weil wir Zentralheizung und fließendes Wasser und diese Rechte haben, dass dich die Bullen nicht abknallen dürfen, wenn du falsch parkst, oder wenn du falsch deklinierst, auch das weiß ich. Aber das geht mir am Arsch vorbei, Ranka. Ich weiß, dass wir glücklich sind und reich und alles, nur das ist mir scheißegal, und ich werde weiterhin alle in den Arsch ficken, die mich in den Arsch ficken. Und ich werde alle die in den Arsch ficken, die meiner Mutter nicht sagen können, ob ihr Mann die Operation überlebt hat oder nicht. Seht her, ich ficke euch in den Arsch! Habt ihr mich gehört? Ich ficke euch in den Arsch! ICH FICKE EUCH IN DEN ARSCH, ICH FICKE EUCH IN DEN ARSCH FICKE ICH EUCH!

17. Weshalb du dem Krebs nicht die Mutter ficken kannst

Radovan sah genauso aus wie früher, wenn er auf der Couch eingeschlafen war und du nicht wusstest, ob du den Fernseher ausschalten darfst, weil ihn das hochreißen könnte, als hättest du ihm einen dieser Schocks mit diesen Defis verpasst. Er war irgendwie wach, aber die Narkose hatte noch nicht ganz nachgelassen. Die Schwester hatte gesagt, nur auf die Schnelle, aber sie hatte nicht gesagt, was auf die Schnelle. Dass ich auf die Schnelle seine Hand halte? Oder dass ich auf die Schnelle die kleinen Schläuche überprüfe, ob sie richtig montiert sind, und so?

Scheißleben. Dein Vater liegt vor dir, aber du weißt nicht mal, ob er dich hört oder nicht. Du weißt nicht, ob du ihm jetzt hier auf die Nerven gehst, oder ob er sich freut, dass du hier bist. Du sollst keine schlafenden Hunde wecken, war die erste und einzige Regel der Hausordnung der Đorđićs. Und jetzt soll ich ihn anrühren und ihm etwas erklären, und ich weiß nicht, was noch. Und das nur auf die Schnelle.

Ranka war noch verlorener als ich. Ihr war überhaupt nicht klar, ob sie sich nun hinsetzen soll oder um das Bett herum ein bisschen putzen, die Vorhänge glattziehen oder das Kissen unter Radovans Kopf zurechtdrücken. Sie würde gern das Kissen zurechtdrücken, aber sie hat Angst, seinen Kopf anzuheben. Sie würde auch gern etwas sagen, aber sie will ihm nicht auf die Nerven gehen. Und sowieso hat sie ihm nichts zu sagen. Denn was hast du einem Menschen zu sagen, der aus der Narkose erwacht?

Deshalb lächelte Ranka nur ein wenig, und ihre Hand fuhr wie von selbst aus, um ihrem Radovan ein wenig über den Kopf zu streichen, aber ihr Kopf merkte, dass Radovan das nicht mag, und ihre Hand wanderte zurück aufs Bett. Dann versuchte die

Hand, ein wenig Radovans Hand zu streicheln, nur das könnte Radovan kitzeln, deshalb zupfte Rankas Hand lieber die Bettdecke ein wenig zurecht.

Und Radovan war schon zehn Minuten damit beschäftigt, die Augen zu öffnen. Quasi, er ist da, nur dass er noch nicht da ist. Vielleicht hätte er gern gesagt, dass es ihn freut, dass er Ranka und mich sieht, aber er konnte nicht. Oder er wollte nicht. Er starrte mich an, direkt in die Augen. Als wollte er die Wörter aus mir herausziehen.

„Die Slowenen haben gegen die Ukraine gewonnen."

Was sollte ich ihm denn sagen, verdammt?! Dass Ranka schnarcht?

Radovan öffnete den Mund und sagte etwas, aber ich verstand es nicht. Ich legte meinen Kopf nah an seinen, und er schluckte die Spucke runter. Er bereitete sich darauf vor, zu wiederholen, was er zu mir gesagt hatte.

„Ma…ša…la."

Mašala. Du glaubst es nicht. Radovans erstes Wort in seinem neuen Leben. *Mašala.* Eh, Radovan, wohin haben dich diese Ärzte geschickt, dass du zurückkommst und zu mir sagst: „Allah ist groß"?

„Auseinandergenommen nach Strich und Faden."

Radovan wollte wieder etwas sagen, aber es ging nicht mehr. Sein Allah schien doch nicht so groß zu sein.

„Lass ihn. Er muss sich ausruhen."

Als Radovan Ranka hörte, verdrehte er die Augen. Ja, das will ich von dir sehen, Radovan! Du bist am Leben. Mit dir ist alles in Ordnung.

„Wer weiß, vielleicht gewinnen sie wirklich eine Medaille."

Radovan nickte. Was ihn angeht, ist die Medaille so gut wie sicher. Aber was weiß man, vielleicht war er wirklich schon drüben und hat ein bisschen mit Petrus geplaudert. Oder mit Allah Pegamber.

Was ist mit mir, Radovan? Werde ich bald heiraten und drei Söhne haben?

Ich hätte ihn gern ein bisschen gefrotzelt, aber ich ließ es lieber bleiben. Er stand doch noch unter Narkose. Und er war doch mein Alter. Mein Papa. Lass es gut sein, zum Frotzeln ist noch Zeit. Ich werde ihn frotzeln, wenn er aus dem Krankenhaus kommt. Ich werde ihn ständig frotzeln, denn mein Papa ist in Wirklichkeit komisch. Seine Nervosität und seine Macken, das alles ist komisch. Er bellt, aber er beißt nicht. Er ist ein komischer Bär. Armer kleiner Bär Radovan.

Dieser arme kleine Bär Radovan erinnerte mich an einen anderen armen Radovan. An den verletzten Radovan, den Krković und Tristić nach Hause schleppen mussten, weil sein bester Freund Đemo gestorben war und er sich deshalb vollgesoffen hatte wie ein Schwamm.

„Wer hat Papa verwundet?", hatte ich Ranka gefragt, während sie ihn den Flur hinunter zu unserer Wohnung trugen, denn so wurden die Verwundeten in den Filmen getragen. „Mama, wer hat Papa verwundet?", und ich zog sie an ihrem Zeug, und sie sagte etwas von Plivadon und *sarma*. Und jetzt hätte ich Ranka am liebsten wieder gefragt: „Wer hat Papa verwundet?", jetzt, wo ich den Armen daliegen sah, ganz betäubt.

Das ist die verdammte Krankheit. Wenn Krieg ist und dir deine besten Freunde sterben, weißt du, dass sie deshalb sterben, weil andere Leute Idioten sind. Und diesen Idioten kannst du die Mutter ficken, und dann ist es dir ein bisschen leichter. Aber wem soll ich die Mutter ficken? Dem Krebs kannst du nicht die Mutter ficken. Am Krebs kannst du dich nicht rächen. Du kannst jetzt nicht hingehen und ihn auch ein bisschen krank machen und auch ein bisschen in seinem Magen wachsen und dich ein bisschen an seine Leber und Niere kleben, damit dieser dumme Krebs kapiert, dass es nicht gut ist, sich mit den Đorđićs anzulegen.

Nichts kannst du. Du kannst dasitzen und den verwundeten Radovan ansehen und darauf warten, dass die Schwester zu dir sagt: „Ach, Sie sind noch immer hier?" Und dann stehst du auf, murmelst etwas im Stil von „Entschuldige, Radovan, ich darf nicht länger hierbleiben" und verdünnisierst dich.

*

Kein Wunder, dass aus dieser Onkologie so wenige lebend rauskommen, wenn das ein verdammtes Labyrinth ist und du, selbst wenn du gesund bist, den Weg nach draußen nicht findest, sondern wie ein Vollkoffer durch die Gänge irrst, bis du krank wirst. Ranka und ich kamen an ein paar Schwestern und an zwei Ärzten und einer Putzfrau vorüber, aber keiner von uns hatte die Kraft, sie anzuhalten und einen von ihnen zu fragen, wie wir nach draußen kommen. Wir waren so im Arsch, dass wir den Mund nicht mehr aufkriegten. Ich weiß nicht, wie es bei Ranka war, aber mir war es egal, ob ich noch einmal nach draußen komme. Ich hätte bis zum nächsten Morgen stumm durch die Flure gehen können.

Und Ranka wahrscheinlich genauso. Erst ging sie hinter mir, dann ging ich hinter ihr, und dann ging sie wieder hinter mir. Ein Gestörter kommt selten allein, wie Radovan sagen würde. Aber wie sollst du normal sein, wenn du Radovan mit den Schläuchen in der Nase siehst und wenn du seine erschrockenen Augen siehst. Als wäre er ein kleines Kind, und nicht Radovan.

Das alles musst du erst mal mit den Beinen ablaufen, und vielleicht haben sie diese verdammte Onkologie absichtlich so gebaut, dass du aus dem Krankenzimmer nicht direkt auf die Straße hinausrennen kannst, wo dich das erstbeste Auto zusammenfahren würde, weil du weder die Straße noch die Ampel oder sonst was siehst. Und deshalb musst du zuerst ein bisschen herumirren, damit du ein bisschen vergisst, was du gesehen hast.

Aber scheiß drauf, du kannst nicht vergessen, dass dein leiblicher Vater ein kleines Kind geworden ist, und du kannst ihn nicht an dich drücken und ihm sagen, dass er keine Angst zu haben braucht und dass alles gut wird, weil du da bist.

*

Diese Nacht schnarchte Ranka nicht.

Radovans Zustand ist stabil, sie müssen ihn nur ein bisschen beobachten. Noch ein oder zwei Tage. Das hat der Arzt zu Ranka gesagt, und die Schlaftablette gibt es nicht, die dagegen helfen würde. Sie in ihrem Zimmer und ich in meinem, wir starrten an die Decke und dachten an Radovan. Der friedlich vor sich hin schlief. Wie im Koma.

Als ich genug davon hatte, an die Decke zu starren, ging ich zum Kühlschrank, um mir ein Bier zu holen. Radovan trank zu Hause nie Bier, aber im Kühlschrank musste immer mindestens ein Bier sein. Für Gäste. Für Bole, der das Bier gern kalt trinkt. Und für Krković. Unwichtig, dass Bole und Krković hier schon zwanzig Jahre kein Bier mehr getrunken haben. Das Bier ist da und wartet. Das Bier hat es nicht eilig. Das Bier hat Zeit.

„Schenk mir auch ein bisschen ein."

Das geht nicht, Ranka. Du bist hier kein Gast, dass du Bier trinkst. Nur ich bin hier Gast.

Aber sie schiebt mir schon ihr Glas hin, damit ich ihr ein paar Schluck einschenke. Ein Bierchen für die Nierchen, bitte.

„Du kannst auch nicht schlafen."

„Nein, Junge. Sobald sich meine Nerven melden …"

Die Nerven, ja. Alle Tschefuren sind mit den Nerven am Ende, und keiner fragt sich, was ihn wirklich fertigmacht. Denn das will kein Tschefur wissen. Tschefuren trinken Bier und schlucken Beruhigungstabletten und rauchen und quatschen und alles, um ihre schlechten Nerven zu beruhigen. Aber es gibt keinen einzigen Tschefur, dem es gelungen wäre, seine Nerven zu beruhigen. Denn du bist kein Tschefur, wenn du keine Nerven hast. Wenn du mich fragst, sind diese schlechten Nerven bei den Tschefuren

227

ein Gendefekt. Und da hast du nicht auf die Ärzte und Psychotherapien loszugehen und so. Wie es ist, so ist es nun mal.

„Das war wirklich erfrischend."

Es ist ein Uhr nachts, Ranka und ich trinken zusammen Bier auf dem Balkon wie zwei alte Kumpel. Nur kommen wir nicht auf gleich. Denn ich würde nur dasitzen und trinken, und sie würde alles tun, nur nicht still dasitzen und trinken. Sie muss sogar den Nachbarblock ins Visier nehmen und reden.

„Wenn du wüsstest, Marko, was für ein Blick das von diesem Balkon war, als wir hier einzogen. Man konnte ganz bis Janče sehen. Der Block, den wir jetzt sehen, war erst im Bau. Sie waren irgendwo bis zum fünften, sechsten Stock gekommen. Und ich setzte mich abends auf den Balkon, die Hitze hatte nachgelassen, und sah schön zu, wie sie arbeiten. Und ab und zu brüllte einer von ihnen etwas, dass es bis zu mir zu hören war. Aber alles unsere Leute, und mir vertraut. Das bin ich, hier bin ich, unter meinen Leuten. Ab und zu hörte ich sogar ein Gespräch mit. Eines Tages habe ich mich so an den Balkon gelehnt und geschaut, ob vielleicht einer von ihnen in meine Richtung sieht, damit ich ihm zuwinken kann. So schön war es, hier zu sitzen, in meiner Wohnung. Es war Sommer, es war warm, und die waren da unten, gegenüber. Wenn ich jetzt daran denke, die armen Kerle haben bis spät in die Nacht gearbeitet. Und das jede Nacht. Aber daran habe ich damals nicht gedacht, damals kamen sie mir glücklich vor. Sie lachten, sie foppten einander, und so Abend für Abend. Der Block wuchs, und sie kamen mir immer näher. Ich konnte ihre Gesichter erkennen. Meine Arbeiter, habe ich zu ihnen gesagt. Ich wusste, wer von ihnen wer ist, wer aus der Krajina ist, und wer aus Zentralbosnien. Von manchen kannte ich auch den Namen. Aber dann wuchsen sie über Nacht über mich hinaus, und ich konnte sie nicht mehr sehen, nur noch hören, und dann, als sie den zwölften Stock und das Dach machten, auch das nicht mehr. Und erst da begriff ich, dass sie mich eingemauert hatten.

Meine Arbeiter hatten mich eingemauert. Denn wegen ihrem Block habe ich nichts mehr gesehen. Und dann sind sie weggegangen, und ich bin hiergeblieben. Eingemauert."

Ich nutzte den Moment, in dem Ranka Luft holte, um mir ein neues Bier zu holen. Ich nahm es aus dem Kühlschrank und sah zum Balkon hin. Ranka war aufgestanden und hatte sich an das Geländer gelehnt. Als ich sie durch das Küchenfenster sah, kam sie mir dort auf dem Balkon wirklich wie eingesperrt vor, wie in einem Gefängnis. Und der einzige Weg hinaus führte über das Geländer.

„Setz dich hin!"

„Weshalb, Junge?"

„Setz dich hin!"

Ranka setzte sich hin, und ich schloss das Fenster zum Balkon.

Entschuldige, du andere Ranka, es ist besser, du bleibst lebendig eingemauert als …

18. Weshalb selbst ein Schwan ein Tschefur sein kann

Ich hatte schon vergessen, wie mein Telefon klingelt. Scheiße, vor einem Monat hat es noch alle fünf Minuten geklingelt, jetzt schweigt es wie ein Grab. Dieses Roaming ist ein Wunder, echt. Nebojša hatte mich in den ersten Tagen ständig angerufen und mir Nachrichten geschickt, ob alles in Ordnung ist, aber dann war auch damit langsam Schluss. Dragiša hatte mir ein paar Messages auf Viber geschickt, und sogar Dušanka hatte mir mal geschrieben, aber dann war nichts mehr gekommen. Ohnehin hatte Ranka die ganze Familie über Radovans Gesundheitszustand informiert und ihnen nebenbei auch alles über mich erzählt. Dass ich gut esse und viel schlafe. Was anderes konnte sie sowieso nicht sagen.

Deshalb wusste ich sofort, dass irgendeine Schweinerei im Anzug war. Überhaupt, als ich sah, dass mich eine unbekannte Nummer anrief.

„Eh, Marko, Jovan hier. Ich wollte dich nicht von meinem Telefon aus anrufen."

Mir war alles klar. Und Jovan war klar, dass es mir klar war.

„Wie geht es Radovan?"

„Gut. Die Operation ist gut verlaufen."

„Ist er raus aus dem Krankenhaus?"

„Noch nicht. Aber bald."

„Okay, es wird alles gut. Radovan kriegst du nicht unter."

„Gibt's was Neues?"

„Ja und nein."

Jovan atmete schwer. Und ich wartete.

„Sie haben einen neuen Haftbefehl für dich ausgestellt. Gestern. Ich dachte, dass sie das schon früher tun würden, aber jetzt ist er da."

Jetzt atmete ich schwer. Und Jovan wartete.

„Und was jetzt?"

„Nichts. Bleib, wo du bist, und sei froh."

„Was meinst du mit ‚bleib, wo du bist'?"

„Genau das. Spasić hat dir einen Haufen Scheiße angehängt. Ich meine, nicht er persönlich, aber du weißt, was ich meine. Diese Diebstähle, die Einbrüche, die Schlägereien, die ganzen unaufgeklärten Sachen, die sind jetzt alle auf dein Konto geschrieben. Ist noch was dazugekommen, seit du das letzte Mal in Visoko warst, aber egal."

„*Mašala.*"

Ich wollte ihn in drei schöne Mutterfotzen schicken, aber Jovan war nicht schuld. Er konnte nichts tun. Er arbeitete nur bei der Polizei, ihm gehörte die Polizei nicht, geschweige denn der Staat. Der Staat gehörte einem Kumpel von Spasić.

„Scheiße, Marko, was soll ich dir sagen. Vielleicht nach der Wahl, wenn die Regierung wechselt, dass wir sehen, wer im Ministerium sitzt …"

„Wann hat die Regierung in Bosnien zum letzten Mal gewechselt?"

„Gut, du weißt auch …"

„Alle Ehre."

„Entschuldige, Marko, aber da kann ich wirklich nichts für dich tun. Hätte Spasić persönlich Anklage eingereicht, hätte er dich persönlich angezeigt, dann okay, aber so …"

„Verstehe. Verstehe alles."

„Ich verstehe auch dich, Marko, aber sei froh, dass du was hast, wo du sein kannst. Nur das kann ich dir sagen."

„Ich bin ja froh."

„Hör zu, ich spreche am Mittwoch mit jemand, er ist Anwalt, er hat Verbindungen in der Partei, ich frage ihn, ob man in der Sache etwas tun kann, aber ich bezweifle ernsthaft, dass er mir helfen kann. Spasić ist ein Idiot, das weißt du selbst. Aber meine Leute hier sind ihm alle was schuldig …"

„Ich weiß. Alles ist mir klar."

„Keine Sorge, Marko. Wir kommen zu dir nach Slowenien."

„Und ich zeige dich an, dass du dich mit einem flüchtigen Kriminellen abgibst."

„Versuch es nur. Ich nehme dich hops und zieh dich an den Ohren zurück nach Bosnien."

„Ich fick dir den Staat und Gott."

„Du bist wie Radovan."

„Ich liebe dich auch, Cousin."

„Okay, grüß mir Tante und Onkel, und wir hören uns."

„Mach ich. Grüß auch du alle dort."

Ich fick dir das Telefon und wer es erfunden hat.

*

Vor zehn Jahren, als Radovan mich nach Bosnien schickte, dachte ich, er schickt mich in ein komisches Land. In ein trauriges, aber komisches Land, wo jeder seine eigene Tankstelle hat. Und in dem die Ärzte das Rezept auf einen Zettel schreiben, den du an deine Verwandten in Deutschland schickst. Und aus dem alle Bosnier geflohen sind und die Gebliebenen Serben, Kroaten und Muslime sind. Und wo du leichter Pyramiden findest als einen Bürgen für einen Kredit, und dieser ganze Schwachsinn.

Nur, dass es in diesem Bosnien nichts Komisches gegeben hat. Nie. Und die Serben, Kroaten und Muslime, oder Bosniaken oder *balije*, oder was zum Teufel auch immer, sie alle haben nichts damit zu tun. Und Pyramiden kann es da geben, kann aber auch nicht sein, alles derselbe Dreck. Denn dieses Bosnien ist im Arsch, und der ist dreimal größer als diese Pyramiden. Denn Bosnien ist gar kein Land, sondern nur ein Gebiet, auf dem unglücklicherweise Menschen leben. Nicht einmal leben, sondern nur da sind. Einige von ihnen sind als Arbeiter verkleidet, andere als Taxifahrer, Dritte als Polizisten, die Vierten als Politiker und so weiter, aber alles das ist nur ein Maskenball. Niemand in Bosnien ist wirklich das, wofür du ihn hältst. Es ist alles nur eine Show. Kein Polizist ist wirklich ein Polizist, kein Politiker ist wirklich ein Politiker. Auch kein Taxifahrer ist wirklich ein Taxifahrer. Diese Menschen sind einfach da, bei der Polizei oder im Taxi, und sind nichts. Professoren sind keine Professoren und Ärzte sind keine Ärzte. Alle Menschen in Bosnien sind niemand und nichts. Denn Bosnien ist ein einziges großes Nichts. Du kannst Rausschmeißer im *Džungla* sein oder Professor an der Uni, es kommt auf dasselbe hinaus. Denn du bist nur eine Figur in der Geschichte eines anderen. Du kriegst einen Text und sprichst ihn. Lediglich die Spasićs können in Bosnien Spasićs sein, denn sie bestimmen über alles. Bosnien ist ihr Spiel, ihre Inszenierung. Es ist ihr Vergnügen. Scheiß auf Jachten und Flugzeuge und Wochenendhäuser und Nutten, in Bosnien haben die Spasićs ihre eigenen Parteien und ihre eigenen Ministerien und ihre eigene Polizei und ihr eigenes Fernsehen. Ach was, in Bosnien haben die Spasićs ihre eigenen Völker. Und sie spielen. Wie in einem Videospiel spielen sie mit Millionen von Menschen. Dieses Bosnien ist für sie das Nonplusultra des Vergnügens. Und in dieses Bosnien hatte mich Radovan geschickt.

*

Von der Brücke am Preglovc beobachtete ich zwei Schwäne und sechs kleine Schwänchen. Schwäne in Fužine, das war für mich der totale Wahnsinn. Jetzt brauchen die Schippis nur noch Cremeschnitten zu verkaufen, und schon strömen die Touristenmassen. Was für ein Pech ist es, ein Schwan zu sein und in Fužine geboren zu werden. Ein Schwan als Tschefur. Dein ganzes Leben lang wirst du von anderen Schwänen verarscht, weil du nicht aus Bled kommst. Denn es ist doch wohl so, dass die einzigen echten Schwäne von dort kommen. Dort machen sie alle Fotos von ihnen und sagen, wie schön sie sind, aber hier werden sie von den kleinen Tschefuren mit Steinen beworfen.

Ranka hat einmal ein Foto von mir mit einem Schwan gemacht. Quasi zur Erinnerung. Damit ich weiß, dass sie mich nach Bled mitgenommen hat und dass auch wir glücklich waren, als ich klein war. Denn glückliche Familien fahren nach Bled und fotografieren ihre Kleinen mit den Schwänen. Weil es schön ist. Der See und die Insel und die Kirche und die Schwäne und alles das.

Ehrlich, wir drei sind einmal zusammen nach Bled gefahren. Als Radovan den Opel gekauft hatte, sind wir hingefahren, um zu feiern. Denn das war eine wirklich große Sache für uns. Man hatte ein deutsches Auto gekauft, und das musste gefeiert werden. Ich war etwa dreizehn und musste das Training ausfallen lassen. Ich sagte, ich sei krank, weil ich mich schämte, zuzugeben, dass ich mit meinen Alten nach Bled fahre. Aber Ranka hat mich trotzdem zusammen mit dem Schwan fotografiert, damit ich eine Erinnerung an diesen schönen Tag habe.

Und ich habe tatsächlich eine Erinnerung an Bled und an die Schwäne. Und daran, dass Radovan, als wir losgefahren waren, feststellte, dass das Fernlicht nicht funktioniert, und dass ihn das so fertiggemacht hat, dass er bis Bled kein Wort gesprochen hat. Und daran, dass Ranka zu ihm sagte, er hätte das Auto nicht kaufen dürfen, wenn das Fernlicht nicht funktioniert, und dass Radovan zu ihr sagte, sie solle hingehen, wo der Pfeffer wächst, und allein um den See gelaufen ist. Um sich zu beruhigen. Und daran, dass er vergessen hatte, welche Farbe sein neuer Opel hat, und er es Ranka nicht glauben wollte, dass er bordeaux ist, und er beinahe einen anderen Wagen aufgebrochen hätte. Der nicht einmal ein Opel war.

Wenn Radovan diese Geschichte erzählte, begann er immer mit „Als wir drei letztes Mal in Bled waren …", als würden wir jedes Wochenende nach Bled fahren. Aber wir waren nur einmal da und nie wieder.

Jetzt sind die Schwäne sowieso in Fužine und du musst nicht mehr nach Bled fahren, um dich mit ihnen zu fotografieren.

*

Als ich nach Hause ging, lief er bei der Gostinska an mir vorbei, als gäbe es mich nicht. Wie an einem türkischen Friedhof, wie Radovan sagen würde. Als würde er mich nicht kennen. Er sah mich an und zischte an mir vorbei. Mein bester Freund. Der, der mich zu seinem Geburtstag eingeladen und mir seine kurze Hose geliehen hatte, damit ich nicht mit dem Kaugummi am Hintern nach Haus zu gehen brauchte.

Ich wollte ihm nachlaufen und ihn anhalten und ihn fragen, was zum Teufel mit ihm los ist. Um zu sehen, ob er vielleicht beleidigt ist, weil ich ihm dort an der Grenze einen Fußtritt gegeben und ihn im Transporter liegen lassen hatte und er deshalb hier so tut, als würden wir uns nicht kennen. Aber als ich ihn sah, war mir klar, dass er so high war, dass er nicht einmal sich selbst im Spiegel erkennen würde, geschweige denn wen anderes. Denn das war überhaupt kein Gehen, es sah aus, als würde ihn etwas in Richtung Brodarc tragen, als wäre er eine Art Mondsüchtiger und würde schlafwandeln.

Aber dann drehte er sich plötzlich um und kam in meine Richtung zurück. Und wieder sah er mich an, und wieder nichts. Nur jetzt ich auch nichts, weil ich ihm in die Augen sah und mir ein bisschen schlecht wurde. Es sah aus, als ob er überhaupt nicht da wäre. Der Körper war garantiert seiner, das war er, aber seine Augen waren leer. Er war wie ein angestochener Ball, der langsam zum Rusjan zurückrollt.

Eine Zeit lang folgte ich ihm, aber als er dann am Fužiner Schloss rechts über die Brücke abbog, hatte ich keine Lust mehr, ihm nachzugehen. Ich nahm das Telefon, um Sanel anzurufen und ihm zu sagen, dass ich ihn gesehen hatte, aber ich konnte es nicht. Denn ich wusste nicht, was ich in Wirklichkeit gesehen hatte. Und weil Sanel sowieso denken würde, ich würde ihn verarschen. Wenn er sich überhaupt gemeldet hätte.

*

„Weshalb rufst du nicht von zu Hause an?"

So meldet sich Radovan am Telefon, wenn ihn sein Sohn im Krankenhaus anruft.

„Ich bin nicht zu Hause."

„Und wo bist du?"

„Hier, ich gehe an der Ljubljanica spazieren."

„Seit wann gehst du an der Ljubljanica spazieren?"

Seit wann gehe ich an der Ljubljanica spazieren? Seit wann gehe ich an der Ljubljanica spazieren? Seit wann …

„Es langweilt mich, zu Hause rumzusitzen."

„Weshalb rufst du an?"

„Nur so."

„Komm, Junge, red keinen Scheiß! Ich sterbe nicht."

Wir sterben alle, Radovan.

„Wie geht es dir?"

„Mir geht es gut, weshalb fragst du?"

Ich weiß nicht, warum ich frage. Vielleicht deshalb, weil du im Krankenhaus liegst und weil sie dich gerade zum ersten Mal im Leben operiert haben und weil du zufällig mein Alter bist und weil du mit solchen Fragen irgendwo in den Wind schießen kannst!

„Und was machst du?"

„Nichts. Was werde ich machen. Ich sterbe vor Langeweile. Ich löse Kreuzworträtsel."

„Frag, wenn du was nicht weißt."

„Was?"

„Ich sage, frag, wenn du was nicht weißt."

„Ja wirklich, das hier wirst du wissen. Warte … dass ich es finde … Wo ist … verdammt … ach, hier … hör zu… amerikanischer Basketballer mit Spitznamen ‚Beard'."

„James Harden."

„Wie?"

„J-A-M-E-S"

„Jjaaa…meee…sss…"

„H-A-R-D-E-N. H wie Hrušica."

Woher habe ich jetzt Hrušica, dieses Kaff?

„Harden. Eh, danke."

Nichts zu danken, Radovan. Mein nutzloses Wissen steht dir zur Verfügung.

„Tut dir was weh?"

„Was soll mir wehtun? Sie haben mich vollgestopft mit diesen Schmerztabletten. Ich habe zu der Schwester hier, Irena, gesagt, sie soll mir einen Zahnarzt rufen, damit er mir die Zähne zieht, solange ich noch nichts fühle. Wenn du sehen könntest, wie sie lacht."

„Und was sagen die Ärzte?"

„Nichts sagen sie. Sie sausen herum."

„Hast du denn heute mit dem Arzt gesprochen?"

„Hör auch du auf, mich zu löchern!"

Radovan kann nicht mehr. Er hat alles gegeben, aber die Kräfte sind erschöpft.

„Gut dann. Melde dich, wenn du was weißt."

„Mach ich, Junge."

„Pass auf dich auf."

„Grüß Mama."

„Mach ich."

*

Seit wann gehe ich an der Ljubljanica spazieren?

Soll ich dir sagen, seit wann ich an der Ljubljanica spazieren gehe? Ha? Soll ich es dir sagen?

Seit Ranka alle Augenblicke kommt und anfängt, mir zu erklären, wie ihr in die Wohnung in Fužine eingezogen seid, und wie du alle Möbel allein die Treppe in den neunten Stock hochgetragen hast, weil der Lift noch nicht funktioniert hat, wie sich aber dann herausgestellt hat, dass er funktioniert, nur dass der Hausmeister ihn noch nicht eingeschaltet hatte, und wie du ihn

dann zum Teufel geschickt und ihm gesagt hast, dass du ihn umbringst, wenn du siehst, dass er mit dem Lift fährt, und wie der
Typ drei Jahre lang zu Fuß in den elften Stock hochgelaufen ist.

Genau so, Radovan, erzählt Ranka mir mit deinen Worten
deine Geschichten, und ich fürchte, sie wird platzen und anfangen, mir zu erklären, wie ihr euch kennengelernt habt und wie ihr
zum ersten Mal gevögelt habt. Und deshalb gehe ich lieber an der
Ljubljanica spazieren, als mit ihr zu Hause zu sitzen.

Ist dir jetzt alles klar, Radovan?

19. Weshalb Fužine eine Schlafsiedlung ist

Ich wusste nicht, wie ich Alma sagen sollte, dass ich nach Bijeljina gehe. Ich wartete darauf, dass ein Wunder geschieht und ich es ihr nicht zu sagen brauche. Ich wollte nicht gehen, aber ich hatte nicht die Eier, zu bleiben. Also machte ich mir selbst vor, dass es in Topuzovo Polje keinen Platz mehr für mich gibt. Opa war gestorben, Oma ging es schlecht, und Tante war zu ihr gezogen. Ich hätte nach Ljubljana zurückkehren können, aber es war schon Ende September, und die Saison war in meinem Kopf schon verloren. Die Schulsaison und die Basketballsaison. Alles hatte ohne mich angefangen. Radovan hatte Angst, dass ich, wenn ich nicht zur Schule und zum Training gehe, abdrifte und mit Drogen anfange, deshalb war Ljubljana keine Option. Deshalb konnte Ranka ihr Ding machen, und so warteten Dušanka und Dragiša in Bijeljina bereits auf mich. Ich wusste, dass ich keine andere Wahl hatte, als zu gehen. Nur ich konnte es Alma nicht sagen.

Ich hatte schon gepackt, aber wir sahen uns immer noch, als ob alles normal wäre. Außer, dass wir uns immer mehr versteckten. Vor Mensur, aber auch vor meinen Leuten. Und vor Aida und Senka und allen. Und jeden Tag war es seltsamer. Wir trafen uns an immer seltsameren Orten, und wenn wir spazieren gingen, wurde Alma schnell nervös, weil uns jemand sehen könnte. Meistens haben wir nur auf die Schnelle gevögelt. Einmal haben wir nicht einmal was gesagt.

Einmal traf ich Alma bei Vela, und sie nickte mir nur zu und ging an mir vorbei. Quasi, wir kennen uns von irgendwoher. Und das hat mich so wütend gemacht, dass ich ihr nachgelaufen bin und sie auf der Straße vor Senkas Haus angehalten habe.

„Was ist?"

„Ich habe Arbeit in Bijeljina bekommen."

„Ich weiß."

Sie sah aus, als würde es ihr nichts ausmachen, dass ich gehe. Als wäre ihr schon von Anfang an klar gewesen, dass es nicht anders enden kann.

„Entschuldige, Alma, aber …"

„Ach komm, Kleiner! Hör auf, mir was vorzuspielen, bitte. Du und ich wissen beide, dass nichts Ernstes passiert ist. Nur ein schöner Spaß."

Nie zuvor hatte sie „Kleiner" zu mir gesagt. Und nie zuvor hatte sie mich so angesehen, nie zuvor hatte sie so gelacht. Ich kapierte nicht, was los war.

„Ich hoffe, du kriegst ein gutes Gehalt."

Ich wollte sie küssen, zum Schluss, oder einfach so, weil ich nicht wusste, was ich sonst tun sollte, aber Alma drehte sich um und ging Richtung Srhinje. Ich sah ihr nach und wartete darauf, dass sie stehen bleibt, dass sie zurückkommt, dass sie noch etwas sagt, aber sie drehte sich nicht um.

Als ich zu Opas und Omas Haus zurückging, war mir genauso wie damals, als mein Opa gestorben war. Ich hätte mich am liebsten in den Straßengraben fallen lassen und wäre dort liegen geblieben, damit mich keiner findet. Ich war wütend auf mich, weil ich es ihr nicht früher gesagt hatte, und noch wütender auf Alma, weil sie gesagt hatte, es sei nichts Ernstes passiert. Das tat so weh, dass ich ihr am liebsten eine runtergehauen hätte, wenn sie in meiner Nähe gewesen wäre. Ich hätte am liebsten umgedreht, wäre zu ihr gegangen und hätte ihr gesagt, dass sie der größte Dreck auf der Welt ist. Und hätte ihr auf ihren verdammten Kopf gespuckt.

Ich war fast vor Opas und Omas Haus, als mich etwas von hinten umrempelte.

„He!"

Ich versuchte aufzustehen, aber Alma warf sich auf mich.

„Was wolltest du mir sagen, ha? Weißt du, wie lange ich schon weiß, dass du nach Bijeljina gehst, du Trottel? Drei Wochen warte ich, dass du es mir sagst, aber du – nichts. Du lügst mich an, du lügst mir ins Gesicht. Du Scheißslowene!"

Ich wehrte mich nicht. Es gelang mir nur, meinen Kopf von ihr wegzudrehen, und dann ließ ich sie auf mich einschlagen. Sie wurde erst von einem Auto zum Aufhören gebracht, das uns anhupte, weil wir zu dicht an der Straße lagen.

Alma stand auf und ließ auch mich aufstehen, aber ich konnte in ihren Augen sehen, dass sie mich noch weiter geschlagen hätte.

„Wer hat es dir gesagt?"

„Was kümmert dich, wer es mir gesagt hat! Aida hat es mir gesagt. Senka hat es mir gesagt. Stjepan hat es mir gesagt! Ganz Visoko weiß es, du Idiot! Du blöder Janez! Drei Wochen hast du gebraucht."

Was für drei Wochen? Drei Wochen ist es her, dass mein Opa gestorben ist. Damals habe ich überhaupt noch nicht …

„Was ist? Bist du so erschrocken, dass du nicht mehr ficken kannst, wenn du es mir sofort sagst. Hast du dir gesagt, besser nutze ich das bis zum Letzten aus, was sich bietet, ha? Oder hattest du vor zu verschwinden, ohne mir in die Augen zu sehen? Ein verklemmter Rotzbengel, das bist du. Du hast nicht den Mut, zu mir zu kommen und mir zu sagen, dass du gehst! Schäm dich, du rotziger Mistkerl! Verschwinde!"

Die Autos fuhren vorbei, und ich stand am Straßenrand und sah, wohin all die Sachen geflogen waren, die ich von Vela mitgenommen hatte. Alles war noch da, nur den Sauerrahm konnte ich nirgends sehen. Ohne den Sauerrahm konnte ich nicht nach Hause kommen. Aber ich hatte nicht die Kraft, zu Velas Laden zurückzugehen. Ich wusste nicht einmal, ob ich genug Kraft hatte, mich nach Hause zu schleppen.

Ich machte zwei Schritte Richtung nach Hause und sah den Sauerrahm im Graben. Der Deckel war geplatzt, aber das meiste war noch darin. Ich konnte Tante erzählen, dass er mir auf den Boden gefallen war, dass Vela mir einen anderen geben wollte, aber dass ich nicht wollte. Ich hob den Sauerrahm auf und tat ihn in den Beutel. Ich trat auf die Straße, um von dort zu sehen, ob noch etwas von meinen Sachen auf dem Boden liegt. Und da sah ich sie.

Alma lehnte am Zaun von Blagojas Haus. Sie hatte sich nur so viel versteckt, dass ich sie von der Stelle aus, wo sie mich zurückgelassen hatte, nicht hatte sehen können. Mir war klar, dass sie weinte, aber ich wagte nicht, mich ihr zu nähern. Ich glotzte in meinen Beutel, als würde ich kontrollieren, ob noch etwas geplatzt war. Ich betastete die Pastete, die Milch, den Sauerrahm, ich betastete sogar die Seife. Ich tastete und tastete und hoffte, dass Alma nicht mehr da sein würde, wenn ich wieder zu Blagojas Haus hinsah. Dass sie verschwunden sein würde. Für immer.

*

Ich konnte das Spiel Slowenien – Lettland kaum erwarten. Als würde ich auf diese kleine Rothaarige aus der Serie mit den Vampiren warten, dass sie mir einen bläst, nicht aber auf das Viertelfinale der Eurobasket. Den ganzen Tag hatte ich Wiederholungen gesehen und irgendwelche Klugscheißereien, irgendwelche Analysen gelesen, nur damit die Zeit schneller vergeht, damit es dunkel wird und ich ins *Sombrero* gehen und ein paar Bier trinken kann.

Ich brauchte echt einen guten Basket. Gut, ich brauchte eine Million Dinge, nur die gab es nicht im TV. Es ging mir am Arsch vorbei, wer am Ende gewinnen würde, ich wollte einfach nur die Porziņģise und Bertānse und Dončiće und Dragiće sehen und dazu ein Bier trinken, oder zwei oder zehn. Weil ich nicht mehr nüchtern sein konnte. Ich brauchte diesen Basket, um heroisch abzustürzen.

Bis zum Ende des ersten Viertels hatte ich drei Bier getrunken. Ein *Mašala*-Spiel war das. Da schlugen die Slowenen zu, aber auch die Letten. Richtig vermöbelt haben sie sich. Man konnte sehen, dass es hier kein Pardon gab, dass das Spiel mit aller Härte gespielt wurde. Bier, Basket, *Sombrero,* all das tat mir so gut wie einem Idioten eine Ohrfeige. Ich fühlte mich so super, dass ich Nebojša sogar auf seine Message antwortete. Zum ersten Mal seit zwei Wochen. Er zog mich auf, ob ich sauer sei, weil meine Janeze von Lettland eine reingewürgt kriegen.

„Sauer bist du, weil dein Schwanz sauer ist", gab ich zurück.

Ich glaube nicht, dass Nebojša von Radovan und der Operation wusste. Er wusste auch nichts von Spasić und von all dem. Denn diese Familienszenen interessierten ihn absolut nicht. Meine Tante Milana updatete ihren Sohn nicht, so wie es Ranka mit mir tat. Nebojša wusste also nur, dass ich ein bisschen nach Fužine gekommen war, um meine alten Herrschaften zu besuchen. Es bestand also keine Gefahr, dass die Frotzelei in die falsche Richtung ging. Deshalb frotzelten wir uns wie in den guten alten Zeiten.

„Diese Slowenen würde Serbien mit dreißig Zählern auseinandernehmen."

Slowenien hatte mit fünfzehn geführt und nahm sie wirklich auseinander. Aber bis sich Nebojša überlegt hatte, was er mir antworten könnte, hatte Lettland Slowenien schon eingeholt und lag in Führung.

„Wir Serben beten zu Gott, dass ihr Janeze weiterkommt."

Komm mir nicht mit „ihr Janeze", Nebojša! Ich bin nicht „Wir Slowenen!" und diese Tour. Du bosnisch-serbischer Arsch.

Nebojša war der Einzige, der mich noch Janez nannte. Weil mich sein Vater, mein verstorbener Onkel Milutin, Janez genannt hatte. Nur mit Nebojša zusammen war ich Janez gewesen. Drei Jahre hatten wir zusammengewohnt. Nur jetzt war er nach Novi Sad gezogen. Jetzt werde ich auch für ihn nicht mehr der Janez sein. Vielleicht bin ich es heute Abend zum letzten Mal.

„Wer nicht springt, ist kein Slowene!"

Das hast du also gewollt, Cousin.

Einmal hat er mich, als ich sturzbetrunken war, so provoziert, dass ich mitten im Lokal in Bijeljina zu hüpfen und „Wer nicht springt, ist kein Slowene!" zu rufen begann. Aber ihm habe ich das nie übel genommen. Denn für ihn war das alles nur eine einzige Frotzelei. Er war ein ganz normaler Typ.

„Janez, ich gebe dir hundert Euro, wenn du dich filmst, wie du hüpfst und das schreist!"

Für hundert Euro war mir das egal. Aber nicht so super war, dass ich schon mein fünftes Bier getrunken hatte. Ich war ziemlich abgefüllt. Das *Sombrero* war gestopft voll, aber mir ging der ganze Kindergarten am Arsch vorbei. Mir war echt alles egal. Meine Welt war im Gleichgewicht wie eine Wasserwaage. Ich nahm das Telefon und …

Was ist? Glaubst du mir nicht?! Glaubst du nicht, dass Marko Đorđić im *Sombrero* herumgehüpft ist und geschrien hat: „Wer nicht springt, ist kein Slowene!"

Du musst mir nicht glauben. Wichtig ist, dass ich weiß, was war und was nicht.

*

Es war Halbzeit, und ich ging pinkeln. Was würde ich dafür geben, jetzt in der Kabine zu sein, um zu sehen, ob dieser Kokoškov wirklich so ein Macher ist. Denn wenn er sie jetzt nicht zusammenscheißt und heiß macht, geht alles den Bach runter, so wie immer. Vor dem WC wartete ich, dass die Knaben ihre Radler abgießen, und stellte mir Kokoškov vor, wie er mitten in der Kabine steht und schweigt. Zwei Minuten, drei Minuten, fünf Minuten, und schon sind alle Spieler bis ins Mark getroffen und sitzen da wie auf einer Beerdigung und Kokoškov fährt mit dem Blick langsam von einem zum anderen, als würde er sie hypnotisieren. Sieben Minuten von der Pause sind vorbei, und Kokoškov hat den Mund noch nicht aufgemacht. Jetzt ist es schon eine kollektive Psychose, und keiner wagt, sich zu bewegen, nicht einmal mit dem Handtuch, um sich den Schweiß abzuwischen, alle starren nur auf Kokoškov und wissen nicht, ob der Typ abgehoben hat oder ob das jetzt Zen ist oder noch so eine buddhistische Scheiße. Und er mit seinem sibirischen Pokerface, er starrt sie immer noch nur an. Neun Minuten der Pause sind schon vorbei, langsam wird es Zeit, aufzustehen und zurück in die Halle zu gehen, aber Kokoškov schweigt noch immer, sein Assistent Jale sieht schon auf die Uhr und kratzt sich am Kopf, und Kokoškov brüllt plötzlich aus vollem Hals: „Was ist, verdammt noch mal?! Was seht ihr mich an? Was wollt ihr, dass ich euch sage?! Ihr wisst selbst genau, weshalb ihr hier seid! Männer, geht raus und besiegt sie!"

Und die Spieler stehen auf und gehen zurück in die Halle. Und sie gewinnen. Oder sie versagen. Das war's dann. Denn was kann dir der Trainer in der Halbzeit eines Viertelfinales sagen, damit du begreifst, was du zu tun hast? Wenn du was im Kopf hast, dann weißt du ohnehin, was du zu tun hast. Und du weißt, dass du gewinnen musst. Alles weißt du. Was soll er dir noch erzählen? Das ist, als wollte er nach dem halben Marathon einem Marathonläufer erklären, wie er zu laufen hat.

Alles klar, Bruderherz. Du nimmst den Ball und dunkst ihn in den Korb. Und das hundert Mal.

*

Ich kam vom WC zurück, und im Fernsehen kamen Dragić und Co aus der Kabine aufs Spielfeld zurück. Ich winkte dem Kellner, mir noch ein Bier zu bringen. Nebojša gibt einen aus. Alles war so, wie es sein muss, und dann piepte mein Telefon. Ich hatte eine SMS bekommen.

„Bin auf dem Weg nach Ljubljana. Einen Drink?"

Da hast du es, Đorđić. Du hast bekommen, was du gesucht hast.

„Erwarte dich im *Sombrero*."

Da fehlte nur noch, dass ich einen Smiley dazusetze. Aber das passierte nicht.

*

Nataša flog herein, als Dončić aus neun Metern über Porziņģis hinweg eindunkte, einen Dreier vom Brett abtropfen ließ und das *Sombrero* auf die Beine katapultierte. Ich war der Einzige, der sitzen blieb, denn seit Natašas SMS war das Spiel nicht mehr so interessant. Ich überlegte, wo ich sie in diesem ganzen Chaos unterbringen soll. Mir war klar, wenn du eine so heiße Braut nirgends unterbringen kannst, dann bist du wirklich fertig, aber ich sträubte mich ernsthaft gegen den Gedanken, dass sie sich verknallt hatte und nur meinetwegen nach Ljubljana gekommen war. Und überhaupt war sie Dejans Schwester, und ich wollte ihr nichts in den Kopf setzen und irgendwelche dummen Spielchen spielen. Dabei fand ich sie wirklich cool.

Deshalb wollte ich ihr sofort sagen, wie die Dinge stehen, aber als sie mit dem großen Rucksack vor mir stand, war ich etwas verwirrt.

„Du gehst nach Thailand?"

Anstatt mit was genauso Debilem zu antworten, küsste mich Nataša nur auf die Wange. Sie war echt cool.

„Wie ist der Spielstand?"

„Unsere führen."

„Ja?"

„Ja. Ein gutes Spiel. Echt gut. Wie bist du hergekommen?"

„Mitfahrzentrale. Du hättest den Typ sehen sollen, der mich mitgenommen hat. Als ich ins Auto stieg, fragte er mich, ob ich weiß, wie man einen Joint rollt. *Ridesharing* ist echt cool. Für fünf Euro habe ich einen *lift* und drei Züge gekriegt. Bist du schon lange hier?"

„Seit Beginn des Spiels."

„Und wie viele hast du schon intus?"

Siebeneinhalb, aber ich zähle das nicht.

„Was machst du überhaupt hier? Hast du keine Schule?"

„Sorry, no. Mich hat nur interessiert, ob ich dich erwischen kann."

„Kannst du nicht."

„Das sehe ich."

Was siehst du, Kleine? Mir sieht man nichts an. Ich kann gerade auf dem Strich gehen, wenn nötig. Und ich kann auf einem Bein stehen, bis morgen früh, wenn nötig. Mir geht es gut, Kleine. Deine SMS hat mich so nüchtern gemacht wie ein Magenauspumpen.

„Nein, ernsthaft. Was machst du in Ljubljana?"

„Zu dir bin ich gekommen."

Verarschst du mich?! Ja, du verarschst mich. Gott sei Dank.

„Wie du dich angeschissen hast!"

„Ich habe mich nicht angeschissen!"

„Ich bin ein bisschen gekommen, Daddy besuchen."

„Ach ja?"

„Er ist nach Serbien zu einer Beerdigung. Sein Bruder ist gestorben. Bis Sonntag wird er da unten bleiben."

„Du bist nicht mit zur Beerdigung?"

„Warum sollte ich?"

„Das weiß ich nicht. Dein Onkel ist gestorben."

„Ich habe ihn überhaupt nicht gekannt. Und sowieso waren er und mein Vater zerstritten. Angeblich war er ein Idiot. Er war im Krieg, und er hatte irgendwelche schlimmen psychischen Folgen, keine Ahnung, was. Papa hat ihn nur einmal gesehen in den letzten zwanzig Jahren."

„Seid ihr nie runtergefahren?"

„Ich war im Leben nicht in Serbien. Papa hatte hundert Jahre keine Papiere und konnte nicht runter, und dann ist er hin und hatte Streit mit seinem Bruder, und ich weiß nicht, mit wem noch, und dann ist er auch nicht mehr hingefahren."

„Ist Dejan nicht jeden Sommer nach Kragujevac, oder wohin immer?"

„Das hat er dir gesagt?"

„Ja."

„Dejan weiß nicht mal, wo Kragujevac liegt. Er ist nach Konjice gefahren, aber nicht nach Kragujevac. Ihm darfst du nicht glauben."

„Fuck. Und dabei war er der größte Serbe."

„Er ist ein Chamäleon. In Fužine war er der größte Serbe und in Konjice ist er der größte Slowene. Er unterschreibt mit hartem *č*."

„Du verarschst mich?"

„Er ist überhaupt nicht er selbst. Er ist immer das, was die anderen sind."

Verdammter Mirtić-Arsch. Und die drei Finger sind bei ihm von allein hochgegangen, wie einem ungefickten Bengel der Schwanz.

Nur wer bin ich, dass ich mich wundere? Ich bin doch immer das, was die anderen nicht sind. Ein Tschefur hier, ein Serbe dort. Einmal ein Janez, das andere Mal ein Tschetnik, das dritte Mal ein Fickschwanz für kleine Ausländerinnen. In Wirklichkeit bin ich auch nicht ich selbst. Denn mir ist auch nicht ganz klar, wer Marko Đorđić ist. Ich weiß nur, dieser Marko Đorđić bin ich.

Ich bin die gleiche Scheiße wie Dejan Mirtić. Nur etwas schöner verpackt.

„Er ist ein Loser. Er arbeitet bei der Mama in der Firma und schämt sich nicht einmal."

Schämen tut er sich vermutlich, sonst hätte er vor uns nicht so getan, als gehörte die Firma ihm.

„Ist er ein Schwuletti? Ich meine gay."

„Was?"

„Aco hat mir gesagt, dass er gay ist."

„Schau, auch wenn er gay wäre, würdest du es nicht wissen. Ich würde es nicht wissen. Keiner würde es wissen. Weil er nur lügt.

Er passt sich nur an. Wenn er mit Bikern zusammen ist, steht er voll auf Motorräder, und wenn er mit Bauern zusammen ist, steht er auf Trecker. Geschnallt? Er weiß selbst nicht, welchen Sound er am liebsten hat. Und meiner Meinung nach weiß er auch nicht, ob er mehr auf Jungs oder auf Mädels steht."

„Ein komischer Kerl."

„Sowieso."

„Weißt du, was für ein großer Serbe er war? Ganz Fužine hat er mit den vier kyrillischen C und mit *Србија* vollgemalt, und ich weiß nicht, was noch alles."

„Im Leben war er nicht in Serbien. Und er kann überhaupt nicht Serbisch. Hast du ihn Serbisch sprechen gehört? Hast du nicht. Weil er es nicht kann. Besser als er kann es jeder Jože, der einmal im Leben in Belgrad war."

„Und du kannst es?"

„Ich lerne."

„Du lernst?"

„Ja. Ich habe eine Freundin, die ist aus Serbien und redet mit mir Serbisch. Das geht schon voll gut."

„Ich hab mir gedacht, dass du es kannst, weil du so einen fužinischen Akzent hast."

„Den habe ich erst später gelernt. Von Papa. Damit ich meine Mutter ärgern konnte. Und die Lehrer in der Schule. Das hättest du sehen müssen. Wie die Leute in Konjice glotzen, wenn du anfängst, so zu reden. Als würde ich ihnen eine Pistole an den Kopf halten. Sie kriegen richtig Angst, so auf die Tour, was ist mit dir, ist alles in Ordnung mit dir? Verrückt, echt."

Ich konnte direkt sehen, wie sie die Lehrer verarschte, direkt ins Gesicht, genau so wie wir früher. Von der letzten Bank aus. Ein ganz heißer Feger, diese Nataša.

„Hast du ein Auto?"

„Ich hab Vaters Opel. Weshalb?"

„Dass du mich zur *flat* bringst."

„Wo ist das?"

„In Moste."

„Kein Problem. Wann?"

„Wir können noch eins trinken und dann verschwinden. Hier ist sowieso nichts los. Alle glotzen dieses Basket und danach gehen sie nach Hause. Ich hab gedacht, dass dieses Fužine so ein *party-place* ist, sieht aber eher schwach aus."

„Fužine ist eine Schlafsiedlung."

Scheiß drauf, Nataša, wie man es auch dreht und wendet, Beton ist Beton. Billigbau für billige Leben, wie Radovan sagen würde. Die allernormalste Schlafsiedlung ist dieses Fužine. Und wir Tschefuren sind nur normale Arbeiter. Wenn du genauer überlegst, hat Aco recht. Wir sind nur am Malochen und Fremde-Hintern-Putzen. Große Macher, echt.

„Eine Schande."

„Weshalb?"

„Na deshalb, weil das hier nicht mal mehr Balkan ist. Hier gibt es kein *life* mehr, hier gibt es nichts mehr. Überall nur noch *ordnung*, genau wie in *Avstrija*. Gecheckt? Haus – Job – Haus – Job. Und alle müssen um elf Uhr abends ins Bett, und alle warten auf Grün, und alle müssen um zehn vor acht in der Schule sein. Und selbst wenn wer was trinken geht, geht er nur am Freitagabend und nur bis Mitternacht."

„Was willst du, die Leute sind fertig."

„Ja, ich weiß. Meine Mutter ist am meisten fertig."

Sonja ist fertig? Das ist echt schade. Irgendwie habe ich geglaubt, sie hätte noch ein paar Spiele in den Beinen.

„Wenn du gesehen hättest, wie wir uns gefetzt haben."

„Weshalb?"

„Ach, für nichts. Sie hat Kondome in meiner Tasche gefunden und ist total ausgerastet. So auf die Tour, weshalb nehme ich nicht die Pille, und die Typen wollen keine Kondome ... Ich meine, es war total komisch, sie ist voll darauf abgefahren ... Aber dann habe ich ihr gesagt, dass ich volljährig bin und Sex haben kann, so viel ich will."

Du bist volljährig? Das ist schön. Und du kannst Sex haben, so viel du willst? Das ist ja noch schöner.

„Was ist?"

„Ich habe nichts gesagt."

„Wolltest du denn was sagen?"

„Ich wollte nichts sagen. Ich habe mit meiner Mutter nicht über Sex geredet, also weiß ich nicht, wie das ist."

„Wir beide haben ja auch nicht darüber geredet. Aber sie kommt immer damit, dass sie zu jung war, als sie schwanger wurde, und jetzt ist sie paranoid. Aber komplett paranoid, weil ihr Freund sie angeblich mit einer anderen betrügt und weil ihre Mutter der Schlag trifft, und ich weiß nicht, was noch alles. Sie ist total am Sand. Aber jetzt fahre ich schön zu meinem Vater und erhole mich ein bisschen."

„Das klingt nicht schlecht."

„Für mich ist das super. Papa, auch wenn er hier ist, ist nicht wirklich hier. Zwischendurch hat er mal mit dem Trinken aufgehört, Magenkrämpfe und so, und die Ärzte haben ihm Angst gemacht, aber das hat nur ein paar Monate gedauert. Aber für mich ist er trotzdem der Größte. Ich verstehe ihn. Verdammt, sie haben ihn als Ausgelöschten auf die Straße gesetzt, und er muss sie sich im TV ansehen und ihnen applaudieren. Faschisten!"

Slowenien hat gewonnen. Gegen Lettland, denke ich. Auch gegen Mirtić, aber das ist schon eine alte Geschichte. Jetzt hat es gegen Lettland gewonnen. Und das mit 103 zu 97. Du glaubst es nicht. Die Slowenen haben ihnen 103 Punkte eingedunkt. Im Viertelfinale der Europameisterschaft. In dieser Welt ist alles möglich.

Nebojša rief mich an, aber ich konnte jetzt nicht mit ihm über das Spiel sprechen, also schaltete ich das Telefon aus. Sorry, Nebojša, mein Akku ist leer. Ich melde mich, wenn ich ihn aufgeladen habe.

„Komm, gehen wir."

„Haben wir gewonnen?"

„Ja."

„Echt? Cool. Da bin ich aber froh."

„Ich auch."

*

Erst als wir zum Opel gingen, merkte ich, wie fett ich war. Ich musste mich richtig anstrengen, damit Nataša nicht mitkriegte, wie bei mir alles schwankte. Aber bis Moste würde ich es schon irgendwie schaffen. Moste ist hier um die Ecke. Bis Moste könnte ich den Opel auch schieben. Und Nataša war sowieso in ihrem Film.

„Eigentlich tut mir meine Mutter leid. Unsere Eltern kapieren nicht, dass es Internet gibt, dass wir sie nicht alles fragen müssen, dass wir selbst nachsehen und alles nachlesen können. Sie denkt, wenn sie mir nichts über Verhütung erzählt, dass ich dann wohl nichts darüber weiß, dass ich nicht weiß, wann die fruchtbaren Tage sind und wann nicht, dass ich von nichts eine Ahnung habe. Sie kapiert nicht, dass es heute anders ist, dass du Apps und Chats und all die Sachen hast, dass du sie in Wirklichkeit gar nicht mehr brauchst. Weil wir nicht geistesgestört sind, verdammt. Ich bin achtzehn, fast neunzehn, und mir wird ja wohl klar sein, wie man ein Kind bekommt. Dass der Pillermann in die Pullerfrau geht, und diese Sachen. Aber meine Mutter kapiert das nicht. Weil ihr das nicht klar war, verstehst du mich? Mir war schon längst klar, schon in der Grundschule ... Wenn sie damals gewusst hätte, was ich mache ... Oh, fuck! Sie hätte getobt."

Es ist alles da. Das Lenkrad, der Schalthebel, das Armaturenbrett, alles hat der Opel, was du brauchst, um nach Moste zu kommen. Und die Lichter funktionieren. Und die Scheibenwischer auch. Und die Blinker. So, technischer Check erledigt, wir können los.

„Wann hattest du zum ersten Mal Sex?"

„Ich?"

Ja wirklich, wann hatte ich zum ersten Mal Sex? Das erste Mal hatte ich Sex … Warte, warte … Ich werde mich erinnern, lass mich nur diesen Schlüssel ins Schloss stecken. Hier, nur das noch, und ich sage dir, wann ich zum ersten Mal Sex hatte, da, der Schlüssel ist fast drin. Und Moste ist um die Ecke. Ich könnte den Opel bis Moste schieben.

„Das interessiert mich wirklich."

„Spät."

Was ist? Frauen mögen Ehrlichkeit, oder?

„Ach, ja? Wann?"

„Als ich so alt war wie du jetzt."

„Du willst mich verarschen. Weshalb so spät?"

„Ich weiß nicht. Ist so passiert."

„Du warst ein braver Junge, ha?"

Ich war ein Weichei, aber du kannst mich auch einen braven Jungen nennen.

„Und du?"

„Werde ich dir nicht sagen."

„Weshalb nicht?"

„So."

Wir müssen ja nicht sofort losfahren. Moste wird schon nicht weglaufen, oder? Wir können vorher hier auf dem Parkplatz ein bisschen sitzen. Ist das nicht ein schöner Blick aus dem Auto? Das ganze Altersheim siehst du. Wir können uns für den Anfang beide ein bisschen an den Opel und an die Sitze und den Geruch und so gewöhnen.

„Also sag, wann hattest du das erste Mal Sex."

„Sag ich nicht!"

„Schämst du dich?"

„Ich schäme mich nicht."

„Ich habe es dir gesagt."

„Du hast mir etwas vorgelogen."

„Weshalb?"

„Klar hast du das. Du bist ein Basketballer, und jetzt sieh dich an, wie du aussiehst. Garantiert hast du früher Sex gehabt, und jetzt spielst du die Unschuld vom Lande."

Lassen wir das mal ein bisschen abklingen, inzwischen kann ich wieder versuchen, den Schlüssel ins Schloss zu stecken und den Motor zu starten. Okay? Dann werde ich mich im Spiegel ansehen, wie ich aussehe. Und so tun, als müsste ich mich nicht auf den Schlüssel und das Schloss konzentrieren, dass das meine Finger allein machen. Und auch wenn es nichts wird, Moste ist um die Ecke. Ich könnte den Opel hinschieben.

„Da!"

So gehört sich das! Der Schlüssel ist im Schloss und er dreht sich und der Motor läuft! Beim ersten Mal. Bravo. Moste, ich komme.

„Die *flat* ist in dem Block, in dem früher das Polizeirevier war, wenn du das weißt?"

Ob ich weiß, wo früher das Polizeirevier war? Ich war auf diesem Polizeirevier, Kleines. Vor dem hat der verdammte Damjanović den Bus angehalten.

Damjanović ist gestorben, weißt du? Aber nicht deshalb, weil Aco und ich ihn auseinandergenommen haben, er ist später gestorben. Wer hätte gedacht, dass er Glück hatte? Damals war ich noch ein bisschen mehr fertig als heute, und die Bullen packten mich wie einen Sack Kartoffeln und … Ob ich weiß, wo das Polizeirevier war, ha? Das fragst du?

Ich könnte diese Geschichte erzählen, werde es aber jetzt nicht tun. Denn ich fahre und muss bei Rot stehen bleiben. Und den ersten Gang einlegen und losfahren. Und den zweiten. Nein, nicht den dritten, es muss langsam gehen, denn da sitzt doch eine Frau im Auto und Frauen mögen kein schnelles Fahren.

Wo ist diese Ecke, Scheißmoste!

Ah, gut, da ist sie. Soso. Langsam und ein bisschen die Bremse, und ein bisschen den Blinker und noch ein bisschen die Bremse und stoooopp! Alle Achtung! Das war ein meisterhaftes Anhalten eines Pkws am Straßenrand. Bestanden!

„Da wären wir."

„Du willst mich hier rauswerfen?"

Was hättest du gern?

„Ich verstehe, du willst jetzt nicht …"

Ach, Nataša, es ist wirklich nicht das, was du denkst …

„Ich verstehe ja, da kommt eine *bitch* aus Konjice und würde gern …"

Hör zu, du *bitch* aus Konjice, ich sag dir was …

„… und dazu ist sie noch die Schwester deines Freundes …"

Das hat nichts mit Dejan zu tun, bestimmt nicht, es ist nur …

„Nur so viel, dass du's weißt. Ich dachte, du kommst mit rauf auf ein Bier. Sonst nichts. Aber nicht nötig. Ich hab's kapiert. Wenn du nicht willst, willst du nicht. Du brauchst nichts zu erklären."

„Okay, ich komme mit auf ein Bier."

„Nein, kommst du nicht!"

Dann komme ich nicht mit.

„Du hast Nein gesagt, und das ist Nein."

„Du bist beleidigt."

„Und du bist betrunken! Und dazu fährst du noch."

Ich fahre nicht. Hier, ich habe den Schlüssel schon abgezogen. Ich halte nicht mal das Lenkrad.

Wohin gehst du, verdammt? Komm, setz dich wieder in den Opel und lass uns reden. Komm schon, verdammt, wohin gehst du? Hast du nicht gesagt, du wohnst in diesem Block? Weshalb läufst du jetzt zurück nach Fužine? Ha? Warte, komm schon, so geht das nicht …

„Alooo! Nataša! Wohin gehst du?"

„Zur Tankstelle. Bier holen."

„Für dich oder für beide?"

„Für beide."

„Wenn ich noch eins trinke, krieg ich keinen mehr hoch."

Das hast du nicht gesagt, Đorđić! Das hast du nicht gesagt! Mein Gott, dass du nicht so ein Idiot bist! Komm schon, sag mir, dass du das nicht gesagt hast. Ich habe es gesagt, nur sie hat mich nicht gehört. Gott sei Dank! Blöder Idiot!

*

„Das ist mein Bett. Wirklich. Und weißt du, woher das Bett ist? Von Ikea, Mann. Papa hat es direkt von Ikea geholt. Ehrlich. Er hat mir ein Bett gekauft. Zu meinem achtzehnten Geburtstag. Vorher hatte er nur eine Luftmatratze, aber dann ist er zu Ikea und hat mir ein Bett besorgt. Mann, ich musste direkt weinen, als ich das gehört habe. Er hat sich ins Auto gesetzt und ist ganz nach Italien, um ein Bett zu besorgen."

Es war ein schönes Bett. Schade nur, dass die Matratze noch immer eingeschweißt war. Und dass es kein Kissen gab, kein Laken und keine Decke. Wo man reinfallen und bis zum Morgen ratzen könnte.

„Dass du dich nicht draufsetzt! Das ist allein mein Bett!"

Red keinen Stuss, Frau, mir sind Kopf- und Fußenden sowieso immer ein Gräuel gewesen. Denn wenn sich die Geistesriesen, die solche Betten herstellen und verkaufen, einen Dreck darum scheren, wo ich meine Füße hintun soll, dann schere ich mich auch einen Dreck um ihre Betten.

„Das war ein Scherz. Setz dich hin, wo du willst. Zieht ihr zu Hause die Schuhe aus?"

„Ja."

„Ja, klar. Die Slowenen. Mein Papa nicht. Und ich hier bei ihm auch nicht. Was willst du die Schuhe ausziehen, wenn du nicht durch Dreck stiefelst, oder? Du bist hier nicht auf dem Dorf, mein Gott."

Ausgezogene Schuhe auf dem Flur sind dasselbe wie Tannenbäume im Auto. Ein übler Geruch, aber du gewöhnst dich daran. Du machst dir sogar vor, dass das dein eigener, dir vertrauter Duft ist. Und diese Mirtić-Garçonnière könnte ein paar Schuhe von Radovan im Flur gebrauchen, wenn es welche gäbe.

„Willst du eine?“

Woher wusstest du, dass ich mir gern eine anstecken würde? Du weißt alles, nicht wahr, Kleine?

„Gib.“

„Man sagt bitte.“

„Ja, wenn du Slowene bist.“

Wir zündeten uns einen Tschick an, und Nataša stieß mit ihrem an meinen.

„Prost.“

„Prost.“

Sie stand auf und öffnete das Fenster. Ein kluges Mädchen, wirklich. Die frische Luft würde von außen angreifen, und der Tabak von innen. Und vielleicht gelingt es uns wirklich, in dieser Mirtić-Wohnung nicht zu krepieren.

„Marko … komm, erzähl mir was.“

„Was soll ich dir erzählen?“

„Etwas über dich.“

Nein, nein, nein. Nicht über mich. Denn ich kann nicht lügen, Nataša. Ich erzähle alles so, wie es war.

„Ich bin Marko Đorđić und vor Kurzem von Bosnien zurück nach Slowenien gezogen.“

„Stimmt, du hast in Bosnien gelebt.“

„Fast zehn Jahre.“

„Und?“

„Was?“

„Wie war es?“

Wie meinst du das, wie war es? Meinst du in Visoko oder in Bijeljina? Mit Alma oder ohne Alma?

Im *Džungla* war es in Ordnung. Und mit Dragiša zweimal in der Woche nach Novi Pazar fahren, um Denim-Jeans, Hoodies und Sweatshirts einzukaufen, war auch nicht schlecht. Novi Pazar ist super.

„Verrückt und unvergesslich."

„Weshalb?"

„Das war echt eine gute Zeit. Nur das ist nicht das *life*."

„Und was ist das *life*?"

Ich und du in einer leeren Garçonnière. Zum Beispiel.

„Keine Ahnung. Ich weiß nur, was kein *life* ist."

Das in Visoko ist kein *life*. Und alles in Bijeljina auch nicht. Und selbst das im *Džungla,* in Novi Pazar und im Marakana ist kein *life*. Nichts davon ist das *life*. Das weiß ich. Vielleicht war das mit Alma das *life,* nur war es verdammt kurz. Eine Eintagsfliege hat ein längeres Leben!

„Und weshalb bist du zurückgekommen?"

Scheiße, Nataša, wir haben eine leere Garçonnière und ein neues Bett, noch verpackt, und Bier, Zigaretten …

„Ich bin eben gekommen."

„Weshalb?"

Weißt du, dass ich die Geschichte von der Schlampe und Spasić noch niemandem erzählt habe? Dass ich in diesem Slowenien keinen einzigen Menschen habe, mit dem ich mich auf ein Bier setzen und dem ich meine Seele ausschütten könnte? Weißt du das? In Bijeljina hatte ich wenigstens Nebojša. Und Branislav. Aber hier …

„Weshalb bist du zurückgekommen?"

… hier ist Slowenien.

„Komm, sag schon, verdammt."

„Ich habe eine Tussi gefickt, die ich nicht hätte dürfen."

„Was?"

„Ja. Gefickt, und dann musste ich flüchten."

„Ja, bestimmt. Red doch keinen Scheiß."

Ich hab dir doch gesagt, dass ich nicht lüge, oder?

„Ich habe einem Mafiosi die Tussi gefickt, und jetzt ist die Polizei hinter mir her."

„Im Ernst?"

„Ja."

„Weshalb hast du sie ihm gefickt?"

Wie meinst du das, weshalb ich sie ihm gefickt habe? Weil sie mich gelassen hat, deshalb!

„Er ist mir auf den Sack gegangen. Und sie ist mir auch auf den Sack gegangen, und da hab ich sie gefickt."

„Du hast sie gefickt, weil sie dir auf den Sack gegangen ist?"

Ich habe sie nicht gefickt, weil sie mir auf den Sack gegangen ist. Sie ist mir auf den Sack gegangen und ich habe sie gefickt. Das ist nicht dasselbe, es fällt mir nur schwer, es dir zu erklären, weshalb es nicht dasselbe ist.

„Machen dich zufällig Mädels an, die dir auf den Sack gehen?"

„Der Mafioso ist mir mehr auf den Sack gegangen als sie. Seinetwegen hab ich sie gefickt."

Seinetwegen hab ich sie gefickt? Wie dumm sich das anhört, wenn du es laut sagst.

„Du bist echt krank."

Ja, aber ich habe wenigstens ehrlich zugegeben, dass ich debil bin. Sodass du mir später nicht vorwerfen kannst, ich hätte dir hier den Tugendbold vorgespielt.

„Bin ich dir auch auf den Sack gegangen?"

„Nein. Weshalb?"

„So. Ich frage."

„Dich habe ich doch nicht …"

„Nein, mich hast du nicht gefickt."

Nein, habe ich nicht.

„Aber du wolltest."

„Was wollte ich?"

„In Konjice. Da bist du rangegangen wie eine Blondine auf Instagram."

Schau, Nataša, ich weiß nicht, wie ich es dir erklären soll …

„Ja, weil du mir gefallen hast."

„Was hat dir an mir gefallen?"

Was mir an dir gefallen hat? He, können wir vielleicht mal nicht ins Detail gehen, weil ich schon …

„Was hat dir an mir gefallen?"

Im Ernst, Nataša, können wir über etwas anderes reden, denn wenn nicht …

„Ist es dir peinlich, darüber zu sprechen?"

Es ist mir nicht peinlich, nur…

„Glaubst du, dass dein Vater irgendwo einen Müllbeutel hat, damit ich das hier ein bisschen sauber machen kann?"

„Was?"

Nichts, nichts, ich werde mich nur ein bisschen auf die Reinigung von Mirtićs Garçonnière konzentrieren, damit sich mein Kollege zwischen den Beinen etwas beruhigt. Aber mach mich ruhig weiter heiß, damit mir nicht schlecht wird.

„Bist du ein bisschen schüchtern?"

„Nicht mehr."

„Früher warst du das?"

„Ja."

„Vielleicht hast du wirklich erst spät angefangen mit Sex und so."

Ich habe dir doch gesagt, dass ich welchen hatte. Und dass ich nicht lüge.

„Ich glaube dir nicht. Deine Geschichten sind …"

Was sind sie?

„Ich glaube, du denkst dir das alles aus. Ich glaube, du bist zurückgekommen, weil du hier einen Job gekriegt hast. Für mich siehst du ganz normal aus."

Und du siehst für mich …

Nein, ich kann nicht, verdammt. Ich glaube dir ja, dass du volljährig bist, aber ich kann nicht.

„Wohin willst du?"

„Nach Haus.“

„Weshalb?“

Scheiße, aber ich habe keine Ahnung. Im *life* ist mir das noch nicht passiert, dass ich ficken wollte und dass ich zugleich nicht wollte.

„Ich muss gehen.“

„Weshalb musst du?“

Weil mir nichts mehr klar ist. Voll krass wäre ja wohl, dass du Dejans Schwester bist, nur geht mir Dejan tatsächlich am Arsch vorbei, und deshalb kapiere ich nicht, was das damit zu tun hat, und weshalb ich gehe. Ich weiß nur, dass ich gehe.

„Ich erkläre es dir ein anderes Mal.“

„Ich will ja nichts von dir. Ich habe verstanden, dass du nichts von mir willst, aber wir können doch noch ein Bier zusammen trinken, oder?“

Nein, können wir nicht. Scheiße, ich kann nicht mehr neben dir sitzen und Bier süppeln. Schließlich bin ein Mann von Schwanz und Blut.

„Kann ich dich morgen früh anrufen und wir gehen auf einen Drink?“

Ein Glück noch, dass ich die Schuhe nicht ausgezogen habe.

„Du brauchst es mir ja nicht zu erklären. Du hast ein Mädel, das schwanger ist, und du heiratest nächsten Monat, und du hast einen Hund gekauft, und ihr zieht in eine neue Wohnung. Mir ist alles klar.“

Ich wollte wirklich einen Hund haben, als ich fünf war. Nur Radovan und Ranka kommen vom Dorf. Hunde auf dem Dorf sind Köter, die Nachbarn anbellen und Gauner beißen.

„Ich habe keinen.“

„Glaub ich dir nicht.“

„Ich habe nur dich.“

„Und trotzdem musst du nach Hause.“

Ich wundere mich auch, Nataša! Ich wundere mich auch!

„Mein Vater ist im Krankenhaus."

„Was hat er?"

„Krebs."

„Fuck."

„Echt. Ich lüge nicht."

„Ich habe nicht gesagt, dass du lügst."

Gut, du hast nicht gesagt, dass ich lüge. Ich habe dir gesagt, dass ich nicht lüge.

„Können wir uns morgen hören?"

Ich halte den Türgriff schon in der Hand. Ich bin fast draußen. Es wird mir gelingen. So, Schluss. Ich habe gesiegt.

„Marko!"

„Was ist?"

„Du kannst mich hier nicht allein lassen."

„Weshalb nicht?"

„Ich war noch nie allein in dieser Wohnung. Ich habe hier noch nie übernachtet."

Was? Wie? Hast du nicht gesagt ...?

„Ich war nur einmal zu Besuch hier. Und damals habe ich von meinem Vater die Schlüssel mitgenommen. Ich weiß nicht, weshalb."

Ich verstehe. Ich bin nicht blöd. Du warst noch nie allein in dieser Wohnung. Du warst noch nie irgendwo allein. Und du hast hier noch nie geschlafen. Deshalb ist die Jogi noch immer eingeschweißt. Und du bist erst achtzehn, oder vielleicht noch nicht einmal. Und du bist allein in der großen Stadt. Und du hast nur vorgespielt, dass du cool bist. Weil du erst achtzehn bist, oder vielleicht noch nicht einmal, und du auf volljährig machst. In Wirklichkeit kennst du in Ljubljana niemanden außer mir. Und dann stehe ich noch auf, um zu gehen, als ob mir alles scheißegal wäre. Ich verstehe, Nataša, alles. Ich habe sofort kapiert, was Sache ist, ich wollte nur, dass du mir das selbst sagst.

„Sorry, aber ich habe wirklich ..."

Ach, es ist alles in Ordnung, wirklich. Ich verstehe alles. Ich bin nicht dumm. Aus dem Flugzeug kann ich sehen, dass du ein verwirrtes und verängstigtes Mädchen bist, das von zu Hause weggelaufen ist und nicht weiß, was es will. Und das noch nie allein in dieser Wohnung war. Und nirgendwo. Alles sonnenklar. Schon von Anfang an.

Kein Grund zu weinen, wirklich nicht. Hier, ich ziehe auch die Schuhe aus, damit du siehst, dass ich nicht weglaufe, ist das okay?

20. Weshalb Marko Đorđić ein ganz normaler Slowene ist

Radovan ist böse. Denn Doktor Birgmajer hat vor Ranka und mir gesagt, dass der Krebs zum Glück nicht auf die Leber übergegriffen hat. Er hat Krebs gesagt und hat damit alles versaut. Jetzt kann Radovan nicht mehr so tun, als würde er nichts haben, denn alle haben gehört, was der Arzt gesagt hat. Nicht nur ich und Ranka, auch die zwei Krankenschwestern und der arme Kerl im Bett daneben. Und deshalb ist er böse, weil er jetzt mit Ranka und mir über den Krebs und die Chemotherapie und den ganzen Scheiß reden muss, aber darüber will er nicht reden.

Radovan würde darüber reden, ob Ranka Stamenković angerufen hat, damit er sich den Kühlschrank ansehen kommt. Denn der Kühlschrank macht komische Geräusche und Radovan hat Ranka, bevor er zur Operation ging, gesagt, dass sie ihn anrufen soll. Nur hört Ranka sowieso nie auf das, was er sagt. Deshalb ist es besser, dass er an diesem Krebs krepiert, damit er ihr nichts mehr sagen kann und sie Gottes Frieden vor ihm hat.

Alles das sagt Radovan Ranka mit dem Blick, denn er ist zu böse, um wirklich zu reden. Und er hat zu große Schmerzen und keine Kraft, um laut zu werden. Und es gehört sich auch nicht, dass man im Krankenhaus laut wird, denn im Krankenhaus gibt es kranke Menschen, die jeder Lärm stört. Und sowieso ist es völlig umsonst, Ranka und mir und dem Arzt etwas sagen zu wollen. Sowieso sind wir klüger als er. Und Radovan ist dumm und weiß nichts, und deshalb wird er sich nicht mehr in unsere Diagnosen einmischen. Ihm können wir nur sagen, was wir beschlossen haben, ob wir ihn abstechen oder erschießen werden. Aber lieber sollen wir ihm gar nichts erzählen, denn was geht ihn das an.

Und wozu zum Teufel wollen wir ihn eigentlich retten, wenn er uns sowieso nur auf die Nerven geht. Und wenn er nicht einmal böse werden darf, weil wir dann beleidigt sind. Und nicht zugeben wollen, dass wir beleidigt sind. Deshalb hat er es aufgegeben und wird von nun an schön den Mund halten, denn uns etwas sagen wollen, das hat keinen Sinn. Es ist ja sowieso nicht sein Tumor, sondern Rankas Tumor. Und es ist der Tumor des Doktors, scheiß auf seinen Tumor und scheiß auf seinen Krebs!

Aber was kümmert das alles Radovan. Er ist nicht böse auf Ranka und auf den Arzt. Warum sollte er böse sein? Wenn es Krebs ist, dann ist es Krebs, der Doktor hat ihn sich nicht ausgedacht. Radovan ist nur müde. Können wir ihn sich ausruhen und in Frieden krepieren lassen?

Was heißt „Red nicht so"?! Warum soll er jemanden anlügen? Wenn der Doktor gesagt hat, dass er Krebs hat, dann hat er Krebs, fertig. Es ist, wie es ist, da braucht man nicht drum rumzureden. Du liegst da und wartest, dass sie dir sagen, wann du sterben wirst. Für Radovan ist das klar, denn er ist nicht im Thermalbad, sondern im Krankenhaus! Und er ist kein Kind, dass er nicht weiß, was Onkologie ist!

Gut, er ist böse. Gibt er zu. Er weiß nicht, warum er böse ist. Ist es wichtig, weshalb er böse ist? Er ist böse, und fertig! Darf er nicht böse sein? Böse ist er, ja, auf alles und jeden! Bist du jetzt zufrieden, Ranka?! Er ist böse, und nun lass ihn böse sein. Sag du ihm nicht, dass er nicht böse sein soll!

Ja, am besten wird sein, wenn du ihm sagst, wie er sich fühlen soll. Du hast ihn ja diagnostiziert, und jetzt sag du ihm auch noch, wie große Schmerzen er hat und wie sehr er sich ärgern soll. Scheiß drauf, Ranka, wenn du Onkologe bist, kannst du auch Psychologe sein.

Ja, Radovan ist böse auf Ranka. Denn immer, wenn er böse ist, ist er böse auf Ranka. Das kann nicht einmal der Krebs ändern. Radovan ist böse und sagt nichts, und Ranka und ich sagen auch nichts. Er liegt und wir sitzen an seinem Bett. Und sehen uns an. Wir schweigen und sehen uns an. Schon eine halbe Stunde lang.

*

„Es geht ihm gut. Er ist schon böse auf mich."

Ranka tut so, als wäre sie mit Radovans Gesundheitszustand zufrieden.

„Als würde er einen Grund brauchen, um böse zu sein, Dragica. Ich habe ihnen gesagt, dass er gesund ist und dass sie ihn entlassen können."

Aus dem Telefon ist Dragicas Lachen zu hören. Auch sie freut sich, dass es Radovan besser geht. Auch wenn es nicht so ist. Denn der Doktor hat nicht gesagt, dass es Radovan besser geht. Das hat sich Ranka ausgedacht, dass es Radovan besser geht. Der Doktor hat nur gesagt, dass ein Konsilium irgendwas erörtern wird und dass es in zehn Tagen irgendwelche hipsterologischen oder weiß der Geier was für Befunde geben wird. Und dann hat er gesagt, dass er uns schon alles gesagt hat. Auch das von diesem Konsilium und diesen hipsterologischen Befunden.

Ranka war gar nichts klar, aber für Doktor Birgmajer war die Schicht zu Ende und es ging ihm am Arsch vorbei, dass ihr nichts klar war. Auch Ćućić war nichts klar. Auch seinem Krankenpfleger Miha hatte Doktor Birgmajer nichts gesagt.

„Wenn dich das tröstet, genauso sind sie auch mit den Slowenen", sagte Ćućić zu Ranka, doch das tröstete sie nicht. Mich machte das nur noch zusätzlich wütend. Dass ich quasi glücklich zu sein habe, dass jemand für alle der gleiche Dreckskerl ist. Dass wir Tschefuren die Gleichberechtigung erkämpft haben und sie uns jetzt mir nichts, dir nichts genauso auf den Kopf scheißen wie den Slowenen.

„Du siehst, dass es ihm besser geht, weil er sich selbst gleichsieht."

Vielleicht müsste ich auch so tun, als wäre alles gut?

„Gestern hat er sich nicht gleichgesehen, Dragica, aber heute war das schon Radovan."

Das wirkt einfach. Du spielst und spielst und bemühst dich, dir selbst zu glauben.

„Er ist beleidigt, weil er nicht selbst bestimmen kann, wann er nach Hause geht und welche Medikamente er nimmt. Dass das ich und der Arzt entscheiden."

Wieder Dragicas Lachen. Und auch Ranka lacht. Mir geht das alles auf den Wecker. Radovan geht mir auf den Wecker, weil er sich blöd stellt und angeblich von nichts weiß. Und Ranka geht mir auf den Wecker, weil sie die ganze Zeit ganz armselig nickt, anstatt den Doktor zu drängen, ihr zu sagen, ob ihr Mann krepieren wird oder ob er nicht krepieren wird. Und mir erlaubt sie nicht, dass ich mich einmische. Und dann weiß Radovan alles, will aber nicht darüber sprechen, und Ranka weiß nichts, macht aber den Mund nicht zu. Und du siehst ihn und hörst sie und sollst normal bleiben.

„Hauptsache, dass er sich besser fühlt, dass er keine Schmerzen hat, alles andere kommt schon in Ordnung."

So ist es, Ranka. Wenn du das jetzt noch fünf Mal wiederholst und Dragica dir noch fünf Mal sagt, dass es tatsächlich so ist, dann ist überhaupt nicht mehr wichtig, was Doktor Birgmajer gesagt hat oder was das Konsilium sagen wird und was die hipsterologischen Befunde sagen werden, gar nichts.

„Nein, nein, er ist ein guter Arzt. Ein großer Fachmann."

Er ist echt groß. Er hat dieses „Doktor" vor dem Namen, weißt du.

„Und er ist richtig nett, ich habe nichts gegen ihn einzuwenden."

Manchmal sagt er dir sogar „Guten Tag".

„Ein Slowene, ja."

Das ist von allem doch das Wichtigste. Das war es immer.

„Eh, Dragica, ich muss Schluss machen. Gut, ich rufe dich heute Abend an, dann können wir in Ruhe reden. Grüß mir alle."

Ich hielt an der Bushaltestelle an, um Ranka aussteigen zu lassen.

„Was ist? Kommst du nicht mit nach Haus?"

„Nein."

„Wohin fährst du?"

„Ich fahre, einfach so."

Was soll ich dir erklären, Ranka. Sowieso ist nur wichtig, dass ich mich besser fühle. Und dass ich mir wieder etwas gleichsehe.

*

Ich beschloss, sie zu ficken und mich zu vertschüssen. Ich hatte keine vernünftige Idee, wie ich ihr sonst klarmachen soll, dass sie sich nicht mit solchen Arschlöchern einlassen darf, wie ich eines bin. Ich meine, ich hätte ihr das auch sagen können, aber ich konnte es nicht. Je eher sie diese Sachen kapiert, desto besser für sie. Denn es gibt noch schlimmere Idioten als mich. Aber sie tut so, als wäre ihr alles klar und als wüsste sie genau, wer ein Idiot ist und wer nicht. Aber in Wirklichkeit ist ihr nichts klar, denn sie ist zu jung, dass ihr etwas klar sein könnte. Und deshalb werde ich sie ficken und mich vertschüssen. Zu was anderem bin ich sowieso nicht fähig.

Was soll ich tun? Soll ich ihr sagen, dass ich sie liebe? Oder soll ich sie drei Monate lang ficken und ihr dann vorschlagen, mit mir nach Singapur abzuhauen? Damit sie Nein zu mir sagt und sich dann das ganze Leben lang fragt, ob sie hätte Ja sagen sollen? Das wäre erst richtig hinterfotzig, und nicht, dass ich sie ficke und mich vertschüsse. Das ist Fotzenrauch, denn ich könnte sie wirklich kaputt machen. Und das fürs ganze Leben. Und sowieso möchte auch sie höchstwahrscheinlich, dass wir ficken und dass ich mich dann vertschüsse. Denn was brauchst du anderes, wenn du jung bist und bescheuert?

Aber schon als sie durch die Gegensprechanlage „Ich mache auf" sagte, war mir klar, dass der Fick entfällt.

„Ich habe mit Mutter gesprochen. Wir haben uns total zerstritten. Ich habe ihr gesagt, dass ich nicht zurückkomme."

Branislav hat einmal erklärt, dass Frauen die Menstruation haben, aber dann haben sie auch noch eine mentale Menstruation, wenn ihnen das Blut ins Gehirn steigt und du sie nicht vögeln kannst, weil sie psychisch zu labil sind. Wegen irgendwelcher Ex-Freunde, Ehemänner, Chefs. Oder ihrer Mütter. Und er hatte recht. Eines meiner Mädels war einmal von ihrer Katze genervt, die Dünnschiss hatte, und deshalb haben wir sieben Tage lang nicht gevögelt.

Wenn du ein Mann bist, kannst du das nicht verstehen, weil sich dein Schwanz auch dann hebt, wenn dein Vater am Krepieren ist. Deshalb sind Frauen Frauen und Männer Schwänze. Und Nataša war eine Frau. Die eine verrückte Mutter hatte.

„Die verrückte Fotze hat mir gedroht."

„Beruhige dich."

„Sie ist total gestört. Ich dachte, ich halte es bis Ende des Jahres aus, dann gehe ich sowieso auf die Uni, aber ich kann nicht. Ich kann nicht einen Tag länger mit ihr zusammenleben."

„Du kannst doch hierbleiben."

„Kann ich nicht."

„Weshalb nicht?"

„Mein Vater kommt am Freitag zurück."

„Und? Du hast dein Bett."

Nataša sah zu ihrem Bett. Und explodierte.

„Was hast du? Was stimmt nicht?"

„Komm, sieh dir das doch an, verdammt! Dreiunddreißig Quadrat sind das. Kannst du dir vorstellen, dass ich mit meinem Vater hier drin lebe? Und mit ihm im selben Zimmer schlafe?"

„Hast du nicht gesagt, dass er dir das Bett gekauft hat?"

„Du bist echt bescheuert! Ja, er hat mir das Bett gekauft, weil er nicht wusste, was er tat, weil er so voll war, und er hatte gerade Geld aus Serbien gekriegt, weil sie die Hütte von Oma und Opa verkauft haben, und da hat er das Bett gekauft. Und überhaupt nicht für mich, sondern für Dejan, für seinen einzigen Sohn … der sich keine fünf Prozent um ihn schert! Und zwar deshalb, weil er ein Arschloch ist, der es sich mit seiner Mutter nicht verderben will und der noch kein einziges Mal hier war. Ich habe ihn wenigstens einmal besucht, und wir haben ein paar Mal miteinander telefoniert … und auf Viber schickt er mir irgendwelche alten Witze … bosnische …"

„Aber wo wirst du bleiben, wenn du nicht hierbleibst?"

„Ich weiß es nicht, verdammt!"

„Und das mit deiner Mutter ist wegen dieser Kondome, die sie gefunden hat!"

„Ach, weshalb, weil sie bescheuert ist, deshalb! Und weil sie meinen Freund aus der Wohnung geschmissen hat! Und ihm gesagt hat, dass er ein Junkie ist!"

„Du hast einen Freund?"

„Beni ist nicht mein Freund. Ich meine, ja, aber doch nein. Sie hat ihn nicht rauszuwerfen. Scheiße, ich bin volljährig. Ich kann tun, was ich will. Und ich habe sie angerufen, um ihr das zu sagen, und sie ist komplett ausgerastet, von wegen, wo ich bin und dass sie sich Sorgen gemacht hat. Und dann hat sie gesagt, ich soll gleich hierbleiben, sie will mich nicht mehr sehen, ich kann mich betrinken und herumhuren, wenn ich will, ich soll nur nicht mit einem dicken Bauch zurückkommen. Ihr System ist komplett abgestürzt."

„Sie wusste nicht, dass du hier bist?"

„Wie hätte sie das wissen sollen?"

„Dann begreife ich, dass sie ausgerastet ist."

„Was begreifst du! Was?! Sie interessiert sich nie für was, nicht, wo ich bin, noch, was ich tue. Sie hat ihren Stecher, und jetzt, wo er sie abserviert hat und sich eine Jüngere gefunden hat, möchte sie das Mamilein sein und für mich sorgen. Du kannst mich mal! Mach dir nur Sorgen, du blöde Nuss!"

„Komm, wisch dich ab. Du bist ganz …“

„Beni und ich waren nur angetörnt, verdammt! Und sie sagt zu ihm, dass er ein Junkie ist.“

„Da, wisch dich ab.“

„Sieh woanders hin, wenn du mich nicht ansehen kannst.“

Wenn eine Frau ihre mentale Menstruation hat und du trotzdem etwas von ihr willst, darfst du nur nicht die Nerven verlieren. Du musst warten. Eine Menstruation ist etwas Vorübergehendes, wie Branislav sagen würde. Du schweigst, du nickst, quasi du verstehst alles. Zum Fick bereit!

„Soll ich dir einen Kaffee kochen?“

„Du kannst Kaffee kochen?“

Klar. Hat mir Oma beigebracht. Sie meinte, ich könnte es gebrauchen.

*

„Ich versteh ja, dass sie sich von Papa hat scheiden lassen, das hätte ich auch, nur dann findest du dir einen normalen Kerl, und nicht einen noch schlimmeren Kretin. Sie hat sich einen Doktor gefunden, der ein Verrückter ist. Sowieso hat er sie betrogen, er war ja ein Doktor, nur war er richtig ein Psycho, der angeblich seine Ex in die Klapsmühle gebracht und den eigenen Sohn aus der Hütte geworfen hat, damit er sie verkaufen konnte, so ein Psycho war der. Und dann hat sich meine Mutter in ihn verknallt, denn was soll sie mit einem normalen Typ, nein, sie braucht so einen, der sie in den Kopf fickt. Sie checkt dieses Sexding absolut nicht. Sie weiß nicht, dass dich der Typ woanders ficken muss, nicht in den Kopf. Aber ich glaube, ihr kommt es nur, wenn sie einer in den Kopf fickt. Je mehr sie der in den Kopf fickt, desto mehr kommt es ihr …“

„Und was sagt Dejan?“

„Ach, Dejan, der tut so, als wäre alles cool. Er ist … Er ist … Für ihn ist alles cool, Alter. Er ist ein Psycho, wenn du mich fragst.“

„Ist der Kaffee so in Ordnung?"

„Du bist nach langer Zeit der erste normale Mensch, mit dem ich reden kann, weißt du das?"

„Ich bin bestimmt nicht normal."

„Weil auch meine Oma überspannt ist. Überhaupt scheint sie schon ein bisschen dement zu sein. Aber das war sie schon vorher."

„Und was willst du jetzt machen?"

„Ich weiß nicht. Was kann ich überhaupt machen? Zurück kann ich nicht."

„Weshalb nicht?"

„Deshalb nicht."

„Hier, hast du gesagt, kannst du auch nicht bleiben."

„Hier nicht, in dieser Wohnung."

„Wo dann?"

„Ich weiß es nicht. Ich kann irgendwo als Kellnerin gehen und mir was suchen."

Ich weiß nicht, ob ich jemals jemandem so lange in die Augen geschaut habe. Ich versuchte zu kapieren, was sie wirklich wollte, vom *life* und von mir, aber es war unmöglich, denn sie wusste es selbst nicht.

„Geh nach Hause."

„Was?"

„Geh nach Hause und mach die Schule fertig, dann komm zurück."

Branislavs Strategie, zu nicken und so zu tun, als würde man verstehen, war gescheitert. Mein dummer Kopf hatte sich fürs Improvisieren entschieden.

„Was ist mit dir?! Hörst du mir nicht zu?"

„Schau, ich bin auch von zu Hause weggegangen, als ich in deinem Alter war ..."

„Und? War es nicht gut, dass du weggegangen bist? Du bist der Normalste von allen. Sieh dir Dejan an. Und diesen Aco! Von

Adi weiß ich nicht, was mit ihm ist, nur meiner Meinung nach bist du mit Abstand der Normalste von allen."

Ja, ich bin der Allernormalste. Eine psychisch reife, stabile Person, finanziell abgesichert, mit glänzender Zukunft. Und auf der Suche nach jemandem, mit dem ich meine Liebe und mein Glück teilen kann.

„Es ist nicht so, wie du denkst."

„Wie ist es denn?"

„Es ist scheiße. Total scheiße."

„Aber zu Hause mit einer verrückten Mutter und einem Psycho von Bruder ist was?"

Scheiße, dein Heim ist dort, wo deine Psychos sind, nicht wahr?

„Ich weiß auch nicht, weshalb ich überhaupt versucht habe, dir zu erklären, was du nicht checkst."

„Weshalb nicht?"

„Weil du ein Typ bist! Beni checkt genauso wenig. Für ihn ist meine Mutter komisch."

„Schau, ich bin nicht irgendwohin gegangen. Ich bin zu meiner Familie gegangen. Ich bin nicht nach Ljubljana kellnern gegangen und um allein zu leben. Bei mir war es anders. Ganz anders. Und noch immer, wenn ich zurückkönnte …"

„Was würdest du?"

Ja, Đorđić, was würdest du? Was würdest du tun, wenn du zurückkönntest? Ich würde der alten Tschefurin meine Kappe geben und … vielleicht noch was?

„Würdest du hierbleiben?"

„Schau, das weiß ich nicht. Ich weiß nur, dass es nichts nützt, wenn du gehst. Es ist derselbe Scheiß, egal wo du bist."

„Wie kann es derselbe Scheiß sein?"

„Weil es das ist. Weil du immer du bist. Und die anderen immer die anderen sind und dich verarschen. Und es im Grunde egal ist, wer diese anderen sind. Weil sie die anderen sind und nicht du."

„Ach was."

„Klar, jetzt kannst du das schwer begreifen, aber du wirst es schon begreifen. Du wirst sehen. Ob du bleibst, gehst, zurückkommst, alles derselbe Scheiß. Unwichtig."

„Und was ist wichtig?"

Komm, Đorđić. Sag „Wichtig ist, dass wir uns lieben" und knutsch sie ab. Damit wir sehen, was passiert.

„Ich weiß nicht."

„Du bist wirklich …"

„Was würdest du denn wollen, verdammt noch mal?!"

Fuck on you, Đorđić! Was ist dir nicht klar? Du schweigst, nickst, quasi, du verstehst sie. Zum Fick bereit. Klar wie eine *Prekmurje gibanica*.

„Ich will gar nichts, verdammt! Lass mich in Ruhe!"

„Aber du hast mich angerufen!"

„Ja, weil du mich nicht!"

„He, Kleine, komm mir nicht mit so was."

„Die Kleine fickt dir die Mutter, damit du es weißt!"

Vielleicht wollte ich ja, dass sie mir die Mutter fickt? Vielleicht ist das ja ein Teil der Taktik. Vielleicht war das mein Plan schon von Anfang an.

„Du bist wirklich eine echte Tschefurin!"

„Und du bist ein echter Slowene!"

„Was bin ich?"

„Ein Slowene bist du!"

Warte mal, Kleine! Eine Sache ist, dass du mir die Mutter fickst, eine andere, dass du mir sagst, ich bin …

„Man sieht dir am Gesicht an, dass du ein Slowene bist. Du bist total verkrampft. Und frustriert. Und du weißt nicht, ob du von da unten bist oder von hier oben oder was du bist. Nichts weißt du. Weil du ein Slowene bist. Das bist du. Ein slowenischer Schwuletti bist du. Wen kümmert es schon, dass der auf *ić* ist und von Fužine kommt und sich nicht traut, es zuzugeben. Und angeblich voll sensibel ist, das aber nicht ist. Und angeblich total viel nachdenkt und total viel weiß, aber keinen Schimmer hat. Und angeblich voll irgendwelche Probleme hat, die es aber überhaupt nicht gibt. Und angeblich alles total versteht, aber überhaupt keinen Durchblick hat. Und angeblich gern mit mir zusammen sein würde, aber nicht weiß, ob das okay ist. Und der angeblich voll mutig ist, nur dass er das nicht ist. Und angeblich total stark ist, aber dabei total Angst hat. Und sich nicht einmal traut, ein Mädchen anzurufen und ihr zu sagen, dass er sie cool findet. Oder dass er sie nicht cool findet. Weil er sich gar nichts traut. Weil er ein gewöhnliches Weichei ist. Du tust so, als wärst du ein Tschefur, weil du gern etwas Besonderes wärst, aber das bist du nicht. Von wegen, du bist total anders, du bist derselbe Arsch wie alle anderen. Du bist ein Gewöhnlicher, kapierst du?"

Du schweigst, nickst mit dem Kopf, quasi, du verstehst sie. Und wartest. Du darfst nicht die Nerven verlieren. Zum Fick bereit.

„Weißt du was?"

„Was?"

„Komm her."

Jetzt sah Nataša mir in die Augen.

„Nein, tu ich nicht."

„Komm her."

„Komm du her."

So, ja …

*

Ich starrte auf den roten Fleck und begriff, dass es Blut war. Sie hatte „Langsam, langsam" gesagt und die Augen geschlossen, als ich ihn einführte, nur ich kapierte einfach nicht. Ich kapierte nicht, dass sie Angst hatte und dass es ihr wehtat. Nataša war die Erste, die es zum ersten Mal mit mir machte. Sie tat so, als wäre alles cool, und ich war dumm und habe nicht gesehen, dass sie nur so tat. Und sowieso hatte mein Gehirn aufgehört zu funktionieren, sofort als wir uns küssten. Und sowieso hatte es vorher schon nicht besonders gut funktioniert.

„Was ist? Hast du noch nie Blut gesehen?"

Sie wollte wieder cool sein. Sie wollte wieder so cool sein wie vorher, aber das ging nicht mehr. Jetzt war sie, was sie in Wirklichkeit war. Ein achtzehnjähriges Mädchen aus Slovenske Konjice.

„Noch nicht."

„War denn keine mit dir zum ersten Mal?"

„Nein."

„Ich glaube dir überhaupt nichts."

Vielleicht gab es eine, nur dass ich das nicht mitgekriegt habe. Es hat alles Mögliche gegeben, und alles war möglich.

„Wie war es für dich beim ersten Mal?"

Das hat mich noch nie jemand gefragt. Und ich habe es noch nie jemandem erzählt.

„Komisch."

Ja, komisch. Oder kommt es mir nur jetzt komisch vor, wie Alma meinen Schwanz genommen und ihn sich reingeschoben hat. Wie sie kapierte, dass es mir nicht gelang, ihn reinzuschieben, weil ich nervös war und keine Ahnung hatte, was ich da tat. Vielleicht kam mir jetzt Alma komisch vor, die sieht, dass von mir keine große Hilfe zu erwarten ist, und die Sache selbst in die Hand nimmt. Nur damals fand ich sie nicht komisch. Damals war es schön für mich, und sie war schön für mich.

Im Grunde, wenn mich jetzt jemand fragen würde, was ich schön finde, würde ich sagen, Alma und ich und dieses verfallene Haus und das hohe Gras. Und Alma, die meinen Schwanz hält und mir hilft, ihn reinzuschieben. Das war schön für mich, aber auch ein bisschen komisch. Und komisch war, als Alma „Langsam, langsam" zu mir sagte. Denn ihr tat nichts weh und sie hatte keine Angst, sondern ich war ihr zu stürmisch und sie wusste, dass alles sofort vorbei sein würde, wenn sie mich nicht bremst. Und es war wirklich sofort vorbei. Es ist komisch, wie schnell es vorbei war, aber noch komischer ist, dass ich mich danach neben sie legte und sie fragte: „Ist es dir gekommen?" Das war so komisch, dass sogar Alma anfing zu lachen.

„Es heißt nicht ‚Ist es dir gekommen?‘, sondern man sagt: ‚Hattest du einen Orgasmus?‘ Und wenn es dich unbedingt interessiert, ich hatte keinen Orgasmus, weil eine Frau nicht in einer halben Minute einen Orgasmus haben kann wie ein erregter junger Mann."

Ich, hatte sie gesagt, ich sei ein erregter junger Mann, und dabei hatte sie mir ins Gesicht gelacht, aber ich fand das alles sehr schön. Aber jetzt finde ich es komisch.

„Warum war es komisch?"

„Ich war komisch."

„Wirklich? Weshalb?"

Ich erzählte ihr die ganze Geschichte von dem erregten jungen Mann. Und es war gut, dass ich es jemandem erzählen konnte, ohne dass es mir peinlich war, wenn ich als der größte Idiot auf der Welt dastand. Das war fast so gut wie der Sex. Es war gut, dass Nataša über mich lachte, dass auch sie das alles komisch fand, dass sie mich komisch fand. Zum ersten Mal im Leben sprach ich locker über mich, als würde ich einen Witz erzählen. Als wäre ich Mujo, der zum ersten Mal gevögelt hat, und Alma die erfahrene Fata.

„Und war es beim zweiten Mal auch komisch?"

Ja, beim zweiten Mal war es noch komischer. Mujo und Fata, zweiter Teil.

„Ich kann dir sagen, wie es beim zweiten Mal war, wenn es bei uns ein zweites Mal gibt."

*

Ich gab mir richtig Mühe, dass Nataša sieht, wie ich mich absetze. Ich wollte, dass sie begreift, dass es mit mir nichts wird. Das konnte ich ihr nicht ins Gesicht sagen, weil ich ein Weichei war. Genau das, was sie gesagt hatte, dass ich es sei. Aber ich wollte, dass sie das wirklich weiß, dass sie kapiert, dass es vorbei ist und dass es deshalb vorbei ist, weil ich ein Weichei bin. Und weil das zwischen uns sowieso keinen Sinn hatte. Weil das alles nichts mit ihr zu tun hatte.

Genauso wie das mit Alma nichts mit mir zu tun gehabt hat. Alma wollte sich nur an Mensur und allen anderen rächen. Und dann hatte ich meine Geschichte und habe ich mich gerächt. An Jelena, Željka, Snežana. Und die haben sich dann weiter gerächt, an irgendwelchen anderen armen Kerlen. Vielleicht wollte sich auch Nataša nur an ihrer Mutter rächen und ihr beweisen, dass sie „Sex haben kann, so viel sie will". Nur das scherte mich überhaupt nicht. Das war ihre Sache. Ich weiß nur, dass ich genug von Rache hatte und mich nicht an Nataša rächen wollte und dass ich deshalb Schluss machen musste. Was immer das war.

*

„Die Polizei hat dich gesucht."

Ranka saß am Küchentisch und tötete mich mit ihrem Blick. Und im selben Augenblick war mir alles klar. Wie kann ich jetzt, wo Radovan im Krankenhaus ist, auch noch Scheiße bauen, fragte mich ihr Blick. Wie? Rankas Blick wollte mich ohrfeigen. Oder zumindest sagen: „Mein Gott, Junge!"

„Hast du gehört, was ich dir gesagt habe?"

Habe ich, Ranka, ich weiß nur nicht, was ich dir sagen soll. Weil ich dir nicht sagen kann, dass du froh sein kannst, dass mich die Polizei gesucht hat, und nicht jemand anderes. Schlimmer als die Polizei.

„Ich habe es gehört."

„Sie haben gesagt, dass sie sich mit dir unterhalten wollen."

Sowieso. Sie wollen sich immer nur unterhalten. Nur dann gehen ihnen schnell die Worte aus. Das sind diese Polizeisachen. Wir haben ihn ein bisschen nach seiner Gesundheit gefragt und so, und dann haben wir ihn sich ausruhen lassen. Auf der Intensiven.

Ein Glück, dass Ranka das nicht kapiert.

„Und?"

Was „Und?", Ranka? Nichts „Und?"!

„Worüber wollten sie sich mit dir unterhalten?"

Was weiß ich, Ranka! Vielleicht über den Kellner aus dem *Cubana*, dem ein Obermacker eine verpasst hat, weil er ihm nicht sofort die Rechnung gebracht hat. Diese Burschen sind heutzutage Weicheier und rufen sofort die Polizei.

Es könnte auch sein, dass bei Žan die Hände aufgehört haben zu zittern und es ihm gelungen ist, 113 zu wählen. Und ihnen zu erklären, dass ihn ein Tschefur mit bordeauxfarbenem Opel mit Laibacher Kennzeichen angegriffen hat.

Oder vielleicht über das *Sladki greh*, Ranka. Ob ich zufällig weiß, wer es zerlegt hat.

Kann sein, dass die Bullen über den Wahhabiten Sanel und seine Ninja-Frau sprechen wollen. Der jemand den *čaršaf* vom Kopf gezogen hat. Und über einen Transporter voll geschmuggeltem Fleisch könnte man sich auch unterhalten. Das hatte ich ganz vergessen.

Oder über Adi, Ranka. Vielleicht hat Sanel der Polizei gemeldet, dass Adi verschwunden ist. Vielleicht ist ihm was passiert. Vielleicht haben sie ihn unter einer Brücke gefunden, weil so ein Kranker ihm nur deshalb den Schädel eingeschlagen hat, weil er ein Junkie ist.

Ich weiß nicht, Ranka, worüber sie sich mit mir unterhalten wollen. Ich sehe eigentlich keinen ernsthaften Grund dafür.

„Ich weiß es nicht."

„Marko ..."

Was Marko? Was denn, wenn Marko nichts getan hat? Was weißt du, Ranka, vielleicht sind sie nicht hinter mir her, sondern hinter Aco. Vielleicht ist der Keiler nicht in den Bau zurückgekehrt und sie sind gekommen, um mich zu fragen, ob ich weiß, wo er ist.

„Das hat nichts mit mir zu tun."

„Mit wem dann, Marko?"

Komm, Ranka, quäl mich jetzt hier nicht wie Jesus am Kreuz. Es waren keine Wahhabiten, die an deine Tür geklopft haben. Es waren keine Skipetaren und keine Skinheads. Die Polizei ist gekommen. Und Polizisten wollen sich manchmal wirklich nur mit den Leuten unterhalten. Und manchmal lassen sie dich sogar wieder laufen, nur damit sie keine Arbeit mit dir haben. Sodass sie sowieso froh sein werden, wenn sie hören, dass ich verduftet bin.

„Hundert Prozent suchen sie Aco. Vermutlich ist er nicht ins Gefängnis zurückgekehrt."

Bist du jetzt zufrieden? Beruhige dich, Ranka, und vergiss mich und die Polizei, scheiß drauf. Konzentrier dich auf Radovan und auf seinen Tumor.

„Und weshalb haben sie dich gesucht?"

„Deshalb, weil wir am Mittwoch zusammen waren."

„Wie wissen sie das?"

„Alles wissen sie, Ranka, um die brauchst du dir keine Sorgen zu machen."

Die Polizei weiß alles. Das, was wahr ist, und das, was nicht. Was ich getan habe und was ich nicht getan habe, alles das wissen sie. Das Problem ist nur, dass es ihnen am Arsch vorbeigeht, was wahr ist und was nicht.

*

Ich weiß nicht, wer gesagt hatte, dass wir ins *Sladki greh* gehen. Wir waren so breitgewalzt wie Bosnien. Wir hatten drei Biere im *Cubana* getrunken, und davor alle diese Whiskeys in Slovenske Konjice. Aber Aco hatte meiner Meinung noch was anderes geschluckt. Ich erinnere mich, dass wir auf dem Weg ins *Sladki greh* an unserer Grundschule vorbeikamen und darüber debattierten, welches Fräulein Lehrerin wir am liebsten ficken würden. Und ich sagte, die Geografie-Prof, die war sowieso die Schärfste, und

Aco sagte, die Technik-Prof, weil die so aufgetakelt und vornehm war und ihm auf den Sack ging.

„Alter, weißt du, dass du das Pissberger-Syndrom hast?"

„Was habe ich?"

„Ich hab da mal einen Dokumentarfilm über einen Typ gesehen, der nur ficken kann, wenn er von seiner Tussi total angepisst ist!"

„Komm, Đorđić, erzähl keinen Quatsch. Du hast einen Dokumentarfilm gesehen. Ja, bestimmt."

„Hab ich wirklich. Und du hast das. Dir muss eine Tussi erst auf den Sack gehen, damit du auf Touren kommst!"

Mir war danach, ihm in den Kopf zu wichsen, und ich konnte nicht aufhören.

„Ach, verschwinde."

„Die Makarović, Alter. Die Technikerin. Siehst du hier kein Muster?"

„Was für ein Muster, du Arsch! Was ist mit dir, Đorđić! Bist du jetzt eine Schwuchtel, oder was? Komm mir nicht mit Mustern!"

„Dann sag, hast du jemals eine gefickt, die dir nicht auf den Sack gegangen ist?"

„Sowieso habe ich das."

„Welche? Nenn mir eine. Die für dich cool war. Eine. Nenn mir nur eine. Die für dich cool ist und die du gefickt hast. Oder die du ficken würdest."

Aco blieb stehen. Ich wusste nicht, denkt er jetzt an die Frauen, die er gefickt hat, oder daran, mir eine zu verpassen.

„Denkst du vielleicht, ich brauche einen Psychiater, ha?"

„Nein, weshalb?"

„Na, wenn ich dieses Syndrom habe. Dann bin ich verrückt, oder?"

„Du bist nicht verrückt."

„Was bin ich dann?"

„Das ist nur so eine Art Störung."

„Ich bin gestört. Okay. Schön. Wirklich schön von dir, Đorđić. Schön von einem Freund, mir zu sagen, dass ich gestört bin."

„Das habe ich so nicht gesagt."

Ich hatte ein bisschen übertrieben und ihn wirklich verletzt. Ich hatte ihn an einem wunden Punkt getroffen. Nur kapierte ich das erst, als Aco seinen Fuß ins *Sladki greh* setzte. Als er reinging und sofort losbrüllte: „Kosovo ist Serbien!", sich eine Flasche griff und uns Whiskey einschenkte. Aco war echt gestört und ich hätte ihn nicht reizen dürfen. Ich hätte ihn in den Bau zurückgehen lassen sollen, denn der Typ wusste wirklich nicht, was er draußen tun sollte. Er war verloren in Zeit und Raum. Meiner Meinung nach hatte er sich die medizinische Untersuchung nur deshalb organisiert, um irgendwelchen Scheiß zu machen, damit sie ihm dann seine Strafe verlängern.

Als ich sah, wie er versuchte, den Wasserhahn aus dem Becken zu reißen, weil ihn der Hahn mit heißem Wasser verbrüht hatte und er deshalb dran glauben musste, kriegte ich es mit der Angst. Denn was war, wenn der Häfen dasselbe aus mir machte? Was, wenn der Häfen das aus jedem Menschen macht und ich als ebensolcher Verrückter herauskomme. Ich versuchte, mich an Aco zu erinnern, wie er war, bevor er in den Häfen ging, und ihn mit diesem Idioten im *Sladki greh* zu vergleichen, aber ich war definitiv zu abgefüllt für so eine komplizierte Denkoperation.

Und Aco machte in dem Stil weiter. Ein Whiskey schmeckte ihm nicht, und er spuckte ihn aus.

„Scheißschiptar, was schiebt ihr hier den Leuten unter? Marsch!"

Er clashte die Flasche auf den Boden, nahm eine andere, probierte und zerdepperte auch sie. Die dritte und vierte Flasche zerschmiss er, ohne sie zu probieren. Er hatte dasselbe Gesicht wie damals, als wir Damjanović verprügelten, und mir war klar, dass er sich wieder nicht einkriegen würde. Und dass das *Sladki greh* im Chaos enden und Aco sowieso im Häfen landen würde und ich nach Bosnien verschwinden müsste.

Aco packte den Tisch und schmiss ihn gegen das Fenster, und ich trank meinen Whiskey und sah ihm zu. Ich sah, wie die Scheibe zu Bruch ging, ich sah, wie die Lichter im Block angingen, und ich sah, wie die Leute auf die Balkone kamen, um zu sehen, was los war.

Und dann sind wir abgehauen. Wir rannten zur Ljubljanica und über die Brücke in Richtung Štepanjc, Aco drehte sich um, drohte mit den Fäusten Richtung *Sladki greh* und brüllte „Kosovo ist Serbien!". Dann blieb er stehen und kotzte. Und mitten im Kotzen brüllte er „Serbien ist Kosovo!". Und dann brüllte ich auch.

„Serbien ist Kosovo!"

Er wurde wütend, hob einen Stein auf und warf ihn nach mir. Er verfehlte mich, aber er hob sofort einen zweiten auf. Er hielt ihn in der Hand, wartete, ob ich aufhöre. Aber ich konnte nicht aufhören.

„Serbien ist Kosovo!"

Er warf noch einmal und verfehlte mich wieder, aber er hob noch einen dritten Stein auf. Wieder sah er mich an.

„Serbien ist Kosovo!"

Ich grinste ihn an, aber ich wusste, dass ich, wenn er mich träfe, zurückschlagen würde. Ich wusste, dass ich es ihm zurückgeben würde. Für Damjanović und für alles.

*

„Gut. Iss du nur. Ich esse später."

Ranka wollte nicht mit mir essen. Sie saß neben mir am Tisch und machte sich ihre eigenen Gedanken. Sie war enttäuscht, weil die Polizei mich suchte. Wie alle Tschefuren-Mütter glaubte auch sie bis zuletzt, dass ihr Sohn ein braver Junge ist, obwohl sie genau wusste, was für einer ich war. Aber jetzt wissen das auch andere, und das hatte Ranka enttäuscht. Jetzt war klar, dass ich nicht brav war. Jetzt suchte mich die Polizei. Sie hatten bei ihr an die Tür geklopft, sie war jetzt eine, die einen Sohn hat, der von der Polizei gesucht wird.

Und ich aß gefüllte Paprika und dachte an Aco und daran, dass er wahrscheinlich nie lernen würde, ein normales Leben zu führen, dass der Häfen sein Zuhause ist und dass er jedes Mal die Panik kriegt, wenn er rausmuss. Wahrscheinlich hatte er schon jetzt die Panik und war deshalb so ein Verrückter.

„Ich habe der Polizei gesagt, dass du dich bei ihnen melden wirst."

Ranka hatte ohne Vorwarnung gesprochen. Spuck es aus, wie Radovan sagen würde.

„Wenn du dich nicht bei ihnen meldest, werde ich mich bei ihnen melden. Dass du's weißt. Auch damals habe ich nicht gewollt, dass du davonläufst. Du siehst selbst, wie es geendet hat. Was immer war, melde dich, damit das aufgeklärt wird. Du musst es mir nicht sagen. Weder jetzt noch später. Aber ihnen musst du es sagen."

Das war die andere Ranka. Die Radovan spielte. Sie wird jetzt Radovan sein, denn Radovan kann nicht mehr Radovan sein. Sie wird unangenehm werden. Und es wird keine weitere Debatte geben.

Die andere Ranka wartete nicht auf meine Antwort. Sie hatte ihren Teil gesagt, und für sie war das Gespräch beendet.

„Bist du fertig?"

Ich nickte, und Ranka stellte die Schüssel mit den Paprika auf den Herd. Dann nahm sie meinen Teller und stellte ihn in den Geschirrspüler. Dann steckte sie das Brot in den Beutel und legte den Beutel mit dem Brot in den Schrank. Sie nahm das Tischtuch, ging auf den Balkon und schüttelte es über das Balkongeländer aus. Sie legte das Tischtuch, das fürs Essen, in den Schrank, und die Zierdecke auf den Tisch. Auch die Blumenvase stellte sie zurück und ordnete alles so, dass die Vase genau in der Mitte des Tisches stand, genauso wie das Tischtuch.

„Ich geh mich hinlegen."

Die andere Ranka ging ins Bad, aber ich saß noch immer am Tisch. Ich saß da mit verschmiertem Mund, aber ich hatte keine Lust, ihn abzuwischen. Ich saß nur da.

Nach ein paar Minuten ging die andere Ranka an mir vorüber ins Schlafzimmer. Sie schloss die Schlafzimmertür, obwohl sie normalerweise bei offener Tür schlief. Und ich saß noch immer da, noch immer mit verschmiertem Mund.

21. Weshalb der Vater für die Tschefuren ein Gott ist

Ich konnte nicht verschwinden, ohne Radovan ein paar Dinge zu sagen. Verdammt, du kannst nicht zulassen, dass ein Vater nicht weiß, was mit seinem Sohn passiert. Sogar Milenko, der Portier, kapierte das und ließ mich mitten in der Nacht zu Radovan. Denn Milenko war ein Tschefur und verstand wohl, dass es die Richtlinien der Onkologie-Klinik nicht gab, die einem Sohn verbieten konnten, zu seinem Vater zu gehen. Denn der Vater ist ein Gott.

Aber Radovan glotzte in den Fernseher und sah das Halbfinale der Europameisterschaft. Er glotzte auf die Slowenen und Spanier, als ob dieses Spiel über seine Gesundheit entscheiden würde. Radovan hatte seinen Tumor auf die Slowenen gesetzt und fieberte jetzt, dass sie gewinnen.

„Schlecht, diese Spanier heute, richtig schlecht."

Ich sehe, aber … Hör zu, ich muss dir etwas sagen …

„Alte Knacker sind das."

„Hör mal, alte Knacker!"

Gut, sie sind keine alten Knacker … Aber ich muss …

„Gasol ist Achtziger-Jahrgang."

„Und das ist für dich ein alter Knacker?"

Ein kleines Kind … Aber lassen wir das jetzt …

„Gut, der kleine Dončić."

Der wird besser als Dražen, ja … Aber kannst du nur für einen Moment … vielleicht dass ich dir …

„Auch sein Alter war gut."

„Erzähl mir nur nicht, dass auch sein Alter in der NBA gespielt hätte, wenn er ernst gemacht hätte."

„Was weißt du, vielleicht hätte er."

„Red keinen Scheiß …“

„Weshalb?“

„Entweder bist du für die NBA oder du bist es nicht. Komm mir nicht damit, dass er keinen Kopf hatte. Nach dieser Logik kann jeder von uns sagen, dass er nicht zweieinhalb Meter groß geworden ist und deshalb nicht für die NBA gespielt hat. ‚Alles hat er gehabt, nur den Kopf nicht‘ … Ich meine, gibt es was Dümmeres als das? Der Kopf ist das Wichtigste. Wenn du den nicht hast, hast du gar nichts. Da, sieh den kleinen Gasol …“

Radovan …

„Den kleinen, ja.“

„Er ist kleiner als sein Bruder.“

„Gut, was ist mit ihm?“

„Langsam, konfus, wenn er springt, kriegst du keine Zeitung unter ihn geschoben, ich würde sagen, er kommt nicht um die Bande herum, sieh ihn dir an. Der Kopf, Junge, der Kopf! Wie Dragić, da. Solche wie ihn gibt es auf jedem Spielplatz in Fužine mindestens drei. Aber sie haben nicht seinen Kopf. Das ganze Leben höre ich diese Geschichten. Wessen Sohn in Serie drei Dreier geworfen hatte, konnte in der NBA spielen, wenn er nur hätte trainieren wollen … Ich scheiß auf die Tschefuren! Hätte er nur dies, hätte er nur das. Aber er hat nicht. Entweder du hast alles, oder du hast nichts. Es gibt kein ‚Er hatte alles, nur hat er nicht‘ … Du hast ja auch mal gesagt, dass dir Ćućić den falschen Trainer besorgt hat …“

„Das habe ich nicht gesagt!“

„Hast du, klar hast du das. Auch für dich war der Trainer schuld! Aber er war nicht schuld! Ich sage es dir ehrlich. Er war nicht schuld! Und ich war auch nicht schuld. Ich meine, es ist schwer für dich, das zuzugeben, ich weiß, aber so ist es. Niemand war schuld. Entweder hast du es, Junge, oder du hast es nicht. Von denen, die auf dem Spielfeld standen, konnte keiner schuld sein, weil von denen keiner schuld sein durfte. Wer konnte bei

Dončić schuld sein? Ha? Oder bei Dragić? Niemand. Nein, bei ihm kann niemand schuld sein, denn er hat alles. Ihm fehlt nichts. Weder im Kopf noch in den Händen. Alle, die wir jetzt im Fernsehen sehen, haben alles. Aber uns, die wir ihnen zusehen, uns allen fehlt etwas."

Gut, ich stimme dir zu … Aber jetzt hör du mir mal zu, damit ich dir …

„Tumore fehlen uns nicht."

„Red keinen Scheiß … Uuuh, Mann … Hast du das gesehen? Der ist gut, der ist wirklich gut."

Hab ich, das ist kein normales Spiel … Aber … Papa …

„Echt."

„Stell dir vor, morgen gewinnt Serbien gegen Russland und das Finale heißt Serbien – Slowenien."

Kannst du den Fernseher für eine Sekunde ausschalten? Damit ich dir …

„Und zu wem hältst du dann?"

„Wie soll ich zu wem halten! Ich habe im Leben nur einmal zu einem Land gehalten, und das ist aus allen Wettbewerben herausgefallen."

„Na gut, hättest du lieber, dass Serbien gewinnt oder Slowenien?"

„Wenn Slowenien gewinnt, stürmen alle auf die Straße raus. Auch meine Schwestern hier und die Ärzte. Dann komme ich bis November nicht raus aus dem Krankenhaus."

Ach, bis Januar … Aber …

„Aber ein bisschen würdest du dich freuen, gib es zu, Kleiner."

„Ich meine, ich würde mich freuen wegen dem Kleinen von Sekulin, der der Assistent des Trainers ist, und wegen Rado Trifunović. Seine Frau hat früher mit Vojin in der Bank gearbeitet …"

„Ich meine nicht das, sondern ob du dich für Slowenien freuen würdest?"

„Weißt du, was mich freuen würde?"

„Was?"

„Freuen würde es mich für alle die Leute, die runtergefahren sind nach Istanbul."

Mich auch. Besonders für diese drei Dicken mit den slowenischen Fähnchen auf den Wangen … Aber, Radovan …

„Für Slowenien, frag ich dich."

„Ach, scheiß auf Slowenien."

Gut, du scheißt auf Slowenien … Aber Radovan …

„Und für Serbien?"

„Ach, scheiß auch auf Serbien."

Du scheißt auf sie alle, einverstanden, Radovan … Aber lass mich dir jetzt etwas sagen …

„Was ist?"

Papa …

Ach, nichts. Vergiss es. Ich kann nicht.

„Weshalb lachst du?"

„Deshalb, weil du komisch bist."

„Wie bin ich komisch?"

„Einfach so."

„Dass ich nicht für Slowenien schreie? Ist es deshalb? Ich kann nicht! Scheiße. Ich kann nicht. Nicht für Serbien, nicht für Bosnien, für niemanden. Ich kann nicht, und fertig. Schrei du für sie, wenn du für sie schreien magst, aber ich kann nicht."

„Ich kann auch nicht."

„Weshalb kannst du nicht?"

„Ich weiß nicht."

„Und weshalb verarschst du mich dann?"

Weil ich es kann, deshalb! Ich verarsche dich, weil ich dich als Einziges noch verarschen kann. Deshalb, weil du am Leben bist, du blöder Arsch! Deshalb. Deshalb, weil ich dich …

„Die sind wirklich schwach, diese Spanier heute."

„Die Slowenen liegen ihnen nicht."

„Was heißt, sie liegen ihnen nicht? Einen rostigen Schwanz stört jedes Haar."

„Sie sind schneller, jünger …"

„Ach, hör auf. Wie kommt es, dass keiner jünger und schneller ist als Messi?"

Weil Messi immer sofort aufspringen würde, um seinem Vater die Fernbedienung zu bringen? Und weil er immer alles bis zum Schluss aufgegessen hat, auch Spinat und Mangold?

„Gut sind die Slowenen, keine Frage."

Gut wie Brot … Radovane …

Papa …

Ich kann nicht!

Ach, leck mich …

*

„Wir können auch nach Singapur, wenn du willst. Dort lebt meine Cousine Selma. Sie ist da seit dem Krieg. Ihr Mann ist Pilot, sie haben eine große Wohnung und ein Hausmädchen."

Das hatte mir Alma gesagt, als sie nach Bijeljina kam. Und dass sie ihren Leuten sagen wird, dass sie nur auf Besuch fährt, aber dann nicht zurückkommt.

„Selma weiß schon alles."

Auch das hatte sie gesagt. Aber ich hatte nichts gesagt.

„Kommst du mit, oder kommst du nicht mit?" Sie war mit dem Bus aus Visoko angeschaukelt gekommen, nur um mich das zu fragen. Um mir noch eine Chance zu geben. Um sich und mir noch eine Chance zu geben.

„Du kannst wählen. Wir können nach Deutschland. Oder nach Schweden. Aber wir können auch nach Singapur."

Aber das war keine wirkliche Chance. Denn ich hatte keinen blassen Schimmer, wo Singapur ist. Ich war neunzehn, und sie sagt mir, ich könne mit ihr nach Singapur, wenn ich will. Zu ihrer Cousine Selma. Die eine große Wohnung und ein Hausmädchen hat.

„Bosnien wird mein Leben nicht mehr bestimmen."

Auch das hatte Alma zu mir gesagt, der ich gerade von Visoko nach Bijeljina umgezogen war. Nach Bijeljina, das für mich Singapur war. Deshalb war mir sofort klar, dass das Wahnsinn war. Dass das, Alma und ich in Singapur, keinen Sinn macht. Dass das derselbe Wahnsinn ist, wie wenn du von zu Hause wegläufst und dann ein oder zwei Monate durch die Welt irrst. Wie Onkel Dragiša, den sie nach zwei Monaten in Skopje verhaftet und in einem Polizei-Fićo nach Hause zurückgebracht haben. Nur, dass sie mich nicht im Fićo, sondern im Sarg zurückbringen würden.

„Was für ein Singapur, Mädchen, was zum Teufel denn noch alles!"

Das hatte ich ihr sagen wollen. Aber habe ich nicht.

„Wo liegt dieses Singapur für dich?"

„Weit weg."

„Ich bin schon weit weg."

Ich weiß nicht, was ich damit sagen wollte. Dass ich weit weg bin von ihr? Oder dass ich weit weg bin von Fužine? Oder dass ich es weit gebracht habe, weil ich jetzt bei Tante Dušanka und Onkel Dragiša wohne und mit meinem neunjährigen Cousin zusammen in einem Zimmer schlafe und in Dušankas Boutique arbeite und zwanzig Mal am Tag wiederhole, dass dieser Pullover nicht einläuft und dass dieses T-Shirt ein original Nike ist, nur dass es direkt aus der türkischen Fabrik ist und deshalb kein Etikett hat. Und dass mir Dragiša das Autofahren beibringt und mir den Führerschein besorgt, damit ich mit ihm nach Novi Pazar fahren kann und wir uns am Steuer abwechseln können.

Ich weiß echt nicht, was ich damit sagen wollte, dass ich weit weg bin, aber ich weiß, dass Alma mich nicht verstanden hat. Sie sprach mir einfach nach.

„Ich bin schon weit weg."

Und dann ging sie direkt zurück zum Busbahnhof, setzte sich in den Bus nach Sarajevo und zeigte mir durch die Scheibe den

Mittelfinger. Und dieser Mittelfinger war das Letzte, was ich von ihr gesehen habe. Ich stand vor dem Bus wie eine hölzerne Marienstatue und machte keinen Versuch, noch einmal zu ihr in den Bus zu steigen und ihr noch etwas zu sagen. Ich klopfte auch nicht an die Scheibe, nichts. Ich winkte auch nicht, als der Bus abfuhr und sie weit weg von mir brachte.

Schon damals wusste ich, dass ich hätte Ja sagen müssen. Ich hätte ihr sagen müssen, dass ich mitgehe. Nach Deutschland, nach Schweden oder nach Singapur, wohin immer sie will. Ich war erst neunzehn Jahre alt, aber ich wusste es.

Und deshalb bin ich danach durch ganz Bijeljina gelaufen und immer weiter, bis an die Drina, und dann bin ich in die Drina gestiegen, weil ich wegwollte bis an den Arsch der Welt. Als ob die Drina mich bis zu diesem verdammten Singapur tragen könnte.

Aber ich wollte wirklich, dass mich etwas bis nach Singapur trägt. Dass es mich nichts fragt, sondern nur davonträgt. Weil es mich nicht zu fragen brauchte. Ich konnte mich nicht wegbewegen, weil ich nicht die Eier hatte, dieses beschissene Leben hinter mir zu lassen. Ich brauchte Alma, dass sie kommt und mich nichts fragt, dass sie mich nur davonträgt.

Und sie war gekommen und hatte mich gefragt: „Kommst du mit, oder kommst du nicht mit?"

*

Auch jetzt wäre ich in die Drina gestiegen, wenn sie hier gewesen wäre. Und hätte mich von ihr nach Singapur tragen lassen. Nur hier gab es keine Drina, hier war nur die Ljubljanica. Und die Ljubljanica ist nicht die Drina und kann dich nicht davontragen. Ein zu kleiner Fluss ist das. Oder ich bin zu groß dafür, dass mich etwas davonträgt.

Deshalb ging ich nicht zur Ljubljanica, sondern in die Gegenrichtung, zur Eisenbahn. Um Züge zu schauen, die Fracht transportieren. Und mir vorzustellen, dass das meine Fracht ist, die sie von mir wegtransportieren. Die Güterwagen fahren von mir weg nach Zidani Most, und weiter nach Dobova, Zagreb …

Vielleicht sollte ich die Polizei anrufen und ihnen sagen, dass ich hier bin und dass sie mich abholen und mitnehmen können. Damit wir uns unterhalten können. Vielleicht wäre das für alle das Beste. Dass die Bullen mich zwingen, hierzubleiben und meine Last zu tragen.

Aus Richtung Zagreb kam ein langer Güterzug und ratterte hundert Jahre lang an mir vorüber, dass es mir in den Ohren dröhnte wie früher im *Džungla*.

Tudum tudum tudum tudum tudum.

Das war ich, dieser Güterzug. Nie wird die Last ein Ende nehmen, die ich hinter mir herziehe. Ein voller Waggon nach dem anderen ohne Ende. Und ich komme nicht von der Stelle, denn immer neue Waggons hängen sich an mich an. Und deshalb komme ich nicht weg von diesem beschissenen Fužine, deshalb stehe ich im Grunde mehr, als dass ich mich bewege, denn es gibt zu viel Last für so eine Lokomotive.

Tudum, tudum … tudum … tuuduum … tuuuduuum … tuuuuduuuum … tuuuuuduuuuum …

*

Ich hatte Radovan wenigstens sagen wollen, dass ich mir seinen Opel nehme. Aber nicht einmal das konnte ich. Als das Spiel zu Ende war, machte Radovan den Fernseher aus. Ich sagte „Gute Nacht", Radovan nickte, und ich ging. Als wären wir in Fužine auf der Couch und nicht auf der Onkologie. Milenko, der Portier, nickte mir zu. Ich schätze, er hatte vergessen, wer ich bin und was ich hier um elf Uhr nachts mache. Oder er fand es schön, wie ich mich um meinen Vater kümmere. Vielleicht wünschte sich der arme Milenko auch so einen Sohn, wie ich es bin. Denn was kann sich ein Tschefur mehr vom Leben wünschen als einen Sohn, der ihn im Krankenhaus besucht, um zu sehen, wie er krepiert? Wenn ich Milenko sagen würde, dass mich Radovan nicht mehr sehen wird, würde es auch ihm das Herz brechen. Deshalb sagte ich zu ihm nur „Auf Wiedersehen". Quasi, wir sehen uns morgen wieder oder zumindest am Sonntag, um gemeinsam das große Finale zu sehen.

Fužine sagte ich nicht einmal „Auf Wiedersehen". Ich nickte ihm nur zu. Ranka nickte ich nicht einmal zu. Sie wäre sowieso nur vor Selbstmitleid zerflossen. Für nichts. Weil Frauen nicht verstehen, dass der Häfen nicht das Schlimmste ist, was einem im Leben passieren kann. Eine Frau kann nicht verstehen, dass es schlimmer ist, den ganzen Tag zu schuften und fremde Hintern zu wischen. Das kannst du dem Gehirn einer Frau nicht erklären, und deshalb hatte es keinen Sinn, dass ich ihr egal was erkläre.

„Einmal könnten wir wirklich nach Plitvice fahren."

Das sagte Radovan immer, wenn wir nach Visoko fuhren und am Motel Plitvice an der Zagreber Südtangente vorbeikamen.

„Das könnten wir wirklich. Einmal."

Das war immer Rankas Antwort, nur gab es keine Chance, dass wir nach Plitvice fahren. Denn die Tschefuren fahren nach Bosnien, um anzukommen. Das ist kein Ausflug oder Abenteuer, das ist eher so, als würdest du zum Zahnarzt gehen. Du beißt die Zähne zusammen und wartest, dass der Meister seine Arbeit macht. Denn bevor du nach Bosnien fährst, musst du alle Schränke in Koffer packen, und dann musst du alle Koffer im Auto verstauen, und dann musst du dich selbst und die Koffer und das Auto über die Grenze bringen. Aber du weißt nie, auf was für einen Idioten du an der Grenze triffst, du weißt aber, dass sich an der Grenze immer ein Idiot findet, der dich fragt, weshalb zum Teufel fährt Radovan Đorđić nach Visoko, wenn es dort keine Radovans und keine Đorđićs mehr gibt. Und du weißt, dass solche Fragen bei Radovan Đorđić den Deckel heben können, weil er nach Visoko fährt, um seine leibliche Mutter zu sehen, und weil niemand ihn zu fragen hat, wohin er fährt und weshalb.

„Einmal werden wir nach Bihać fahren und bei Plitvice stehen bleiben."

Wir sind nie nach Bihać gefahren. Wir sind immer nach Slavonski Brod gefahren. Denn nach Visoko fährt man auf dem *Autoput bratstva i jedinstva,* und vom Autoput runter fährt man an der Ausfahrt Slavonski Brod. Denn das ist der kürzeste Weg. Und dort in Slavonski Brod hältst du dir die Nase zu und würgst und betest zu Gott, dass du genug Luft in der Lunge hast, bis du den Kopf wieder aus dem Sumpf heben kannst.

„Das muss man gesehen haben. Dieses Plitvice."

Mir war Plitvice, als ich klein war, scheißegal. Ich wünschte mir nur, dass wir einmal im Motel Plitvice übernachten würden. Genau wie diese Türken, die dort die Strecke von Stuttgart nach Ankara halbieren.

Ich war dumm und dachte, dass in dem Motel, das die Straße überspannt, die Zimmer direkt über der Fahrbahn liegen, und dass du wie in einem amerikanischen Film in einem Zimmer schläfst und unter deinem Bett rasen die Pkw und Lkw vorbei, und dass dein Bett die ganze Nacht sanft vibriert, damit du schöner schläfst.

„Letztes Jahr war Enes dort und er sagt, dass es echt gut ist."

Nur haben wir im Motel Plitvice nicht einmal angehalten, um zu pinkeln. Denn was wirst du anhalten, wenn du gerade an der Grenze gestanden hast, und dann noch an der Mautstelle, und du noch vor der Grenze angehalten hast, um den Opel mit slowenischem Benzin zu betanken, damit du kein kroatisches oder Gott bewahre bosnisches tanken musst, das sie hundert Prozent mit Wasser strecken.

„Also Plitvice ist eine Weltattraktion. Schon unter Tito war es das."

Deshalb habe ich jetzt zum ersten Mal im Leben im Motel Plitvice übernachtet. Und bin sofort durch das Lokal zur Treppe und die Treppe hinauf zur Brücke. Aber die Brücke war nur eine Brücke, sie war kein Motel. Die Brücke war im Grunde ein Tunnel, durch den du von der einen Seite der Autobahn auf die andere gehen konntest.

Die ganze Kindheit hatte ich davon geträumt, hier zu übernachten, aber in diesem Tunnel wäre nicht einmal ein türkischer Lkw-Fahrer nach sechsundzwanzig Stunden ununterbrochener Fahrt eingeschlafen. Der Motorenlärm war ohrenbetäubend, denn die Fenster waren völlig kaputt, und jeder Lkw ließ den Boden erzittern, als gäb's ein Erdbeben.

„Nein, man müsste wirklich mal nach Plitvice."

Das war dieser Tunnel. Die Motoren dröhnten, und ein Teppichboden, der schon dreißig Jahre weder ausgetauscht noch gereinigt worden war. Mit Blick nach draußen auf zwei Kolonnen Autos und Lkw. Die einen wollten hinauf, die anderen hinunter.

Das sind wir, die Tschefuren. Wir fahren rauf, dann runter, dann wieder rauf, dann wieder runter. Rauf, runter, rauf, runter. Und dann ist bei uns eines Tages der Tank leer. Und Feierabend.

„Wir könnten nach Plitvice, wenn wir zurückfahren."

„Da ist es! Ich denke … Fick mich ins Hirn!"

„Hab ich was Verkehrtes gesagt?"

Nur bei mir war dieses Rauf und Runter ein bisschen durcheinander. Aber egal, das ist dasselbe. Dieser Autoput unter mir, das ist auch mein Leben. Scheiße rauf, Scheiße runter, ich stürze mich von einer Scheiße in die andere. Und es ist egal, wo ich bin. Bijeljina, Fužine, Visoko, Häfen, alles derselbe Scheiß.

Denn die Orte, an denen wir angeblich leben, sind nur Zapfsäulen und Rastplätze an unserer Strecke. Und wir fahren in unseren Opel geklemmt immer weiter. Immer nach Slavonski Brod.

„Wie könnten wir, wenn wir zurückfahren?!"

„Weshalb?"

„Weil dann Sonntag ist. Wir können in Bihać an der Grenze mindestens drei Stunden feststecken!"

Nachbar Bole hat einmal gesagt: „Wir Tschefuren fahren jedes Jahr auf Urlaub ins eigene Trauma." Es sollte ein Scherz sein, aber es war wahr. Denn alle Tschefuren erwartete unten alles das, weshalb sie hinaufgegangen waren. Alles Ungemach erwartete sie an jedem Ersten Mai oder im August oder zu Weihnachten oder zu Ostern, um sie voll zu treffen. Diese Besuche erinnerten sie an das, was sie aus ihrem eigenen Haus vertrieben hat.

Und jetzt werden sie auch mich erinnern.

„Na gut, dann werden wir ein anderes Mal nach Plitvice fahren."

„Scheiß auf Plitvice! Komm mir nicht wieder damit."

„Du hast damit angefangen!"

„Red keinen Blödsinn!"

Im Motel Plitvice konnte ich keinen Kaffee trinken. Ich ging zurück auf den Parkplatz, zündete mir einen Tschick an und setzte mich auf die Motorhaube des Opel. Und fühlte mich super. Ich war weder oben noch unten, ich war nur ich selbst. Wenn ich könnte, würde ich hier sitzen bleiben und eine Zigarette nach der anderen rauchen, bis mich der Teufel holt. Ich weiß echt nicht, wann ich mich zuletzt so gut gefühlt hatte. Ich sah den Autoput, ich sah ein paar Bulgaren, die heulende Kinder aus einem Passat zogen und ihnen Milchfläschchen in den Mund schoben, ich sah türkische Matronen, die zu den Toiletten hasteten, und einen schnauzbärtigen türkischen Typ, der langsam nachkam, und ich fühlte mich super. Denn ich musste nicht nach Bulgarien oder in die Türkei, und ich hatte keine Kinder, die tausend Kilometer vor dem Ziel schon fertig sind, oder Matronen, die mir schon bis Belgrad das Hirn ausgeschlürft haben, und ich war nicht hungrig und angeschissen, und mir kam kein schnauzbärtiger Türke damit, wie lange ich auf dem WC pinkle.

Für mich war es hier auf dem Parkplatz echt super. Ich hatte noch drei Zigaretten, und die würde ich alle hier rauchen. Weil ich im Opel nicht rauchen kann, weil der Opel immer noch Radovan gehört. Und er erlaubt es nicht, dass man im Auto raucht.

*

Das letzte Mal, als ich in Visoko war, war Oma gestorben. Nebojša hatte mich hingefahren, wir übernachteten, am Morgen war die Beerdigung, dann haben wir was getrunken und gegessen, und dann hat mich Nebojša nach Bijeljina zurückgebracht. Ich hätte noch einen Tag verlängern und mit Dragiša zurückfahren können, aber ich wollte nicht. Ich wollte so schnell wie möglich wieder weg. Ich hatte genug von allem und konnte nicht in Omas Haus sitzen und über sie reden. Ich wollte auch nicht mit anhören, dass man jetzt das Haus und das Grundstück verkaufen müsse, und an wen, und zu welchem Preis, und den ganzen Kram. Es war das Ende der Đorđić̀s in Topuzovo Polje. Klappe zu, Affe tot. Nur dass mir das scheißegal war. Fertiggemacht hatte mich, dass ich sie gesehen habe, auf der Beerdigung, als Radovan die Rede hielt. Alma.

Sie stand an der Kirche, genau an der Kirche, die ihr *babo,* der selige Rasim, vielleicht in Brand gesetzt hatte. Sie war zu Omas Beerdigung gekommen, aber sie stand weit weg von allen. Vielleicht wollte sie danach herkommen, um ihr Beileid und diese Sachen zu äußern, hatte es sich aber dann anders überlegt, ich weiß es nicht. Vielleicht hatte es mir auch nur geschienen, dass ich sie sehe. Vielleicht war nur meine Fantasie mit mir durchgegangen. Denn warum sollte Alma genau dort stehen, bei der Kirche? Warum sollte sie uns damit reizen, dass sie dort steht? Und das bei einer Beerdigung?

Ich glaube, dass sie außer mir überhaupt keiner gesehen hat. Weil die anderen nicht herumglotzten, sondern Radovan zuhörten, der davon redete, wie ihm Oma mit einer Scheibe Brot durchs Dorf nachgelaufen ist, und wie sie zu ihm gesagt hat, er solle Papa heute nicht ärgern, weil er gestern was getrunken hat, und alle diese Geschichten, die wir schon hundertmal gehört haben.

Deshalb war mir langweilig und deshalb glotzte ich herum und deshalb habe ich sie gesehen. Es könnte eine Fata Morgana gewesen sein, aber das war sie meiner Meinung nach nicht. Meiner Meinung nach war Alma tatsächlich zu der Beerdigung gekommen, nur hat sie dann, als sie uns alle auf einem Haufen sah, gekniffen. Und das Weite gesucht.

Denn wer würde nicht das Weite suchen, wenn er uns sieht? Uns arme, traurige, nervöse, nichtige Đorđić́e, in Schwarz, weil unsere Oma gestorben ist und weil ihr Tod das Ende unserer

Geschichte bedeutet, weil unsere Geschichte jetzt zu Ende ist. Wir machen auf zufrieden, weil wir nicht mehr herkommen und diese *jamahiriya* sehen müssen, und auf glücklich, weil sich die arme Oma nicht mehr quälen muss, aber in Wirklichkeit sind alle am Arsch, weil wir jetzt ohne unser Stück Land bleiben werden.

Dieses Stück Land macht uns fertig, ja, es macht uns fertig! Alle wollte ich sie irgendwohin schicken. Denn es war alles zusammen nur ein gewöhnlicher Fotzenrauch, ein verfallenes Haus, das du nur noch abreißen kannst, zwei halb morsche Apfelbäume, eine Ruine von Stall, und alles zusammen gegenüber von einem stinkenden Lagerhaus. Das ist unser Stück Land, und es ist keinen halben Schwanz wert. Nur scheiße, das Haus auf diesem Stück Land hat Opa mit seinen eigenen Händen gebaut, hier wurden Radovan und Onkel Bane und Tante Nevena und Onkel Milojko und Tante Milana geboren. Hier waren wir, die Đorđićs, auf eigenem Grund und Boden. Hier, und nirgendwo sonst.

Jetzt wird unser Stück Land nur noch dieser Friedhof sein. Mit dieser niedergebrannten Kirche, die möglicherweise von Almas *babo* Rasim angesteckt wurde. Aber vielleicht war er auch nur dabei. Nicht wichtig. Wichtig ist nur, dass die Đorđićs nicht mehr dorthin zurückkehren können, woher sie gekommen sind. Die Milićs von Ranka können das schon seit dem Krieg nicht mehr, und jetzt sind auch noch die Đorđićs ausgelöscht. Jeder, der will, kann uns zurückschicken, so viel er will, aber nach Visoko können wir nicht zurück.

Und das machte uns alle fertig. Omas Tod war nur das Sahnehäubchen auf der Torte. Und alle wussten, was uns fertigmacht. Die Serben und die Muslime, die aus Polje und die aus Visoko, alle. Sie kamen, um ihr Beileid auszusprechen, aber alle auf die Schnelle, keiner wollte mit reinkommen ins Haus und einen Schnaps für den Seelenfrieden trinken. Niemand wollte sich mit uns kurz hinsetzen, und es war kein Wunder, dass Alma sich nicht traute, auch nur in die Nähe von uns zu kommen.

Ich bin ihr aber auch nicht nachgerannt. Sie hatte ja gesagt, sie geht nach Singapur. Was zum Teufel hatte sie auf Ravne zu suchen, auf einem orthodoxen Friedhof, bei der Beerdigung meiner Oma? Ich steckte bis übern Kopf im Dreck und konnte mich nicht noch mit ihr und ihrem Kram herumschlagen. Überhaupt war ich mir nicht hundertprozentig sicher, ob sie wirklich dagewesen war. Was weiß ich, wie es dir mitspielen kann, wenn du unter Schock stehst, weil deine Oma gestorben ist und du ohne dein Stück Land bleibst. Sie könnte tatsächlich eine Fata Morgana gewesen sein.

Nur meiner Meinung nach war sie das nicht. Das war Alma. Dass sie zur Beerdigung kommt und hundert Meter weg vom Grab steht und dann verschwindet, ohne dich zu grüßen oder dir irgendwas zu sagen. Das ist hundertprozentig sie. Und sich neben die Kirche stellt. Verdammt. Und wenn ich sie fragen würde, warum sie dort gestanden hat, würde sie mich ansehen wie den größten Debilen. „Was für eine Kirche?", würde sie mich fragen. „Ich habe bei keiner Kirche gestanden, das hat dir nur geschienen."

„Danke, Mama, für alles, was du für uns und deine Enkel getan hast." Radovan hatte seine Rede beendet, und dann standen wir alle noch eine Weile um das Grab herum, damit sich jeder von Oma verabschieden kann und so, und dann schleppten wir uns langsam nach Hause. Nur ich blieb kurz stehen und sah zur Kirche hinüber, und dann blieb neben mir auch Tante Zorica stehen und sah ebenfalls zur Kirche hinüber. Und dann noch Onkel Dragiša.

„Dass sie sich nicht schämen, dass sie sie noch nicht renoviert haben."

„Dass sie wer renoviert? Die warten darauf, dass sie zusammenfällt, damit sie an ihrer Stelle eine Sphinx errichten können."

Dann erzählte jemand den Witz von den bosnischen Pyramiden, und jemand sagte, was weißt du, vielleicht sind das ja wirklich Pyramiden, sie entdecken sowieso ständig was Neues, und jetzt haben sie rausgefunden, dass es nicht neun Planeten gibt, sondern nur acht, und Gott weiß, was die Wahrheit ist und was nicht. Und Radovan wurde wütend und schickte sie und ihre Pyramiden irgendwohin, und Zorica sagte zu ihm, er solle sie in Ruhe lassen, denn die armen Leute in Visoko hätten nichts außer diesen Pyramiden. Und immer so weiter bis ganz zu Omas Haus, vor dem Radovan mit den Nerven schon ganz fertig war wegen dieser Pyramiden und brüllte: „Morgen werden sie Oma und Opa ausgraben und sagen, sie hätten zwei Mumien gefunden."

Alle lachten über ihn, aber er wiederholte nur immer wieder: „Merkt euch, was ich euch gesagt habe!"

Mir kamen jetzt schon alle wie Mumien vor. Nur dass wir ohne Pyramiden waren. Hier waren wir, als hätte man uns ausgegraben und uns zur Schau gestellt, damit uns die Leute besichtigen und sich wundern können.

Und Alma war vermutlich nur gekommen, um die Mumien zu besichtigen. Dort auf dem Friedhof hatte sie für mich ausgesehen wie eine Erscheinung, nur die Erscheinungen waren wir, nicht sie. Sie war von dieser Welt, und wir waren es nicht mehr. Und sie wäre vergebens zu uns gekommen oder ich ihr hinterhergeflogen, denn sie und ich waren nicht mehr in derselben Welt. Genau genommen sind Alma und ich von Anfang an nicht in derselben Welt gewesen, nur ist mir das erst damals, bei Omas Beerdigung, aus dem Arsch in den Kopf gekommen. Alma hatte es vermutlich von Anfang an gewusst.

Oder sie weiß es noch immer nicht. Ich weiß nicht. Ich habe im Grunde keine Ahnung, was Alma weiß und was nicht. Denn ich habe keinen blassen Schimmer, wer sie ist. Ich habe sie nie wirklich kennengelernt.

*

Omas Haus war noch nicht abgerissen. Der Mann, der es gekauft hatte, hatte mit der Renovierung begonnen und dann aufgehört.

Ihm war das Geld ausgegangen oder er war krank geworden, gestorben, wer soll das wissen. In Bosnien passiert alles Mögliche. Es kommt vor, dass ein Mann nach dreißig oder mehr Jahren aus Kanada, Amerika oder aus sonst einem Arsch der Welt zurückkommt, sich ein Haus kauft und dass genau in dem Moment, wo er es renovieren will, um endlich auf eigenem Grund und Boden als eigener Herr zu leben, alles in die Binsen geht. Alle diese Betonmischer, alle die Sandhaufen und Leitern und Bretter, alles das steht wahrscheinlich schon monatelang, vielleicht jahrelang, vor Omas Haus. Aber der Garten ist völlig zugewachsen und die Apfelbäume sind morsch. Noch ein bisschen, und auch der Stall wird überwuchert sein.

Das ist dieses Bosnien. Und das ist unser Stück Land. Das nicht mehr unseres ist. Als wir es verkauften, war es keinen halben Schwanz wert, und jetzt noch weniger. Es ist nicht einmal so viel wert, dass es jemandem leidtäte, es auf diese Weise verfallen zu lassen.

Ich habe keinen Schimmer, weshalb ich hierhergefahren bin. Irgendwas hat mich dazu gebracht, nach Bijeljina zurück über Visoko zu fahren. Was das Gleiche ist, als würde man von Fužine ins Stadtzentrum über Jesenice fahren. Ich vermute, dass Radovans Opel von allein nach Slavonski Brod abgebogen ist, dann über die Save nach Derventa und Doboj, dann nach Zenica, Kakanj und ganz bis Visoko. Es muss der Opel gewesen sein, denn ich habe keinen Grund mehr, diese Strecke zu fahren und in Han Pijesak für einen Kaffee und zum Pinkeln zu halten. Auf dieser Strecke brauche ich nirgends mehr anzukommen.

Aber vielleicht ist gerade das der Grund, warum ich diesen Weg genommen habe. Aus Trotz. Gerade deshalb, weil ich keinen Grund habe, hier entlangzufahren. Denn ich habe hier nichts mehr, was mir gehört. Weil hier nicht mehr mein Platz ist. Nur das Grab von Opa und Oma habe ich hier. Aber ich bin nicht zweihundert Kilometer quer durch Bosnien und mit dem armen

Opel zwischen Sattelschleppern Slalom gefahren, um auf den Friedhof zu gehen. Was willst du auf dem Friedhof, wenn du keine Kerzen anzündest und betest? Lieber bleibe ich auf der alten Straße nach Kakanj stehen und äuge in Omas Hof, ob es dort noch was von uns gibt.

Aber es gibt einfach nichts mehr. Nicht einmal die Bank vor dem Haus, auf der Opa immer gesessen und beobachtet hat, wer auf der Straße vorbeikommt. Vielleicht hängt hinten, an der Stallwand, noch der Korb aus Radfelgen, den nach dem Krieg Nebojša montiert hat, damit wir beide Basketball spielen konnten. Nur sieht man ihn von hier, von der Straße aus, nicht, weil vor dem Stall ein großer Haufen Gerümpel liegt. Vielleicht ist dieses Gerümpel noch von uns. Ich erinnere mich nicht.

Ich weiß echt nicht, was ich hier tue. Oder ich weiß es. Ich bin gekommen, um zu sehen, ob ich noch immer hier bin. Ob ich hier noch immer auf eigenem Grund und Boden bin. Nur ich bin es nicht. Ich gebe einen Scheiß auf dieses Haus und auf alles. Ich gebe einen Scheiß auf Fužine, ich gebe einen Scheiß auf Bosnien, ich gebe einen Scheiß auf alles. Mich gibt es nirgends mehr. Ich bin kein Tschefur mehr und ich bin auch kein Janez. Jetzt bin ich nur noch ein Nichts und Niemand.

Mašala, wie Radovan sagen würde.

*

In Srhinje bin ich vor ihrem Haus stehen geblieben. Es hatte sich nicht sehr verändert. Oder mir scheint nur, dass es das nicht getan hat, weil ich mich seiner nur schwach erinnere. Ich war nur ein oder zwei Mal hier. Und jetzt stehe ich davor, sitze in meinem Opel und sehe hinaus. Und frage mich, ob Alma den Opel erkennen würde. Würde sie, wenn sie das Laibacher Kennzeichen sieht, wissen, dass ich das bin? Und was sie tun würde, wenn ja. Würde sie herauskommen oder nicht. Vermutlich hinge das davon ab, wer noch mit ihr im Haus ist. Wer weiß, vielleicht wohnt Mensur noch immer in dem Haus. Okay, das Haus ist nicht so klein, möglicherweise wohnen sie beide darin. Sozusagen eine große glückliche Familie. Almas Mann ist Mensurs bester Freund und so. Sie gehen gemeinsam in die Moschee und auf den Hadsch und ins Kaffeehaus.

Ich bin ausgestiegen und stehe jetzt im Hof von Almas Haus. Das vielleicht nicht mehr Alma gehört. Ich rauche und sehe zum Fenster hinein. Ich glaube, es ist das Fenster des Wohnzimmers, ich bin mir aber nicht sicher. Ich glaube nicht, dass da jemand im Haus ist, nur kann das keiner wissen. Möglich, dass mich Alma gesehen hat, nur kann sie nicht sofort raus, weil sie sich bedecken muss, damit ich ihr Haar nicht sehe. Vielleicht darf ich nicht einmal ihr Gesicht sehen. Was weißt du, wie weit sie schon abgedriftet ist. Was weißt du, wie weit alle hier abgedriftet sind?

Es überkommt mich, ein Steinchen zu nehmen und es ins Fenster zu werfen. Nur um zu sehen, ob sie mich sieht. Um zu sehen, wie es wäre, wenn sie herauskäme. Bedeckt. Um zu sehen, was sie sagen würde. Aber ehrlich, was würde Alma sagen, wenn sie jetzt aus dem Haus käme?

„Was gibt's?"

„Ach, nichts. Vorbeigekommen und stehen geblieben."

„Wie geht's dir?"

„Gut, und dir?"

„Gut."

„Wie geht's den Kindern, deinem Mann?"

„Gut, und deinen?"

„Gut."

Ich würde ihr nichts von Radovan sagen. Und wenn sie mich fragen würde, ob ich jemanden habe, würde ich Ja sagen. Und würde an Nataša denken. Die ich nicht haben wollte. Dann würde ich ihr sagen, dass sie gut aussieht, und würde gehen. Oder ich würde nur gehen. Denn wenn du einer bedeckten Frau sagst, dass sie gut aussieht, kann das als Provokation verstanden werden. Ich würde sie aber nicht provozieren wollen.

Oder würde ich sie provozieren wollen?

Vielleicht würde ich. Weil sie nicht nach Singapur gegangen ist, sondern lieber eine Ninja-Frau wurde.

Nur was bin ich geworden? Und was würde Alma zu mir sagen, um mich zu provozieren? Denn sie würde mich provozieren, das weiß ich. Sie würde mich provozieren, weil ich nicht mit ihr nach Singapur gehen wollte. Ich weiß, dass sie das tun würde. Ich weiß nur nicht, was sie zu mir sagen würde. Denn bei Alma weißt du das nie. Das hat mir bei ihr am meisten gefallen. Deshalb kann ich sie nicht vergessen. Denn bei ihr weißt du wirklich nicht. Du weißt nicht, ob sie jetzt aus dem Haus kommt, mich küsst, mir sagt, dass sie mich liebt, und vorschlägt, dass wir zwei irgendwohin weit weg verschwinden. Oder ob sie mich mit kochendem Wasser übergießt.

Bei Alma war immer alles möglich. Und deshalb stehe ich hier vor ihrem Haus wie ein Idiot. Dreihundert Kilometer von dem Ort entfernt, wo ich sein müsste. Ich stehe hier und sehe in das Fenster eines Hauses, das vielleicht ihres ist, vielleicht aber auch nicht. Und halte einen Stein in den Händen. Den ich vielleicht ins Fenster des Esszimmers werfen werde. Oder der Küche.

23. Weshalb Serbien das Finale gewinnen wird

Irgendwo bei Živinice meldeten sie im Radio, Serbien habe Russland abgefertigt und das Finale der Europameisterschaft am Sonntag heiße Slowenien – Serbien. Ich brachte den Opel richtig auf Touren, als ich das hörte, ehrlich. Was für ein Wahnsinn, mein Gott. Leute, ist denn das die *possibility*! Wenn mich jetzt die Polizei anhalten würde, wäre mir das scheißegal, weil, das gibt es einfach nicht. Denn ein Finale Serbien – Slowenien ist doch ein bisschen *too much*. Und das noch in Istanbul.

Also echt, stell dir das vor. Mitten in Istanbul werden die Slowenen und Serben um Gold kämpfen. Und die Halle wird voller Slowenen sein, die wie die Affen hüpfen und „Wer nicht springt, ist kein Slowene!" schreien. Im Finale. Auf der anderen Seite werden die Serben „Serbien! Serbien!" brüllen. *Kukulele!*

Ich sehe schon, wie Nebojša wieder fantasiert, dass wir nach Istanbul fahren und „Serbien! Serbien!" mitbrüllen sollen. Nur woher nehmen wir Hungerleider das Geld für Istanbul? Branislav könnte möglicherweise noch was zusammenkratzen, denn er hat einen seriösen Job, er organisiert das ganze Equipment für Klubs und für Konzerte, aber er steht nur auf Fußball. Für Basket ist ihm das Geld zu schade. Und er ist auch kein großer Serbe, denn wenn du einen Job und Geld hast, brauchst du kein großer Serbe zu sein. Rile stirbt angeblich für Serbien, aber für dieses Serbien würde er keine müde Mark geben. Selbst wenn er sie hätte, würde er sie nicht geben, denn er gibt keine Mark für nichts. Und mir ist Serbien scheißegal, und Slowenien auch. Ich habe nicht mal Geld für ein Bier oder Tschewape.

Aber wenn ich einen Haufen Geld hätte, würde ich nach Istanbul fahren. Auf die VIP-Tribüne. Um das Spiel so zu sehen wie ein Schwede oder ein Politiker. So auf die Tour, ich interessiere mich für alles und so. Ich sitze da schön im Anzug und schaue, ruhig, als würde ich aus dem Fenster eines Busses sehen, der durch Fužine fährt. Und dann, am Ende, stehe ich auf, klatsche ein bisschen und gehe zum Abendessen und zu den Nutten und ab nach Hause. Wer nicht springt, ist reich, hey, hey, hey!

Aber weil ich keinen Haufen Geld habe, werde ich mir das Finale schön in der Kneipe ansehen. Bei Peđa, so wie immer. Und wir werden uns so was von wegeumeln, das wird der helle Wahnsinn. Zwei Stunden werde ich der Janez sein, und Nebojša, Branislav und Rile werden mich anmachen, dass meine Skifahrer nicht einmal Geld für eine *gibanica* haben, und diese ganzen Sprüche. In der ersten Halbzeit werde ich noch cool bleiben, aber dann werden sie mich provozieren und ich werde zurückwichsen. Dass sie außer diesem Bogdanović keinen einzigen echten Champion in der Mannschaft haben, und dass du auf das Finale scheißen kannst, wenn kein Teodosić und kein Jokić dabei ist, und dass du hier, wenn du ungefähr nur annähernd weißt, was Basket ist, keinen hast, zu dem du halten kannst, und dass Peđa lieber den Kanal wechseln soll, damit wir einen guten Film sehen, und nicht diese Amateure.

Und Nebojša wird sagen, dass ich ein Arschloch bin und warum ich nicht zugebe, dass ich für Slowenien bin. Und ich werde aus Trotz zugeben, dass ich ein Janez bin und zu Slowenien halte. Und aus Trotz werde ich wirklich anfangen, für Slowenien zu schreien. Und wenn Slowenien zur Halbzeit vorne liegt, denn vorne liegen werden sie hundertprozentig, werde ich schon total hin und weg sein und den serbischen Losern eine Runde ausgeben und ihnen erklären, dass sie heute von zwei Tschefuren gefickt werden, von einem Dragić und einem Dončić, und dass wir Tschefuren die Stärksten sind.

„Wir sind die Stärksten, die Stärksten, wir sind Zigeuner, Zigeuner!", werde ich ihnen direkt in ihre serbischen Visagen brüllen.

Und dann wird der große Serbe Rile anfangen klugzuscheißen, dass dieses armselige Slowenien ohne die Serben gar nichts reißen kann, und dass wir ohne Dragić, Dončić und Kokoškov nicht einmal zur Europameisterschaft, geschweige denn bis ins Finale gekommen wären. Und dann wird er noch ein bisschen über serbische Gene faseln, die sportlicher sind als andere, und Nebojša wird sich darüber aufregen, was zum Teufel die Slowenen in der Mannschaft einen Nigger haben, und Branislav wird sicher damit kommen, dass das dieser Menschenfisch aus der Höhle von Postojna ist, und das wird er total komisch finden und sich vor Lachen wälzen.

Und ich werde richtig laut werden. Ich werde so laut werden, dass mich das ganze Lokal hören und Nebojša nervös werden und sich Peđa aufregen wird, dass es in seinem Lokal kein Gerangel gibt, und sie werden alle versuchen, mich zu beruhigen, nur ich werde einen Scheiß darauf geben. Wenn ihnen Gogi zwei Dreier nacheinander verpasst und wenn Luka über diesen Holzklotz Boban eindunkt, werde ich abheben. Ich weiß, dass ich das werde.

„So, genau sooooo!"

Genauso werde ich brüllen, ja. Auf Slowenisch. Glaub mir, mitten in Bijeljina werde ich auf Slowenisch brüllen. Aus Trotz. Ich spieße eure serbischen Ärsche auf den Pfahl! Und ich werde meine Mannschaft bis zum Schluss antreiben, denn ich werde heftig abgefüllt sein!

Und wenn Serbien nicht mit zwanzig Vorsprung führt und sich die Leute im Lokal entspannen und „Lasst den betrunkenen Idioten" sagen werden, wird der Teufel los sein. Denn wenn die großen Serben nervös werden, weil sie von den Slowenen Dampf kriegen, werden ihnen die Nerven durchgehen und es wird ein Gemetzel geben. Ein qualitativ hochwertiges Gemetzel. Nasen- und Rippenbrüche werden das.

Denn eine Million Prozent wird sich ein großer, nervöser Serbe vor mir aufbauen und sagen, was ich Janez hier von ihm will, und meine großen, nervösen Serben werden sich dazwischenwerfen, um mich zu verteidigen, weil ich ihr Janez bin, und was er von mir will. Ich werde es sowieso kaum erwarten können, mich zu prügeln. Mit ihm oder mit ihnen. Hauptsache, es gibt Zunder.

„Was ist? Ich schreie für meine! Was willst du? Ha?"

Und wir werden uns gegenseitig die Fresse polieren. Ich weiß, dass wir das tun werden. Aber ich werde weiterschreien.

„Für wen? Für Slowenien! Für wen? Für Slowenien!"

Der arme Peđa wird versuchen, uns zu beschwichtigen, aber das wird nicht funktionieren, denn dann werden wir alle schon *čerapundži* sein, und er wird die Bullen rufen müssen. Aber wenn die Bullen kommen, werde ich anfangen zu singen.

„Slovenija, od kod lepote tvoje ..."

Was das für eine Szene sein wird, echt. Die Bullen werden nicht wissen, ob sie mich verprügeln oder sich dazusetzen und dem Zirkus zuschauen sollen. Und ich werde auf den Tisch steigen, drei Finger in die Luft strecken und ...

„Slowenien! Slowenien!"

Ein Chaos wird das, garantiert! Und Nebojša wird mich nach Hause schleifen wollen, Branislav wird den Bullen erklären, dass ich wirklich ein Janez bin und dass das Strafe genug für mich ist, und Rile wird versuchen, die nervösen Großserben zu beruhigen und ihnen sagen, dass er ein noch größerer und noch nervöserer Serbe ist als sie und dass auch ich sonst ein großer Serbe bin, nur dass ich einen schlechten Tag habe.

Und ich werde, um sie alle noch ein bisschen zu reizen und damit keiner mehr kapiert, was los ist, die Platte umdrehen.

„Raaatko Mlaadić! Raaatko Mlaadić!"

Schon jetzt weiß ich, dass diese Geschichte so enden wird. Denn, scheiß drauf, anders kann diese Geschichte nicht enden. Weil das sowieso meine Geschichte ist. Die Geschichte von Marko Đorđić. Und ich sehe diesen Marko Đorđić, wie er mitten in dem Lokal von Peđa auf dem Tisch steht, drei Minuten vor Ende des

Finales, Slowenien führt mit zwei Punkten, dem Blažič rollt der Ball ins Out, und er brüllt aus vollem Hals.

„Raaatko Mlaadić! Raaatko Mlaadić!"

Das hat mit rein gar nichts zu tun, aber so wird es sein. Und keinem wird irgendwas klar sein, denn keiner wird kapieren, dass ich in meinem eigenen Marakana bin, zusammen mit noch dreißigtausend anderen Idioten, dass wir hier versammelt sind und dass alles bebt und dass es egal ist, was du brüllst, denn wichtig ist nur, dass du da bist und dass du Arm in Arm stehst. Dass du unter deinen Brüdern bist. Denn auf der Nordtribüne des Marakana ist alles derselbe Scheiß, Dule Savić oder Ratko Mladić. Oder Naser Orić.

„Naaaser Orić! Naaaaser Orić!"

Ja, alles das ist derselbe Scheiß, denn im Marakana ist nur wichtig, dass du brüllst und dass die anderen mit dir brüllen.

„Osaaaama Binlaaaaaaden! Dooonald Trump!"

Nur die Bullen werden nicht schnallen, dass das alles derselbe Scheiß ist. Sie werden denken, dass ich sie in ihr gesundes serbisches Gehirn ficke, und werden mich deshalb hoppnehmen und zum Ausnüchtern auf die Wache bringen.

Und dann weiß der Geier, wann ich erfahre, wer am Ende gewonnen hat. Wenn überhaupt. Wenn mich nicht die Finsternis verschluckt.

Aber ich weiß sowieso schon, dass Serbien gewinnt. Denn Slowenien wird im Basket nie was reißen.

Anmerkungen

S. 7 *Marakana:* Stadion von Roter Stern Belgrad.

S. 8 *„Raaatko Mladić!":* Ratko Mladić (*1943), ehemaliger bosnisch-serbischer General und verurteilter Kriegsverbrecher.

S. 8 *„Duuule Savić!":* Dušan „Dule" Savić (*1955), ehemaliger jugoslawischer bzw. serbischer Fußballer.

S. 8 *Kalemegdan:* Festung und Park in Belgrad.

S. 8 *balije:* Plural von *balija*, abschätzige Bezeichnung für bosnische Muslime.

S. 8 *FIFA 17:* Fußballsimulationsspiel für mehrere Spieler.

S. 9 *Janez:* von Nicht-Slowenen in Ex-Jugoslawien verwendete Bezeichung für Slowenen.

S. 9 *delija:* (Plural *delije*) „Held", „Helden", Fans von Crvena Zvezda (Roter Stern Belgrad).

S. 14 *„Šta ima u gradu?":* (serbokroat.) „Was gibt's in der Stadt?"

S. 14 *zwischen Zmajski most und Tromostovje:* zwischen „Drachenbrücke" und „Dreierbrücke".

S. 14 *PST: Pot spominov in tovarištva,* „Weg der Erinnerung und Kameradschaft", 32,5 km langer Wanderweg entlang dem während der italienischen Besetzung rings um Ljubljana errichteten Stacheldrahtzaun.

S. 14 *„I šta kažu?":* (serbokroat.) „Und was sagen sie?"

S. 17 *Pero Vilfan:* slowenischer Basketballer (*1957).

S. 18 *Rusjan:* Rusjanov trg, Rusjan-Platz.

S. 18 *Chengdujska:* Chengdujska cesta, Straße im Ortsteil Polje, Sitz einer psychiatrischen Klinik.

S. 20 *Halal-Zaun: halal* (arab.) – „erlaubt", „zulässig" nach islamischem Recht (für Dinge und Handlungen).

S. 21 *brauchst du sie nicht einmal auszulöschen:* Als „Ausgelöschte" *(izbrisani)* werden Personen bezeichnet, die durch einen Erlass des Innenministeriums vom 26. Februar 1992 aus dem slowenischen Einwohnerregister gelöscht und in ein Ausländerverzeichnis überführt wurden.

S. 21 *diese Bavčars:* Igor Bavčar (*1955), ehem. slowenischer Innenminister, wegen Geldwäsche zu mehrjähriger Haft verurteilt.

S. 21 *Sladki greh:* „Süße Sünde".

S. 22 *Schippis:* vor allem in der Schweiz verbreitete Bezeichnung für Albaner und Kosovaren; auch Schiptar.

S. 24 *in Semirs drei Pyramiden:* Semir Osmanagić (*1960), bosnischer Bauunternehmer und Autor pseudowissenschaftlicher Werke, nimmt als Amateurarchäologe für sich in Anspruch, in Bosnien-Herzegowina Pyramiden entdeckt zu haben.

S. 24 *Mašala:* „Gott hat es gewollt".

S. 24 *Wahhabiten:* Angehörige einer konservativen Sekte des Islam.

S. 25 *mit Genitiv und Dual herumgefurzt:* Im Slowenischen wird im Unterschied zum Serbokroatischen das verneinte Objekt in den Genitiv gesetzt; der Dual (Zweizahl) steht als gültige grammatische Kategorie gleichberechtigt neben Singular (Einzahl) und Plural (Mehrzahl).

S. 30 *das Kobe-Bryant- und das Allen-Iverson-Poster:* Kobe Bryant (1978–2020) und Allen Iverson (*1975), ehem. US-amerikanische Basketballer.

S. 32 *Pika-Karte:* Kundenkarte mit Kreditfunktion.

S. 34 *Ninja:* (jap.) „unsichtbarer Krieger", hier: Muslimin im Ganzkörperschleier (Burka).

S. 36 *turšica:* (aus slowen. *tovariščica*, „Genossin") „Frau Lehrerin".

S. 39 *Preglovc:* Preglov trg, Pregl-Platz.

S. 39 *LPP: Ljubljanski potniški promet*, öffentliches Nahverkehrsunternehmen von Ljubljana.

S. 40 *Vlašić:* Gebirgsmassiv im Zentrum von Bosnien und Herzegowina.

S. 41 *„Zuckertafel":* šećerna tabla, Anfang der 1980er ein Ersatzprodukt in Ermangelung von echter Schokolade.

S. 44 *Plečniks Ljubljana:* Jože Plečnik (1872–1957), slowenischer Architekt mit Wirkungsstätten auch in Wien und Prag.

S. 46 *sarma:* Krautroulade.

S. 47 *Lekadol:* Analgetikum und Antipyretikum.

S. 49 *Teodosić:* Miloš Teodosić (*1987), serbischer Basketballer.

S. 50 *Gogi Dragić:* Goran „Gogi" Dragić (*1986), slowenischer Basketballer.

S. 50 *Dončić:* Luka Dončić (*1999), slowenischer Basketballer.

S. 50 *Bogdanović:* Bojan Bogdanović (*1989), kroatischer Basketballer.

S. 51 *„Wer nicht springt, ist kein Slowene!":* „Kdor ne skače, ni Slovenc!", aus einem Reklameslogan hervorgegangener Schlachtenbummler-Gesang.

S. 51 *Prepelič:* Klemen Prepelič (*1992), slowenischer Basketballer.

S. 52 *Aleksandar Vučić:* amtierender Präsident Serbiens (*1970).

S. 53 *hanuma:* (arch.) Frau.

S. 61 *BTC: Blagovno Transportni Center,* Waren- und Transport-Zentrum im Norden Ljubljanas.

S. 63 *Jugo:* Jugoslawien.

S. 66 *džezva:* Kupferkännchen zum Kaffeekochen.

S. 67 *fildžan:* (türk.) henkelloses Kaffeeschälchen.

S. 72 *Šmarna gora:* Wallfahrts- und Ausflugsberg nördlich von Ljubljana.

S. 73 *Jan Plestenjak:* slowenischer Musiker und Sänger (*1973); *Halid Bešlić:* bosnischer Sänger (*1973).

S. 74 *Brodarc:* Brodarjev trg, Brodar-Platz.

S. 74 *Sintal:* slowenische Sicherheitsfirma.

S. 77 *Vič und Rudnik:* Stadtviertel von Ljubljana.

S. 85 *Kokoškov:* Igor Stefan Kokoškov (*1971), US-amerikanisch-serbischer Basketballtrainer.

S. 86 *babo:* Vater, Papa.

S. 90 *Cuckoo:* britische Sitcom.

S. 90 *Štepanjc:* Štepanjsko naselje, Stadtteil von Ljubljana.

S. 91 *Čunga Lunga:* Kaugummi-Sorte.

S. 92 *Allah Pegamber: pe(j)gamber* – Abgesandter, Prophet, Verkünder.

S. 99 *hajvani:* Tiere; *insani:* Menschen.

S. 100 *rahat:* bequem.

S. 105 *Čapljina? Han Pijesak? Čekrekčije? Gornja Mostra? Bosansko Grahovo?:* Kleinstädte, Dörfer und Orte in Bosnien und Herzegowina.

S. 105 *petica:* Fünfer-Portion Cevapcici.

S. 118 *Alahuekber:* bosnische Aussprache der Formel Allahu akbar (Allah ist groß).

S. 118 *bismillah:* (arab.) im Namen Gottes.

S. 128 *dženaza:* muslimische Begräbniszeremonie.

S. 129 *šehid:* muslimischer Märtyrer.

S. 130 *jamahiriya:* Dschamahirija, arabische Neubildung; „Herrschaft der Massen" oder „Volksmassenrepublik".

S. 134 *cajka:* primitiver Turbofolk.

S. 134 *„Nitko nema dva života nemam ni jaaaaaaaa …":* „Keiner hat zwei Leben, auch nicht iiiiiiiich …"

S. 143 *So wie Bata die Deutschen:* Bata Živojinović (1933–2026), legendärer jugoslawischer (serbischer) Partisanendarsteller.

S. 143 *dženet:* islamische Bezeichnung für das Paradies.

S. 147 *und trüge diesen Panther auf der Brust:* der in rechten Kreisen Sloweniens getragene „karantanische" Panther, ein heraldisches Symbol, dessen Zuordnung zum alpenslawischen Fürstentum Karantanien als dem Vorläufer des heutigen Slowenien höchst umstritten ist.

S. 149 *Für einen Tschefuren ist das Pferd dumm, nicht helle (…) Bistrica und Konjice:* volksetymologische Namensdeutung; dabei wird Bistrica von *bister* (hell, scharfsinnig) abgeleitet, Konjice von *konj* (Pferd).

S. 157 *Merdžo:* Mercedes.

S. 159 *Slovenske Konjurde: konjurda* – Schindmähre.

S. 177 *Kod amidže Idriza:* „Bei Onkel Idriz", bosnischer Spielfilm (2004).

S. 194 *ahiret:* (arab.-türk.) Jenseits.

S. 206 *tepsija:* (türk.) rechteckiges oder rundes Backblech.

S. 206 *čaršaf:* (türk.) Betttuch.

S. 206 *pita zeljanica:* Spinatstrudel mit Feta.

S. 208 *Dejan Bodiroga:* serbischer Basketballer (*1973).

S. 225 *Plivadon:* Fieber- und Schmerzmittel.

S. 242 *die Porziņģise und Bertānse:* Kristaps Porziņģis (*1995) und Dāvis Bertāns (*1992), lettische Basketballer.

S. 248 *mit hartem č:* Ersetzen des bosnischen/kroatischen/serbischen „weichen" *ć* am Ende von Nachnamen durch ein „hartes" *č*, um diese zu „slowenisieren".

S. 248 *die drei Finger:* Orthodoxe Serben bekreuzigen sich mit Daumen, Zeige- und Mittelfinger.

S. 249 *mit den vier kyrillischen C und mit Србија vollgemalt:* vier im Kreuz angeordnete C (kyrillisch für S) stehen für den inoffiziellen Wahlspruch Serbiens *Samo sloga Srbina spasava* („Nur Eintracht rettet den Serben"); *Србија:* Srbija, Serbien.

S. 262 *Jogi:* slowenische Matratzenmarke.

S. 273 *der alten Tschefurin meine Kappe geben:* Gemeint ist die Chicago-Bulls-Kappe aus *Tschefuren raus! oder Warum ich wieder mal zu Fuß in den zehnten Stock musste* (Folio 2021).

S. 274 *Prekmurje gibanica:* auch *Prekmurska gibanica,* Schichtkuchen aus Mohn, Walnüssen, Äpfeln, Rosinen und Quark.

S. 277 *Als wäre ich Mujo (…) und Alma die erfahrene Fata:* Mujo und Fata, als bosnisches Liebes- bzw. Ehepaar „Hauptdarsteller" in unzähligen derben Witzen.

S. 286 *Gasol:* Pau Gasol Sáez (*1980), ehemaliger spanischer Basketballer.

S. 286 *Dražen:* Dražen Petrović (1964–1993), ehemaliger kroatischer Basketballer.

S. 295 *Autoput bratstva i jedinstva:* jugoslawische „Autobahn der Brüderlichkeit und Einheit".

S. 307 *Kukulele!:* expressiver Ausruf, etwa „Mannomann!" oder „Ach du meine Güte!".

S. 308 *Jokić:* Nikola Jokić (*1995), serbischer Basketballer.

S. 310 *čerapundži:* von Cherrapunji, Kleinstadt in Nordostindien mit der höchsten durchschnittlichen Niederschlagsmenge weltweit; hier so viel wie „abgefüllt".

S. 310 *„Slovenija, od kod lepote tvoje …":* „Slowenien, woher deine Schönheit", Lied von Slavko Avsenik und seinen Original Oberkrainern.

S. 311 *Naser Orić:* (*1967) von 1992 bis 1995 militärischer Kommandeur der Armija Republike Bosne i Hercegovine in der ostbosnischen Stadt Srebrenica.

Inhalt

Die Drucklegung erfolgte mit freundlicher Unterstützung durch die Abteilung für deutsche Kultur in der Südtiroler Landesregierung.

AUTONOME PROVINZ BOZEN SÜDTIROL / PROVINCIA AUTONOMA DI BOLZANO ALTO ADIGE

Deutsche Kultur

Die Herausgabe dieses Werks wurde gefördert durch TRADUKI, ein literarisches Netzwerk, dem das Bundesministerium für europäische und internationale Angelegenheiten der Republik Österreich, das Auswärtige Amt der Bundesrepublik Deutschland, die Schweizer Kulturstiftung Pro Helvetia, die Interessengemeinschaft Übersetzerinnen Übersetzer (Literaturhaus Wien) im Auftrag des Bundesministeriums für Kunst, Kultur, öffentlichen Dienst und Sport der Republik Österreich, das Goethe-Institut, die S. Fischer Stiftung, die Slowenische Buchagentur, das Ministerium für Kultur und Medien der Republik Kroatien, das Ministerium für Gesellschaft und Kultur des Fürstentums Liechtenstein, die Kulturstiftung Liechtenstein, das Ministerium für Kultur der Republik Albanien, das Ministerium für Kultur und Information der Republik Serbien, das Ministerium für Kultur Rumäniens, das Ministerium für Bildung, Wissenschaft, Kultur und Sport von Montenegro, die Leipziger Buchmesse, das Ministerium für Kultur der Republik Nordmazedonien und das Ministerium für Kultur der Republik Bulgarien angehören.

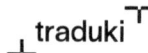

TransferBibliothek CLXXVII
Die Originalausgabe ist 2021 bei Beletrina Academic Press, Ljubljana, unter dem Titel *Đorđić se vrača* erschienen.
© Beletrina Academic Press, 2021
www.beletrina.com

Umschlagmotiv: Shutterstock

Lektorat: Joe Rabl

© der deutschsprachigen Ausgabe
FOLIO Verlag Wien · Bozen 2023
Alle Rechte vorbehalten

Grafische Gestaltung und Umschlag: Dall'O & Freunde
Druckvorbereitung: Typoplus, Frangart
Printed in Europe

ISBN 978-3-85256-884-3

www.folioverlag.com

E-Book ISBN 978-3-99037-147-3